메마른 빛

이슬 한 방울

메마른 빛, 이슬 한 방울 3

초판 1쇄 발행 | 2014년 11월 1일
초판 2쇄 발행 | 2017년 06월 30일

지은이 © 케얄 2014
일러스트 © 니시 2014

교정교열 | 김병규
교정 | 지세은, 박미정
총괄 디자인 | 니시
표지 편집 | 서유미

펴낸이 | 김혜랑
펴낸곳 | (주)메르헨미디어
등록일자 | 2016년 12월 28일
등록번호 | 제 2016-000253 호
ISBN 979-11-88079-91-9
ISBN 979-11-88079-90-2 (세트)

※ 이 도서의 국립중앙도서관 출판시도서목록(CIP)은 서지정보유통지원시스템 홈페이지(http://seoji.nl.go.kr)와 국가자료공동목록시스템(http://www.nl.go.kr/kolisnet)에서 이용하실 수 있습니다. (CIP제어번호 : CIP2017014870)

nabinovel@nabinovel.net
http://nabinovel.net

메마른 빛
이슬 한 방울
vol.3
글 케얄
그림 니시
나비노블

Content_메마른 빛, 이슬 한 방울

꿈을 꿨다.

알과 데이트를 했고, 마지막에는 그가 그녀를 계속 좋아하고 있었다는 걸 알았다. 왜 숨겼는지는 몰랐지만 아무래도 좋았다.

그 또한 자신을 좋아한다는 사실만이 중요했다.

그가 자신을 필요로 해준다는 것이 기뻤고, 그녀만의 일방적인 감정이 아니라는 것이 더할 나위 없이 행복했다.

수아는 절대로 잡은 손을 놓지 않겠노라고 다짐하고 또 다짐했다.

달콤하디달콤한 꿈이었다.

No. 7 Episode

비밀의 끝

온몸이 뻐근했다. 수아는 침대에서 일어나며 하품을 했다. 하긴 어제 많이 돌아다녔으니 좀 무리하긴 했지. 수아는 그렇게 생각하며 슬리퍼를 신다가 잠깐 멈칫했다. 뭔가 위화감이 든다 했더니, 지금 이곳은 회궁에 있는 그녀의 방이 아니었다. 이미 반년 정도 사용해 익숙하고 그리운 느낌까지 드는 리노체스가에 있는 그녀의 방이다.

'어?'

수아는 당황해 거울로 달려갔다. 그리고 거울에 비친 자신의 모습을 보면서 입을 딱 벌렸다.

목에는 눈에 띄지 않는 것이 이상할 정도의 자국이 잔뜩 나 있었다. 붉은색 멍처럼 보이지만 멍과는 조금 다른 자국들. 말로만 들었던 키스 마크라는 걸 추측하는 건 그다지 어렵지 않았다.

그가 보트에서 목에 입을 맞췄던 건 기억하지만, 그냥 입술만 닿았던 것이 아니었던 모양이다.

수아는 속으로 비명을 지르며 그대로 주저앉았다. 키스 마크는 물론 살짝 부어있는 자신의 입술을 보는 것 자체가 부끄러워 견딜 수가 없었다.

'맙소사, 꿈이 아니었어?'

알이 사실 자신을 좋아했는데 차마 고백하지 못하고 옆에서 지켜봤다니 너무 현실감이 없었다. 그가 자신을 봐줬으면 하는 마음이 얼마나 컸으면 그런 유치한 꿈을 꿨을까, 눈을 뜨며 피식 웃기도 했었다. 그런데 그게 현실이었다고?

동시에 어제의 일이 마구잡이로 떠올랐다. 얼굴이 화끈 달아오르는 것이 보이자 더 이상 거울을 응시하고 있을 수가 없었다. 그녀는 더듬거리며 뒤로 돌아 다시 침대로 뛰어들었다.

좋아하냐고 물어보고, 고백하고, 얼떨결이지만 청혼까지 했다. 기억은 점점 더 선명해졌다. 그럴수록 수아의 얼굴도 더더욱 붉어졌다.

그 뒤 마차에서도 키스는 제법 농염하게 이어졌다. 물론 리노체스 저택까지는 거리가 그다지 멀지 않았기에 마차는 금방 도착했다. 목적지를 알리는 마부의 소리에 알과 수아는 머쓱해하면서 떨어졌고, 곧 알은 아무렇지도 않은 듯한 모습으로 그녀를 에스코트해 저택까지 데려다 주었다. 꽤 늦은 시간이었기에 수아는 리노체스 부인과 백작에게 인사하지 못하고 바로 방으로 돌아왔다.

설레어 잠들 수 없을 것 같았지만, 꽤 피곤했고 술기운까지 돌아서인지 생각보다 빨리 잠이 들었다.

그리고 지금이다. 수아는 침대에서 발버둥을 치다가 벌떡 일어나 앉았다. 그래, 뭐 어때서. 좋아하는 사람과 마음이 통했으면 된 거지. 그러다 다음 순간 다시 베개를 껴안으며 얼굴을 묻었다. 으아, 알 얼굴을 어떻게 보지? 그녀는 그렇게 몇 번을 반복하다가 하녀가 조심스레 문을 두드리는 소리에 정신을 차렸다.

"아가씨, 일어나셨나요? 아침 식사입니다만."

"자, 잠깐만!"

수아는 급히 침대에서 일어나 의자에 걸쳐져 있던 숄을 둘렀다. 다행히 알이 남긴 키스 마크들은 대부분 목덜미 부근이었고, 날씨도 아직은 쌀쌀한 터라 옷으로 가리는 것에는 크게 문제가 없었다. 입술도 살짝 부어있어 피곤하다는 말 정도로 넘어갈 수 있는 수준이었다. ……그런 수준 맞겠지?

수아는 거울로 자신의 모습을 다시 한 번 확인한 후에야 하녀에게 들어오라고 말했다. 어쨌건 하루의 시작이었다.

이번만은 저택에서 늘 받던 옷 시중을 거절할 수밖에 없었다. 그녀는 거울을 최대한 외면하며 옷을 갈아입고는, 방으로 가져다주는 아침 식사를 했다. 그 후에는 리노체스 부인이 기다리는 티 룸으로 갔다. 리노체스 부인이 여느 때와 같은 미소로 그녀를 반겨주었다. 수아도 웃으며 인사를 하고 그녀가 권하는 테이블의 맞은 편 의자에 앉았다.

황궁으로 간 후로 한 번도 저택으로 돌아온 적이 없었으니 당연히 몇 달 넘게 리노체스 부인과는 제대로 된 이야기를 나누지 못한 셈이었다. 할 이야기는 많았고, 대화는 즐거웠다. 특히나 기쁜 건 리노체스 부인의 칭찬이었다.

"어머, 아가씨 어휘가 굉장히 많이 늘었네요. 억양도 꽤 자연스러워요. 이제는 제국에서 태어났다고 해도 믿겠어요."

"아직 그 정도는 아니에요. 멀었는걸요."

수아는 손사래를 치면서도 올라가는 입꼬리를 막을 수는 없었다. 스스로가 생각해도 확실히 말이 많이 늘긴 했다. 전에는 모르는 단어가 많아 무슨 말을 들어도 머릿속에서 한국어로 한 번 치환해야 했다. 자연히 알아듣는 것 자체도 한 박자 느렸다. 하지만 지금은 제국어를 「말」로 자연스럽게 받아들이고 있었다.

"아무래도 일을 하니까요. 회궁에서는 외부 사람들을 안내하는 일도 맡았고요."

"회궁일은 할 만한가요? 아가씨가 갑자기 그쪽으로 자원했다는 이야기를 들었을 때는 정말 놀랐었는데."

수아는 리노체스 부인을 잠깐 말없이 바라보았다. 그녀의 어조는 평온했다. 다른 사람들이 보이는 공포의 기색은 전혀 없었다. 이제 수아는 이게 얼마나 낯선 반응인지를 알았다.

"네, 재밌어요."

"다행이네요."

"방문객이나 다른 사람들이 필요 이상으로 겁에 질리는 게 문제지만요."

수아는 아무렇지도 않은 척하며 말을 이었다.

"그러고 보니 황태자 전하는 어떤 분이세요?"

하지만 역시, 리노체스 부인은 곤란하다는 듯 고개를 저었다.

"황족에 대한 이야기를 함부로 하는 건 곤란해요. 설마 수아, 다른 사람에게도 이렇게 묻는 건 아니겠죠?"

"이야기는 대충 들었어요. 그렇지만 회궁에서 일하면서도 정작 황태자 전하는 뵌 적이 없어서요. 무엇보다도 어디까지가 소문이고 사실인지도 모르겠는 걸요."

"소문을 들었다면……. 아, 그렇군요."

리노체스 부인은 어쩐지 조금 불안한 듯 그녀를 보았다.

"무서운가요?"

"조금은요. 하지만 잘 모르겠어요."

수아는 찻잔을 들어 차를 한 모금 마셨다. 쌉싸름한 맛이 혀에 감돌았다.

"그게 왜 절대적인 공포의 대상이 되어야 하는지."

"……글쎄요."

리노체스 부인은 약간은 희미한 미소를 지었다.

"알게 될 거예요."

"네?"

"아마 아가씨가 궁금해하는 것 이상으로요. 그러니까 지금은 제가 이야기하지 않는 게 좋아요. 음, 그나저나 어제는 어땠나요? 즐거웠어요?"

"아, 네!"

수아는 그녀가 뻔히 말을 돌린다는 걸 알면서도 곧바로 고개를 끄덕일 수밖에 없었다. 동시에 잠시 잊고 있던 어제 일이 다시 떠올랐다. 수아는 얼굴이 확 붉어지는 걸 느꼈다.

"어, 그러니까 알과……."

사귀기로 했어요. 그 말이 목에 턱 걸려서 나오지 않았다. 리노체스 부인은 입을 몇 번이나 뻐끔거리는 수아를 따스한 눈길로 바라보았다.

"그래요, 그거면 된답니다."

그 어조가 매우 진지해서 수아는 반사적으로 고개를 끄덕였다. 다행히 리노체스 부인은 어제 무슨 일이 있었는지 더 캐묻지 않았다.

티 타임은 그다지 길지 않았다. 오늘은 외부에서 회궁으로 식료품을 가지고 오는 날이었기에 시간 여유가 없던 탓이었다.

수아는 리노체스 부인과 고용인들에게 인사를 하고 백작가에서 준비해준 마차에 올랐다. 리노체스 백작은 이미 아침 일찍 저택을 나선 모양이었기에 따로 만나지는 못했다.

수아는 덜컹거리는 마차 의자에 등을 기댔다.

그러니까 11시에 외부에서 사람들이 오고, 오후에는 커튼을 살피러……. 일부러 오늘 할 일을 되새겨 보았지만 생각은 금방 어제 일로 되돌아가 버렸다. 특히 마차에서 있었던 일로.

"으으!"

수아는 마차의 창을 활짝 열어젖혔다. 도착하면 바로 일을 시작해야 하는데 계속 이래서 어쩐담. 수아는 몇 번이나 고개를 저으며 필사적으로 열이 나는 뺨을 식혔다.

어차피 오늘 저녁에 후원에서 만날 수 있다. 그러니까 그때까지는 알을 떠올리지 말고 일만 하자. 수아는 그렇게 속으로 다짐했다.

물론 세상일은 뜻대로 되지 않는 법이다. 애초에 생각하지 말자고 계속 되새긴다는 것 자체가 끊임없이 생각이 난다는 소리였다.

그녀는 외부에서 온 사람들을 엉뚱한 방향으로 안내할 뻔했고 부엌에서 샌드위치를 싸다가 그릇을 두 개나 깨 먹었다. 오후에는 커튼 실밥을 성냥으로 태워 제거한다는 게 하마터면 회궁 방화범이 될 뻔도 했다.

이게 다 알 때문이었다. 수아는 괜히 속으로 투덜거려보았다. 잠깐만 틈이 생겨도 어제의 일이 점점 더 생생하게 떠올랐다.

그녀의 몸을 세차게 끌어안은 탄탄한 팔과 목을 더듬었던 커다란 손, 속삭이듯 이름을 부르던 낮은 목소리와 숨결, 따뜻했던 입술의 촉감.

아마 누군가 수아를 지켜봤다면 볼만했을 터였다. 온종일 아무것도 없는 허공에 느닷없이 손을 휘두르거나 고개를 맹렬하게 흔들기도 하고 달리듯이 걷다가 자리에 주저앉기도 했으니까.

하지만 그럴 수밖에 없는 게, 시간이 지나면 지날수록 부끄러운 것만이 아닌 불안한 감정도 함께 솟아올랐기 때문이었다.

저녁 시간이 가까워질수록 그녀는 안절부절못했다. 어제 그 일은 술 취해서 저지른 실수였다고 하면 어쩌지? 정작 알은 아무 생각도 없었는데 내가 반했냐고 물어봐서 그냥 고개만 끄덕인 거면 어쩌지? 어제 일이 그냥 꿈이었다면 어쩌지?

정말 하루가 너무 길었다. 간신히 저녁 식사 시간이 되자, 수아는 식사를 하는 둥 마는 둥 하고 식당에서 뛰쳐나와 곧바로 후원으로 달려나갔다. 비에린느 부인이 지랄 맞게 넋 빼고 있다며 투덜거렸지만 거기에 제대로 답변을 할만한 정신도 없었다. 평소보다 20분 정도나 빠른 시간이어서 과연 알이 나와 있을까 하는 의심도 들었지만, 후원에 들어서자마자 검은색으로 몸을 휘감고 있는 인영이 보였다. 수아는 발걸음을 멈췄다.

가슴이 뛰었다. 언제는 그러지 않았냐는 듯 뺨이 화끈 달아올랐다. 그는 수아의 발걸음 소리를 들었는지 처음부터 이쪽을 보고 있었다. 그 옆에 있던 렉스가 그녀를 반기며 꼬리를 쳤지만 알의 손짓에 그녀에게로 달려들지는 못했다.

"수아."

낮게 그녀의 이름을 부르는 목소리에 수아는 거의 가슴이 벅차오르는 걸 느꼈다.

"알."

많이 기다렸어요? 어제는 잘 들어갔고요? 식사는 하고 여기 나와 있는 거예요? 그런 말들이 목에 걸려 하나도 나오지 않았다. 그녀는 머뭇거리며 그 자리에서 움직이지 못했다. 그런 수아를 바라보던 알이 이내 그녀에게로 다가왔다. 수아는 바로 자신의 앞까지 다가오는 알을 멍하니 바라보고만 있었다.

"나와줬군."

"약속이잖아요."

그렇게 말하면서 수아는 당황했다. 자신이 듣기에도 그녀의 말은 약속이니 어쩔 수 없다고 쏘아붙이는 것처럼 들렸기 때문이었다.

"아, 그게 아니라……."

그녀가 변명을 하기 위해 입을 열었지만 다시 말이 턱 막혔다. 가슴이 뛰어서 제대로 말을 할 수가 없었다.

"후회하나?"

"네?"

"어제 일."

어제 일, 그러니까 뭐지? 수아는 이내 세차게 고개를 흔들었다.

"뭐, 뭐예요! 말도 안 돼요! 왜요!"

수아는 덥석 그의 팔에 매달렸다.

"아니에요! 그니까 나는 좀 긴장해서……! 음, 그러니까! 그러는 알이야말로 갑자기 뭐예요? 그냥 해본 소리였어요? 나 싫어요? [무르기 없기예요!]"

알이 당황하며 수아의 어깨에 손을 얹었다.

"싫다니. 무슨 그런……."

"그럼 진짜 저 좋아하는 거죠?"

"당연히."

그는 마치 그녀가 도망가기라도 할 듯 다급하게 대답했다. 수아는 그런 알을 보며 비로소 안심하며 안도의 한숨을 내쉬었다.

"저도, 그래요."

수아는 고개를 들어 알을 올려다보았다. 금색의 눈동자가 일렁였다. 거짓말 같았다. 이제 저 눈동자는 자신을 봐줄 것이다. 다시 한 번 가슴이 벅차올랐다.

"나, 처음에는 꿈인 줄 알았어요. 어제 일. 지금도…… 그렇고요."

그녀는 빙긋 웃었다.

"후회할 일 같은 건 없어요. 알이 좋아요."

알은 그런 수아를 내려다보더니, 이내 그녀에게 매달리듯 그녀를 품에 안았다. 거의 힘이 들어가지 않은 포옹이었다. 수아가 원한다면 금방이라도 벗어날 수 있을 것 같은. 그는 매우 조심스럽게 살짝 몸만을 기대오며, 그녀의 어깨 위로 얼굴을 묻었다.

"알?"

"조금만…… 이대로."

귓가에 작게 들려오는 목소리에 수아는 반사적으로 몸에 힘을 풀었다. 그러고는 그녀도 팔로 알의 목을 껴안았다. 평소라면 왜 이러는지 당황했겠지만, 지금은 알 수 있었다.

그는 기뻐하고 있었다.

“정말로…… 좋아해요, 알.”

왜냐면 그녀도 같은 심정이었으니까. 상대가 자신과 같은 마음임을 확인하고, 꿈도 착각도 아니었다는 것을 다시금 재확인하고, 마지막까지도 자신을 거부하지 않는다는 걸 안 지금의 상태.

그의 표정은 볼 수 없었다. 하지만 그녀를 껴안은 팔의 힘이 조금 더 들어가는 것을 느낄 수 있었다. 아마 그의 귀도, 지금 그녀의 뺨이 달아오른 만큼 붉어지지 않았을까 하는 생각을 했다.

후원에서의 시간은 눈 깜짝할 새 흘러갔다. 뭘 어떻게 했는지 몇 마디 나눈 것 같지도 않았는데 정신을 차려보니 그녀가 돌아가야 할 시간이었다. 수아는 조금 더 있겠다고 했지만 알은 고개를 저었다. 그 또한 그녀를 돌려보내고 싶지 않은 마음이었지만 그것만은 안된다. 다행히 수아는 내일 보자는 알의 말에 순순히 고개를 끄덕였다.

수아가 돌아가는 길에는 렉스가 함께 했다. 알은 렉스가 돌아와 그에게 쓰다듬어달라고 헥헥거릴 때까지도 계속해서 후원 입구를 보고 있었다. 헤어진 것이 조금 전인데도 벌써 보고 싶었다.

"수아."

그는 작게 그녀의 이름을 발음해보았다. 어제부터 현실감이 없었다. 길어도 땅을 밟는 것 같지 않았고 밥을 먹어도 실제 음식을 먹는다는 느낌이 들지 않았다.

목숨을 구해줬다고는 하지만 벌써 반년도 전의 일이다. 그동안 그는 수아를 리노체스 백작가에 맡기고 단 한 번도 찾아가지 않았다. 최소한 수아의 입장에서는 그랬다.

어제 일도 더할 나위 없이 무례했다. 무어라고 비난을 들어도, 아니 두 번 다시 얼굴을 보지 않겠다는 말을 듣는다 하더라도 당연할 정도의 일이었다. 설사 수아가 자신에게 마음이 있었다고 해도 그렇다. 보통은 그런 파렴치한 짓을 당하면 치를 떨기 마련이다.

그런데 어째서?

그 뒤 자신의 태도가 얼마나 비겁했는지는 안다. 제대로 사죄하지도 용서를 빌지도 못했다. 그저 그녀의 경멸하는 눈을 보기 싫어 피하려고만 했다.

수아는 그런 그를 붙잡고 먼저 고백했다. 알은 자신의 귀가 멀쩡한 것인지, 수아의 서툰 제국어 탓에 그녀가 잘못 말한 것이 아닌지, 그것도 아니면 지금 이 순간이 꿈은 아닌 건지 알 수가 없었다.

하지만 그녀의 체온은 따스했고 체취는 향기로웠으며, 입술은 더

할 나위 없이 부드러웠다.

잘도 후회하느냐고 물어볼 수 있었다고 생각했다. 그래서 후회한다는 대답이 나왔다면, 어제는 없었던 일로 하자는 대답이 나왔다면 과연 자신은 어떻게 행동했을까? 순순히 물러날 생각도 없었던 주제에.

그녀는 분명, 한 번 그의 마음을 허했다. 그러니 그녀는 그를 책임지지 않으면 안 됐다.

그는 피식 웃었다. 이기적이고 유치하기 짝이 없는 논리였다. 하지만 그것이 자신의 진심이기도 하다는 걸, 그는 순순히 인정했다. 동시에 조금 암담해졌다. 그는 스스로를 잘 알고 있다고 생각했다. 하지만 수아가 관련되면 그 확신이 종잇장처럼 구겨져 사라져버렸다. 몇 번이고 자신이 하는 행동과 생각이 낯설다고 생각했는지 모른다.

더구나……. 그는 작게 한숨을 내쉬었다.

이제 어떻게 해야 하는 걸까. 애초에 그녀가 기뻐했던 행동은 모두 카르니언의 지시를 따랐던 결과였을 뿐이다.

수아에게 처음 닿았던 날에도 잠을 제대로 이루지 못했지만, 어제는 더 심했다. 선잠 사이로 아주 잠시 꾼 그녀의 꿈은, 이제까지와 비교할 수 없을 정도였다. 이런 상태로 그녀의 곁에 있어도 되는 걸까. 아니, 애초에 「단둘」이 있는 「밤 중」의 「후원」이라니 만나는 장소 또한 위험하다. 역시 다른 곳에서 만나는 것이 좋을까?

하지만 어디로? 그의 방으로?

"……."

그는 그만 얼굴을 손으로 감싸며 고개를 숙였다. 진심으로 괜찮을까 싶었다. 만약 자신이 그녀의 가족이고 누군가 이런 마음으로 수아의 곁에 있으려고 한다는 것을 알았다면, 접근조차 하지 못하도록 막을 터였다.

어제 보트에서도 마찬가지였다. 이런 마음을 품고 있으면서 잘도 단둘이 보트에 탈 수 있었다. 카르니언의 추천이라는 핑계를 스스로에게 대는 대신, 수아에게 정말로 타도 괜찮겠냐고 결정을 미루는 비겁한 짓을 하는 대신 애초에 보트 쪽으로 안내하지 않았으면 되는 일이었다.

알은 깊게 한숨을 내쉬고는 자리에서 일어났다. 일단 방으로 돌아가야겠다. 그런 그의 뒤를 렉스가 따랐다.

"형님?"

멍하니 생각에 잠겨 걷던 알은 갑자기 들려온 소리에 급히 고개를 돌리다가 그대로 벽 모퉁이에 머리를 박았다. 둔탁한 소리가 울리고, 그 뒤로 당황한 듯한 목소리가 따랐다.

"혀, 형님?! 괜찮으십니까?"

카르니언은 입을 쩍 벌렸다. 그는 자신이 제대로 본 것인지 눈을 의심했다. 인기척에는 누구보다도 민감하신 분이, 심지어 렉스가 그를 알아보고 꼬리를 치는데도 뒤늦게 알아채고 벽에 머리까지 박다니. 소리로 들어서는 상당히 아플 것 같았다.

알은 미간을 찌푸리며 카르니언을 바라보았다.

"뭐냐."

"수, 수아와 만나고 들어오시는 겁니까?"

"그래."

"이마는……."

"괜찮다."

카르니언은 차마 다가가지도 못하고 쩔쩔매다가 한숨을 쉬었다.

"이런 형님 모습은 정말 처음 봅니다. 수아 때문이지요?"

알은 그 말에는 대답하지 않았다. 대신 다른 말을 꺼냈다.

"오지 말라고 했을 텐데. 특히 밤에는."

이곳에 오는 것, 특히 해가 진 후에 오는 것은 그다지 현명하다고는 할 수 없었다. 이제까지는 카르니언도 저녁 식사를 한 후에는 반드시 돌아갔다. 하지만 요 며칠 이런저런 일로 강하게 제지하지 못했더니 이제는 이 시간에도 거리낌 없이 찾아오게 되었다. 그 질책에 카르니언은 슬쩍 쓴웃음을 지어 보였다.

"앞으로는 그럴 겁니다."

그제야 알은 자신의 이복동생이 조금 피로해 보이는 모습이라는 걸 깨달았다. 아무래도 잡담만 하러 온 것은 아닌 모양이었다.

"무슨 일이 있었군."

"네, 뭐. 좀 골치 아픈 일이 생겼지요. 일단 들어가시지 않겠습니까? 이야기만 끝내고 바로 돌아가겠습니다."

어차피 지금 돌려보내나 조금 후에 돌려보내나 해가 진 이상은 그게 그거였다. 알은 한숨을 쉬며 고개를 끄덕였다.

그의 처소로 들어온 카르니언은 먼저 형님에게 자리를 권하고, 거기까지 따라 들어온 렉스를 쓰다듬어 주고 난 후에야 맞은 편에 앉았다. 그리고 뜸들이지 않고 바로 본론을 꺼냈다.

"몬스터들이 규합하는 움직임을 보이고 있다는 건 형님도 알고 계시리라고 생각합니다."

"그래."

"그게 좀 심각해지고 있습니다."

몬스터는 원래 각자 다른 종(種)과는 어울리지 않는다. 그건 상식이었다. 딱히 같은 종류끼리의 결집력이 강해서라기보다는 서로를 잘 인지하지 못해 일어나는 현상이다. 그나마 같은 종끼리는 생김새가 비슷한 걸 아는지 아니면 행동 양식이 비슷한 걸 아는지 함께 행동하는 경우가 꽤 있었지만, 다른 종류는 적으로 인식하는 것 같았다. 몬스터들이 서로 물고 뜯으며 싸우는 모습은 드문 일도 아니었다.

단지 「먹이」에 대한 본능적인 행동인지 아니면 어떤 규칙이 있는지는 모르겠지만, 인간이 있는 장소에는 한꺼번에 두 종이 나타나는 경우는 거의 없다시피 했다. 물론 몬스터들을 물리쳤더니 다른 놈들이 또 나타나는, 이를테면 순차적으로 나타나는 재수 없는 경우는 가끔 있었다. 또한 제 발로 몬스터들이 모여있는 장소에 걸어갔던 경우도 마찬가지였다. 하지만 놈들이 먼저 나타나는 경우에는 언제나 한결같았다.

그런데 어느 순간부터인가 다른 종끼리도 점차 뭉치기 시작했다. 그도 기미를 느낀 적은 있었다. 수아에게 저주가 통하지 않는다는 걸 알게 된 계기를 만들어준 그 일. 그때 녹튼과 토른, 크라트는 거의 한꺼번에 나타났었다. 하지만 엄밀히 말하면 그건 합동 공격이라기보다는 거의 여유를 두지 않은 순차적인 등장에 가까웠고, 알 또한 이상하다고 잠깐 생각하기는 했지만 대륙을 돌아다니며 워낙에 별별 일을 다 겪어본 터라 별로 신경을 쓰지 않았다.

그러던 것이 수도까지 보고가 들어왔다. 약 3개월 전의 일이었다. 아무래도 그때 겪은 일이 그저 우연이 아닌 모양이었다. 그건 결코 가볍게 볼만한 일이 아니었다. 신마전쟁이 끝난 지 200여 년이라는 세월이 흘렀어도 그 잔재는 여전해, 사람들은 계속해서 몬스터에게 목숨을 잃었다. 그나마 점점 나아지고 있긴 했지만 그건 몬스터들이 개과천선해서가 아니었다. 인간들이 그들에게 대항하는 방법을 익혔기 때문이었다.

하지만 그 몬스터들의 행동 양식이 갑자기 바뀐다면? 똑같이 열 마리를 상대한다고 해도 각각 한 마리씩 상대하는 것과 한꺼번에 상대하는 건 다른 법이고, 당연히 후자가 훨씬 더 어렵다.

"한두 번의 「이변」이 아닙니다. 전반적인 몬스터들의 움직임이 달라졌다는 소리니까요. 피해자 수도 점점 늘고 있고요."

그래서 황실에서는 병력을 파견해 몬스터 퇴치를 지원해주기 시작했다. 여기까지는 하르페니언도 아는 이야기였다. 그런 이야기를 새삼 왜 꺼내나 해서 카르니언을 보고 있자니, 그는 조금 주저하며 다음 말을 이었다.

"그 몬스터들을 조정하는 게 형님이라는 말이 나오고 있습니다."

"그런가."

그는 가볍게 한숨을 내쉬었다. 그런 의견을 내는 치들은 질리지도 않는 걸까.

"화…… 안 내십니까?"

카르니언이 당황하며 물어왔다. 하르페니언은 그의 말이 무슨 소린가 잠깐 고민하다가 이내 깨달았다. 그래, 카르니언은 성인이 된 지 겨우 2년이 조금 넘었다. 그리고 그 2년 동안 황궁은 여러 가지 의미로 조용한 상태였다.

"새삼스러울 것도 없어. 너야말로 일일이 그런 말에 신경 쓰지 마라."

"네? 그게 무슨 말씀……."

"대회의에서 나온 나에 관한 말이 모두 사실이었다면 이제까지 세상은 몇 번 멸망하고도 남았겠지."

최초로 신의 저주를 받은 자에 대한 공포심은 대단했다. 그건 평민이든 귀족이든 신분을 가리지 않았고, 헛소문이 떠도는 정도로만 그치지 않았다. 나라 정책을 결정하는 대회의에서조차 조금만 좋지 않은 징후가 일어나면 그건 모두 그의 탓이 아니냐는 의견이 제시됐다. 장소가 장소이니만큼 적나라하게 이야기하진 못했지만 결국 뜻은 같았다.

그가 아직 황궁에 있기 때문에, 그가 이 제국에 있기 때문에, 그가 하늘 아래서 아직 숨을 쉬고 있기 때문에. 태풍이 오거나 가뭄이 들어도 그건 모두 저주받은 황태자의 탓이었다. 하르페니언은 그걸 잘 알고 있었고, 그래서 더더욱 수도에 남아있지 않으려고 했다.

그나마 세월이 흐르면서 좋든 싫든 여러 가지 의미로 서로 「익숙」해졌다. 이제는 그를 혐오하는데 따로 이유가 붙지도 않을 정도였다.

그렇게 시간은 계속 흘러, 카르니언이 무사히 성인이 되고 황태자의 수명이 얼마 남지 않게 되자 그를 탓하는 이야기는 비공식적으로도 거의 나오지 않게 되었다.

어차피 죽어 없어질 자, 더 이상 언급해서 무엇할까. 이제 황실에는 정식으로 성인이 된 멀쩡한 황자가 있는데.

"수도에 너무 오래 있었던 모양이군."

그럼에도 다시 그런 소리가 나왔다는 건 상황이 변했다는 이야기였다. 상식적으로 이해할 수 없는 몬스터의 행동 양식 변화, 그리고 이제까지와는 다르게 너무 오랫동안 수도에 계속 머무는 저주받은 황태자. 그 둘만큼 연관시키기 쉬운 것은 없었다. 하지만 카르니언에게는 그게 전혀 당연하지 않은 모양이었다.

"말도 안 됩니다! 황족이 황궁에 있는 게 뭐가 이상하죠?"

"소용없어."

"형님!"

"화가 나지 않느냐고 물었지."

어린 소년에게 원한다면 하늘이라도 가질 수 있을 것처럼 입발린 말을 하다가, 저주 이후에는 손바닥 뒤집듯 태도를 바꾸었다. 땅으로 곤두박질시킨 정도가 아닌 그 밑으로 파묻어버린 꼴이었다.

그 상황을 아무렇지도 않게 받아들일 수 있다면 그것이 더 비정상이리라.

"처음엔, 그랬지."

하지만 지금은 무슨 짓을 해도 소용이 없다는 걸, 화를 내봤자 그 자신이 손해라는 걸 차차 알았다. 그래서 그는 그 어떤 감정이든 억누르는 방법을 배웠다. 그것이 너무나도 익숙해졌다.

"떠나야겠군."

"네? 떠나신다뇨! 왜, 형님이?"

"글쎄. 저주는 왜 내렸을까."

하르페니언의 중얼거리는 듯한 한 마디에 카르니언이 눈에 띄게 움찔 몸을 떨었다. 이제까지 그는 단 한 번도 이복동생에게 이런 식으로 이야기를 한 적이 없었다. 그는 천천히 말을 이었다.

"그 이유를 모른다면, 다른 이유를 찾는 것도 쓸데없어."

"……그런 건 모릅니다."

카르니언은 이를 악물며 대답했다.

"형님은 황태자입니다. 그리고 이 나라의 황족이고요. 다른 부수적인 요소가 어떻든 그건 변하지 않습니다."

카르니언은 스스로가 전혀 다른 이야기를 하고 있다는 걸 알았다. 하지만 자신까지 형님의 그 말에 고개를 끄덕이고 싶지 않았다.

그런 카르니언을, 하르페니언은 잠시간 바라보았다. 이제 겨우 열여덟의, 소년을 벗어난 지 얼마 되지 않는 젊은 황자. 자신을 대신하여 분노하고 있는 어린 동생.

"카일. 네가 나를 배척하지 않은 건 고맙게 생각한다. 그걸로 됐어. 날 위해 뭔가를 더 하려고 하지 마. 그럴수록 네 평판이 상한다."

이제껏 몇 번이고 몇십 번이고 반복된 이야기였다.

카르니언은 다시 발끈하는 대신 입을 다물고 복잡한 눈길로 하르페니언을 마주 보았다.

"저는."

그러다 천천히 입을 열었다.

"요즘 기뻤습니다. 마음만 먹으면 형님을 뵈러 올 수 있으니까요. 사실 이게 당연한 건데도요."

그는 슬쩍 시선을 떨궜다.

"형님께 저는 한 없이 어리고 보호해줘야 할 어린아이로 보인다는 건 알고 있습니다. 네, 전 여러모로 미숙합니다. 그런 저에게 황제고 뭐고 떠드는 작자들이 곱게 보이지 않는 건 당연하지 않습니까? 황실에 저만 있는 것도 아니고, 형님이 어떤 재목이었는지 잘 알고 있는 작자들이요. 애초에 저는 황자로 태어난 것도 아니었는데도요."

"카르니언."

"투정부릴 생각은 아닙니다. 제 위치가 싫다는 것도 아니고요. 다만……. 저에게도 무슨 일이 일어나면……."

저도 버릴까요.

그는 그 뒷말을 차마 잇지 못했다. 하지만 하르페니언은 그가 무슨 말을 하려고 했는지 알 수 있었다.

"일어나지 않는 일로 고민하는 건 가장 바보 같은 일이다."

카르니언이 다시 시선을 그에게로 올렸다.

"이미 지난 일로 후회하는 것만큼이나. 이미 내 저주는 일어나버린 일이고 그건 바꾸거나 지울 수 없어. 그리고 그 이상의 뭔가가 네게 일어날 거라고 생각하기는 힘들지. 그러니 그럴 일은 없다."

그는 단언하며, 동생에게 조금 부드러운 시선을 보냈다.

"그러니 넌 네 행동을 자제할 필요가 있어. 네가 공공연하게 나를 비호하면 비호할수록 네가 움직이기 힘들게 되니까. 필연적으로 귀족들에게 휘둘리게 되지. 이건 황권의 문제야."

"저는……."

카르니언이 입술을 깨물었다.

"저는, 최대한 자제하면서 행동하고 있습니다. 그렇지 않다면 형님께 찾아오는 그놈들을 제가 가만히 놔두겠습니까?"

잠시 침묵이 흘렀다.

"섣부른 짓 하지 마라, 카르니언."

"섣부른 짓이라뇨! 왜 형님은……."

카르니언은 말을 끝맺지 못하고 멈칫했다. 하르페니언이 가볍게 한숨을 내쉬었다.

"됐다. 이 이야기는 그만하지. 이만 돌아가거라, 카일."

"잠시만요."

그는 당황하며 자리에서 일어났다.

"알았습니다. 형님이 떠나신다는 건 마음에 들지 않지만 제가 참견할 영역이 아니라는 건 압니다. 그, 치들을 엎어 버리는 것도…… 근본적인 해결책이 되지 못할 테니 일단은 얌전히 있을 생각입니다. 하지만요."

그는 한 발 하르페니언에게 다가갔다.

"수아는요?"

그리고 그 이름이 나온 순간 하르페니언은 처음으로 말문이 막혔다. 수아. 그가 그로 있지 못하게 만드는 이름.

"떠나신다면, 데리고 가실 생각이십니까?"

"데려가?"

"그럼 놔두고 가실 생각이셨습니까?"

그 말에 하르페니언은 대답하지 못했다. 아니, 대답할 말이 없었다. 그는 수아를 생각했지만 정작 그녀를 어떻게 해야 하는지에 대한 생각은 전혀 해보지 않았다. 그에게 그녀는 꿈이지 현실이 아니었다. 최소한 지금까지는 그랬다.

그녀에게 가장 이상적인 길은 계속 황궁에서 여관으로 있거나 리노체스 저택에서 머무는 것이었다. 그리고 하르페니언은 떠나야 했다. 당연히 그 두 길은 겹치지 않는다.

하르페니언은 지금에서야 비로소, 그것을 자각했다.

"형님은 수아를 원하고 계시지요. 그걸로 충분합니다. 손에 넣으십시오."

카르니언은 강한 어조로 말했다. 수아는 하르페니언의 저주가 통하지 않는 유일한 사람이었다. 하르페니언의 옆에 두면 도움이 되었으면 되었지 결코 마이너스로 적용하지는 않을 터였다.

무엇보다도 형님은 그녀를 원한다. 그러니 수아는 하르페니언의 곁에 있어야 했다.

그 사실에서 카르니언에게 수아의 뜻은 중요하지 않았다.

"어차피 수아도 형님께 흠뻑 빠져있으니, 형님이 놓고 떠나신다면 슬퍼할 겁니다. 뭐, 나름대로 제 취향이기도 하니 잘 달래주면 저로서도 나쁘지 않은 관계로 발전할 수도 있겠습니다만……."

"카르니언."

하르페니언이 반사적으로 의자에서 일어나며 그의 이름을 불렀다. 그리고 멈칫했다. 유도신문이라고도 할 수 없는 아주 유치한 도발에 넘어간 꼴이었다.

그걸 보며 카르니언은 속으로 쓴웃음을 지었다.

봐, 수아만 관련되면 사람이 달라지신다니까.

"농담입니다."

그는 피식 웃으며 의자를 집어넣었다.

"그렇게 정색하실 바에는 그냥 데려가십시오. 수아도 기꺼워할 겁니다."

"수아는 이곳 생활에 간신히 익숙해지고 있어."

"그래도 수아는 형님을 따라갈 겁니다. 아시지 않습니까?"

하르페니언은 침묵으로 긍정했다. 확실히 믿을 수 없지만, 어째서인지는 전혀 모르겠지만 수아는 그를 사랑하고 있었다. 이제까지 익숙해진 것들을 모두 버리라고 해도 기꺼이 그러리라.

하지만 그녀가 그리 여기는 건 어디까지나 「알」이다. 과연 그가 황태자, 저주받은 이라고 해도 과연 그녀는 변함없이 그를 봐줄까?

물론 카르니언도 뭐가 가장 큰 장애물인지는 알고 있었다.

"아무튼, 오늘은 이만 가보겠습니다, 형님. 다음에는 날이 밝을 때 오지요."

그는 정중하게 하르페니언에게 인사를 하고 방을 나섰다. 아무래도 조만간 수아를 찾아가봐야겠다고 생각하면서.

"이제 저녁때 후원에는 나오지 말도록."

"네?"

다음 날 저녁, 후원에서 알은 수아에게 폭탄선언을 했다. 완전한 날벼락이었다. 그녀는 재빨리 머리를 굴렸다.

내가 뭘 잘못했나? 하지만 어제까지는 그런 기미가 전혀 안 보였는데?

어제도 그녀는 침대에서 구르며 붉어진 뺨을 한참이나 진정시켰고, 오늘 하루도 시간이 가지 않아 발을 동동 굴러야 했다. 빨리 그를 만나야 하는데. 그런 마음으로 역시 저녁을 먹는 둥 마는 둥 하고 달려온 그녀에게 들린 첫마디였다.

꼬리를 치며 그녀의 곁에서 빙빙 도는 렉스는 보이지도 않았다. 온갖 생각이 다 떠올랐다. 사실 어제나 그저께 일은 다 장난이었나? 그 사이에 마음이 변했나? 이제 날 보기 싫다는 걸까?

생각은 점점 이상한 쪽으로 흘렀고, 알은 그런 수아의 표정을 보고 급히 고개를 저었다.

"아니, 이상한 뜻이 아니야. 단지 일 때문에……."

"일이요?"

"당분간 해가 진 후에는 후원에 누군가를 들이지 말라는 명이 있어서."

"아."

수아는 그제야 가슴을 쓸어내렸다. 후원은 확실히 황태자의 공간이었고, 이제까지는 수아가 출입하는 것도 상관이 없었지만 뭔가 제약이 생긴 모양이었다.

"깜짝 놀랐잖아요!"

"미안, 놀라게 할 마음은 없었는데."

"아뇨, 사과받으려고 한 말은 아니에요. 그냥……. 아직 꿈같아서 잘 못 믿겠단 말이에요."

수아는 입을 삐죽이며 그제야 옆에서 낑낑거리고 있는 렉스의 머리를 쓰다듬어줬다. 이제나저제나 쓰다듬어주는 걸 기다리고 있던 짐승은 간신히 만족하며 꼬리를 맹렬하게 흔들었다.

"그럼 어떡해요?"

"음?"

"음이 아니잖아요! 그럼 한동안 만나지 말자는 뜻이었어요?"

놀란 만큼 억울해졌다. 수아의 말에 곤란한 표정을 짓는 알을 보니 더 그랬다. 계속 보고 싶고, 만나고 싶은 건 그녀뿐인가 싶었다.

하긴, 어른스럽게 굴어야지. 수아는 렉스를 계속해서 쓰다듬으며 속으로 스스로를 다독였다. 생각해보면 전 남자친구와도 이런 문제로 다투지 않았던가. 그때는 상황이 반대였지만.

수아는 쌍둥이 동생을 돌보는 등 가족을 위한 시간이 필요했고, 전 남자친구는 그걸 이해하지 못했다. 수아는 그런 그를 보며 상대방에 대한 배려가 없다고 생각했다. 드라마 같은 곳에서 흔히 나오는 "나야, 일이야? 선택해!" 하는 대사도 정말 이기적인 소리라고 여겼다.

그런데 지금은 자신이 그 꼴이니.

"물론 어쩔 수 없……."

"아침."

"네?"

수아는 렉스에게 향해 있던 고개를 들었다.

"아침에는 괜찮으니까. 혹시 그대가 괜찮다면 그때……."

"네! 괜찮아요! 안 괜찮아도 괜찮아요!"

수아는 방금 결심이 무색하리만큼 고개를 열렬하게 끄덕였다. 그러고는 조금 민망해져, 한 마디를 덧붙였다.

"그, 그런데 알은 밤새 순찰하는 거 아니에요? 아침이면 힘들지 않아요?"

"상관없다."

"그렇지만 저 때문에 무리하는 건 싫어요. 저 괜찮아요. 방금은 그냥 너무 갑작스러워서 그런 거예요."

"아니."

하르페니언은 조용히 고개를 저었다.

"내가, 그대를 보고 싶어."

확, 수아는 뺨이 붉어지는 걸 느꼈다. 그녀는 잠깐 어떻게 반응해야 할지 몰라 렉스를 바라봤다가 다시 시선을 올렸다.

"그대가 아침에는 약하다고 했으니 곤란하겠지만……. 그래도, 나와줬으면 하는데."

금빛 눈동자가 잔잔하게 일렁였다. 아침에 약하다는 말. 그저 지나가듯 한 말일 뿐이었는데 설마 그런 걸 기억하고 있을 줄이야.

"물론이에요!"

그녀는 고개를 몇 번이고 끄덕였다.

"제가 알을 보러 나오는 걸 싫다고 할 리가 없잖아요."

"그런가."

"네. 알이 곤란하지 않다면……. 음, 날마다 보고 싶은 걸요."

알은 순간 수아를 끌어안을 뻔한 충동을 간신히 억눌렀다. 역시 밤은 위험하다. 아니, 핑계다. 그냥 그 자신이 위험했다.

그는 그녀가 눈치채지 못하게 슬쩍 심호흡을 하면서 품속에서 준비해온 것을 꺼냈다. 그걸 본 수아의 눈이 동그랗게 변했다.

"아, 그거."

그 날, 보트 바닥에 떨어져 직원이 주워준 이즈벳 목걸이었다. 줄을 갈아줄 생각으로 그가 챙겼었다. 처음부터 이 이즈벳 목걸이의 줄이 불순물이 꽤 섞인 싸구려 줄이라는 건 알았기에 어차피 조만간 갈아줄 생각이었다. 결국은 얼마 되지 않아 끊어졌고, 그 결과로 알의 이성도 함께 끊겼지만.

어쨌거나 이 줄이라면 아무리 세게 잡아당겨도 웬만해서는 끊어지지 않을 터였다.

"다시 걸어줘도 될까."

그녀의 뺨이 다시 붉게 물드는 것이 보였다. 수아는 대답 대신 고개를 끄덕였다. 그러고는 머리카락을 걷어 올리며 등을 돌렸다. 상앗빛 피부의 가느다란 목덜미가 드러났다. 그는 자신의 숨소리가 그녀에게 들리지 않았으면 좋겠다고 생각했다.

이번에는 목걸이를 거는 시간이 그다지 오래 걸리지 않았다. 알은 고리를 다 건 후에 자신도 모르게 그녀의 목덜미를 손가락으로 살짝 쓰다듬었다. 그리고 스스로 흠칫 놀라 바로 한 걸음 물러섰다. 분명 전에도 같은 짓을 한 것 같은데.

"알?"

수아는 왜 그러냐는 듯 그를 돌아봤다. 그녀는 이번에도 딱히 이상한 것을 느끼지 못한 모양이었다.

그는 속으로 안도하며 아무렇지도 않은 척 목걸이를 다 걸었다고 말했고, 수아는 기뻐하며 이즈벳 목걸이에 손을 가져갔다.

그 뒤 둘은 가제보 안으로 자리를 옮겨 이야기를 이어나갔다. 시간은 금방 지나갔고, 하루를 건너 모레 아침부터 만남을 다시 이어가기로 약속하며, 밤의 후원 데이트는 끝이 났다.

오늘은 달도 뜨지 않은 밤이었다. 후원에 마법등이 있다고는 하지만 그것은 가제보 근처로 한정될 뿐, 지금 그가 서 있는 곳에는 짙은 어둠에 눌려 거의 비추지 않고 있었다. 칠흑같이 어두운 밤은 무섭도록 고요했다.

회궁 안에 있는 모든 이는 잠들어 있었다. 이곳에는 그 흔한 호위나 경비병조차 없었기에 주변에서는 벌레 우는 소리와 바람 소리 외에는 아무것도 들리지 않았다. 공기마저도 조용히 흘러가는 밤이었다.

그 안에, 하르페니언이 있었다.

그는 밤을 좋아하지 않았다. 밤의 고요함은 여러 가지의 생각을 불러와, 결코 달갑지 않은 기억에 짓눌리게 된다.

아직 이 목숨이 붙어있나.

때때로 자신은 이미 죽어 아무도 없는 세상으로 온 것이 아닐까 싶었다. 혹은 자신 외에는 모두 죽어 이 세상에 그 혼자만 남겨진 게 아닐까 하는 생각도 들었다.

어느 쪽이든 견딜 수 없는 형벌이다.

당장에라도 바닥이 무너져 밑도 끝도 없는 무저갱의 나락으로 추락할 것만 같은 느낌은 진절머리가 날 정도였고 실제로 추락하는 감각을 느낄 때도 있었다. 그럴 때마다 하르페니언은 흠칫 놀라 주먹을 움켜잡다 정신을 차리곤 했다. 그러고는 자신이 미쳐가고 있다는 걸 깨닫고는 자조했다.

물론 낮이라고 해서 이런 느낌이 완전히 사라지는 것은 아니었지만, 최소한 밤보다는 나았다. 공기는 가볍게 들떠 있었고 사람들은 햇볕 아래에서 활기차게 움직였다. 사람들의 말소리와 웃음소리를 들으면 그렇게나마 이 세계에 이어져 있다는 기분에 조금 안도하게 되었다. 비록 그와는 상관없는, 완전히 동떨어진 모습이라 할지라도.

그래서 하르페니언은 밤의 고요함을 깨는 사건이 좋았다. 쓸데없는 상념들을 치울 수 있고, 이 세계에 그 외에 다른 존재들이 있다는 걸 알릴 수 있는 사건이 일어나는 것이 차라리 기꺼웠다.

수아를 만난 후부터는 밤을 견디는 것이 훨씬 수월했다. 그녀를 볼 수 있는 때는 오로지 수아가 잠든 후였으므로 그나마 밤이라는 시간에 의미를 부여할 수 있었다. 그녀를 보러 가지 않는 밤이라도 지금쯤 수아가 방에서 잠들어 있을 것이라고 생각하는 것만으로도 그녀와 연결되는 느낌이었다. 그런 느낌을 받는 순간, 그렇게나 한없이 무거웠던 밤공기가 가벼워지는 기분이 들었다.

그녀가 회궁에 들어오고, 해가 저무는 시간에 날마다 후원에서 만나기 시작한 이후로는 오히려 즐겁기까지 했다. 어둠이 시작되는 시간을 기다리다니 전에는 상상도 할 수 없었던 일이다.

두 시간도 채 되지 않은 짧은 만남 이후에 수아가 방으로 돌아가고 다시 혼자 남게 됐을 때에도, 예전과 같이 암흑에 사로잡히는 느낌은 받지 않았다. 마치 수아가 빛을 나눠주고 간 것만 같았다. 다음 날 해가 지는 시각이 되면 또 그녀를 만날 수 있다는 생각에 심장이 뛰었다. 지금은 만나는 시간을 아침으로 옮겼지만 역시 나쁘지 않았다. 이 밤이 지나가면 그녀가 올 거라는 걸 알기에, 어둠이 계속되지 않음을 알기에.

얼마 만이더라.

어릴 때는 즐거웠던 것 같다. 이미 까마득히 옛날이라, 하르페니언은 그것이 어떤 기분이었는지 잘 기억이 나지 않았다. 그저 즐거웠던 것 같다는 희미한 감정의 흔적만이 남아있을 뿐이었다. 저주를 받기 전의 자신은 마치 그와는 상관없는 사람처럼 느껴졌다. 그래서 가끔 의문이 들었다.

그 어렸던 「소년」은 지금의 자신과 정말 동일 인물이 맞을까?

저주를 받기 전에는 학문을 익히고, 검을 익히고, 제왕학을 공부했다. 무엇보다도 그의 곁에서 가르침을 주던 이들이 있었다. 질문을 하면 대답이 돌아오는 건 물론, 모두들 어린 황자에게 조금이라도 더 가르치기 위해 열과 성을 다했다. 그는 언제나 총명하다 칭찬받았고 설사 정답을 맞추지 못하고 검을 손에서 놓쳐도 그럴 수 있는 일이라며 격려받았다.

소년은 시간이 지나는 것이 아까울 정도로 순간순간을 충실하게 살았다. 하루가 짧았기에 다음 날이 오기를 손꼽아 기다렸을 정도였다. 하지만 밤 또한 결코 싫지 않았다. 하루를 마무리해주는 조용한 공기가 있었고, 혼자만의 시간을 가지는 때이기도 했다.

단지 잠을 자야 한다는 사실이 아쉬웠다. 어떻게든 몰려오는 수마를 해치우려 노력하다가 꾸벅꾸벅 졸다 시녀들의 손에 침실로 옮겨가 잠들었던 하루하루. 다음 날은 무슨 일이 있을까 가슴이 뛰고 언제나 빛나던 미래가 오리라고 한 치의 의심도 없었던 그때.

그랬던 기억은 남아있었지만, 그 기분이 어떠했는지는 아무리 애써도 떠오르지 않았다. 그래서 어릴 때를 생각하면 지독한 위화감이 들었다.

그건 정말 「자신」이었던가?

그런데 지금에서야 그때가 생각났다. 기억이라고 하기에도 민망할 정도의 너무나도 작고 희미한 조각이었지만 무언가를 「기다리고」 「기대하는」 것이 어떤 느낌이었는지, 이제는 알 것 같았다.

살아있다는 기분이 이렇게나 생경하고 편안할 줄은 상상도 하지 못했다. 가슴이 뛰고, 누군가를 그리고, 내일을 기대하고.

이제까지처럼, 하루하루를 버티는 삶과는 비교도 되지 않는다.

-알.

수아의 목소리가 들리는 것 같아 하르페니언은 희미하게 미소를 지었다. 그래서 더더욱 사실을 밝힐 용기가 나지 않았다. 그 순간 모든 것은 깨어질 테니까.

수아를 믿지 못하는 것이 아니었다. 하지만 단순히 믿는다는 말로는 간단하게 표현할 수 없는 것들이 있다. 사람은 음식을 먹지 않으면 허기를 느끼고 마침내 아사한다. 잠을 자지 않으면 도저히 견딜 수 없다. 그러한 생리적인 현상은 믿음이나 의지로 극복할 수 있는 것이 아니었다. 하르페니언이 받은 저주는 그와 같았다. 다른 이들이 어쩔 수 없는 공포와 혐오로 그를 배척하는 것은 당연했다. 만약 자신이라도 신의 저주를 받은 이를 본다면 같은 태도를 취했겠지. 그래서 그는 사람들을 원망하지 않았다.

물론 예외는 있었다. 그 공포와 혐오를 억누르고, 그의 옆에 남은 사람들. 루펜이 그러했고 리노체스 부인이 그러했다. 카르니언 또한 스스럼없이 다가왔다. 하지만 그건 그들이 특이했을 뿐이었고, 좀 더 적나라하게 말하면 그들이 다가온 거리까지가 한계였다.

아마 수아 또한 곧바로 그를 외면하진 않을 터였다. 그를 동정하고 그의 처지를 안타까워할 것이다. 그리고 그 후에도, 곁에는 계속 남아 있어줄지도 모른다. 이제까지처럼 이야기를 나누는 행위 또한 허락해줄 수 있을지도 모른다.

하지만 그뿐이다. 연인으로 있는 것은 절대로 무리다. 연인이란 존재는 단순히 그를 주군으로 인정하고 형님으로 인정하는 것과는 차원이 달랐다.

몇 번이고 생각했다. 차라리 고백한 그 날이 없었더라면. 그래서 애초에 이런 관계가 되지 않았더라면. 너무나도 달콤해 정신을 놓을 정도의, 이 감정을 맛보지 않았더라면.

하지만 하르페니언은 만약 자신이 시간을 되돌릴 수 있다고 해도 결코 돌아가지 않을 거라는 걸 알았다. 지독한 모순이다. 아니, 이제 와서 이런 생각을 하는 것도 위선일 뿐이었다.

정말로 그녀를 위한다면 수도에 남아서는 안 됐다.

그 기회를 놓쳤다면 수아와 만났을 때 후원에서 보자는 약속을 해서는 안 됐다. 설사 그랬다 하더라도 밖에서 보자는 약속은 잡지 말았어야 했다. 보트에서 한 짓은 말할 필요도 없고, 그녀가 고백해 왔을 때 고개를 저었어야 했다.

기회는 정말로 많았다. 아니, 지금도 기회는 아직 있었다. 수아에게 이별 통보를 하면 된다. 그게 무리라면 최소한 사실을 밝혀야 했다.

그는 그렇게 수백, 수천 번을 생각했다. 하지만 이 역시 자신이 하지 못할 거라는 사실을 그는 너무나도 잘 알았다. 그를 연인이라 인식하고 자신을 바라보는 그 눈빛을, 미소를, 목소리를, 움직임을 잃고 싶지 않았다. 어차피 영원히 속이는 것은 무리라는 걸 알면서도 그 시간이 조금이라도 더 길게 이어지길 기원하고 또 기원했다. 숨기고 있는 것이 그녀에 대한 예의가 아니라는 걸 알면서도, 그녀 또한 연인이라는 이름으로 받아 들여준 상대가 어떤 이인지 알 권리 정도는 있다는 걸 알면서도. 그에게는 미래가 없고, 그에게 허락된 시간은 이제 1년이 조금 넘게 남았을 뿐인 걸 알면서도.

풀벌레 소리가 그쳤다. 그 얼마 남지 않은 시간마저 빼앗으려고 하는 자였다.

다음 순간까지는 한 호흡도 되지 않았다. 하르페니언은 그대로 땅을 박찼다. 쉬익, 바람을 가르는 날카로운 소리와 함께 방금까지 그가 서 있던 자리에 은색 호선이 그어졌다. 하르페니언은 속으로 혀를 차며 튕기듯 검을 뽑아내 그대로 내리쳤다.

큿, 하는 작은 소리와 함께 하르페니언을 공격한 이가 풀썩 쓰러졌다. 혈향이 풍기는 것을 느끼며 하르페니언은 상대의 상태도 확인하지 않은 채 곧바로 눈을 뒤로 돌렸다. 잠시 공기가 멈춘 것 같았다.

그는 다시 속으로 혀를 찼다. 제대로 된 놈들이라면 동료가 쓰러지는 틈을 놓치지 말고 바로 등 뒤를 노렸어야 했다. 아무리 그라도 사람을 베어 넘기는 순간만은 허점이 생긴다. 하지만 당황한 기색만이 느껴지는 걸 보니 이런 쪽의 경험은 얼마 없는 풋내기들인 모양이었다.

하긴 방금 쓰러진 놈만 봐도 그랬다. 검날은 은근히 빛 반사가 심한 물건이다. 특히 지금과 같은 암흑 속에서는 작은 빛도 놀랄 정도로 반사시켜, 결국 자신의 위치를 알리는 물건이 된다. 그런데도 암살자라는 놈이 검에 아무런 처리도 하지 않아, 당당하게 검날을 번쩍이는 꼴이 됐다.

"나와라."

하르페니언의 한 마디에 머뭇거리던 기색이 살기로 바뀌었다. 그리고 누가 먼저라고 할 것 없이 일제히 그를 향해 달려들었다.

하르페니언은 나무 위에서 뛰어내리는 놈을 피하며 그 등에 칼을 찔러 넣고, 다른 한 손으로는 옆에서 달려오는 놈에게 단도를 던졌다. 그리고 몸을 낮게 숙여 뒤에서 달려오는 놈을 발뒤꿈치로 차올렸다. 그 틈만으로도 칼을 빼낼 시간은 충분히 얻을 수 있었다. 그는 곧바로 검을 들어 턱을 차여 정신을 차리지 못하는 놈의 목을 베어냈다. 그나마 단도를 맞은 놈은 급소는 피한 모양이었지만 곧바로 대응하지 못해서야 쓸모가 없었다.

그놈 또한 곧 하르페니언의 손에 목숨을 잃었다.

그야말로 순식간이었다. 시간으로 따지면 겨우 몇 초. 숨을 세 번 정도 들이쉬고 내쉴 정도의 시간.

하르페니언은 호흡 하나 흐트러지지 않았다. 단지 죽은 놈들을 보면서 가볍게 한숨을 내쉬었을 뿐이다.

'또 시작인가.'

회궁에 오는 암살자들은 크게 두 종류였다. 스스로의 실력에 대해 자신이 있거나 아니면 아무것도 모르는 풋내기들. 오늘은 후자였다.

입맛이 썼다. 어차피 남을 죽이러 온 놈들이니 동정의 여지도 없고 황족을 향해 칼을 빼 든 이상은 살려 보낼 수도 없지만, 그래도 너무나도 풋내기들이었다. 그의 기준으로는 칼을 들고 빼기는 어린 아이의 목을 비트는 것과 다를 바가 없었다.

'어떻게 회유했을까.'

하르페니언이 아직 어릴 때였다면 차라리 이해가 갔을 것이다. 어린 꼬마 하나를 죽여달라는 의뢰는 어렵지 않다. 실제로 처음 암살자들이 오기 시작한 것은 아홉 살 생일을 막 넘겼을 때였고, 그 당시에는 살아남는 것만으로도 정신이 없었다. 지금 회상해도 용케 죽지 않았구나, 싶을 정도였다.

정공법으로 죽이러 오는 이들은 차라리 나았다. 곁에 있던 시녀나 시종이 갑자기 칼을 휘두르기도 하고 음식에 독이 섞여 있기도 했다. 침실이나 옷장에 숨어있다가 한낮에도 튀어나와 그의 목숨을 노렸다.

물론 보통의 경우라면 황족에게 칼을 겨누는 것만 해도 충분히 죽을 죄였다. 하물며 제대로 된 살의를 가지고 암살자를 보냈다면 그야말로 멸족을 당할만한 행위다. 사주한 이는 물론 암살자들만 해도 곱게 죽지 못한다. 뒤를 캐고 또 캐어내어 그 혈육까지도 처단하겠지.

하지만 하르페니언은 「저주받은」 황태자였다. 그 요소가 모든 것을 덮어버렸다. 암살자가 들어왔다는 걸 알아도 잠시 소란이 일어났을 뿐 실질적으로 누구의 사주인가를 알아내려는 움직임도 없었다. 암살자들만 죽고 그대로 끝이 났다.

하르페니언은 없어져야 할 존재이며 나라의 앞길에 해악을 가져올 존재였다. 고로 모든 이들은 눈을 감고, 귀를 막고, 입을 열지 아니했다. 황제마저도 자신의 아들에게 일어난 일에 아무런 반응도 보이지 않았다.

그러했으니 남은 것은 아홉 살의 꼬마일 뿐. 분명 보수도 후하게 제시했을 테니 얼마든지 죽이러 올 수 있었을 터였다. 그리고 그건 하르페니언의 소문을 부추기는데 한몫하기도 했다. 그의 곁에 있는 이들은 저주로 죽지 않는다 하더라도 암살자들에게 살해당했다.

언제부터 시중을 들 이들을 곁에 두지 않기 시작했더라. 잘 기억이 나지 않았다. 지금처럼 회궁에 사는 고용인들과 그 자신이 사는 구역을 분리하기 시작한 것도 아마 열 살 남짓이었던 것 같았다. 그건 암살자들이 접근해 오는 경로를 막기 위함이기도 했지만, 헛되이 죽는 이들을 더 이상 늘리지 않기 위함이기도 했다.

몇 번이나 죽을 뻔했지만 어쨌거나 그는 살아남았다. 소년은 청년으로 성장했다. 그럼에도 아직까지 암살자들이 오곤 했다.

어릴 때와는 사정이 다르다. 15년 동안 소문은 더욱더 증폭되어 그가 들어도 저주받은 황태자는 악마보다도 더한 존재 같았다. 그런 자를 죽이기 위해, 의뢰인들은 암살자들에게 무엇을 약속했을까.

정말 지치지도 않는다.

그를 죽이면 나라의 모든 우환이 해결될 거라고 믿는 이들이 있다. 저주받은 존재가 황태자로 있는 나라가 제대로 될 리 없다며, 나름의 애국심에 불타 그를 제거하기 위해 성심성의껏 노력을 다한다. 아마 그들은 발각이 나면 죽을 각오 또한 하고 있을 것이다. 자신의 목숨 하나로, 나라의 우환이 해결된다면 얼마든지 목숨을 바쳐주겠다 생각하는 충신도 그 사이에는 있을 터였다.

어릴 때는 고민했다. 정말로 순순히 죽어줘야 하는 걸까. 정말, 나는, 우환의 덩어리밖에 되지 않는 걸까.

지금은 그런 고민은 하지 않는다. 그는 억지로 납득했다. 만약 그랬다면 신은 저주를 내리는 대신 자신을 죽였을 터였다. 혹은 황태자의 목숨을 끊으라고 직접적인 신탁을 내렸을 터였다. 그러지 않은 이유는 따로 있을 거라고, 계속해서 스스로에게 되뇌었다. 어머니의 죽음이 헛된 것이 아니라고, 그렇게.

하지만 그가 어떤 생각이든 나라에 문제가 생길 때마다 그를 원흉이라 지적하는 이들의 목소리는 잦아들지 않았다. 그중에는 「추방」이라는, 황족에게 썼다고는 믿기 어려운 단어가 튀어나오긴 했지만, 그마저도 직접적인 것이 아닌 에두르고 또 에두른 단어라는 걸 모두가 알고 있었다. 그건 단순히 나라에서 그를 내쫓는 것을 뜻하는 것이 아닌, 아예 세계에서 그 존재를 없애려는 말이었으니까.

어차피 한 번 황태자가 된 이를 폐위시키는 건 보기에도 좋지 않고 무엇보다도 저주받았다는 소문을 인정하는 것이 되어 타국과 전쟁을 하는 계기가 될 수도 있다. 그러니 차라리 죽어 없어지는 편이 처리도 쉽고 편하다. 그렇게 된다면 카르니언 또한 잡음 없이 황태자가 되어 권리를 누릴 수 있으니 그를 지지하는 세력들에게도 안성맞춤인 이야기였다.

'나는…….'

하르페니언은 칼을 닦아 다시 칼집에 넣었다. 피비린내가 오늘따라 역겨웠다. 이 후원은 이제 그만의 장소가 아니다. 수아와 함께 하는 장소에서 아무렇지도 않게 사람을 죽이고 그 피를 흘리게 했다.

저녁 식사 이후, 그녀를 후원에서 두 시간 이상 머물지 못하게 한 것은 그의 자제심이 어디까지 갈까 하는 문제도 있었지만 무엇보다도 수아의 안전을 위해서였다. 요즘은 잠잠했지만 이제 다시 시작인 모양이었다.

회궁에 너무 오래 머물렀다.

-떠나십시오.

카르니언의 목소리가 다시 울렸다.

수아와 함께, 떠난다. 더할 나위 없이 매력적인 이야기였다. 그리고 그건 지금 그의 고민에 대한 완벽한 해결책이기도 했다. 황태자라는 걸 밝히지 않고 그저 수아에게 여행을 떠나자고 하면 된다. 그녀라면 기꺼이 따라줄 것이었다.

하지만 그래서?

타인에게 닿는 걸 필요 이상으로 꺼린다는 건 수아라면 금방 눈치챌 것이다. 여행에 별다른 목적이 없다는 것도, 무언가를 숨기고 있는 것도 모를 리가 없다. 더구나 1년이 지나, 저주를 풀 방법을 찾지 못해 하르페니언이 목숨을 잃는다면? 아무런 마음의 준비도 없이 연인이 목숨을 잃게 만드는 그런 잔인한 일을 그녀에게 겪게 하고 싶지 않았다.

결국 어떤 식으로든 그는 그녀에게 자신이 저주받은 황태자라는 이야기를 해야만 했다.

하르페니언은 조용히 자신의 손을 내려다보았다. 조금 전까지만 해도 그녀와 함께 맞잡고 있던 손이었다.

꿈은 이 정도로 충분하지 않았던가.

"에고고. 또 한바탕 하셨습니까."

갑자기 말소리가 들려와도 하르페니언은 별로 놀라지 않았다. 어차피 기척은 처음 후원에 그가 발을 들였을 때부터 알고 있었다.

"베슨."

"간만에 기어들어온 간 큰 녀석들이군요. 또 무슨 일이 있었나 봅니다?"

"자네야말로 용케 알았군."

"가끔 그러할 때가 있지요. 까닭 없이 가슴이 두근거려 잠을 이루지 못할 때가 말입니다."

하르페니언은 그제야 늙은 정원사를 돌아보았다.

그의 시선에 베슨은 허리를 깊숙하게 숙여 이 성의 주인에게 인사했다. 그의 말투는 황족에게 향하는 것치고는 다소 무례했지만 평소 그의 모습에 비하면 한없이 공손했다. 실제로 그는 제대로 된 예절을 배운 적이 없었기에 황족에게 어떤 말투를 써야 하는지 알지 못했다. 단지 그의 기준 안에서 최대한 예의를 차릴 뿐이었다.

"그럼 치우겠습니다, 전하."

하르페니언은 대답하지 않았고, 베슨은 한 번 더 고개를 깊숙이 숙이며 인사하고는 시체들 쪽으로 다가갔다.

"간만에 아이들이 포식하겠군요."

혼잣말에 가까운 중얼거림이었기에 하르페니언은 여전히 침묵을 지켰다. 베슨이 말하는 「아이들」이란 당연히 정원과 후원에 있는 식물들을 말했다.

회궁의 정원이 아름다운 이유는 사람이 묻혀있어서라고 했던가.

하르페니언은 새삼 후원을 한 번 더 둘러보았다. 그 말도 완전히 틀린 것은 아니었다. 이곳이 고용인들이 출입금지라고는 해도 아예 교류가 없지는 않았다. 비에린느 부인은 날마다 식사를 가져왔으며 날을 정해 루시와 함께 청소를 하러 들어왔다. 후원 또한 이렇게나 꾸며져 있는 것은 베슨의 덕이었다.

대부분은 고용인들이 들어오는 시간은 따로 정해져 있었다. 하르페니언은 그즈음이 되면 그 장소를 피해주곤 했다. 물론 오늘처럼 암살자들이 올 때면 그가 직접 바깥쪽으로 나와 베슨을 불러오곤 했다. 부르지도 않았는데 베슨이 오늘처럼 가슴이 뛴다며 오는 경우도 가끔 있었다.

"언제까지 치울 수 있나."

"아침까지는 거뜬합니다."

"그럼 부탁하지."

"아이고, 별말씀을요! 들어가십쇼, 전하!"

베슨이 가볍게 시체를 드는 것을 보고 하르페니언은 등을 돌렸다. 어차피 계속 이 자리에 남아있어 봤자 서로 불편할 뿐이었다.

베슨은 젊었을 때 여러모로 암살자 비슷한 일을 했었다. 그러다 시체의 피를 먹고 자라는 식물들의 아름다움에 반해 정원사로 전향했다는 매우 독특한 이력을 가진 이였다. 그 사이에는 딸의 문제나 여러 가지 이야기들이 얽혀 있는 것 같았지만 하르페니언은 자세한 사항은 알지 못했다. 그가 보고서로 알 수 있었던 건 그 뒤로 식물을 돌보는 것에 발군의 실력을 발휘하여 황궁의 정원사로 들어올 수 있었다는 점, 하지만 그 후로 비료로 동물의 사체를 사용하면서 물의를 일으켰다는 점 정도였다.

그 뒤로 베슨은 황궁에서 쫓겨나기 직전, 루펜의 선택을 받아 회궁으로 들어왔다. 베슨으로서는 그다지 달갑지 않은 최후의 선택이었던 모양이지만 세월이 점차 흐르면 흐를 수록 그는 회궁의 생활을 지극히 마음에 들어 했다. 더 이상 남의 눈치를 보지 않고 동물의 사체를 정원수의 퇴비로 줄 수 있다는 것에 행복해했고, 하르페니언을 노리고 오는 암살자들의 시체 또한 비료로 줄 수 있다는 것에 만족했다.

암살자들은 베슨에게 아이들의 훌륭한 「먹이」였다.

이번에도 베슨은 순식간에 시체들을 조각내어 정원 밑으로 묻을 터였다. 그리고 진심으로 즐거워하며 식물들을 돌볼 것이다. 어차피 회궁에 정상적인 사람이 있을 리는 없으니 회궁 정원사로는 최적의 사람이기도 했다.

'그런데도.'

하르페니언은 오늘따라 더욱 그의 주변을 맴도는 것만 같은 피비린내를 떨쳐내듯 더욱더 성 안으로 들어가는 걸음을 빨리했다.

'수아의 이야기 속에는 베슨조차도 좋은 아저씨였지.'

수아의 이야기를 듣고 있으면 신기했다. 그녀의 이야기 속에서는 가끔은 누구를 말하고 있는가 싶을 정도로 비에린느 부인도, 베슨도, 루시도 하르페니언 자신이 가진 인상과는 전혀 다른 사람이었다. 수아의 말만 들으면 베슨 또한 그저 동네에 한두 사람은 있는 보통의 아저씨처럼 느껴졌다.

'아마, 나도.'

그리고 그녀의 안에서는 그 또한 더할 나위 없이 좋은 사람일 터였다.

하르페니언은 새삼 수아의 눈에 비추는 세상은 어떤 것인지 궁금해졌다. 아마 자신의 세계보다는 훨씬 편안할 거라는 생각이 들어 그는 작게 미소 지었다. 그녀의 눈으로 세상을 본다면, 얼마나 따스할까. 심지어 한 번은 완전히 사는 세계가 바뀌었는데도.

하르페니언은 다시 고개를 들었다 회궁 안은 불빛 하나 없이 깜깜했다.

아무리 생각해도 그의 결론은 같았다. 이 안으로 그녀를 데려올 수는 없었다.

그는 간신히 결심했다.

한 달. 정확히 한 달만 더 이 시간을 지속하자.

조금만 더 「연인」의 눈으로 보는 그녀를 보고, 「연인」에게 웃어주는 미소를 느끼며, 「연인」으로서의 지위를 누리자.

그리고, 그 후에…….

하르페니언은 창밖의 하늘을 보았다. 달빛 하나 없는 밤하늘은 별빛 역시 제대로 비추지 않았다.

수아는 침대에 누운 채 이즈벳 목걸이를 들어 바라보고 있었다. 며칠 전 알이 직접 걸어준 목걸이였다. 줄은 처음 샀던 목걸이보다 훨씬 고급으로 보여, 수아는 이 목걸이가 산 가격보다도 훨씬 더 비싸졌을 거라고 생각했다.

정말 그녀는 받기만 한다. 목숨도, 생활도, 선물도. 그리고 연인이라는 위치까지도.

수아는 이즈벳 목걸이를 들었던 손을 내리며 몸을 반 정도 옆으로 돌렸다. 저녁때 후원에 오지 말라는 이야기를 들은 지 벌써 일주일이 넘어가고 있었다. 그 뒤로는 저녁의 데이트가 아침으로 바뀌었다. 처음에는 어두운 곳에서 보다가 밝은 곳에서 보니 약간 어색하긴 했지만 크게 낯설 정도까진 아니었다. 언제나와 같은 만남이었다.

그녀는 누운 자세가 어째 편하지 않아 한숨을 내쉬며 다시 고쳐 누웠다. 하지만 여전히 뭔가가 불편했다.

하루의 끝을 그와 함께 하지 못하는 건 아쉬웠지만 하루의 시작을 그와 함께 여는 것도 꽤 멋진 일이었다. 그는 여전히 다정하고 멋졌고, 언제나 그녀를 배려해줬다.

하지만 가끔 이상함을 느낄 때가 있었다. 사실 그녀는 알이 왜 자신을 좋아하는지 알지 못했다. 돈 많고, 잘생겼고, 친절하고, 솜씨 좋고, 신분도 높아 보이는 사람이 뭐가 부족해서 아무런 연고도 없는, 그것도 제국에서는 특이하게 생겨 이방인으로 보이는 여자를 좋아하는 걸까.

물론 이런 생각은 그에 대한 실례다. 그의 마음을 믿지 못한다는 반증이고, 그녀부터도 그가 돈이 많거나 잘생겨서 좋아한 게 아니니까. 그렇지만 이건…….

'마치 내가 억지로 붙잡아놓는 것 같잖아.'

알과 함께 있으면 있을수록 그의 표정을 조금씩 읽을 수 있게 됐다. 처음에는 미처 몰랐던 미소나 미미한 감정의 변화를 알게 된 건 좋았지만 하나 더 느끼게 된 것이 있었다.

바로 망설임.

그는 결코 수아에게 함부로 다가오지 않았다. 그저 장갑을 벗은 손으로 그녀의 손을 잡는 것 정도가 최대한의 스킨십이었다. 그가 그녀에게 다가오려다가 머뭇거리는 모습을 볼 때마다 수아의 의문은 점점 커졌다. 목걸이를 걸어줄 때도 그랬지만 조금이라도 어딘가에 닿으면 오히려 움찔 물러났다. 처음에는 배려해주는 것 같아 기뻤지만 지나치게 조심스러운 것이 아닌가 하는 생각이 점점 커졌다.

처음부터 이랬다면 차라리 의문을 가지지 않았을 것을, 수아는 그 날 밤의 일을 확실하게 기억했다. 알은 꼼짝도 할 수 없을 정도의 힘으로 그녀를 으스러지라 껴안았고, 입맞춤 또한 그녀가 숨을 쉬기 힘들 정도로 정열적이었다. 자신이 다음 날 아침 거울을 보고 기겁할 정도로.

하지만 그건 그날뿐. 그 뒤로는 다시 시간을 되돌린 것 같은 만남만이 지속되었다.

그녀도 알의 짧지만 부드러워 보이는 머리카락이라든가 날카로운 콧날, 혹은 검붉은 문신을 쓰다듬고 싶을 때가 있었다. 팔짱도 끼고 싶었고 기대어 앉고 싶기도 했다.

하지만 그의 태도는 조심스럽다 못해 아예 다가오는 걸 거부하는 것 같아 그녀 또한 다가가지 못했다. 물론 보트에서처럼 급작스럽게 다가오는 걸 바라는 것은 아니었지만, 그렇다고 해서 뭔가가 가로막은 것처럼 지나치게 부자연스러운 지금과 같은 상태를 원하는 것도 아니었다. 그건 전혀 다른 문제였다.

계속 이런 나날이 이어지자 그 날의 고백도 다시 떠올랐다. 그가 그녀를 좋아하고 있었다면, 왜 아무 말을 하지 않았을까? 심지어 그는 그녀를 리노체스 저택에 맡긴 후 반년이 넘게 아무런 소식도 전하지 않았다. 수아가 회궁으로 들어오지 않았으면 재회도 이루어지지 않았을 터였다.

보트 위에서도 행동은 그가 먼저였지만, 그 뒤로는 사과만으로 끝내려고 했다. 만약 수아가 먼저 고백하지 않았다면 어떻게 됐을까? 아무리 긍정적으로 생각하려고 해도 그가 먼저 고백하는 모습은 상상이 가지 않았다.

뭔가 숨기고 있는 걸까.

하긴 그건 전부터 느끼고 있는 사실이었다. 그녀는 그의 본명도 몰랐다. 그가 정확히 어떤 신분인지, 어떤 일을 하는지, 어디에서 사는지 알고 있는 게 하나도 없었다. 대충 짐작만 하고 있을 뿐이었다. 언젠가 이야기를 해주긴 해줄지도 의심스러웠다.

순식간에 몇 가지 가설이 떠올랐다 사라졌다. 별로 사이가 좋지 않은 아내가 있다거나, 미혼이긴 한데 귀족이라서 신분이나 직위가 낮은 평민과는 이어질 수 없다거나, 혹은 과거에 여자와 사귀다가 큰 상처를 얻어서 마음을 닫고 있었다거나…….

"으음."

그녀는 낮은 신음을 냈다. 차라리 소설을 쓰지, 하며 피식 웃고 싶은데 차마 입꼬리가 올라가질 않았다. 그중에서도 알이 유부남이라는 가정이 가장 그럴듯하게 느껴지는 게 문제였다.

생각해보니 「별로 사이가 좋지 않은 아내」라는 표현도 필요가 없었다. 이 세계에서의 귀족 계층은 정혼자 외의 애인을 따로 만드는 것이 흠 잡힐 일도 아니었으니까. 특히 신분이 높을수록 정략결혼을 하는 것이 당연한 일이다 보니 오히려 없는 걸 이상하게 보는 경우도 있다고 했다.

이런 점을 처음 알았을 때 수아는 상당한 거부감을 느꼈다. 귀족의 결혼은 집안끼리의 결합이고 사랑은 개인적 영역이기에 둘을 따로 분리시킨다. 그 개념은 머리로는 이해가 갔지만 거기에 동의하느냐는 또 다른 문제였다. 뭐가 옳고 그르다기보단 가치관에 따른 차이에 가까울 것이다. 수아가 살던 세계에서도 둘째 부인이니 첩이니 하는 개념이 생소하지 않은 시대가 있었고, 지금이라고 해도 부인을 몇씩이나 들일 수 있는 나라도 있으니까. 하지만 수아가 자란 현대의 대한민국에서는 결혼은 집안과 집안 사이의 결합이라는 시선이 있을망정 결혼과 연애를 별개로 나누지는 않았다. 한 사람의 남편과 한 사람의 부인이 당연하다고 여기며 자랐다.

그 차이를 이야기하자 리노체스 부인은 언제나와 같이 다정한 미소를 지으며 말했다.

–아가씨는 리노체스 백작가의 피후견인이고, 원한다면 추후에 양녀가 될 수도 있어요. 그러니까 이런 방식에 익숙해지는 게 좋을 거랍니다.

그때 생각했다. 자신은 아마 평생 익숙해질 수 없을 거라고. 사랑이 결혼의 모든 것이라고 믿지는 않아도, 남편이라는 사람이 다른 사람을 애인으로 두고 외도한다는 사실을 당연하게 받아들이면서 살 수 있을 것 같지는 않다고.

그 뒤로도 리노체스 부인은 가끔씩 그녀에게 적당한 귀족가에 시집을 가서 편하게 살라고 권했지만 역시 싫었다. 애인을 따로 만드는 걸 당연하게 여기는 남편의 경제력에 의존해 한평생을 살아야 한다니. 편하기는커녕 상상하는 것만으로도 몸서리가 쳐졌다.

그나마 평민들의 결혼 생활은 수아가 생각하던 「보통」과 가까운 모양이었다. 물론 다양한 경우가 있다고는 했지만, 최소한 결혼 후 애인을 따로 가지는 것이 떳떳한 분위기는 아니라고 했다. 그러니 그녀가 결혼을 한다면 상대는 아마 귀족이 아닐 터였다.

그렇게 생각했는데.

'알도 귀족이지.'

새삼 잊고 있던 사실이 다시 떠올랐다. 수도에 왔을 때부터 그가 귀족인 건 알았지만, 자신이 그를 남자로 볼 거라고 어디 상상이나 했던가. 좋아한다고 자각한 이후에도 명쾌하게 채일 생각이나 했지 알이 고백을 받아 들여줄 거라고는, 그도 자신을 좋아할 거라고는 생각도 못 해봤었다.

"으."

큰일이었다. 그래, 그렇게나 멋진 남자가 솔로일 리가 없었다. 그럼 자신은 그냥 정부(情婦)에 불과한 걸까?

아니, 그래도 결혼은 하지 않았을지도 몰랐다. 결혼 후에도 애인을 가지는 게 당연하다고 생각하는 귀족이라면 오히려 망설이지 않았을 테니까.

아니다. 혹시 알에게 한 이야기 중에 그녀의 나라는 일부일처제가 당연하다며, 바람을 피우는 상대에 대한 부정적인 견해를 드러낸 적이 있었을지도 몰랐다. 그래서 알이 말을 하지 않고 있는 것일 지도 몰랐다. 하도 그에게 이것저것 말을 해서 그런 소리를 한 적이 있는지 없는지도 기억이 나지 않았다. 하지만 그는, 그녀의 지나가듯이 한 말까지 모두 기억하는 사람이니까.

결혼을 했을까, 하지 않았을까.

수아는 베개를 쥐어뜯으며 한참이나 고민했다. 물론 답은 나오지 않았다.

그녀는 제풀에 지쳐 베개를 내팽개치듯 놓으며 다시 천장을 보고 바로 누웠다. 절로 한숨이 나왔다. 만약 정말로 알이 결혼을 했다면 어떻게 해야 할까.

그렇다면 잘못이 있는 건 수아 쪽이다. 그녀의 개념으로는 가정이 있는 남자를 사귀는 여자는 가정 파괴범이며 도둑년이다. 비록 이 세계가 그걸 인정한다고 해도 수아 스스로가 납득할 수 없었다. 이제까지는 몰랐으니 그렇다 치더라도, 안 후에도 계속 그 관계를 유지할 정도로 뻔뻔할 자신이 없었다.

하지만 알은 포기할 수 없다. 그 모순에서 그녀는 끙끙 앓았다.

-수아.

그가 낮은 목소리로 자신의 이름을 부르는 것이 좋았다. 여러 색이 뒤섞인 금안으로 그녀를 내려다보는 것도 좋았고 커다란 손으로 그녀를 감싸주는 것도 좋았다.

손이라. 그 생각이 나자 수아는 자신의 손을 위로 들었다. 만남 내내 알과 계속 겹쳐 있었던 손이었다. 서로의 손을 잡는 것만큼은 만나는 시간이 아침이든 저녁이든 변하지 않았다.

수아는 그의 커다란 손을 잡는 것이 좋았다. 서로 마음이 통해 있다는 느낌이 들어 좋았고 장갑 너머가 아닌 직접 그의 체온을 느끼는 것도 좋았다. 거칠고 투박한 상처투성이의 손은 그의 무인(武人)으로서의 삶을 나타내는 것 같았기에 그 안에 함께 있게 된 것 같아 좋았다. 무엇보다도 맥박이 뛸 때는 어쩐지 하나로 이어져 있다는 느낌까지 들었다.

겨우 손을 잡는 것 하나만으로도 이렇다.

누군가를 이렇게까지 좋아할 수 있다는 것이 믿기지가 않았다. 책이나 영화를 통해 로맨틱한 사랑을 꿈꾸면서도 과연 그게 가능할까 싶었다. 자신이 이성을 잃을 정도로 맹목적으로 누군가를 사랑하고, 아끼고, 보듬을 수 있을 것 같지도 않았다. 이제까지 짝사랑이든 남자친구를 사귀든 간에 그렇게까지 격렬한 감정이 든 것은 한 번도 없었다.

하지만 알은 달랐다. 혹시나 그가 유부남일까 하는 상상만으로도 견딜 수 없을 정도로 짜증과 화가 났다. 그가 정말 유부남이라면 끼어든 것은 수아일 텐데, 오히려 그의 「아내」에 대한 적개심이 불타올랐다.

이게 질투라는 거겠지, 응.

'괜찮아.'

그녀는 근거 없이 자신에게 속삭였다. 아직 이건 그녀만의 망상이다.

그가 망설이고 있는 건, 자신에게 숨기고 있는 건 다른 것일 수도 있었다.

그렇다면 그건 뭘까.

의문과 불안감은 끝없이 이어졌다. 간신히 잠든 사이의 꿈에서는 늘씬한 미인이 나와 그의 부인이라고 선언하며 알을 그녀에게서 빼앗아 갔다. 알이 굉장히 곤란한 얼굴로 미안하다고 사과했다.

잠은 한숨과 함께, 얕디얕았다.

수면부족이었다.

"하아."

움직일 때마다 머리가 울렸다. 더 나쁜 건, 그것과는 별개로 정신이 계속 개운치가 못하다는 것이었다. 조금씩 굴러가는 불안 덩어리는 눈 덩어리가 커지듯 데굴데굴 굴러 더더욱 커졌다.

결국 오늘 아침의 만남에서도 수아는 그에게 아무것도 묻지 못했다. 함께 있을 때는 알이 옆에 있는 것만으로도 충분히 좋았기에 굳이 불편한 질문으로 당장의 분위기를 망치고 싶지 않았다. 아니, 좀 더 정확히 말해 「진실」이 그녀가 감당할 수 없는 것이라면?

그게 무서웠다.

입에서 다시 한숨이 새어나왔다. 그녀는 고개를 세차게 흔들었다가 하늘을 봤다 땅을 봤다 잡생각을 떨치기 위해 노력했다. 만약 옆에서 누군가가 보면 가관이었을 모습이다. 그나마 혼자 일하는 시간이 많은 것이 다행이었다.

하지만 오늘은 그 모습을 멀뚱하게 바라보는 사람이 하나 있었다.

"……뭐해?"

"꺄악!"

잡고 있던 칼을 잘못 놓칠 뻔했다. 그녀는 깜짝 놀라 옆을 바라보았다. 어느새 카르니언이 의자에 앉아 이상한 얼굴로 수아를 살피고 있었다.

"뭐야, 언제 들어왔어?"

"노크했는데?"

"못 들었어!"

"넋이 반쯤 나가 있어 보이니 못 들을 만도 하지. 너 그거 죽이라도 만들 생각이야?"

수아는 도마 위에 거의 흔적만 남아있는 새우의 잔해를 보았다. 샌드위치에 넣기 위해서 간단하게만 손질할 생각이었는데 어느새 형태도 제대로 보이지 않을 정도로 짓이겨져 있었다.

"으아……."

"그러다 손 자른다. 칼질할 때는 집중해야지."

카르니언은 부엌 의자에서 일어났다.

"비켜. 내가 해줄게."

그러더니 순식간에 새 새우를 꺼내 냄비에 데치더니 껍질을 벗기고 샌드위치에 넣기 좋을 정도로 다졌다. 거기서 끝내지 않고 빵을 꺼내 반을 가르더니 야채를 다듬고 소스까지 넣어 순식간에 먹음직스러운 샌드위치를 완성했다. 익숙한 손놀림이었고, 무엇보다도 빨랐다.

"이렇게 보면 정말 황자 전하 아닌 거 같다니까."

"뭐, 요리는 좋아하니까."

카르니언을 마지막으로 본 게 데이트 전이었으니, 거의 보름만이었다.

"그동안은 요리하러 안 온 거야?"

"응, 원래 자주는 못 왔어. 오더라도 형님만 보고 갈 때도 많았고. 요리하는 날은 진짜 극소수."

카르니언이 점심 바구니에 샌드위치를 자연스럽게 넣으며 대답했다. 어느새 그는 과일을 썰어 샐러드를 만들고 쿠키까지 멋대로 꺼내 배치하고 있었다.

"그런데 이 쿠키, 구운 지 얼마나 된 거야? 눅눅하잖아."

"으음, 어제 외부에서 하녀가 가져온 건데."

카르니언은 인상을 팍 찡그렸다.

"아, 진짜 너무하네. 구운 지 일주일은 족히 넘은 거 같은 게 어제?"

그는 한숨을 푹 쉬었다.

"아오. 시간만 있으면 새로 굽는데. 이제껏 이런 게 형님에게 나갔단 말이야?"

"으음, 계속 그랬던 거 같은데. 여기 오는 음식들은 별로 질이 좋은 것 같지가 않아."

회궁에 온 지 얼마 안 된 자신이 눈치챌 정도라면, 아마 전에도 쭈욱 이랬을 터였다. 식재료 자체도 싱싱하지 않았고 빵이나 쿠키도 눅눅할 때가 많았다.

"그래서 황태자 전하도 같은 걸 드신다고 했을 때는 진짜 놀랐어. 근데 카일도 몰랐어? 나보다 더…… [전문가]…… 잘 알 텐데."

"나야 부엌에 올 때는 요리할 재료들을 죄다 챙겨서 오니까."

그는 쿠키뿐만이 아니라 빵들도 꺼내 살피며 말을 이었다.

"남의 궁 돌아가는 걸 이것저것 살피는 건 실례이기도 하고, 실제로 알아도 속만 터질 테니까 억지로 더 안 들여다본 것도 있어. 그나저나 이거 생각보다 엄청 심한데……. 망할, 어떻게 할 수도 없고."

"못해?"

"응. 궁의 주인이 가만히 있는데 다른 사람이 설칠 순 없잖아. 그거, 월권행위라고."

이런 건 카르니언이 시정명령만 한 마디 내린다면야 간단히 해결할 수 있었다. 하지만 문제는 그다음이었다. 자칫하면 궁 주인에 대한 시비, 혹은 도발로 받아들여질 수가 있었다. 물론 하르페니언이 그렇게 생각하진 않겠지만 다른 의미에서 못마땅해 할 터였다. 황자가 황태자궁의 사정에 참견했다는 소문은 피할 수 없기 때문이었다.

이제까지 카르니언이 하르페니언과 교류를 하는 건 그나마 비공식적이었으나, 그가 회궁이 돌아가는 일에 참견을 하게 되면 공식적인 일이 되어버린다. 다들 얼마나 왈가왈부하고 일이 커질지 카르니언으로서도 골치 아픈 이야기였다. 그리고 그 여파가 하르페니언에게도 좋을 리가 없었다.

"으음, 네가 비에린느 부인에게 말해보는 건 어때?"

"내가?"

"내가 말하면 공식적으로 간섭하는 게 되어버리니까. 비에린느 부인은 그래도 꽤 오래 회궁 관리를 했잖아? 형님 이름으로 공문만 보내도 바로 시정될 텐데."

카르니언은 최대한 차분하게 말하고 있었지만 속으로는 꽤 화가 치밀어 오르고 있었다. 황궁의 고용인들과 엇비슷하거나, 그보다도 더 못할 정도의 음식이라니 도대체 어디까지 우습게 보려는 걸까. 당연히 예산 부족일 리가 없으니 뒤로 빼먹는 누군가가 있을 터였다.

황궁에서, 황족에게 장난질을 친다. 아무리 하르페니언의 입지가 낮다 하더라도 발각되면 사형감이다.

하긴, 황족에게 당당히 암살자를 보내는 놈들도 있는데 무얼 더.

카르니언은 속으로 자조 섞인 웃음을 지었다.

"그래? 그럼 말해볼게. 그나저나 오늘은 웬일이야?"

"그냥 형님 보러 왔다가. 안 계시더라고. 그래서 온 김에 너나 볼까 했지."

물론 거짓말이었다. 하르페니언에게는 처음부터 찾아가지도 않았다.

사실 그동안 카르니언이 그녀에게 찾아오지 않은 건 가급적 그녀와 만나는 걸 자제해야겠다는 생각 때문이었다.

어쨌거나 그는 제삼자니까. 그는 특히 연애에서 많디많은 「현명한」 충고가 얼마나 일을 그르칠 수 있는지 잘 알고 있었다.

하르페니언의 반응을 보니 데이트는 꽤 성공적인 것 같았다. 일단 물꼬는 터주었으니 알아서 사이가 무르익도록 놔둘 생각이었다.

그렇게 생각했는데, 궁중 분위기가 급속도로 나빠지고 있었다. 하르페니언이 왜 떠나야겠다고 말했는지 이해할 수 있을 정도였다. 요즘은 아예 몬스터의 규합 원인을 알아보는 조사관으로 하르페니언을 임명해야 한다는 의견이 나올 정도였다.

어처구니가 없었다. 황태자를 조사관으로? 그것도 고작 몬스터 관련으로?

하르페니언을 성 밖으로 내쫓겠다는 의도가 너무나도 확연하여 기도 차지 않았다. 이대로라면 형님은 정말 자의든 타의든 얼마 지나지 않아 수도에는 있지 못하게 될 터였다.

그럼 다시 수아가 문제가 된다. 사이가 무르익을 시간이 없다. 그러기는커녕 제대로 사귀지도 못하는 상태로 그녀만 놓고 정말 혼자 떠나실 수도 있었다. 어쨌건 그것만은 막아야 했다. 결국 카르니언은 당초의 생각을 깨고 수아를 찾아왔다.

"근데 왜 그러고 있었어?"

"어? 아……."

확, 그녀의 얼굴이 다시 빨개졌다. 아마도 형님과 관련된 일이겠지. 카르니언은 그렇게 짐작하면서도 문득 생각난 것처럼 물었다.

"그러고 보니 그때 데이트는 잘했어? 벌써 꽤 됐네."

"잘했……. 아."

수아가 반사적으로 고개를 들며 말하다가 뭔가 생각이 난 듯 그를 바라보았다.

"그렇지, 카일. 카일도 알을 알고 있지."

이런. 카르니언은 속으로 혀를 찼다.

"어, 그렇지."

"알을 얼마나 알고 있어?"

"크흠. 글쎄? 알고 있으면 있다고 할까, 모른다면 모르고. 왜?"

"궁금한 게 있어서."

카르니언은 곧바로 고개를 저었다.

"아니, 난 가급적 그…… 사람에 대한 이야기는 하고 싶지 않은데. 형님과도 관계된 일이라……."

"알아. 하지만 딱 하나만 물어볼게. 중요한 거야."

수아는 굉장히 진지한 표정이었다. 동시에 간절해 보이기도 했다. 아무래도 형님과 관계된 일일 테니 무조건적으로 안된다고만 할 수가 없어, 카르니언은 곤란한 얼굴로 머리를 긁적였다.

"뭐, 들어보고. 데이트 때 도대체 무슨 일이 있었기에 그래?"

"그게……."

수아가 다시 얼굴을 붉히며 살짝 시선을 내리깔았다.

"사귀기로 했어."

"뭐?"

"사귀기로 했다고. 음, 고백했는데 잘 돼서……."

붉은 뺨으로 수줍게 말을 꺼내는 그녀는 완벽하게 사랑에 빠진 여인의 모습이었다.

카르니언은 그날 벽에 얼굴을 박았던 하르페니언을 떠올렸다. 그래요, 형님. 그렇게 멍하니 계실만했네요…….

“잠깐, 생각보다 진도 되게 빠르잖아?

“그, 그러게?”

“그 사람……이 단번에 좋다고 한 거야?”

“으음, 오케이를 했다고 해야 하나 밀어붙였다고 해야 하나…….”

의외였다. 수아가 고백을 했든 하지 못했든 그것과는 상관없이 당연히 연인 사이는 되지 못할 줄 알았다. 형님이 밀어낼 것이 뻔했기 때문이었다.

그런데, 뭐?

카르니언은 말도 안 된다고 외치고 싶은 걸 참으며 간신히 고개를 끄덕였다. 그 과정이나 하르페니언이 무슨 생각으로 고백을 받아들였는지 참으로 궁금했지만, 어쨌건 결과만 두고 보면 더할 나위 없는 일이었으니까.

“그렇구나. 그럼 뭐가 고민인데?”

동시에 걱정이 왈칵 솟아올랐다. 지금에서야 리노체스 백작의 걱정이 이해가 가는 심정이었다.

형님은, 생각 이상으로 수아에게 빠져 있다.

그 새삼스럽지도 않은 사실이 다시 한 번 크게 다가왔다. 형님이 무슨 생각이시든 간에 어쨌거나 이제까지의 원칙을 깨고 단번에 수아를 그의 안으로 들였다. 그런 그녀가 마음이 변해버리기라도 한다면 감당하기 힘들 정도로 큰 상처를 받으시리라.

"혹시 막상 사귀기로 했더니 별로 안내키는 거야? 그래서 후회된다거나."

그 질문을 하는데 온몸이 바짝 긴장됐다.

"설마!"

하지만 정말 다행히, 수아는 곧바로 부정했다.

"알도 똑같은 소리를 하더니만. 아냐, 내가 얼마나 알을 좋아하는데."

그녀는 얼굴을 붉게 물들이면서도 당당히 어깨를 폈다. 한시름 놓은 카르니언이 이번에는 조금 편하게 물었다.

"그럼 뭔데?"

그 말에 수아는 입술을 한 번 깨물고 그를 올려다보더니 한숨을 작게 내쉬었다.

"으음, 카일은 황자 전하잖아. 나중에 결혼한 아내가 애인을 만들어도 된다고 생각해?"

"엉?"

난데없는 화제 전환에 카르니언은 잠깐 눈살을 찌푸렸다가 일단은 대답했다.

"애인 말하는 거지? 글쎄, 난 가급적 막고 싶은데. 보통 귀족가라면 모를까 제국의 황족이랑 결혼까지 했는데 놀아날 정도면……. 황자비라는 신분에 대한 자각도 없을뿐더러 아예 개념이 없다는 소리니까. 상대가 타국의 공주 정도라도 된다면 이야기는 좀 달라지겠지만."

"아. 카일은 황족이지. 그럼 애초에 기준이 다른 거고……. 그럼 잘못 물어봤네. 카일, 네가 결혼 후에 애인을 두는 건?"

카르니언은 갑자기 왜 자신이 추궁받는 입장이 됐는지 알 수가 없었다.

"그건 왜?"

"알고 싶어. 아무래도 이 나라의 가치관은 나와 다른 것 같아."

그런 수아의 모습은 어째 초조해 보였다.

"그래, 너 제국민이 아니었지. 네가 온 곳에서는 어떤데?"

카르니언은 조금 초조하게 그녀를 바라보았다. 설마 일처다부제 같은 건 아니겠지.

하르페니언의 연애관이 자유롭다면 상대가 그러해도 괜찮을지도 모른다. 아니, 실질적인 생각이 어떻든 제국의 황족으로서 제대로 성장했다면 그 사이에서 여자를 상대하는 방법을 배우고, 진심이 아닌 상대와 놀아나는 법도 익혔으리라. 지금의 자신처럼. 하지만…….

카르니언은 다시 긴장으로 침을 꿀꺽 삼기고 수아의 대답을 기다렸다.

"난 싫어."

"뭐가?"

"누구와 같이 사귀는 거."

카르니언은 살짝 미간을 찌푸렸다. 그러니까…….

"여기서는 내가 오히려 이상한 사고방식일지는 모르지만……. 아무리 노력하려고 해도 거부감이 들어. 그래서 물어보고 싶었어. 알,

혹시 결혼했어?"

"쿨럭!"

카르니언은 처음으로 뭔가를 마시지 않는 상황에서도 공기를 기도로 잘못 들이마셔 기침이 나올 수 있다는 걸 알았다.

"뭐, 뭐라고?"

"알, 결혼했냐고. 부인이 있어? 있다면 결혼한 지 얼마나 된 거야? 아이는?"

"어, 그니까."

그는 자신의 가슴을 치며 숨과 동시에 머리도 진정시켰다.

"결혼한 아내가 있는데 너랑 사귀는 거 아니냐고?"

"응."

"……그거 걱정한 거야?"

"당연하잖아! 알, 이상해. 굉장히 머뭇거려. 알 정도 되면 이제까지 여자도 많이 사귀어봤을 거 아냐? 그런데 음, 되게 망설이고, 뭔가를 숨기고 있고. 그래서 혹시 결혼한 게 아닐까 했는데……. 틀려?"

심각하게 말하는 수아를 보며 카르니언은 멍하니 있다가 이내 웃음을 터트렸다.

수아는 확실히 제대로 봤다. 제대로 보긴 했는데…….

"뭐야!"

"크, 크크큭, 아니……으하핫! 그, 그래. 그렇게 보일 수도, 푸핫, 있겠구, 푸하하하핫!"

웃음을 멈출 때까지는 약간의 시간이 걸렸다.

그동안 수아는 못마땅한 눈초리로 카르니언을 쳐다봤지만, 동시에 이렇게까지 웃는 것은 그녀의 추측이 틀렸다는 소리라는 것을 알아챈 듯했다. 그가 간신히 진정하고 고개를 들었을 때 수아는 부루퉁한 표정이면서도 꽤나 안심한 눈치였다.

"아니구나?"

"응, 아냐. 결혼한 적 없어. 미혼이고."

그 말에 수아는 활짝 얼굴이 펴졌다.

"정말이지?"

"그래. 그건 말해줄 수 있어. 절대 아냐."

웃음이 실실 새어 나와 멈출 수가 없었다. 하긴 저주라는 존재를 모르면 형님을 그렇게 볼 수도 있겠다 싶었다. 만약 저주만 없었다면 이제까지 수많은 여자들을 사귀시긴 했겠지. 어쩌면 자신보다 여성편력이 더 심했을지도 모른다. ……아마도.

"그래, 그럼 다행이다."

"된 거야?"

"응."

수아는 행복한 듯이 웃었다. 그 뺨은 살짝 붉어져 있었다.

"결혼한 것만 아니면 됐어. 뭘 숨기고 있던, 그럼 상관없으니까. 나머지는 말해줄 때까지 기다릴 거야."

수아는 목에 걸린 이즈벳을 한 번 만지작거렸다.

"응, 정말로."

"그래."

카르니언은 어깨를 한 번 으쓱거렸다.

"너도 진짜 엉뚱한 걸로 고민했구나."

"너도?"

"어? 아니, 나도 첫 연애 시작할 땐 그랬거든."

급히 얼버무렸지만 대충 통한 모양이었다. 수아는 눈을 동그랗게 떴다.

"너도 첫 연애가 다 있어?"

"잠깐. 날 뭐라고 생각하는데?"

"아냐, 그 뜻이 아니라, 카일은 그냥 속 태우고……. 그럴 타입으로 보이진 않아서. 처음부터 그냥…… 그런?"

"그랬겠냐."

그는 피식 웃었다. 실제로 그의 첫 연애도 여러모로 엉망진창이었으니까.

어쨌거나 나쁘지 않았다. 수아는 자신의 가치관에 반한 상황을 상상하면서도 단숨에 쳐내지 않고 끙끙거리며 고민했다. 최소한 그 정도로 하르페니언에게 푹 빠져있다는 소리다. 다행이었다. 형님이 한 발자국 물러나려고 하면, 수아가 그만큼 다가가 줄 테니까. 하르페니언이 그녀를 떨쳐버리려고 해도 결코 쉽지 않을 터였다.

음, 뭐. 애초에 데이트 첫날에 고백을 받아주신 것부터가 글렀습니다, 형님.

카르니언은 걸터앉아있던 테이블 위에서 내려섰다.

"아무튼, 이만 가볼게. 또 봐."

“아, 응! 고마워!”

“뭘.”

카르니언은 한결 밝아진 수아의 얼굴을 보며 등을 돌렸다.

밤에 만나는 건 나름의 묘한 분위기가 있었지만, 이렇게 아침 해 밑에서 보는 것도 참 좋았다. 그의 미묘한 표정을 좀 더 알 수 있기 때문이었다. 특히 빛 아래에서 보는 그의 눈동자는 참으로 보석 같았다.

어느덧 연두 봄 첫째 달도 절반 이상이나 지나가, 후원에 꽃이 활짝 피어나고 있었기에 햇빛 아래에서 다양한 꽃들 보는 것도 즐거웠다. 달콤한 꽃향기가 주변을 휘감고, 색색의 꽃들이 피어난 후원은 그 안에 있다는 것 자체가 황송해질 정도의 사치였다.

“알, 잠은 자요?”

하지만 밝은 빛 아래에서 보는 그의 얼굴은 마냥 좋아 보이지만은 않았다. 더구나 수아가 몇 시에 일어나서 후원으로 오든 그는 언제나 이 자리에 있었다.

“일찍 일어나는 편이라고 하지 않았나.”

“밤에도 늦게 자는 거 아니에요?”

“그다지.”

수아는 못마땅한 표정을 지었지만 더 이상 뭐라고 하지 못했다. 당사자가 괜찮다는데 거기에 뭐라고 말해 봤자다. 그가 무리하는 게 아닐까 싶은 생각에 초조했지만, 그녀가 추궁할 수 있는 부분이 아니었다.

"그런데, 손에 그건?"

그렇지 않아도 렉스가 맹렬하게 꼬리를 흔들며 수아가 들고 온 바구니 주변을 빙글빙글 돌고 있었다.

"아……. 그, 샌드위치를 조금, 만들어 봤어요."

"샌드위치?"

"네, 음. 잘 만들진 못해요. 카일보다 솜씨는 훨씬 떨어지고……."

원래 아침에 만나기로 한 시간은 오전 일곱 시였다. 계획상으로는 한 시간 정도 같이 있다가 헤어져 아침을 먹고 아홉 시에 일을 시작하는 것이었지만, 당연히도 그건 지켜지지 않았다. 어차피 아침에는 부엌에 있는 빵 하나만 대충 집어 먹어도 충분했다. 그래서 대부분은 아홉 시가 다 되도록 알과 함께 있곤 했다.

수아는 딱히 정해진 일정이 없었기에 마음만 먹으면 아홉 시가 넘어도 계속 있을 수 있었지만, 가급적이면 시간을 지키려고 했다. 한 번 선을 넘겨버리면 끝이 없을 터였다. 그러면 알과 하루 종일 같이 있고 싶은 마음을 억누르지 못할지도 몰랐다. 아니, 분명 그렇게 되겠지.

그러면 그에게 굉장한 폐를 끼치게 된다. 지금도 무리해서 만나주는 것이 눈에 보일 정도인데, 온종일 같이 있자고 한다면? 그는 차마 거절하지도 못하고 점점 더 피곤한 채로 그녀와 함께 있을 것이다.

여관의 일도 그렇다. 누가 감독하는 것이 아니라고는 하지만 돈을 받고 일하는데, 이대로 가다간 당연히 해야 할 일이 아니라 단순히 알과 만나는 시간을 방해하는 장애물이라고만 느껴질 터였다. 그러니 억지로라도 시간을 지켜야 했다.

하지만 그와 있는 시간은 언제나 부족했다. 차라리 저녁에 만났을 때는 헤어져 돌아가 여운에 두근거리며 잠드니 조금 나았지만, 아침에 만나기 시작하니 뭔가 더욱더 아쉬웠다.

그래서 하루는 아예 작정하고 일찍 나가보았다. 언제나 그가 기다리고 있으니 이번에는 그녀가 먼저 나가 기다릴 생각이었다. 그를 기다리는 시간까지도 함께 있는 시간으로 칠 수 있지 않을까. 하지만 여섯 시가 막 된 시각인데도 수아는 알이 후원에 있는 걸 보고 깜짝 놀랐다. 그 또한 수아를 보고 놀란 눈치였다.

아마 그때였을 것이다. 그가 단순히 일찍 나오는 것이 아니라, 그냥 후원에서 밤을 새운 것이 아닌가 하는 생각이 든 것은. 알은 결단코 아니라고, 잠은 잘 잤고 조금 일찍 일어나 온 것뿐이라고 했지만 다음에도 같았다. 언제, 몇 시에 오든 그는 후원에 있었다.

그 뒤, 그녀가 나오는 시간은 아침 여섯 시가 되었다.

"그대가 직접 만든 건가?"

"음, 네. 별건 아니지만……."

전부터 그에게 음식을 만들어줘야겠다는 생각은 했다. 하지만 이런저런 이유로 차일피일 미루기만 했었고, 수아는 이제 와 그게 후회스러웠다.

솜씨가 떨어지는 부실한 샌드위치라 하더라도 저녁때 줬다면 최소한 야참으로 먹을 수 있었을 것이 아닌가. 지금 와서, 아침나절에 줘봤자 먹을 수 있기나 할까.

그래도 그 핑계로 또 만들어주는 걸 미루고 싶진 않았다. 결국 수아는 새벽 다섯 시에 일어나 주방에서 샌드위치와 고구마 샐러드 비슷한 것을 만들었다. 샐러드야 그렇다 치더라도 샌드위치는 따로 재료를 사올 수가 없었기에 평소 베슨에게 만들어 주는 것과 크게 다를 바는 없었지만, 그래도 최대한 정성을 다해 모양을 내었다.

하지만 알은 슬쩍 미간을 찌푸렸다.

"그럼 그대야말로 잠을 제대로 못 잤다는 말이잖나. 그럴 일이 있었으면, 오늘은 나오지 않았어도……."

"네?"

수아는 잠깐 이게 무슨 소린가 했다가 다음 순간 기가 막혔다.

"잠깐만요. 알에게 주려고 만든 건데, 안 만나면 의미가 없잖아요?"

그 말에 알은 꽤 놀란 모양이었다. 그는 두어 번 눈을 깜박이더니 정말 의외라는 듯 물었다.

"나……에게?"

"네."

수아는 에라 모르겠다 하며 바구니 안에서 도시락용 바구니와 작은 뼈다귀들을 꺼냈다. 후자는 약간 살코기가 묻어있는 뼈들로, 처음부터 렉스용으로 가져온 것들이었다. 수아는 더욱더 맹렬하게 꼬리를 치는 렉스에게 뼈들을 던져주고는, 잠시 망설이다가 도시락 바구니를 불쑥 그에게 내밀었다.

"혹시 배 안 고프면 억지로 먹을 필요는 없고요."

먹으라고 강요한 꼴이 된 것 같아 급히 그렇게 말했지만 알은 고개를 저었다.

"아니, 그게…… 아니라."

"뭐예요. 이게 그렇게 의외에요?"

수아는 자신이 애인에게 도시락 하나 싸주지 못할 사람으로 보였나 싶었지만, 알은 정말로 당황한 듯한 표정이었다.

"그……."

결국 그는 더 이상 말을 잇지 못하고 확 얼굴을 붉히며 바구니에게로 시선을 내렸다. 귀까지 새빨개진 것이 보이자 그녀 역시 당황했다. 아니, 도대체 어째서 고작 샌드위치로 이런 반응을 보이는 건데?

그는 여전히 시선을 그녀에게 올리지 않고 바구니를 천천히 열었다. 그 안에는 먹기 좋은 크기로 잘라놓은 작은 샌드위치가 세 종류씩 총 여섯 조각, 고구마 비슷한 걸로 만든 샐러드, 그리고 쿠키와 과일 몇 조각이 들어있었다. 나름대로 열심히 한다고 했지만 아무래도 옛날 블로그나 요리책에서 본 것보다는 훨씬 못한 모양새였다. 아니, 거기까지 가지 않아도 카르니언과 비교해도 그랬다.

하지만 알은 그것을 뚫어지게 바라보았다.

"그, 그렇게 맛있진 않을 거예요. 음, 재료도 애매하고……. 아니, 그 전에 제 솜씨가."

"상관없어."

그는 손을 뻗어 샌드위치를 하나 집어 들었다. 그리고 약간 머뭇거리더니 입안으로 넣었다. 그가 샌드위치를 먹는 동안 수아는 바짝 긴장하여 그를 바라보았다.

"맛있어."

그가 그렇게 웃으며 말했을 때, 수아는 반사적으로 숨을 쓸어내렸다.

"아니, 정말로. 고맙군."

누가 들으면 만한전석이라도 차려준 줄 알겠다. 그렇게 생각하면서도 수아는 자신의 뺨이 살짝 붉게 달아오르는 걸 느꼈다.

"다음에는 더 맛있는 걸로 줄게요."

"이걸로 충분해. 아침부터 여러모로 고생했겠군."

"아뇨, 진짜 간단한 거라……. 다, 다음에는 언제 아예 정식으로 차려줄게요! 언제 알 쉬는 날 있으면……. 아니, 저 아직 정식 요리는 잘 못 하니까, 그럴 바에는 아예 나가서 먹는 게 나을까요?"

분위기에 취해 엉겁결에 그렇게 말하다가 수아는 얼른 말꼬리를 돌렸다. 샌드위치 하나 싸주는 것에도 얼마나 고민을 했는데 정식 요리라니.

"아니, 그대가 한 것이라면 뭐든지……. 하지만 요리는 여러모로 힘드니까. 굳이 그러지 않아도 돼."

그는 부드럽게 말하면서 수아가 싸준 샌드위치를 한 입 더 베어 물었다. 그리고 수아는 그 모습을 보면서 조만간 정말 요리를 하긴 해야겠다는 생각을 굳혔다. 누군가가 이렇게 음식을 소중히 여기며 먹는다는 느낌이 드는 건 또 처음이었다.

그녀는 해줄 수 있는 것이 정말 없었다. 이제까지 받기만 했다. 그러니까, 조금이라도 뭔가를.

하지만 수아는 그 생각을 속으로만 담아두었다. 그저 아무 말 없이 웃으며 조금 그의 쪽으로 몸을 기울였을 뿐이었다. 알은 움찔하더니 그 또한 그녀의 쪽으로 슬쩍 몸을 붙여왔다.

그래, 그에게 따로 여자가 없는 이상 무엇을 숨기고 있든 상관없었다.

수아는 더할 나위 없이 행복했다. 정확히 지금, 이 순간이.

"으, 또 빵이 눅눅해졌네요."

저녁 식사 시간, 수아는 가볍게 한숨을 쉬었다. 아무래도 그 뒤로 요리 재료가 눈에 더 잘 띄는 건 어쩔 수 없었다. 이틀에 한 번씩 오는 쿠키는 물론이고 빵도 꽤 눅눅했다. 이 재료로 계속 알에게 음식을 만들어줘야 한단 말이지.

"뭘 새삼."

"계집애 입맛엔 좀 그런가? 클클, 그래도 궁중에서 만드는 빵이니 불만 가질 것도 없지."

비에린느 부인과 베슨이 차례대로 대답했다.

수아는 먹던 빵을 내려다보았다.

"그러니까 더 아깝잖아요. 모처럼 좋은 재료인데."

그 말대로 빵 자체는 나쁘지 않았다. 그녀가 처음 이 세계에 와서 먹었던 빵이 놀랄 정도로 거칠고 맛이 없었다는 걸 떠올린다면 여기에 불만을 가지는 건 사치였다. 하지만 그럴수록 아쉬웠다. 차라리 처음부터 재료가 엉망이었다면 포기라도 할 수 있었을 텐데, 묘하게 눅눅한 이 식감이라니.

"아무래도, 먹다 남은 빵을 가져다주는 것 같지 않아요?"

같은 회궁 사람이니 비에린느 부인에게 한번 이야기를 꺼내보라고 했었다. 수아는 카르니언의 말을 떠올리며 말을 이었다.

"빵만 이런 게 아니에요. 쿠키도 바삭거리지가 않고, 다른 재료들도 시들해요. 버터도 이상한 냄새가 나고요."

차라리 이게 그냥 고용인들끼리 먹는 음식이라면 아주 못 먹을 정도는 아니니 그냥 그러려니 했겠지만, 카르니언에게 관련 이야기를 들은 후로는 식사 때마다 불편했다.

"이건 황태자 전하도 드시는 음식이잖아요."

황태자도 같은 음식을 먹는데 알이라고 해서 따로 챙겨 먹고 있을 리가 없었다. 거기에 생각이 미친 수아는 눅눅해진 빵을 오븐에 구워보기도 하고 보관을 좀 더 신경 써서 해보기도 했지만 그런다고 이미 오래된 음식이 신선해질 리가 없었다.

"하."

비에린느 부인은 기가 막힌다는 듯 숨을 내뱉었다.

"황태자 전하께선 네년처럼 투정부리시지 않아. 하지만……."

그녀는 시들거리는 샐러드를 포크로 찍고는, 한숨을 내쉬듯 한 마디를 덧붙였다.

"네년이 개선하겠다면 말리진 않겠다."

"네?"

"외부로 체크하러 간다고 하면 권한을 주겠다는 소리다."

잘 이해가 가지 않아 몇 번 눈을 깜빡이고 있으려니, 비에린느 부인이 말을 이었다.

"황태자 전하도 아무 말씀이 없으시고, 이쪽도 음식을 제대로 달라며 뛰쳐나갈 정도로 혈기 왕성한 연놈들이 없으니 현상유지였지. 아무도 불만이 없는데 굳이 문제를 만들 필요가 없으니까. 그런데……."

비에린느 부인은 흡족해하는 표정으로 씩 웃었다.

"이제 불만이 제시됐다, 이거지. 안 그러냐 망할 년아?"

"네? 어……."

잠깐. 이게 왜 이렇게 흘러가는 거지. 수아는 당황하며 그녀를 바라보았다.

"문제를 제시한 자가 해결하는 것이 회궁의 법칙. 잘 다녀오거라."

"오, 이제 더 맛좋은 음식을 먹을 수 있게 되는 거냐?"

베슨이 껄껄거리며 말했고 루시 또한 기대에 찬 표정으로 눈을 빛냈다. 수아는 순간 등 뒤로 식은땀이 흐르는 것 같은 느낌을 받았다. 그냥 음식의 질에 대한 이야기를 했을 뿐인데 난데없이 책임자가 되어버렸다.

그 표정을 보고 비에린느 부인이 콧방귀를 뀌듯 말했다.

“어려울 건 없어. 내가 미리 공문을 보내놓을 테니, 가서 살피는 척만 해. 그것만으로도 궁둥이에 불붙은 것처럼 제대로 된 음식을 내줄 거다. 회궁으로 책정된 예산만 해도 얼만데, 이 망할 것들이 적당히 떼먹어야지.”

“떼먹어요? 어? [횡령?]”

더듬거리는 수아에게 비에린느 부인은 뭘 새삼스레 그런 걸 묻느냐는 표정이었다.

“아무렴, 그래도 황족이 사는 성인데 책정된 예산이 없을까 봐? 어차피 제대로 쓰는 것도 아니니 돈은 진짜 썩을 정도로 쌓여있어. 그중 일부는 「협력」이라는 핑계로 다른 성에 뿌려지지. 괜히 다른 성에서 빨래를 해주러 오고 음식을 가져다주는 게 아니야. 재료도 원래라면 직접 황궁 창고로 가서 골라와야 하는 거지만, 역시 그럴 인력이 없으니 알아서 가져다주는 거고.”

그러면서 비에린느 부인은 인상을 확 찡그리더니 포크로 찍었던 늘어진 샐러드 이파리를 휙 접시 밖으로 내던졌다.

“그러니까, 이딴 시든 이파리와 상하기 직전의 고기가 이 성에 오는 거지. 망할 것들.”

“어, 그럼……. 돈은 잔뜩 받으면서 질이 떨어지는 재료를 가져다준다는 거예요?”

“그래.”

그 대답은 너무 간단해서, 수아는 자신이 제대로 된 대답을 들은 건가 했다.

“사실 여기에 발만 디뎌도 꽤 많은 돈을 얻을 수 있어. 「생명 수당」을 안겨주지 않으면 이 육시랄 것들이 도통 기어들어 올 생각을 안 하니까.”

“네?”

외부에서 오는 사람들은 말 그대로 나뭇잎이 떨어지는 그림자 하나에도 벌벌 떨며, 금방이라도 기절할 것처럼 굴곤 했다. 그런 걸 볼 때마다 저렇게 무섭나 싶긴 했지만 설마 생명 수당이라니. 그녀는 새삼 이 회궁에 대한 인식이 얼마나 최악인지를 다시 한 번 인식했다.

베슨이 푸석거리는 빵을 입에 넣으며 투덜거렸다.

“돈이 궁한 치들끼리 번갈아 오는 모양이다만, 하, 결국 돈도 다 처먹는 주제에 피해자인 척.”

“베슨 말 대로다. 이곳에 발을 디디는 것만으로도 꽤 수당이 나오는데, 하물며 그 책임자에게는 어떻겠냐? 착실히 제대로 된 재료를 공급해줘도 꽤 많이 남을 게다. 그런데 이따위라는 건…….”

그녀는 못마땅한 듯 식탁 위의 음식에 힐끗 시선을 던졌다.

“정말 미친 듯 떼먹는다는 이야기지.”

수아는 비에린느 부인의 시선을 따라 음식을 내려다봤다가 다시 그녀를 바라보았다.

“그런데 왜……?”

“그런데 왜 냅두냐고?”

비에린느 부인의 입술이 비틀려 올라갔다.

"말했잖느냐, 이 망할 년아. 괜히 문제를 일으킬 필요가 없다고."

"하지만."

횡령이라는 것 자체가 상당히 심각한 문제가 아닌가. 그러나 비에린느 부인은 고개를 절레절레 내저었다.

"어차피 예산은 배라먹게 많아. 황태자 전하가 뭘 꾸미기라도 하시냐, 아니면 보석이나 유명 도검류를 수집하기라도 하시냐? 떼어먹힌다는 것 자체는 더럽지만 어쨌건 음식 자체는 모자라지 않게 오잖느냐. 가뜩이나 얼마 안 되는 인력으로 신경 쓸 것도 많은데, 괜히 그 망할 것들을 엎어버릴 필요는 없지."

재료가 오래됐긴 해도 못 먹을 정도는 아니고, 양이 부족하게 오지도 않는다. 맛이 어떻건 굶어 죽을 염려는 없다. 그에 대해 회궁 내에서는 아무도, 황태자까지도 그 음식에 불만을 표하지 않는다. 즉, 표면적으로는 아무런 문제도 없는 상태.

그 소리를 이해한 수아는 아까와는 다른 의미로 아연해졌다.

"근데 제가요……?"

그렇게 오래 이어진 비리라면 여관 하나가 가서 될 리가 없었다.

"아니, 그 썩을 놈들은 이쪽이 입 닥치고 조용히 있으니까 뭘 넣어도 문제가 되지 않을 거라고 여기고 있는 게다. 사실 간뎅이가 부운 놈들이야. 일단 여기는 황족이 있는 궁이니 원래라면 밝혀지는 즉시 황족 능욕죄로 사형이거든. 자칫하면 가족까지도 같이."

쯧, 비에린느 부인은 작게 혀를 찼다.

"이 썩을 놈들은 그걸 다 잊은 게다. 아니, 정확히는 그놈들의 행위가 발각이 날 수 있다는 것 자체를 인식하지 못하고 있다는 편이 맞겠지. 아무도 문제 삼지 않았고, 아무도 알아보려 하지 않는다 생각할 테니까. 그러니까 누군가 가서 네놈들의 헛짓거리를 알고 있다는 뉘앙스만 풍겨도, 아니 다 필요 없고 그냥 회궁 소속이 얼굴을 비췄다는 것만 해도 기겁할 게다. 그래, 다녀오겠느냐?"

비에린느 부인의 눈빛에는 상당한 기대가 섞여 있었다. 베슨과 루시마저도 그녀를 반짝이는 눈길로 바라보고 있었다. 이 셋에게 이렇게까지 부담스러운 눈길을 받은 건 처음이었다.

회궁의 책임자로 간다라. 비에린느 부인의 말만 들으면 굉장히 간단해 보였다. 하지만.

"가는 건 어렵지 않은데……. 부인은요?"

"허, 나? 내가 왜?"

"저는 식재료도 잘 모르고, 그쪽 돌아가는 것도 잘 모르니까요. 같이 가주시면 받을 수 있는 음식들이 더 나아지지 않을까 해서요."

"흥."

그녀는 피식 웃었다.

"난 회궁 밖으로 나가지 않아. 여기가 내 집이고 무덤이 될 게다."

그 말에 베슨과 루시를 슬쩍 바라보니 둘도 당연하다는 듯 고개를 끄덕이고 있었다.

"그래서 갈 거야, 말 거야?"

수아는 잠시 주저했다. 자신이 없었다. 어휘가 많이 늘었다고는 하지만 행정적인 단어는 일상어와는 당연히 다르다. 더구나 그녀는 스스로의 외모가 누군가에게 위압감을 주는 것과는 정 반대라는 것도 잘 알고 있었다. 우습게 보이지나 않으면 다행이다.

하지만, 그 순간 머리에 알이 떠올랐다. 그는 딱히 미식가로 보이진 않았다. 그러나 사람인 이상 더 맛있는 음식을 먹는다는 것이 기껍지 않을 리 없었다. 또 달달한 디저트를 좋아하는 것 같았으니, 초콜릿이나 생크림 같은 재료들이 오면 케이크나 과자를 구워줄 수 있지 않을까?

수아는 침을 꼴깍 한 번 삼키고, 대답했다.

"갈게요."

그 말에 비에린느 부인은 수아를 보며 씨익 웃었다. 빨갛게 칠한 입술의 립스틱이 유난히 더 붉어 보였다.

"그래! 너무 어렵게 생각할 필요가 없지. 잘 됐구나. 그렇지 않아도 요즘 차가 좀 땡겼는데."

"난 술."

"단 것……도 오면 좋겠어요."

베슨과 루시도 각각 덧붙였다.

"음, 말하면 다 줄까요?"

"그럼! 이제까지 제 배때기를 불린다고 처먹은 게 얼만데. 뭐 네년이 간다고 해서 갑자기 황제 폐하께 진상하는 재료들이 오진 않겠지만, 최소한 요구한 것 정도는 다 줄 게다. 그러니 당당하게 요구해서 가져와. 흠흠. 당장은 시기가 애매하고……. 며칠 있으면 말일 정산에 들어가니 그때쯤 가는 게 더 뜯어오기 용이하겠군."

수아는 금방이라도 콧노래를 부를 것 같은 비에린느 부인을 바라보았다. 목과 얼굴이 분리되어 보일 정도로 하얗게 바른 분칠, 지금이야 음식을 먹는 도중이라 좀 뭉개지긴 했지만 그래도 한눈에 멀리서도 보일 정도로 새빨간 색의 립스틱, 여전히 쌍꺼풀을 거의 다 덮을 정도로 진하게 그은 아이라인. 오늘의 옷은 분홍색 꽃무늬의 드레스로 처음 만났을 때의 청색 꽃무늬보다도 그녀에게 더 어울리지 않는 모습이었다. 그녀의 옷은 자주 바뀌었지만 어느 옷이든 화려한 꽃무늬나 레이스가 달려있다는 건 변하지 않았다. 여기에 하층민이나 쓸법한 거친 말투.

처음에는 그냥 괴팍한 노인이고 나름대로의 개성적인 차림이라고 생각하려고 했던 수아였지만 같이 지내면 지낼수록 뭔가 위화감을 느꼈다. 비에린느 부인은 결코 저런 모습을 할만한 사람이 아니었다. 식사를 할 때나 일을 할 때는 물론이고 그저 걸을 때의 걸음걸이 하나에도 예법이 깃들여져 있는 것이 보였다. 그건 결코 하루 이틀로 완성될만한 모습이 아니었다.

수아 자신도 정말 씻고 자는 시간만을 제외하고 몇 달 동안을 꼬박 집중 교육을 받아서 간신히 어떤 것이 예법다운 것인지 아는 정도가 됐을 뿐이었다. 하지만 리노체스 부인처럼 평생을 귀부인으로 산 사람들은 몸동작 하나하나가 우아했고 물이 흐르는 것처럼 자연스럽게 예법대로 행동한다. 아직 몸에 배지 않아 신경을 쓰지 않으면 평소대로 되돌아가 버리는 수아와는 천지 차이였다.

그런데 비에린느 부인에게서 리노체스 부인과 비슷한 느낌이 들었다. 베슨이나 루시처럼 예절교육을 전혀 받지 않은 사람들과는 완전히 달랐다.

비에린느 부인의 요리를 봐도 솔직히 솜씨는 뛰어나다 할 수 없었지만 메뉴들이 꽤 독특했다. 크래커에 치즈를 얹고 그 위에 절여둔 과일로 마무리를 짓는 식의 애피타이저는 요리라고 하기에도 애매한 음식이긴 하지만, 아무리 생각해도 보통의 평민이 먹을 것 같지는 않았다.

가끔이긴 하지만 와인을 넣고 향초를 뱃속에 넣고 찐 오리 구이나 생크림을 진하게 넣어 건더기보다는 수프 자체의 맛을 더 강조한 요리 등도 나왔는데, 귀족가에서나 나올 법한 메뉴들이었다. 그리고 지금처럼 말하는 걸 보면 황궁이 어떻게 돌아가는지 파악하고 있는 것 같았다.

하긴 이 성의 관리인이라는 것부터가 남달랐다. 아무리 사람이 없는 성이라지만 관리가 쉬울 리가 없었다. 모두가 외면하는 회궁에서 외부의 도움까지 청하려면 더 그럴 것이다. 아마 부인은 원한다면 관련자들의 처벌을 황태자의 이름으로 정식으로 요구할 수도 있고, 굳이 그렇게까지 가지 않아도 해결할 수 있지 않았을까 싶었다. 그렇다면 왜? 회궁 밖으로 나가지 못하는 건 아닐 것이다. 신입인 수아도 외출 허가, 아니 외출 통보를 하는 것만으로도 나갈 수 있었으니까.

하지만 그녀는 의문을 입 밖에 내는 대신 그냥 고개를 끄덕였다.

"네, 최대한 노력해볼게요."

"그래, 그래. 나도 마시고 싶은 차가 있는데……."

그러면서 비에린느 부인은 몇 가지 차 이름을 불러주었다. 대부분은 수아가 모르는 것들이었다.

"나중에 글로 써주마. 하, 드디어 이 배라먹을 걸 마실 수 있겠구만!"

비에린느 부인은 신이 나 있는 것이 확연히 보였다.

만약 지금 커피를 구할 수 있다면 자신도 이런 느낌일까. 그다지 좋아한다고 생각한 일이 없었던 쌉싸름한 아메리카노가, 가끔 견딜 수 없을 정도로 마시고 싶을 때가 있었다. 차도 나쁘진 않지만……. 수아는 카티차를 떠올렸다가, 문득 좋은 생각이 났다.

"아, 혹시 아는 사람에게 도움을 청해도 될까요?"

"아는 사람?"

"본궁에 아는 여관이 있어요. 아마 찻잎이나…… 그런 것들도 저보다 더 잘 알 거예요."

그 말을 들은 비에린느 부인의 눈이 순간적으로 빛나는 것 같았다.

"친구들? 그러고 보니 가끔 편지가 오가는 것 같은데 그 여관년들을 말하는 게야?"

"네."

"친해?"

"어……. 나름대로요?"

"좋아. 그럼 외박 허가를 내주지."

"네?"

“여관장에게 공문도 발송하겠어. 반나절 정도 일을 빼주라고 할 테니 하룻밤 가서 푹 쉬고, 같이 가서 제대로 된 찻잎이랑 재료 좀 뜯어오거라. 여관이라면 그럭저럭 괜찮은 집안 출신일 테니 찻잎 감별 정도는 간단하겠지?”

“오오, 그럼 술도 더 좋은 걸로?”

“베슨 네놈은 알코올만 들어가면 뭐가 뭔지 제대로 구분도 못 하면서 뭔 헛소리냐.”

“어이쿠, 누님. 그래도 이 기회에 좀 괜찮은 걸 맛보고 싶다는 거 잖습니까? 흐흐, 사실 배정된다는 예산이 얼마 규모인지는 잘 짐작이 가지 않아도, 그 정도는 가져와도 되지 않나요?”

“말이야 못하면. 그래, 솔직히 지금까지 쌓인 금액으로는 황제 폐하의 컬렉션 중 하나를 빼 와도 될 만한 가격일 게다. 뭐, 거기까지는 아니라도 적당히 빼 와.”

“……단 것도요.”

루시도 다시 한 번 덧붙였다. 수아는 고개를 끄덕였다.

“알았어요.”

“그래, 그래! 계집애가 간만에 좀 쓸모 있는 일을 하는구먼?”

베슨이 껄껄거렸다. 수아는 눈을 가늘게 떴다.

“간만이요?”

“아니, 좋다 이 말이지!”

비에린느 부인은 굉장히 만족스러운 미소를 지었다.

“어쨌건 식재료가 들어온 이후의 식사는 꽤 기대해도 되겠군.”

"그러게 말입니다, 누님!"

"……초콜릿."

모두는 제각기 수아가 「뜯어」올 음식이나 기타 등등에 대해서 들떠 이야기를 시작했고 식사 시간은 이전에 없을 만큼 활기찼다.

눈을 뜨니 여섯 시가 다 돼가는 시간이었다. 수아는 기겁하며 몸을 일으켰다.

요즘 저녁에 알을 만나러 가지 않다 보니 그 시간에 책을 읽게 됐다. 문제는 내용에 빠져있다 보면 시간 가는 줄 모르는 때가 종종 있다는 것이었는데 어제가 바로 그런 때였다. 언제 잠들었는지도 알지 못하게 잠들어, 아침 햇살에 눈을 뜬 수아는 심장이 떨어지는 듯한 기분을 느끼며 최대한 서둘렀다. 하지만 그녀가 후원으로 달려갔을 때에는 이미 평소보다 10여 분이나 늦은 때였다.

"알!"

그는 언제나처럼 수아를 기다리고 있었다. 수아의 발걸음 소리를 들었는지 가제보 안에서 그가 일어섰다.

"허억, 헉. 미, 미안해요. 많이, 헉. 기다렸죠? 늦잠을 자서 그만."

수아가 가쁜 숨을 내쉬었다.

이미 원래 약속 시간은 일곱 시라는 건 염두에도 없었다.

“아니, 나도 온 지 얼마 되지 않았어. 그나저나 그렇게 뛰어올 필요는…….”

수아는 알의 손을 덥석 붙잡았다. 언제부터인가 그는 그녀와 있을 때는 장갑을 끼지 않았다. 커다란 손이었다. 알은 움찔거렸지만 수아의 손을 뿌리치지는 않았다.

그리고 수아는 한숨을 내쉬었다.

“거짓말. 차갑잖아요.”

“날이 아직 쌀쌀…….”

“이제 봄인데요?”

그녀는 만개한 꽃나무 쪽으로 눈을 흘기며 말했고, 그는 곤란한 듯 입을 다물었다.

“알, 밤에 안 자고 여기서 계속 밤새우는 거죠? 그럼 굳이 무리해서 아침에 저랑 만나지 않아도 되는데……. 피곤하잖아요.”

더 이상 모르는 척할 수가 없었다. 차라리 만나는 횟수가 줄더라도 알을 쉬게 해야 했다. 하지만 그는 고개를 저었다.

“정말로 여기서 밤을 새우진 않아. 음, 순찰의 임무도 있으니까 조금 일찍 나오는 것뿐이야.”

“……진짜요?”

“진짜로.”

“하지만 만날 때마다, 지금 막 나왔다고 했잖아요.”

“그건.”

그는 잠시 말을 끊고 그녀를 내려다보았다가 입을 열었다.

"그대가, 더 나오지 않을까 봐."

"네?"

"그대는 너무 마음을 쓰니까."

알은 머뭇거리며 말을 이었다.

"난 그대를 기다리는 시간이 낭비라고 생각하지 않아. 아니, 오히려 기껍지. 기다리는 것도 그대를 만나는 시간인 셈이니까."

수아의 얼굴이 확 붉어졌다. 분명 그녀 또한 했던 생각인데도 그가 이런 식으로 이야기를 해줄 때마다 어쩐지 부끄러웠다.

"그, 그래요?"

"그래. 그러니까 늦어도 괜찮아. 언젠가는 올 걸 알고 있으니까."

알은 부드럽게 웃었다. 결코 활짝 웃는 표정은 아니었지만, 자그마한 그의 미소는 너무나도 빛나 보였다. 수아는 뭐라고 말을 해야 할지 몰라서 고개를 푹 숙였다가 간신히 말을 이었다.

"그렇지만……. 요즘은 계속 힘든 거 아니에요?"

"그대가 걱정할 일은 없어."

"저녁에 다른 사람을 후원에 들이지 말라고 한 거요. 알이 하는 일이 위험한 건 아니죠?"

"절대."

"음, 베슨 아저씨도 요즘 식물이 잘 자라는 시기니까 밤에는 돌아다니지 말라고 하더라고요. 무슨 뜻인진 정확히 모르겠지만……."

순간 알의 표정이 굳었다.

"……알의 일과 관련이 있는 거, 아니에요?"

"음, 그건……. 아니."

수아는 살짝 눈을 내리깔았다. 이제는 그의 화법을 대충 알 것 같았다. 「수아가」 걱정할 일이 없다는 건 결국 다른 이들이 걱정할 만한 일은 있다는 뜻일 뿐이다. 베슨이 말한, 그녀가 듣기에는 영문 모를 저 소리도 아마 알은 그 뜻을 알고 있을 터였다.

섭섭했다. 딱히 그가 하는 모든 일을 알아야 한다는 생각은 아니었다. 그렇지만 아주, 아주 조금이라도 말해줄 수 있는 부분은 이야기를 해줬으면 했다.

"됐어요."

수아는 어깨를 으쓱였다.

"곤란하면 말 안 해도 돼요."

하지만 추궁할 수는 없었다.

"수아."

"됐다니까요? 어차피 전, 음, 여기서 일하는 고용인이고, 알은 더 높은 사람인 거잖아요. 그럼 다 말 못하는 건 당연해요. 괜찮아요. 저에게 그런…… [기밀], 음, 비밀 사항을 모두 말할 수는 없잖아요."

일단은 진심이었다. 아무래도 섭섭한 투가 나오는 것은 어쩔 수가 없었지만.

알은 곤란한 표정으로 수아를 내려다보았다. 그 기색이 싫어 수아는 슬쩍 시선을 돌렸다. 스스로 투정을 부리고 있다는 사실은 잘 안다. 그렇지만 차라리 기밀이라 이야기를 해줄 수 없다고 말해주었으면 했다.

알이 자신을 아무것도 모르는 여자애 취급을 하는 것만 같아 그게 싫었다. 다른 세계에서 온 여자애니 속이기도 쉽다고 생각하는 것만 같았다. 물론 그게 아니라는 걸 알면서도, 이런 생각을 하면 안 된다는 걸 알면서도 한구석에는 찜찜하게 그런 의심이 남았다.

수아는 그 감정을 억지로 가라앉혔다. 만약 이런 생각을 입 밖으로 낸다면 그 순간 망상은 구체적인 의심이 되어 더 이상 물러설 수 없는 상황으로 몰아넣을 것이다.

수아는 알이 더 뭐라고 말하기 전에 그의 손을 조금 잡아당겼다.

"아무튼 앉아요."

그는 잠깐 서 있나 싶더니만, 이내 수아가 이끄는 대로 순순히 따라왔다.

그 뒤로는 평소와 같은 패턴이 이어졌다. 둘은 손을 붙잡고 가제보에 있는 의자에 앉아 이야기를 나눴다. 봄이었지만 아직도 약간은 쌀쌀한 아침 기운 가운데, 마주 잡고 있는 손의 체온은 뜨거웠다.

하지만 분위기는 다른 날보다도 조금 더 경직되어 있었다. 알의 태도가 조금 이상했다. 예를 들면 이런 식이었다.

"그래서, 얼마 후에 제가 하루 나갔다 올 거 같아요. 베슨 아저씨는 좀 더 고급술이 있으면 좋겠다고 했고 비에린느 부인은 찻잎을 가져왔으면 좋겠대요. 루시는 초콜릿을 먹고 싶다고 했고요. 혹시 알은 뭐 원하는 거 없어요?

평소라면 조심해서 다녀오라고 한 마디는 해줬을 것이다. 혹은 그런 요구 사항을 다 관철시킬 수 있겠냐며 걱정해 주었을 것이다.

하지만 알은 단순히 살짝 고개를 저으면서 말했을 뿐이었다.

"별로."

그걸로 끝이었다.

그러다 보니 아무래도 알의 눈치를 보게 됐다. 어떻게 보면 뭔가 계속 다른 생각을 하고 있는 것 같기도 했고, 어떻게 보면 조금 화가 나 있는 것 같기도 했다. 아무리 그에게 익숙해졌다고는 하나 이런 미세한 차이까지는 알 수 없어 불안해졌다.

수아는 뭔가 자신이 잘못했나 생각해봤지만 딱히 짐작 가는 것이 없었다. 어제까지만 해도 제대로 이야기하고 헤어졌는데. 오늘은 처음에 자신이 조금 툴툴거리긴 했지만, 겨우 그 정도로 알이 화를 낼 것 같지는 않았다. 그렇다고 대놓고 이상한 것도 아니어서 왜 그러냐고 물어보기도 애매했다.

그렇게 시간이 흐르고, 곧 수아가 일을 시작해야 할 시간이 되었다.

"아, 저기 시간이…… 됐는데요."

이대로 헤어지기도 뭣해 주저주저하며 그렇게 말했을 때였다. 하지만 알의 반응은 역시 별것 없이 고개를 살짝 끄덕일 뿐이었다.

어차피 더 있어봤자 이런 분위기겠구나 싶어 수아는 일단 자리에서 일어났다. 일단 오늘은 여기서 헤어지고, 내일…….

"수아."

갑자기 그가 수아의 왼손목을 잡았다. 그가 아무런 양해를 구하지 않고 이런 식으로 그녀를 붙잡는 것은 최소한 후원에서는 한 번도 없던 일이었다. 수아가 깜짝 놀라 그를 뒤돌아보았다.

"네?"

"한 가지, 그대에게 말하지 못하고 있는 사항이 있어."

알이 수아의 손목을 잡은 채로 자리에서 일어났다.

"아마, 그대도 눈치채고 있으리라고 생각하지만."

잡힌 손목이 뜨거웠다. 수아는 당황해서 뭐라고 말하려다가, 입을 몇 번 우물거린 후 다시 다물었다. 바로 올려다보는 알의 모습은 무서울 정도로 크게 보였다.

"아."

"난."

수아는 저도 모르게 손목을 잡아 뺄 뻔했다. 물론 그런다고 해서 자신을 잡고 있는 알의 손이 꿈쩍도 하지 않았겠지만, 시도조차 하지 못한 이유는 다음 순간 알의 목소리가 다시 울렸기 때문이었다.

"겁쟁이야."

그 말에 대한 수아의 반응은 한참 뒤에나 나왔다.

"……네?"

지금 뭔가 모습과는 전혀 상반된 말이 들려온 것 같은데. 그것이 수아의 감상이었다.

"겁쟁이지. 사실을 말해서 그대를 잃을까 봐 전전긍긍하고 있으니."

"……어, 네?"

제대로 들은 것이 맞나 싶어 되물었지만, 이내 수아는 그의 손이 살짝 떨리고 있다는 걸 깨달았다. 신경 쓰지 않으면 모를 정도의, 아주, 아주 미세한 떨림.

그리고 그다음에야 알이 어떤 말을 했는지가 귀에 들어왔다.

겁쟁이? 잃을까 봐?

"알?"

"언제나 불안해. 그대가 내 앞에서 사라질까 봐, 내가 싫다고 할까 봐."

"그럴 리가 없잖아요!"

수아는 반사적으로 외쳤다.

"무슨 일이 있어도, 어떤 이야기를 들어도, 알이 싫어진다는 건 말도 안 돼요. 오히려 떠난다는 건 알이……."

그 순간 수아는 숨을 멈췄다. 그녀는 나머지 한 손으로 알의 팔을 덥석 움켜잡았다.

"알! 설마 떠나려고 하는 건 아니죠?!"

떠날 때는 미리 이야기를 해준다고 했었다. 그래서, 지금 그 이야기를 하려고 하는 것이 아닐까.

수아는 그를 잡은 손에 힘을 주었다. 오늘따라 그의 태도가 달랐던 것도 이 말을 위해서라면 이해할 수 있었다.

"안돼요! 아, 아직 얼마 되지도 않았는데……."

그녀의 반응에 놀랐는지 그는 살짝 눈을 크게 떴다, 이내 부드럽게 호선을 그었다.

"아니, 그 소리가 아니야."

그 대답에는 현실감이 없었다. 수아는 가지 않는다는 말을 이해하기 위해 여전히 그를 붙잡은 채로 멍하니 그의 얼굴을 올려다보았다.

알은 약간 씁쓸하게 웃었다.

"단지, 할 말이 있어. 하지만…… 한심하지. 지금도 용기를 내지 못해서 아무 말도 하지 못하고 있으니."

수아는 몇 번이나 눈을 깜빡였다. 그가 말한 겁쟁이라는 단어가 몇 번이고 머릿속에서 울렸다.

겁내고 있다고?

이제까지 수아는 그가 그런 감정을 느낄 거라고는 단 한 번도 생각해본 적이 없었다. 수아가 보기에 알은 언제나 여유로운 사람이었다.

뭔가 숨기고 있는 것도 그저 수아 자신에게 말할 사항이 아니라서, 자신이 너무 모르니까, 말해봤자 이해도 하지 못하니까, 기밀이라 문제가 되니까, 혹은 그저 그가 곤란해지니까. 그래서 말하지 않고 있다고 생각했었다. 그저 그렇게, 너무나도 단순하게 단정 지었었다.

"알……?"

다시 더듬거리며 그의 이름을 부르자, 알은 조용히 그녀를 내려다보았다. 그가 살짝 숨을 들이켰다.

"조금만, 기다려줄 수 있겠나."

그는 낮은 목소리로 말했다.

"조금만 더 이 시간을 연장시켜줬으면 해."

그의 목소리가 가느다랗게 떨렸다. 맞잡고 있는 손이, 여전히 떨리고 있었다.

기분이 이상했다. 동시에 더할 나위 없이 당연하다는 생각도 들었다.

알고 있었으면서. 그도 얼굴이 붉어지고, 망설이고, 고민하는 사람이라는 걸 잘 알고 있으면서.

그런데 왜 그가 마냥 여유로운 사람이라 여기고 있었을까.

그동안 섭섭하다고 생각했던 자신의 모습이 떠오르며 뺨이 확 달아올랐다. 견딜 수 없이 부끄러워졌다.

수아는 그의 강한 면만을 보고 있었을지도 모른다. 먼저 이야기해주길 바라고, 먼저 리드해주길 바라고, 그 기대에 어긋나면 자신을 너무 어린애 취급하는 것이 아니냐며 불퉁거리고 있었을지도 모른다.

실은 알 또한 고민하고 있었는데도.

갑자기 울컥, 가슴 속에 무언가가 치밀어 올랐다. 너무나도 미안했다. 그를 믿는다, 신뢰한다. 그러니까 기다린다. 수아 스스로는 그렇게 하고 있다 여겼다. 하지만 정말 그랬던 걸까?

'난…….'

아니었다. 그가 말해줄 때까지 얌전히 기다리자는 핑계로 오롯이 그 책임을 알에게로 미룬 채, 여전히 아무것도 하지 않고 있었다. 자신은 이야기를 들을 자격도 되지 않나 하며 속상해하고, 혼자만 힘들어한다고 생각했다. 그래서 여유만만한 알의 모습이 조금은 원망스러웠다.

'정말 뭐야, 나. 그때랑 똑같잖아.'

몇 번이나 같은 실수를 반복해야 하는 걸까. 이번에도 회궁에 들어올까 말까 고민했던 때와 전혀 달라진 바가 없었다. 친구를 무작정 기다렸을 때와, 변함이 없었다.

그저 기다리는 것이 아니라 먼저 말했어야 했다. 뭔가 숨기는 걸 알고 있다고. 그러니까 언제든지 들을 준비가 되어있으니 언젠가는 말해주면 좋겠다고. 그렇게 그에게 먼저 다가가야 했었다.

수아가 말이 없자 알은 그걸 어떻게 받아들였는지, 초조한 얼굴로 이어 말했다.

"실망했을지 모르지만……."

"아니에요."

수아는 그제야 알을 움켜쥐고 있던 손을 놓으며 빙긋 웃었다. 눈물이 조금 차오르고 있었지만 웃는 얼굴을 만드는 것은 어렵지 않았다.

"나, 계속해서 섭섭했어요. 뭔지는 몰라도 알이 나를 믿지 못해서 말해주지 않는 거라고 생각했으니까."

눈물이 부풀어 올라, 뺨으로 흘러내렸다.

"그치만 알도 망설였던 거네요. 그쵸?"

"수아."

알이 당황한 듯 그녀의 이름을 불렀다. 손이, 망설이듯 수아의 뺨으로 올라왔다. 수아는 피하지 않았다.

"미안해요. 나, 알이 고민하고 있다는 거 전혀 몰랐어……."

그 뒤로는 눈물이 계속해서 터져 나와 말을 이을 수가 없었다.

알은 쩔쩔매다 수아의 눈물을 손가락으로 훔쳤다. 굵은 손가락이, 따뜻한 손이 뺨을 간질이는 느낌에 수아는 빙긋 웃었다. 그 반응에 안심했는지, 알은 천천히 손바닥으로 수아의 뺨을 감싸며 엄지손가락으로 그녀의 눈가를 닦아주었다.

눈물이 멈추지 않았다. 수아는 간신히 입을 열었다.

"나, 알이…… 좋아요. 정말로요. 말, 해줘서 고마워요."

"수아, 난……."

알이 머뭇거리며 입을 열었다. 그리고 같은 것을 물었다.

"조금 기다려줄 수 있나."

이번에 대답하는 것은 쉬웠다.

"물론, 이예요."

수아가 고개를 끄덕였다.

그리고, 잠시의 시간을 두고, 그가 천천히 고개를 숙였다. 눈물로 시야가 흐려졌다고는 하지만 알의 눈동자가 다가오는 것은 확실하게 보였다. 수아는 눈을 감았다.

입술이, 닿았다.

깊은 키스는 아니었다. 단지 살짝 눌렀다 떨어질 뿐이었다. 그녀의 얼굴을 감싸고 있던 알의 손 또한 떨어졌다.

수아가 눈을 뜨며 의아한 빛으로 그를 바라보자, 그는 붉어진 얼굴로 속삭였다.

"이 뒤로는……, 음, 말한 뒤에……."

풋, 수아는 상황에 맞지 않는다는 것을 알면서도 자신도 모르게 웃음을 터트렸다. 그러니까, 이제까지 「손만 잡은」 건 그 또한 망설이고 있었다는 뜻이었다.

수아는 자신의 손등으로 나머지 눈물을 모두 닦았다.

"알."

수아는 마치 귀에 대고 속삭일 말이 있다는 듯이 슬쩍 올려다보았고, 알은 머뭇거리며 고개를 숙였다. 그 귀가 새빨개져 있는 것을 보고 수아는 그만 또다시 웃음을 터트릴 뻔했다.

수아는 그의 귓가에 무어라고 속삭일 것처럼 발꿈치를 들었다가, 이내 그의 뺨에 기습적으로 입을 맞췄다.

"수, 수아?!"

알은 당황해서 뺨에 손을 대며 뒤로 한 발자국 물러섰다. 어찌나 놀랐던지 그 한걸음에 그의 몸이 휘청거렸다. 그런 알을 보며 수아는 선언하듯 말했다.

"저도, 들은 뒤에 계속할 거니까요!"

각오는 했다지만 역시 그런 말을 입 밖에 내는 것은 조금 부끄러웠다. 수아는 붉어진 뺨을 보이지 않기 위해 그대로 등을 돌렸다.

"아, 아무튼. 내일 봐요!"

그러고는 알의 얼굴을 제대로 쳐다보지 않은 채 숙소 쪽으로 내달렸다. 옆에서 뭣도 모르고 렉스가 함께 달리는 소리가 들렸다.

분명 전에도 이런 일이 있었다. 하지만 이번에는 막 후원을 벗어나려다가, 한 번 고개를 돌려 알이 있는 쪽을 바라보았다. 알은 멍하니 이쪽을 계속해서 바라보고 있었다.

"내, 내일 봐요!"

수아는 그렇게 외치며 손을 살짝 흔들고는, 곧바로 다시 내달렸다.

얼굴이 확확 달아올랐다. 하지만 기분만은 최고였다.

“잘 뜯어오거라.”

막 일을 시작하려는 수아에게 갑자기 세 명이 우르르 몰려오더니, 비에린느 부인이 난데없이 한 소리였다. 아침에는 언제나 각자의 일을 했던지라 이 시간에 이렇게 모인 것은 처음이었다.

수아는 이게 무슨 일인가 눈을 몇 번 깜박이다가 비에린느 부인이 내민 종이를 받아 펼쳤다. 회궁, 위임, 대리인 같은 글자들이 눈에 들어왔다. 글에는 익숙하지 못했기에 더듬더듬 천천히 읽고 있으려니 비에린느 부인이 답답하다는 듯 말했다.

“위임서다. 옆에는 원하는 식료품과 기호품 리스트고. 여관장에게도 서신 보내놨으니 네 방을 준비해줄 게다. 친구들이랑 잘 놀고.”

궁에 와서 처음으로 듣는 부인의 들뜬 말투였다. 그래서인지 평소와는 달리 비속어도 적었다. 신이 나 있는 건 부인만이 아니었다. 베슨과 루시마저도 뭔가를 기대하는 시선으로 그녀를 바라보고 있었다.

수아는 저번에 말한 재료 건으로 본궁에 가는 날이 오늘이라는 걸 깨달았다. 솔직히 너무 갑작스러워서 당황스러웠다. 당장 내일 아침에 알도 만나야 하는데, 하루 정도 미룰 수 없을까.

하지만 이미 여관장에게 공문을 보냈다고도 했고 무엇보다도 그런 말을 할 수 있는 분위기가 아니었다.

“잘 다녀와라, 계집애야.”

베슨은 나름대로 다정하게 인사를 해줬고 루시는 따로 말을 하진 않았지만 눈빛이 얼마나 뜨겁던지 제대로 쳐다볼 수도 없을 정도였다.

어쨌거나 자신이 하겠다고 한 일이었다. 내일 아침 최대한 일찍 돌아와야겠다고 생각하며, 결국 수아는 고개를 끄덕였다.

“네, 다녀올게요. 최대한 뜯어볼게요.”

수아가 비에린느 부인의 말을 흉내 내어 그렇게 말하자 부인이 만족한 표정으로 고개를 끄덕였다.

“암, 암. 건투를 빈다.”

그 뒤 수아는 급히 방으로 돌아가 대충 하루 묵을 정도의 옷가지들을 챙겨 나왔다. 곧바로 정원을 걸어 회궁 밖으로 나가고 있자니 어쩐지 기분이 묘했다. 처음 이곳에 올 때가 새삼 떠올랐다.

불안, 초조, 설렘과 두려움. 괜한 짓을 한 것이 아닐까 싶었고 간신히 익숙해진 곳을 벗어나는 것이 과연 옳을까 혼란스러웠다. 책에서 나온 말이 정말로 자신을 이곳에 오게 하고 싶었던 걸까. 그런 생각들로 머리마저 지끈거릴 정도였다. 동시에 집 생각이 나 꽤 우울하기까지 했었다. 거기에 도착한 회궁은 아무도 없었고, 을씨년스러운 분위기이기까지 해 더럭 겁에 질렸었다.

그러다, 정원을 발견했고…….

‘알을 만났지.’

다시 가슴이 두근거리면서 뛰었다. 그때를 떠올리기만 해도 저절로 미소가 머금어질 정도로 행복했다. 아마, 평생 잊는 것은 불가능할 것이다. 그가 눈에 들어왔던 그 순간의 감정을 무어라고 표현할 수 있을까. 환희? 감격? 그런 말로는 너무나도 약했다.

'바보라니까.'

되뇌어보면 자신은 처음부터 알을 좋아하고 있었다. 아니었다면 그토록 간절히 만나기를 염원하며 목표로까지 삼았을 리가 없었다. 하지만 그 간절함에도 수아는 정작 그 이유에 대해서는 깊게 생각해보지 않았다. 그저 처음으로 의지할 수 있는 사람을 만나서라고 가볍게만 생각하고 있었다. 지금 생각하면 웃길 정도로 둔했다.

어쨌거나 조금 길을 돌았다는 자각은 있었어도, 수아는 지금 상태에 굉장히 만족하고 있었다. 기다림은 결실을 이뤘고, 마음은 응답을 받았다. 무언가를 숨기고 있다는 사실은 알았지만 그것이 그녀가 걱정하는 방향은 아니었다. 오히려 알 또한 망설이고 있었다는 사실을 알게 해줘 그에게 한 발걸음 더 다가간 기분이었다. 여기에 나중에 그가 이야기해줄 거라는 믿음이 더해져, 지금은 정말 거짓말처럼 불안 한점 없었다. 두근거리는 마음으로 충분히 그가 이야기해 줄 때까지 기다릴 수 있었다.

꽃이 활짝 만개한 모습들이 보였다. 수아는 그 위로 펼쳐진 새파란 하늘을 보며 미소 지었다.

조금 더, 이 세계에 발을 붙인 것만 같은 느낌이 들었다.

“수아!”

“플로나!”

본궁, 여관들이 생활하는 구역에 들어가는 순간 그리운 다홍색의 머리카락이 휘날렸다. 플로나는 그대로 뛰어와 수아의 바로 앞에 섰다. 생기 넘치는 초록색 눈동자가 수아를 아래위로 한 번 훑는다 싶더니 덥석 그녀를 껴안다시피 움켜잡았다.

“잘 왔어! 잘 지냈어? 이거 봐, 좀 말랐나? 아니다, 예뻐진 것 같네? 깜짝 놀랐지 뭐야? 갑자기 여관장님이 네가 온다고 해서!”

정말 변한 것이 하나도 없었다. 플로나는 언제나와 같이 빠른 말투로 다다다 할 말을 내쏟았다.

“걱정 많이 했는데 괜찮아 보여! 와, 너, 진짜. 사람 맘 이렇게 들었다 놨다 하는 게 어딨어? 진짜 평생 못 볼지도 모른다고 생각했단 말이야! 편지 왔을 때도 얼마나 놀랐는지 알아? 근데 이렇게 멀쩡히 나타난다 이거지!”

플로나의 횡설수설에 수아는 뭐라고 대꾸해야 할지 몰라 일단 인사부터 했다.

“어……. 안녕, 플로나.”

그 말에 플로나는 어이없는 듯 그녀를 잠깐 바라보다가 이내 풋, 하고 웃음을 터트렸다.

“정말 하나도 안 변했구나. 그래, 잘 지냈어?”

“응, 굉장히. 그러는 플로나는?”

“네 걱정한 것만 빼면.”

플로나는 입을 삐죽이며 대답했다.

“미안. 그래도 잘 있어.”

“말이나! 정말, 어찌 된 애가 회궁에 가서도 평소처럼 산다니?”

따져보면 플로나와는 그다지 오래 안 사이는 아니었다. 하지만 정말 어릴 적 친구를 만난 것 같이 반가웠다. 그건 플로나도 마찬가지였는지 씨익 웃으며 수아의 손을 잡아끌었다.

“자, 들어가자. 아이린이 기다려.”

“응.”

아직 점심시간이 되기도 전이었기에 주변에는 아무도 보이지 않았다. 다들 일을 배정받고 나갔을 시간이니 당연하다면 당연했다.

수아는 플로나를 따라가며 물었다.

“그러고 보니, 플로나, 일은? 아니면 오늘 쉬는 날이야?”

“오늘 일이 널 만나는 거야.”

“어?”

“네가 원하는 걸 도와주는 것이 일이라고. 나와 아이린, 둘 다. 그것도 오전 오후 통째로 다야. 대단하지 않아? 너 도대체 회궁에서 뭘 하고 다니는 거야?”

맙소사. 수아는 살짝 눈을 크게 떴다가 다음 순간 피식 웃었다. 비에린느 부인이 정말로 힘을 쓰긴 쓴 모양이었다. 친구들과 같이 가서 뜯어오라는 말은 있었어도 설마 이렇게까지 종일일 줄은 몰랐다. 더구나 플로나와 아이린, 둘 다라니.

금세 아이린의 방 앞에 도착한 플로나는 주저 없이 방문을 활짝 열었다. 아이린이 테이블에 접시를 놓고 있다, 문이 열리는 소리에 이쪽을 바라보며 환하게 웃었다.

"수아!"

그녀의 모습 또한 수아의 기억과 전혀 다르지 않았다.

"정말 왔구나!"

"그러니까. 너무 갑작스럽게 들은 거라 뭔가 착각이 아닐까 싶었는데……. 짜잔! 진짜 수아네요!"

플로나가 과장스럽게 말하며 수아를 가리켰고, 아이린은 얼른 그녀에게로 달려왔다.

"그러게에. 얼마 만이지? 아니, 그렇게 오래는 안됐지. 그런데 정말 간만에 본 거 같아."

그러고는 수아의 손을 덥석 잡았다.

"잘 지냈어? 얼굴 보니 좋아 보이네. 다행이야. 그렇게 고생은 안 했나 보구나. 딱히 마른 것 같지도 않고. 음, 아침은 먹었어? 일단 대충 챙겨놨는데에……."

확실히 오늘은 샌드위치라든가 샐러드라든가, 견과류나 말린 과일 등 꽤 여러 가지 음식들이 테이블 위에 놓여있었다.

자신이 온다는 말에 이것저것 급히 준비한 것이 보였다. 그 안에는 향긋한 카티차의 냄새도 있었다.

“잠깐은 괜찮지? 금방 일어날 테니까.”

어차피 하루 묵고 갈 생각이었고, 아이린과 플로나가 같이 움직여 준다면 「일」 또한 금방 끝날 것이기에 상관없었다.

“안녕, 아이린. 응, 시간 충분해.”

가슴 속으로부터 뭉클한 감정이 솟아올라 왔다. 스스로 익숙해질 뿐만 아니라, 주변에서도 그녀를 조금씩 받아들여 주고 있다는 느낌이 들었다. 낯설기만 한 다른 세계가 아닌, 직접 숨을 쉬고 살아가고 있는 그녀의 또 하나의 세계.

“미안, 뭐 주전부리 같은 것도 못 가져왔네. 화궁에 그런 건 없거든.”

“무슨 소리야, 이런 건 우리가 준비해야지이.”

“맞아, 맞아. 무사히 살아 돌아온 것만 해도 어딘데.”

“으응, 오늘 수아는 손님이야. 그치?”

플로나가 과장된 몸짓으로 의자를 뺀 후에 수아에게 한쪽 팔을 내밀었다.

“당연하지. 자자, 앉으시지요 아가씨.”

“고마워.”

수아도 장난스럽게 웃으며 코트를 벗고는 플로나가 빼준 의자에 앉았다. 마지막으로 아이린이 문이 잠겨 있는 것을 확인하고는 자리에 앉자, 순식간에 분위기는 옛날로 되돌아갔다.

쪼르륵. 찻잔에 담긴 카티차가 달콤한 민트향을 냈다.

여전히 가슴 속까지 시원한 느낌을 주는 꿀맛이었다. 쿠키는 바삭거렸고 말린 과일은 상큼했으며 견과류는 고소했고 샐러드는 신선했다. 샌드위치도 아침에 받아온 것인지, 아니면 직접 만든 것인지는 알 수 없었지만 회궁에서 평소 먹는 식사보다도 훨씬 푸짐했다.

수아가 샌드위치 하나를 모두 먹고 쿠키에 손을 뻗었을 때였다. 아이린이 조금 직접적으로 물어왔다.

"그런데에, 도대체 뭐하고 지낸 거야? 편지가 온다고는 하지만 누가 볼까 봐 자세한 건 못 물어보겠고……."

"맞아. 세상에, 난 회궁에 들어간 사람은 기간이 끝날 때까지 못 나오는 줄 알았어. 너 온다는 소리 들었을 때 난 내 귀가 잘못된 줄 알았다? 여관장님께 무려 두 번이나 되물었단 말야. 아, 진짜. 이제 완전히 찍혔을 거야."

"뭐어, 그것치곤 여관장님도 계속 차분하게 대답해주셨잖아~."

정말 이들은 여전했다. 수아는 작게 웃었다.

"나 정말로 잘 지냈어. 회궁이라고 해도, 그다지 이상한 곳은 아니야. 다 똑같이 사람 사는 곳이던데."

"우와, 방금 그거 우리 엄마가 하는 말이랑 똑같아!"

"그러게에."

아이린이 맞장구를 치고는 고개를 갸웃거렸다.

"근데 수아 말 많이 늘었다?"

"그래?"

"응, 어휘도 꽤 그렇고……. 근데 말투가 좀 노숙해진 것 같아."

말이 늘었다는 아이린의 말이 무색하게 수아가 「노숙」이라는 단어를 알아듣지 못해 눈을 깜빡이자, 플로나가 옆에서 크게 웃음을 터트렸다.

"푸하하하! 그래! 맞는 거 같아. 묘하게 느낌이 늙었어!"

"어? 늙어?"

"아니, 푸하하하! 그게! 아니!"

플로나가 웃느라 말을 잇지 못하자 아이린도 슬며시 웃으며 덧붙였다. 아무래도 수아가 꽤 당황한 표정을 짓고 있었던 모양이었다.

"후후, 너무 신경 쓰지 마. 뭐랄까, 전에는 약간 조사나 어투 같은 게 좀 애 같았거든. 지금은 그냥 제 나이로 보여. 아니, 조금은 더 노숙할까나아? 어디서 배워온 거야, 그런 거."

"어? 아니, 그냥. 주변 사람들이 다들 나이가 많아서……."

비에린느 부인은 말할 것도 없고 베슨, 루시도 적은 나이는 아니었다. 하지만 수아에게 영향을 가장 많이 준 건 아무래도 알일 터였다. 그중 가장 젊긴 했지만 그의 말투는 수아도 느낄 만큼 묘하게 딱딱했다. 어휘도 일상어라기보다는 책에서 본 것 같은 어려운 단어가 더 많은 느낌이었다.

하지만 나쁘지 않았다. 그의 말투가 옮겨온다니, 그 사실이 어쩐지 좀 기쁘기도 했다. 물론 비에린느 부인이나 베슨의 비속어가 옮는 것보다는 훨씬 낫다는 현실적인 문제도 있었지만.

"주변 사람들? 회궁에 있는 사람들 말이지? 어떻게 지냈는지 물어봐도 돼? 나 되게 궁금했는데."

"플로나."

"으음, 물론 어려우면 굳이 말해 주지 않아도……. 응, 잘 지낸 거 같아 보여서 묻는 말이니까."

아이린이 플로나의 이름을 부르며 가볍게 나무라는 듯싶었지만, 그녀도 역시 궁금하다는 듯한 기색으로 수아를 바라보았다. 수아는 그 호기심에 기꺼이 응했다.

"말하는 건 괜찮아. 일단 회궁은 그렇게 이상한 곳이 아냐. 어째 다들 들어가면 죽는다는 식으로 소문이 퍼진 모양인데, 그냥 되게 평범해. 사람 수가 좀 적어서 다른 성과는 다르게 돌아가는 것뿐이지."

"하지만 사람이 날마다 죽어 나간다고 하잖아?"

"정원에는 시체가 묻혀있고오."

"사람이 적은 것도 조금이라도 잘못하면 그대로 즉결 처분당해서 그렇다던데?"

"으응, 물론 헛소문도 많겠지만 이상한 곳이 아니라니이."

수아가 말문을 열자 플로나와 아이린도 호기심을 더 참을 수 없었는지 속사포와 같이 질문을 쏟아냈다. 그런 둘에게 수아는 천천히 회궁의 이야기를 했다.

괴팍하지만 실질적으로 궁을 돌보고 있는 비에린느 부인과 툴툴거리지만 그 누구보다 회궁의 생활을 즐기고 있는 정원사 베슨, 말이 없고 무뚝뚝하지만 묵묵히 자신의 할 일을 하는 루시.

다들 처음 듣는 이야기였는지 눈을 동그랗게 뜨면서 정신없이 수아의 말에 빨려 들어갔다.

회궁이 어떤 구조인지, 수아가 평소에 어떤 일을 하는지 아주 사소한 이야기라도 신기한 모양이었다. 아니, 그 전에 회궁 자체가 상식적인 시스템 안에서 돌아가고 있다는 것 자체가 새로운 듯했다. 둘은 어쩐지 회궁을 스스로의 몸을 지키지 않으면 죽게 되는 서바이벌 분위기로 막연히 상상하고 있었던 듯싶었다.

처음에는 잠깐만 대화를 하고 바로 움직이려고 했지만, 생각보다 자질구레한 것까지 이야기를 하게 되면서 티 타임은 계속 길어졌다. 그리고 그만큼이나 회궁에 대한 이야기는 쏟아져 나왔다.

하지만 그 속에 알에 대한 이야기는 없었다.

사실 수아는 누구보다도 알에 대한 이야기를 하고 싶었다. 그가 얼마나 배려심이 깊은지, 얼마나 멋진지, 얼마나 그녀에게 다정하게 대해주는지 조금은 뽐내면서 자랑도 하고 싶었다. 분명 플로나나 아이린은 자신의 일처럼 꺅꺅거리면서 함께 이야기를 해주리라.

하지만 알은 회궁 사람들에게도 존재를 말해서는 안 된다고 했었고, 외부의 사람에게는 더더욱 그랬다. 그것이 굉장히 아쉬웠다.

조금 다른 의미로 카르니언에 대한 이야기도 입 밖으로 내지 못했는데, 황족과 아는 사이가 됐다고 하는 순간 엄청난 반응이 나올 것이 뻔했기 때문이었다.

수아 자신이야 사람은 모두 평등하다는 민주주의가 기본인 다른 세계에서 자랐던 사람이었고, 따라서 황족의 위치가 얼마나 확고한지 「머리로는」 이해하지만 결국은 다 똑같은 사람이라는 생각이 밑바탕에 깔려있었다.

그래서 카르니언의 황자답지 않은 친근한 언행에 조금 당황하긴 했지만 결과적으로 스스럼없이 말을 틀 수도 있었다.

하지만 이들은 아니었다. 어쩌면 황족과 안면을 익혔다는 사실 하나만 가지고도 그녀를 보는 눈이 변할지도 몰랐다. 그것만은 싫었다.

"헤에, 그렇구나. 진짜 신기하네에. 그럼 음, 딱히 일의 체계가 없는 거 말고는 회궁 생활도 별로 다를 것도 없잖아?"

아이린이 고개를 갸웃거렸다.

"특이하다면 특이하지만, 이해하지 못할 처사는 아니고. 사람이 모자른 거니까."

플로나도 고개를 끄덕였다.

"하지만 다들, 회궁 이야기는 절대 안 꺼내려고 하던데. 그래서 정말 말 못할 일들이 벌어지고 있는 줄 알았어."

"으응, 카렌도 그랬고. 아, 카렌은 전에 회궁으로 들어간 여관이야. 본궁에 있을 땐 그래도 우리랑 꽤 친하게 지냈었거든. 그런데 회궁에서 반년의 의무 기간을 채우자마자 아무 말 없이 여관직을 그만두고 고향으로 내려갔어. 나중에 연락했더니 황궁에서의 일은 생각도 하기 싫다고, 미안하지만 연락하지 말라고 했지이."

아이린이 수아에게 설명했고, 플로나가 가볍게 눈살을 찌푸렸다.

"솔직히 우리도 섭섭했지만, 회궁에서의 일이 황궁 자체를 떠올리기도 싫을 정도로까지 끔찍했나 싶어서 뭐라고 따지진 않았어. 근데, 그럼 걘 뭐야? 정말 수아 말대로라면."

"으응, 카렌만 그런 게 아니지. 다른 애들도 조개처럼 입을 꽉 다물었다는데에."

그건 수아도 영문을 모르겠는 소리였다. 회궁이 정말 그렇게까지 무서운 곳이었나? 수아는 잠깐 생각하고는 조금 미심쩍은 어투로 말을 이었다.

"음, 비에린느 부인의 표현으로는 다들 비실비실해서 기절할 준비를 하고 다닌다고 하던데, 아마 그거랑 연관 있는 게 아닐까?"

"에? 그게 뭐야?"

"처음부터 잔뜩 겁을 집어먹고 온다고. 말 한 마디 한 마디 할 때마다 덜덜 떨면서 울먹거린대. 물론 회궁이 좀 을씨년스러운 분위기이긴 해. 일단 사람 손이 부족하니까 구석구석 청소도 덜 되어 있고, 밤이라고 해서 모두 불을 켜는 것도 아니고."

나도 처음 회궁에 들어가서는 무섭다고 생각했거든. 수아는 그렇게 덧붙이며 말을 이었다.

"애초에 안전한 곳이 아니라고 생각하고 있으면 뭐가 나타나든 놀란다는 거지. 쥐가 갑자기 나왔다고 기절했던 여관도 있었대."

둘은 그 말에 동시에 고개를 끄덕였다.

"하긴 나보고 들어가라고 했으면 로즈렌처럼 기절했을 거 같지이."

"난 목숨 걸고 토꼈을지도."

"너 그거 농담으로 안 들린다, 플로나?"

"반 정도는 진심이니까 그렇지."

"뭐어, 두려움은 미지(未知)에서 온다니까. 아버지가 언제나 하던 말씀이셔. 나도 동감이고. 그치만 단순히 그것만으로는."

아이린은 뭔가가 걸리는 모양이었다.

"그런데 실은 별것 없다는 걸 알고 나오면, 보통은 더 이야기하지 않나? 비밀을 알아냈다거나, 아니면 무용담 식으로라도."

"어라? 그러게."

플로나도 옆에서 고개를 끄덕였다. 아이린은 조금 더 곰곰이 생각하더니, 이내 조심스럽게 말을 이었다.

"수아, 그럼……."

그녀는 굉장히 하기 힘든 말을 하는 것처럼 뜸을 들이다 목소리까지 낮추며 물었다.

"그럼, 넌……. 음, 그분을 한 번도 뵌 적이 없다는 거네?"

"황태자 전하?"

가볍게 올린 그 단어에 둘은 화들짝 놀라 문 쪽을 돌아보며 누군가가 들어오지 않는가를 경계했다. 아무렇지도 않게 황태자에 대한 이야기를 나눴던 회궁 생활에 익숙해진 수아에게는 그 반응이 굉장히 새삼스럽게 느껴졌다.

"없어. 애초에 황태자 전하가 거주하시는 구역은 기본적으로 출입금지거든. 지시를 직접 받는 건 비에린느 부인이고……."

그제야 아이린은 알겠다는 듯한 표정을 지었다.

"그렇구나아."

"정말! 아예 출입금지구나."

"하긴 그래. 얼굴을 날마다 뵈면서 거기서 버틸 순 없을테니까아."

“응. 그분만 안 계시면 회궁이 그렇게까지 무서운 곳일 리가 없지. 수아 네가 사람 사는 곳이라고 한 이유를 알겠다.”

둘은 안도하면서 납득했다.

그러면서 수아에게 황태자 전하를 뵌 적이 없어 정말로 다행이라고 거듭 말했다.

수아가 다시 고개를 갸웃거렸다.

“잘 모르겠어. 황태자 전하가 그렇게 무서워?”

수아는 반사적으로 그렇게 물어놓고 아차 했다. 이래서야 전에 물어봤던 질문과 조금도 발전이 없다. 플로나랑 아이린은 조금은 질린 얼굴로 수아를 바라보았다.

“얘 좀 봐. 회궁까지 가고도 아직도 모르네. 아니다, 모르니까 회궁까지 갔지. 당연하잖아? 아니, 좀 생각해봐. 닿으면 죽느니 어쩌니 하는 실질적인 위험을 떠나서라도, 너라면 저주받은 사람이 바로 곁에 있는데 태연하게 있을 수 있을 거 같아?”

“으응, 수아 너는 제국민이 아니라 저주나 신의 관계에 대해서 잘 모를 수 있다고 생각하지만, 신의 저주라니까아? 아무렇지도 않은 사람이 더 이상하지이.”

그러더니 둘은 서로를 보며 눈을 마주쳤다. 플로라가 부르르 몸을 떨었다.

“게다가 그분……. 엄청 무서우니까. 잠깐이었는데도 그대로 주저앉아버릴 뻔했어. 으아.”

그 말에 아이린이 추운 듯 자신의 몸을 감쌌다.

"으, 진짜. 황자 전하랑 같은 금안인데도 그렇게도 느낌이 다른지……. 핏빛으로 빛나는 것 같은 느낌도 받았다니까아."

"그러고 보니 외려 우리가 뵈었는데 수아가 못 뵌 거네."

"그러게에."

"진짜 안 봐서는 몰라."

처음에는 언급하기 꺼려하던 플로나와 아이린도 아무렇지도 않게 말하는 수아의 영향을 받았는지, 어느새 화제가 황태자에 대한 것으로 흐르기 시작했다.

"그 불길한 붉은색 문신도 그렇고오."

"목소리는 얼마나 낮게 으르렁거리던지. 정말, 너 못 뵌 게 정말 천운이야."

"붉은색 문신?"

수아가 의아하다는 듯 물었다.

"그래. 그 저주의 문신 말이야……. 어머? 수아 너 몰라?"

"뵌 적이 없어서? 문신 이야기는 처음 들어."

"아, 저주가 문신으로 나타난 거야."

"되게 피 같은 붉은색이더라아……."

"그러게 말이야. 문신이야 뭐, 주술도 그렇고 많이들 새기는 거긴 하지만 특히나 더 기분이, 좀, 음……."

붉은 문신에 금안. 문득 알이 생각나서 수아는 피식 웃었다. 아무래도 중증은 중증인 모양이었다. 심지어 황태자의 이야기를 들어도 알이 떠오르는 걸 보면.

"아무튼 앞으로 마주치지 않도록 조심해야 해, 수아."

"그래, 그분만 아니면 회궁 생활도 괜찮은 모양이니까아."

"음, 그런데 다들 일을 그만뒀다는 이야기는……."

잠깐 침묵이 흘렀다.

둘의 이야기대로라면, 결국 한 번씩은 황태자와 마주치고 겁에 질려 황궁 자체를 떠났다는 말이니까.

"아, 하하. 그래. 그래도 쥐를 보고 기절하는 건 좀 심했다. 그치?"

"으응. 역시 공포심이라는 건……."

플로나와 아이린은 어색하게 말하면서 자리에서 벌떡 일어났다.

"시간 너무 지체했다."

"으응, 수아 무슨 일 있다고 하지 않았어?"

"여관장님이 너 식재료 관련해서 뭔가 일이 있다고 하던데."

"그래서 최대한 협력하라고."

수아도 엉겁결에 찻잔을 내려놓으면서 자리에서 일어났다.

"아, 회궁에 들어오는 식료품 때문에."

황태자에 대해 이런 이야기가 나오는 건 거의 처음 있는 일이라 좀 아쉽긴 했다. 하지만 지금은 좀 더 나은 회궁의 식사와, 알에게 줄 수 있는 좀 더 좋은 식재료를 위해 일해야 할 시간이었다.

거절이 너무 빨랐다. 카르니언은 황제의 교지를 가져온 죄 없는 궁내부원을 짜증이 가득한 얼굴로 노려보았다. 황자의 못마땅한 시선을 받은 그는 더욱 깊이 고개를 숙였다.

"형님, 이라고."

"그렇습니다. 이는 하루라도 빨리 이변을 해결하고자 하는, 위대하옵신 폐하의 뜻이십니다."

하지만 말을 전해야 하는 의무가 있기에 결코 입을 다물지는 않았다.

"말씀드리기 송구하오나, 이변에 대한 규명은 황태자 전하옵께서 맡으셨사옵니다."

맡은 것이 아니라 떠넘기기겠지.

그는 속으로 크게 한숨을 내쉬었다.

이변 조사의 책임자로 계속해서 하르페니언의 이름이 오가자, 카르니언은 아예 중간에서 그 말을 가로챘다. 자신이 그 조사를 맡겠다고 대회의에서 주장한 것이다.

당연히도 반대 의견이 빗발쳤지만 황가의 사람이, 더구나 직계의 황족이 겨우 이런 것 따위로 움직이지 않아도 된다는 소리 따윈 아무도 하지 못했다. 겉으로는 황태자인 하르페니언, 즉 윗사람 대신 황자인 그가 움직이겠다고 한 모양새였기 때문이다. 그렇다고 카르니언의 경험 부족 등을 이유로 반대한다면 황자를 매도하는 꼴이 된다.

결국 명분을 잃은 귀족들은 반대를 끝까지 밀어붙이지 못했고, 결국 황제에게까지 이야기가 들어갔다. 그것도 대회의에서 낸 안건이라는 이름이 붙어서.

물론 카르니언도 이게 말이 안 되는 소리라는 건 알았다. 황제 또한 윤허하지 않겠지. 하지만 이건 카르니언 나름의 항의인 셈이었다. 더 이상 형님을 내몰지 말라는.

결과로는, 더 말할 것도 없이 단칼에 거절당했다.

그나마 얻은 것은 카르니언이 개인적으로 호소한 것보다는 대회의의 이름이 붙어 올라간 안건이기에 황제가 거절하는 데 약간의 시간이 걸린 것 정도였다.

"하아, 폐하께 뜻 받들겠다고 전하도록."

"명 받들겠습니다, 황자 전하."

궁내부원은 우아하게 고개를 숙여 보이고는 천천히 뒷걸음질로 물러섰다. 문이 소리도 없이 열리고 닫힌 후, 카르니언은 참았던 한숨을 내쉬었다.

아무리 예측했다고는 해도 이런 식의 대답을 듣는 것은 유쾌하지 않았다. 더구나 그에게도 직접 궁내부원이 올 정도라면…….

'형님께도 직접 교지가 갔을까.'

결국 형님을 내몰 수밖에 없다면, 조금이라도, 아주 조금이라도 망설이는 척이라도 해주시면 좋을 것을. 단지 며칠이라도 뜸을 들여 주신다면, 다들 그 의중을 멋대로 추측해 최소한 표면적으로 적대하는 기세는 줄어들 것을. 그것을 가장 잘 아실 분이.

그는 다시 한 번 크게 한숨을 내쉬었다. 어차피 아무리 생각해봤자 소용이 없었다.

문제는 형님, 그리고 수아.

두 사람 사이가 무르익으면서 자연스럽게 하르페니언이 수아에게 황태자라는 걸 고백하는 것이 가장 최선이겠지만, 하르페니언의 성격으로 봤을 때 아무리 비약한다 해도 벌써 거기까지 갔을 것 같진 않았다. 지금 그 사이에서 필요한 건 시간이었다. 하지만 그것도 이제 없다.

"젠장."

결국 그는 욕지거리를 내뱉었다.

아무래도 회궁에 다시 가봐야 할 것 같았다.

사정을 들은 플로나와 아이린은 기꺼이 수아의 일에 협력해주었다. 아니, 협력 수준이 아니라 아주 의욕적으로 두 팔을 걷어붙였다.

일단 저주받은 황태자든 뭐든 어쨌거나 「황족」에 대한 예산이 빼돌려 지고 있다는 사실에 둘 다 분노했다. 더구나 거기에 더해 수아가 제대로 먹지 못하는 게 말도 안 된다며 둘은 묘한 기합을 넣어 전투태세로 식료품 창고로 향했다.

둘 다 귀하게 자란 여식답게 물품을 보는 눈은 상당한 수준이었다. 특히 아이린의 활약이 컸다.

"카티차도 주세요. 어머, 이건 중급이잖아요. 회궁으로 갈 거니 당연히 최상급으로 주셔야 하지 않아요? 아, 수아. 부인께서 요구하신 차가 뭐뭐라고 했지?"

"음, 그러니까……."

수아가 아예 리스트를 넘겨주자 아이린은 고개를 끄덕이며 리스트를 보고는, 거기에 적혀있는 찻잎들도 요구하며 그것들을 일일이 검사했다.

"이건 품질이 좋긴 하지만 오래됐어요. 제대로 된 잎으로 주시겠어요?"

일단 누가 가기만 해도 어느 정도 되는 수준의 찻잎을 줄 거라는 비에린느 부인의 예측은 맞았다. 차에 대해서 잘 모르는 수아가 보기에도 지금까지 마시던 차가 거의 찌꺼기처럼 느껴질 만큼 부스러기도 거의 없는, 향도 훨씬 좋은 것들을 내놓았다.

하지만 그것조차 아이린이 보기에는 한참이나 부족한 모양이었다. 그녀는 평소와는 다른 똑 부러진 말투로 빙긋빙긋 웃으면서 여지를 주지 않고 그대로 쳐버렸다.

"믿을 수가 없네요. 찻잎이 이러니 다른 식재료들은 보지 않아도 뻔하겠어요. 제대로 된 재료를 공급하고 계시는 것이 맞나요?"

기본적인 성격이 차분하다고는 하지만, 몇 대째 내려온 상인의 집안에서 나고 자란 아이린이었다. 그리고 본인도 상인이 되고 싶다는 생각으로 공부하고 있으니 이런 흥정은 흥정도 아니었다. 더구나 「황족」의 후광을 얻고 있는 이상 이쪽이 절대로 유리했다.

"음, 그러게요. 이 초콜릿도 너무하네요. 재료로 쓰기에는 턱없이 카카오 성분이 부족하고, 그냥 먹는다고 해도 꿀이 너무 많이 들어갔어요."

아이린만큼은 아니었지만 플로나도 상인의 자식다운 면모를 보이며 유감없이 실력을 발휘했다. 그녀는 아이린만큼의 배려도 보이지 않은 채, 대놓고 기막히다는 표정을 지으며 담당자를 추궁했다.

"아니, 그게, 허허허허……."

약간 통통한 몸매에 40대 정도 되어 보이는 식재료 담당자는 연신 흘러내리는 땀을 손수건으로 닦았다.

처음, 난데없이 회궁에서 납입하는 음식과 식재료를 검토하러 온다는 말을 들었을 때는 정말로 기겁했다. 이제까지 10년이 넘게 이곳에서 일했고 지금의 위치에 오른 지 3년이 넘었지만 이런 일은 한 번도 없었기 때문이었다.

물론 그동안 한결같이 저급 재료만을 회궁에 공급했던 것은 아니었다. 그가 막 이곳에 일하기 시작했을 때는 당시의 담당자가 그래도 황족에게 진상하는 재료들이라며 꽤 신경을 썼다.

그러던 것이, 어느 순간부터인가 등급을 내린 재료들이 조금씩 섞여들어 가기 시작했다. 그렇게 할 때마다 남는 예산이 꽤나 많았고, 무엇보다도 그 어느 곳에서도 문제가 일어나지 않았기 때문이었다. 결국 그렇게 눈치를 보며 재료의 등급은 점점 내려갔고 창고에서 일하는 사람들은 담당자가 아니라도 조금씩 그 대가를 나눠 받았다.

그 또한 이득을 보고 있던 이들 중 하나였기에, 담당자가 되고서도 그 작태를 그대로 이어받았다. 아니, 더 심해졌다. 어차피 회궁에 저급의 재료를 보내도 된다는 건 이미 알고 있었기에 그 행동에는 거침이 없었다. 재료의 등급을 내릴 때마다 질책은커녕 뒷주머니가 점점 더 불러왔기에 행동은 점점 더 대범해졌다. 그러다 곧 끝이 다가온다는 생각이 들자 초조해졌다. 저주가 끝나, 황태자가 죽는다면 당연히 회궁도 없어진다. 그의 요긴한 수입원이 사라지는 것이다.

이제까지의 타성적인 인식과, 여태까지 별말이 없었으니 새삼 문제가 되겠냐는 안이한 생각이 회궁으로 보내는 식재료를 아예 저급 정도가 아닌 폐기 직전의 재료들로 바꿨다. 아니 말이 좋아 폐기 직전이지 찌꺼기나 다름없었다.

처음에는 조금 찜찜했지만 이 역시 문제가 없었기에 마음을 놓고 있는 상태였다. 그런데, 회궁에서 사람이 온단다.

심장이 덜컥 내려앉았다. 그제야 너무 심했다는 생각이 들었다. 최소한의 정도는 지켰어야 하는데. 더구나 요즘 황태자 전하는 회궁에 머문다고 했다. 그걸 알고 있음에도 자신의 일과 연관시킬 생각은 하지 않았다니, 어떻게 된 정신머리인지.

황족을 기만한 것은 사형. 더구나 정상 참작의 여지도 없다. 자칫하면 황족을 모욕했다는 것으로 얽혀들어 가족까지 함께 목이 매달릴지도 몰랐다.

그는 안절부절못하며 머리를 쥐어뜯다가 나름의 타개책을 준비했다. 재료를 너무 상급으로 준비해봤자 오히려 여태껏 보낸 재료들과 비교가 되어, 횡령이 역으로 들통 날지도 모른다. 그러니 적당히 중급과 하급을 섞었다.

물론 눈 가리고 아웅보다 못한 수준이긴 했지만 일단 오는 명목이 횡령 조사가 아닌 재료 조사라 하니 덮어놓고 처벌하기 위해 오는 것은 아닐 터였다. 더구나 회궁에 발을 디딘 사람들의 이야기를 들어보면 성에서 일하는 괴팍한 노파나 기행의 정원사, 말 없는 하녀 정도가 그곳 고정인원인 모양인데, 그들은 절대 회궁 밖으로 나오지 않는다 했다. 그렇다면 이번에 오는 건 이번에 회궁으로 들어갔다던 새로운 여관일 터였다.

보나 마나 억지로 회궁으로 들어가 벌벌 떨며 일하는 어린 계집이 그곳 관리인의 강압에 의해 나오는 것일 테니 어떻게 구슬릴 수 있지 않을까. 폐기 직전의 음식들이 들어가기 시작한 건 그다지 오래되지 않은 일이니 뭔가의 착오라고 둘러대면, 그리고 이제부터는 제대로 된 재료들을 공급하겠다고 약속하면 심한 처벌은 피할 수 있지 않을까. 그렇게 생각했다. 실제로 그렇게 생각하는 것 외에는 방법이 없었다.

다행일지 불행일지 그의 추측은 정확히 반만 맞았다.

"설탕도 너무 저급이잖아요. 남쪽 사탕수수로 만든 덩어리 있죠? 그걸로 준비해주세요."

"이거, 색을 봐서는 꽤 오래된 고기 같은데. 혹시 냉동했다가 녹인 거 아녀요? 베이컨도 마른 거 봐. 너무한다. 제대로 된 고기로 주시길 바라요."

여관이 오긴 왔는데, 두 명을 더 데리고 왔다. 본궁에서 일하는 여관이란다. 생각해보면 원래 회궁의 여관도 본궁에서 일하고 있었을 터니 이상할 것은 없었다. 등골에 식은땀이 흘렀다. 더 좋은 재료를 주는 것 따위는 아무런 상관이 없었다. 하지만 누군가의 귀에 그동안의 작태가 흘러들어 간다면? 본궁의 여관들이 서로 떠들어대고, 그게 여관장의 귀로 들어간다면…….

상상만 해도 끔찍했다. 제대로 조사에 들어가면 그의 횡령은 순식간에 드러난다. 순간적으로 목이 매달린 자신의 모습이 눈에 어른거렸다. 그는 필사적으로 어떻게든 덮기 위해 우겨보았다.

"허허, 이 정도면 꽤 좋은 재료들인데."

그러니까 이제까지 보낸 재료들도 많이 심한 건 아니다, 난 죄가 없다, 그렇게 간접적으로 돌려 말해봤지만, 그 소리에 이민족으로 보이는 소녀가 눈을 똑바로 뜨고 그를 쳐다보았다.

"회궁은 황태자 전하가 계세요."

강한 어조였다.

"황족이 쓰실 물건에 하실 말씀은 아니라고 보는데요. 그 말씀 그대로 황태자 전하께 보고드려도 될까요?"

담당자는 그대로 입을 다물었다.

수아는 점점 더 화가 나는 것을 느꼈다. 담당자야 어떻게든 모르길 바랐겠지만, 사실 눈이 있다면 이제까지 회궁에 온 재료들과 이곳에 있는 재료들의 차이를 모를 수가 없었다. 그저 막연하게 좋지 않다고는 생각했지만 직접 살펴보니 너무 차이가 심했다.

그런데 이것도 플로린과 아이린의 눈에는 그다지 고급이 아닌 모양이었다. 여기까지 와서도 이러는 건가. 아니, 그녀 혼자 왔다면 이걸로 만족하고 돌아갔을 터였다. 그녀는 쏘아붙이듯 한 마디를 덧붙였다.

"제가 듣기로는 예산 배정된 범위 안에서는 음식이나 재료들에 대한 요구가 가능하다고 알고 있는데요."

그 말에 남자의 안색이 확 변하는 것이 보였다. 그러다 남자는 급작스럽게 어색한 미소를 지었다.

"암, 물론이지! 허허, 얼마든지 가져가야지. 그냥 한꺼번에 너무 많은 재료들을 가져가면 얼마 없는 회궁 인원에 오히려 무리가 될까 봐……. 하하. 아, 향신료도 필요하지 않아? 이번에 들어온 꽤 좋은 것들이 있는데……. 3번 창고에 있어. 가서 볼 텐가, 들?"

그러면서 사근거리는 목소리로 묻지도 않은 재료에 대한 정보를 주기 시작했다.

어떤 생각인지는 뻔했다. 어영부영 넘어가는 것이 틀렸다 싶으니 아예 지금부터라도 확실하게 협력을 해서 더 파헤쳐지는 걸 막는 게 낫겠다 싶었겠지. 플로나와 아이린도 그 뻔한 생각을 읽었는지 우호적이라고는 할 수 없는 눈으로 그를 물끄러미 바라보았다.

"식재료 점검이 끝나면 부엌에도 가봐야 할 텐데, 도와주시겠죠?"

한 번 꼬리를 내린 담당자는, 아이린의 말에 당연하다는 듯 고개를 끄덕였다.

그 뒤로는 일사천리였다. 돌아본 창고들에서 최고급 재료들의 공급을 약속한 창고 담당자는 그 후 부엌의 음식 담당자에게도 깍듯한 태도로 안내했다.

플로나와 아이린의 눈은 부엌에서도 빛을 발했고, 결국 채소는 수확한 지 한 시간 안에, 빵은 구운 지 두 시간 안에, 과일은 반나절 안에 공급한다는 약속까지 받아냈다. 디저트도 이제까지처럼 쿠키만 오는 것이 아니라 초콜릿 등의 귀한 재료를 넣어 제대로 만든 「황궁 디저트」를 목록에 추가했다.

기대 이상의 수확이었다.

아주 초반에 담당자의 기가 꺾였기 때문에 셋이 지체한 시간은 그다지 길지 않았다. 다시 본궁에 있는 여관의 숙소로 돌아왔을 때는 점심시간이 끝난 지 겨우 한 시간 정도 후였다.

셋은 다시 아이린의 방으로 돌아와 방문을 잠근 후, 의자에 털썩 주저앉았다. 아이린과 플로나는 여러모로 충격인 모양이었다.

“진짜 너무 하다니까.”

“그러게에. 수아, 처음 내놨던 재료들이, 평소 왔던 것들보다 더 질이 좋았단 말이지?”

“훨씬.”

“훨씨인? 나 참, 저 나무에 매달린 벌레 같이 생긴 놈이 아주 황족을 물로 봤다 이거지?”

플로나가 허공을 향해 주먹을 뻗었다.

“그러니까아. 수아, 정말 같은 재료로 만든 요리로 황태자 전하가 식사하고 계시는 게 맞아?”

수아가 고개를 끄덕였다.

“응, 회궁에는 요리사가 따로 없으니까. 확실해.”

“그건 좀…….”

“그러게…….”

둘은 「저주받은 황태자」에게는 그렇게나 반감을 가지고 있으면서도 「황족」에게 그런 대접이라는 것이 못마땅한 모양이었다. 수아는 그런 부분이 잘 이해가 가지 않았지만, 아이린과 플로나는 이건 제국민에게는 아주 당연한 것이라고 했다.

“황족에 대한 기본 예의 문제야.”

플로나가 한마디로 정리했다.

“특히 일 처리에 있어서는 더욱~.”

아이린도 공감했다. 그녀는 고개를 끄덕이다가 살짝 고개를 갸웃했다.

"아무튼, 이제 제대로 재료들이 들어가겠지?"

"당연하지! 그렇게까지 말해놨는데 아니라면 정말 목이 매달릴 각오 정도는 해야 할걸. 수아, 혹시 또 식재료들이 이상하면 당장 달려와! 내가 궁 한가운데에 드러누워서라도 공론화시킨다."

"으응, 공론화시키면 꽤 여러 사람 목도 날아가겠지?"

"이번에는 그 무슨 부인? 이 말한 귀찮아진다는 그 말, 음. 솔직히 좀 이해 안 가지만 아무튼 회궁 쪽에서도 그렇게 말했고, 이미 여관장님도 알고 계시는 거 같으니 우리가 나서 봤자 주제넘을 뿐이겠지만……. 그래도 수아야, 사실 이건 그냥 회궁만의 문제가 아냐."

"맞아아. 제국 백성으로서의 의무를 다해야 한다고."

뭔가 거창해져 간다. 하지만 수아로서는 한 가지가 기뻤다.

"응, 이제 좀 신선한 빵을 먹을 수 있겠네."

수아가 저도 모르게 미소 지으며 말하자 플로나와 아이린은 엄청나게 동정심이 찬 얼굴로 그녀를 바라보았다.

"수아! 안 되겠다. 쿠키 좀 가져갈래?"

"응응, 찻잎도 좀 가져가고. 다른 것도 더 챙겨줄게."

"잠자리는 괜찮은 거야? 장작은 충분하고? 아직 아침저녁엔 날이 쌀쌀한데……."

"옷은 제대로 받고 있는 거지?!"

"그러고 보니 아버지가 또 이번에 책을 보내준다고 했는데, 편지랑 같이 보내도 될까?"

갑자기 이것저것 챙겨 받게 된 수아는 쩔쩔매며 거절했지만, 결국 회궁으로 가져갈 짐이 한 보따리 생기는 것을 막을 수가 없었다.
"으, 괜찮은데……."
"무슨 소리야. 제대로 챙겨 먹고 살아야지."
"그래에. 정말 다른 의미로 회궁이 환경이 안 좋구나아."
그 뒤로도 셋은 한참을 떠들었다. 수아의 회궁 생활은 이미 오전에 풀어놓은 상태였다 보니, 이번 이야기는 그녀가 없는 동안 어떤 일이 일어났는지에 대해서가 대부분이었다.
"그 사이 신입이 한 명 더 들어왔어. 로즈렌이랑 미린다에게 맡겨졌는데, 이번에는 로즈렌 걔, 트집 전혀 안 잡지 뭐야?"
"그러니까아. 예전 같았으면 점수를 굉장히 낮게 줬을 텐데 그런 것도 없고."
"뭐랄까 간만에 되게 평화로운 느낌이야. 말썽의 근원지인 밸란도 없고."
"그치이. 플로나도 예전보다 주의를 덜 받고 말야."
"뭐야! 갑자기 그 이야기가 왜 나오는데!"
수아가 풋, 작게 웃었다.
시간은 빠르게 흘러갔다. 별 이야기를 한 것 같지도 않았는데 정신을 차리니 목이 너무 말랐고, 창밖은 어느새 해가 지려고 하고 있었다.
"어, 조금 있으면 벌써 저녁 시간이네."
"그러게에."
"수아, 자고 갈 거라고 했지?"

"계획은 그랬는데……."

수아는 조금 망설였다. 일이 이렇게까지 빨리 끝날 줄 몰랐다.

"그냥 돌아갈까 봐. 내일 일도 있고."

더구나 알에게 말을 안 하고 왔으니 새벽 3, 4시에는 일어나야 한다는 소린데, 솔직히 엄두가 나지 않았다. 가만히 생각해보니 그 시간에 여관 하나가 회궁으로 돌아간다 해서 순순히 본궁의 문을 열어줄 것 같지도 않았고. 그렇다고 알을 바람 맞힐 수는 더욱 없는 일이었다.

"음, 그게 나을지도. 좀 아쉽긴 하지만."

당연히 붙잡으리라고 생각했던 플로나가 수아의 말에 고개를 끄덕였다.

"너, 저녁 식사 때 붙잡히면 쉽게 못 빠져나올걸. 한 이야기 또 하고 또 하고 그래야 할 거야. 다들 너를 굉장히 궁금해하니까."

"맞아. 우리도 이 정도면 실컷 회포도 풀었고오."

"오늘 온 거 보니까 다음에도 또 놀러 올 수 있지? 뭐, 바로는 무리겠지만. 그러니까 오늘은 가는 게 좋을 거 같아."

30분 정도만 있으면 일을 끝낸 여관들이 슬슬 들어오기 시작할 거니 돌아갈 거라면 지금 일어서야 한다고 했다.

수아는 자신이 다른 여관들 생각은 새까맣게 잊어버리고 있었다는 걸 깨달았다. 확실히 그 말대로였다. 다른 여관들에게 붙잡히면, 플로나와 아이린과의 오붓한 하룻밤은커녕 모두에게 잡혀 한 이야기를 하고 또 하고 할 수밖에 없을 것이다.

하지만 역시 간다고 생각하니 너무 아쉬웠다. 그냥 플로나나 아이린의 방에 숨어서, 없는 척하고 그냥 자고 가면 어떨까 하는 생각도 순간 떠올렸다. 수아가 시간을 내 본궁으로 올 순 있겠지만 둘의 비번 날과 맞출 수 있을지는 확신할 수가 없었다. 편지를 주고받는다고는 해도 수아의 글 실력은 말의 반도 따라가지 못한다. 그나마 온 편지를 읽는 건 무리가 없었지만, 정작 그녀가 보내는 편지에는 정말 기초적인 문장만으로 종이를 채울 수밖에 없었다.

"응, 확실히 잡히면 빠져나오기 힘들겠지. 그럼 오늘은 이만 돌아갈게."

그렇지만 현실적으로 방에 숨어 있는 건 무리였다. 결국 수아는 자리에서 일어났다.

"으응, 만나서 반가웠어.

"도와줘서 고마웠어, 둘 다."

"무슨 소리야! 우리야말로 덕분에 오늘 하루 잘 쉬었잖아."

"그렇지이. 그럼 또 편지 써, 수아."

수아는 두 명이 바리바리 챙겨준 짐을 들었다. 그 모습을 보던 아이린이 갑자기 손뼉을 쳤다.

"아, 그럼 수아 돌아가면 식사 시간이겠네."

"그래! 그럼 부엌에 들려서 갓 구운 빵 가져가면 어때?"

"아."

좋은 생각이었다. 그렇게 되면 오늘 바로 뜨끈뜨끈한 빵을 먹을 수 있을 것이다. 신선한 재료와 음식을 들여보낸다고는 해도 그건 최소한 내일부터의 일이었으니까.

"도와줄게."

결국 플로나와 아이린은 부엌에서 빵을 고르는 것까지 도와줬다. 본부엌까지 가기에는 시간이 애매해 여관의 식당에 가서 빵을 얻었다. 저녁때라 막 구워낸 따끈한 빵이 꽤 있었다. 거기서 바구니를 얻어 그 안에 빵을 담고 나니 한결 들고 가기가 편해졌다. 아직도 빵에서 나오는 후끈거리는 열기가 바구니 밖으로 새어 나왔다.

"그럼 정말로 갈게."

"응! 또 봐, 수아."

"편지 쓰고."

둘은 식당 입구에서 손을 흔들었다. 수아는 빙긋 웃고는 차마 떨어지지 않는 발걸음을 옮겼다.

그렇게 회궁으로 돌아가기 위해 본궁을 걷고 있자니 기분이 조금 묘했다. 얼마 전까지만 해도 이곳, 본궁에서의 생활은 정말로 당연한 것이었다. 그다지 오래 산 것은 아니지만 익숙해졌다고 생각했는데, 어느새 수아는 빨리 「집」으로 돌아가야 한다고 생각하고 있었다.

집. 단순한 장소의 문제만은 아니었다.

'어디든.'

수아는 잠시 눈을 감았다 떴다.

'알의 곁에 있을 거야.'

원래 태어난 세계에서 「집」이라는 건 가족의 옆이었다. 아무리 이사를 가도, 장소는 상관없었다.

부모님과 동생들이 있다면 그곳이 어디든지.

순간 울컥할 거 같아 수아는 의식적으로 알에게 생각을 더 집중했다.

'그래, 알이 좀 귀찮아하면 어때. 이것저것 재다가 또 떨어질 순 없잖아. 그러니까 계속, 해서……. 계속?'

갑자기 고백과 청혼까지 한 큐에 한, 어설펐던 고백이 생각나서 확 얼굴이 붉어졌다.

'어, 그러니까. 결혼, 결혼. 응, 하고 싶지 않냐고 하면……. 그건 아닌데. 하고 싶은 거긴 한데. 하지만 어, 그런 건 생각해 본 적도 없고. 아직 난 여기 나이로 스물이고. 음, 여기가 열여섯부터 성인이긴 하지만……. 그치만……. 남편이라……. 알이면 좋, 좋지만……. 악! 진짜! 왜 혼자 김칫국 마시고 있는 거야!'

한 번 생각이 폭주하자 멈출 수가 없었다. 이 세계의 결혼제도와 앞으로의 자신의 미래와 신분 제도에 대한 고찰이 섞여 마구 뻗어나갔다.

빵이 든 바구니만 없었어도 수아는 자신의 머리칼을 마구 헝클어뜨렸을 것이다.

그 생각을 적절하게 멈춘 것은 그녀의 이름을 부르는 목소리였다.

"수아?"

여인보다는 소녀에 가까운 그 목소리는, 수아도 익히 알고 있는 사람의 것이었다.

"로, 즈렌."

여전히 붉어진 얼굴을 가라앉히지 못한 채 수아는 더듬더듬 그녀의 이름을 불렀다.

"오늘 온다고는 들었었어. 돌아가는 거야?"

"아, 응."

"생각보다 펄펄해 보이네. 하긴, 기운은 넘쳤으니까, 너."

내용만 보면 비꼬는 것 같았지만 말투가 원체 부드러워 그런 느낌은 들지 않았다. 수아는 뭐라고 말해야 할지 몰라 머뭇거리다가 간신히 입을 열었다.

"잘 지냈거든. 로즈렌은 어때?"

"나야 뭐, 밸란 그 시끄러운 애가 없으니 차라리 머리가 정리되더라."

로즈렌은 그렇게 말하며 피식 웃었다.

"어쨌거나 무사히 있는 걸 보니 마음이 놓이네. 아무튼 특이해, 너도."

"어?"

"결국 내가 도움받는 꼴이 되어버리다니."

로즈렌은 성큼성큼 다가왔다. 평소 얌전한 걸음걸이와는 상당히 다른 모양새라 수아는 깜짝 놀라 반걸음 정도 뒤로 물러섰다.

"나, 너를……. 그다지, 괴롭히려고 했던 건 아니야."

그녀는 큼큼, 목을 가다듬었다.

"그냥, 그때는 진짜로 그렇게 생각했어. 여관은 아무나 못 된다는 거. 그때는 정말 사람들의 단점만 보였으니까."

수아는 잠깐 눈을 동그랗게 떴다가 이내 부드럽게 웃었다. 이건 그녀 나름의 사과라는 건 어렵지 않게 알 수 있었다.

"응, 그래."

"그래. 그것뿐이야. 그럼 볼 기회가 있으면 또 봐."

그 말과 함께 로즈렌은 조금의 미련도 없다는 듯 등을 홱 돌렸다. 그리고 역시 성큼거리는 걸음으로 사라졌다. 수아는 그 뒷모습을 잠깐 보다가 어깨를 으쓱했다.

워낙 밸란에게 데인 것이 많다 보니 로즈렌에게는 유감이 없다고 생각했다. 하지만 아무래도 초반에 그렇게 「괴롭힘」을 당한 것은 마음에 남아있었다는 걸 방금 알았다. 그런 것치고는 방금 사과는 굉장히 깔끔했다.

나쁘지 않다.

"뭐어."

그렇다고 해도 갑자기 관계가 변하지도 않을 거고, 친해진다거나 친구가 될 것 같진 않았지만.

마음이 더욱 가벼워져, 수아는 빵 바구니를 안고 회궁 쪽으로 발걸음을 옮겼다. 빵 바구니가 뜨끈뜨끈한 것에 기분이 더 좋아졌다.

얼른 회궁 사람들에게 나눠줄 생각에 수아는 발걸음을 재촉했다. 약속 시간을 아침으로 옮겨, 저녁때 알과 만나지 못한다는 게 여러모로 아쉬울 뿐이었다.

회궁에 누군가가 찾아오는 것은 극히 드문 일이다. 특히나 그것이 공적인 일이면 더욱더 그랬다.

비에린느 부인은 눈살을 찌푸리고는 황제의 칙사라며 찾아온 궁내부원을 바라보았다. 그는 턱을 치들고 있었지만 결코 그 기세가 오만해 보이지는 않았다. 아니, 오히려 그 반대였다.

교육 수준이 낮고, 신분이 낮은 사람일수록 회궁을 불가침의 마왕의 집 정도로 보는 경우가 더 많긴 하지만 신분이 높거나 제대로 된 교육을 받았다고 해서 이곳을 꺼리지 않는 것은 아니었다. 궁내부원은 아무래도 불안한지 슬쩍 응접실의 이곳저곳을 시선으로 훑고 있었다.

비에린느 부인은 그 꼴이 못마땅해 그대로 내쫓고 싶은 마음이었지만, 일단 황제의 명령서를 가지고 온지라 함부로 대할 수도 없었다.

"알았소. 황태자 전하께 여쭈겠소."

얼마 만에 쓰는 공식적인 말투인지도 제대로 기억나지 않았다. 부인은 속으로 한숨을 내쉬며 응접실을 나섰다. 황태자 전하께 이곳으로 와주십사 청하기 위해서였다.

물론 원래대로라면 황족이, 그것도 황태자가 신하를 보기 위해 성의 바깥쪽 응접실까지 나오는 건 말도 안 됐다. 그래서 형식은 일단 비에린느 부인을 통해 그를 알현하는 걸 허락해달라는 모양새를 취했다.

물론 의미는 없었다. 만약 하르페니언이 그의 거처로 들어와도 된다는 식의 「허락」을 한다면 궁내부원은 뒤도 돌아보지 않고 도망치리라. 그리고 그것은 그가 황제의 명을 받는 걸 거부한다는 식으로 변질되어 보고될 것이다.

결국 황태자는 이 거실로 나오는 것 외에는 선택지가 없었다. 그걸 잘 알기에 비에린느 부인은 더더욱 얼굴을 구겼다.

'그나마 수아 그년이 지금 없는 게 다행이군.'

천방지축에 무서울 것 없는, 얌전한 얼굴과는 다르게 담이 센 말괄량이 계집애지만 정작 황태자를 직접 보게 되면 어떻게 될지 모르는 일이다. 이곳에 왔던 다른 이들처럼 울며불며 혼절이라도 하게 되면 곤란했다.

죽음의 공포는 머리로 어떻게 되는 것이 아니다. 말하자면 황태자는 상대의 목에 날이 날카로운 칼을 들이대고 있는 것이나 마찬가지였다. 마음만 먹는다면 손쉽게 죽일 수 있는 상황일뿐더러, 설사 의도가 아니더라도 실수로 손을 조금 떨거나, 외려 상대가 조금이라도 비틀거린다면 바로 목숨이 없어질 수도 있었다. 거기에 죽일 생각은 없으니 무서워하지 말라고 해봤자 고개를 끄덕일 리가 없었다.

여기에 칼을 쥔 상대가 신의 저주를 받을 정도로 악독한 이라는 선입견을 가지고 있는 데야 더 말할 것도 없었다.

그러니 마주치지 않는 것이 최선이다.

비에린느 부인은 후원으로 발을 디뎠다. 어떻게 보면 회궁 안에서는 가장 화려한 곳이었다. 커다란 조형물을 가져다 놓지도 않았고 희귀한 꽃이니 나무가 있지도 않았다. 현란한 솜씨로 가지치기를 해서 정원을 꾸며놓는 것도 아니었다. 하지만 밤이 되면 자동으로 점등되는 마법 불빛이 은은하게 빛나고, 왕국 시절부터 있었다던 가제보도 꽤 고풍스럽게 서 있었다.

비록 이 밑에 무엇이 묻혀있다는 걸 모르는 바는 아니지만 그런 것 정도로 이 후원의 가치를 깎아내릴 수는 없다고 생각했다. 어차피 남의 목숨을 취하려고 온 놈들이 다른 생명을 피우는 데 쓰는 것 외에 무슨 가치가 있으랴.

새삼 그녀는 이 후원을 보는 이들이 한정되어 있다는 것에 아쉬움을 느꼈다. 새로 온 여관도 아마 여기까지는 들어와 본 적이 없을 터였다. 그녀이 이곳을 본다면 무어라 말할까.

비에린느 부인은 잠깐 발걸음을 멈췄다가 생각을 털어버리고 황태자의 거처 안으로 들어갔다. 역시나 빈 복도에 발걸음 소리가 울렸다.

그녀는 곧 도착한 황태자의 방에 가볍게 노크했다. 들어오라는 소리는 없었지만, 그것이 무언의 허락임을 알고 있었다. 그녀는 방문을 열었다.

"황태자 전하."

비에린느 부인이 격식을 맞춰 깊게 고개를 숙였다. 그 동작은 여느 귀족 부인만큼이나 우아했다. 하르페니언은 여느 때와 같은 무심한 얼굴로, 한 손에 책을 든 채로 시선으로 물어 왔다.

"황제 폐하의 전령이 왔사옵니다."

그 한마디로도 충분했다. 하르페니언은 책을 내려놓았다.

"응접실에 있나?"

"네, 알현 허가를 요청했습니다."

"새로 온 여관은?"

"다른 일로 외부로 나가 있습니다. 내일 복귀 예정입니다, 전하."

하르페니언은 곧바로 몸을 일으켰다. 비에린느 부인은 다시 한 번 공손하게 고개를 숙이고는, 그의 뒤를 따랐다.

별다를 것은 없는 이야기였다. 궁내부원이 전한 황제의 명령은 그가 대충 짐작하던 대로였다.

허울 좋은 책임자로의 임명. 그리고 반 달 내로 명을 받아 떠나라는, 사실상의 추방령.

하르페니언은 그 명령을 덤덤하게 받아들였다.

임명식도, 황제의 알현도 없이 내쫓기는 모양새였지만 새삼 그런 걸 문제 삼을 수 있을 리도 없었다.

"명, 받들겠다고 전하도록."

눈에 보일 정도로 불안해하고 있던 궁내부원은 그 말 한마디에 형식상 인사를 하는 둥 마는 둥 하고는 거의 뛰쳐나갈 듯이 응접실을 나섰다.

황족에게 등을 보여서는 안 된다는 예절에 따라 어떻게 뒷걸음질까지는 했건만, 문도 제대로 닫지 않고 도망치듯 사라졌다. 그 틈에서 바람이 들어와 문을 다시 반 정도 열어놓았다.

굉장한 무례였지만 하르페니언은 눈길조차 주지 않았다. 어차피 드문 일도 아니었다. 그나마 그의 앞에서 추태를 보이지 않았다는 것만 해도 오히려 괜찮은 측에 속할 정도였다.

그가 한숨을 내쉬듯 말했다.

"한동안 자리를 비우겠군."

"기다리고 있겠습니다."

어차피 황태자는 언제나 자리를 비웠고 성을 지키는 것은 이곳의 고용인들이었다. 요 반년이 오히려 변칙적이었다. 하지만 그렇게 대답하는 비에린느 부인의 태도에는 약간의 거리낌이 있었다. 그녀 또한 대충 알고 있기 때문이었다.

아마, 이곳의 주인은 두 번 다시 이곳에 돌아오지 못할지도 모른다는 사실을. 하르페니언은 그녀의 눈빛에서 착잡함을 읽고는 잠깐 눈을 감았다가 떴다.

'죽음, 인가.'

아홉 살 이후 언제나 곁에 있었으며, 단 하루도 그에 대한 생각을 하지 않은 적이 없던 존재다. 설사 저주를 풀지 못해 그때가 온다고 해도 흔들림 없이 받을 수 있을 거라는 다짐을 수백 수천 번이나 했었다.

하지만…….

'수아.'

그는 이를 악물었다. 그녀를 생각하는 것만으로도 견디기 힘들 정도의 격통이 왔다.

이번 일은 차라리 잘된 일일지도 몰랐다. 애초에 그의 자력으로는 끊어낼 수가 없었다. 이런 일이 없었다면 조금만 더, 조금만 더를 반복하며 언제까지고 사실을 밝히는 것을 미뤘으리라. 꿈도, 이 정도면 충분하지 않았던가. 다시 현실로 돌아올 시간이 되었다.

"언제 떠나실 생각이십니까?"

그는 바로 대답하지 못했다. 주어진 시간은 반 달. 하지만 그 기간을 온건히 채우고 싶다는 건 욕심이리라. 애초에 처음 수아 곁에 있고 싶다던 한 달도 대부분의 시간이 지난 후였다.

"……일주일 뒤."

그는 그렇게 말하고 비에린느 부인을 돌아보았다.

"뒷일은 루펜에게 맡기지."

"알겠습니다, 전하. 부디 뜻대로."

툭. 하르페니언이 인기척을 알아챈 것과 무언가가 떨어지는 소리가 나는 것은 동시였다.

그는 등골이 서늘해지는 걸 느끼며 문 쪽으로 시선을 돌렸다. 자신의 감각이 제발 틀렸기를, 하르페니언은 시선을 돌리는 그 짧은 시간 안에 온 힘을 다해 빌었다.

하지만 일어난 일이 없어지지는 않는다.

"……전하?"

반 정도 열린 문 사이에 수아가 서 있었다.

그녀는 새하얗게 질린 얼굴로 빵 바구니를 바닥에 떨어뜨린 채로 그를 똑바로 바라보고 있었다.

수아는 지금 이것이 무슨 상황인지 제대로 알 수 없었다. 멍하니 서서, 빵 바구니를 떨어뜨렸다는 것조차도 모른 채 두 사람을 똑바로 보고 있을 뿐이었다. 머릿속에는 비에린느 부인이 알을 향해 했던 소리만이 빙빙 돌았다.

전하? 지금 무슨 소리를 들은 거지?

방금까지만 해도 수아는 기분이 상당히 좋았다. 회궁을 나갔던 목적은 충분히 이뤘고, 간만에 플로나와 아이린하고도 만족할 때까지 수다를 떨었다. 오는 길에 로즈렌과 마주친 것도 쌓여있던 응어리를 조금은 풀어줬다. 바구니 너머로 느껴지는 따끈따끈한 온도에 콧노래라도 절로 나올 것 같았다. 내일부터 들어올 음식들과 오늘 당장 먹을 막 구워진 부드러운 빵 소식을 전할 생각에 벌써부터 미소가 지어졌다. 아마 모두들 기뻐하겠지.

하지만 회궁 안으로 막 들어섰을 때, 수아는 얼굴이 하얗게 질려 허둥지둥 나가는 궁내부원과 마주쳤다.

그는 수아가 차마 옆으로 피할 틈도 없이 그녀에게 힐끗 한 번 눈길만 주며 순식간에 그녀를 스쳐 지나갔다. 마치 무언가에 쫓기기라도 하듯이.

"흐흠?"

오늘은 외부에서 사람이 오는 날이 아니다. 더구나 방금 지나간 남자는 빨래를 수거해가거나 음식을 가져오는 등의 잡일을 하는 지위로도 보이지 않았다.

무슨 일일까 눈을 깜빡이는데, 복도 저편에서 누군가가 서 있는 것이 보였다. 단출한 하녀 복장인 그 모습은 수아에게 매우 익숙했다.

"루시?"

그 소리에 그녀가 고개를 돌려 이쪽으로 다가왔다.

"방금 지나간 사람 뭐예요? 시종은 아닌 거 같은데."

하지만 루시는 그냥 수아의 앞에 서서 그녀를 쳐다보고만 있을 뿐이었다. 평소처럼 대답을 하지 않을 셈인가 싶어 그냥 다른 이야기를 하려고 하는데, 그 사이에 목소리가 끼어들었다.

"황태자 전하."

"네?"

"알현하러, 왔어요."

짧은 말이지만 그 말로도 무슨 상황이었는지 금세 파악이 됐다.

하긴, 원래 궁내부원이란 궁의 행정적인 잡일을 처리하는 사람들을 통틀어 칭하는 말이다. 그 궁내부원이 여기까지 올 일이 이 궁의 주인을 만나는 것 외에 또 뭐가 있겠는가.

하지만 어차피 그녀와는 상관없는 일이었다. 수아는 금방 관심을 꺼버렸다.

"그렇군요. 참, 루시. 내일부터는 제대로 된 음식이 올 거예요. 루시가 원하는 단 군것질거리들도 많이 시켰어요. 초콜릿도 최상급이고, 사탕수수 덩어리도 좋은 걸로 골랐어요. 그리고 이거 봐요. 저녁으로 먹을 빵인데, 막 구워진 거라서 아직 따뜻해요."

반 정도는 자랑삼아, 그리고 조금이라도 더 빨리 이 「기쁜」 소식을 전해주기 위해 다소 과장스럽게 말했지만 그녀는 약간 초조해하는 눈으로 힐끗 복도 저편으로 시선을 던질 뿐이었다. 말을 완전히 무시당한 셈이 됐지만, 그 태도에 수아는 무안하기보다는 의아했다. 평소 원체 루시가 무표정인 만큼 불안해하는 모습이 더 눈에 잘 띄었다.

"루시?"

"……식당으로."

식당은 루시가 시선을 던진 쪽과는 완전히 반대되는 방향이었다.

"왜요, 식당에 무슨 일 있어요?"

"빵, 식으니까. 부엌에 놔야 해요."

만약 수아가 든 빵 바구니를 보며 기대되는 눈빛으로 그렇게 말했다면 납득했을 테지만, 이쪽을 쳐다보지도 않으면서 불안한 태도로 그런 말을 해봤자 설득력이 없었다.

수아는 눈을 가늘게 떴다. 그러고는 루시가 힐끗거리는 방향을 바라보며 말했다.

"저쪽에 뭐 있나 보네요."

"아니요."

대답은 부자연스러울 정도로 빨랐다. 수아는 슬쩍 웃었다.

"그렇게 말하니까 더 궁금하잖아요."

수아는 루시가 시선을 던졌던 쪽으로 발걸음을 옮겼다. 그러자 그 뒤에서 조금 다급한 목소리가 들렸다.

"전하가."

"네?"

"응접실에서, 알현해요."

그 뜻은 순식간에 수아에게로 들어왔다. 그러니까…….

"아, 황태자 전하가 여기에 계신 건가요?"

"네. 그니까 돌아가요."

루시는 걱정스럽게 말했지만, 수아는 눈이 번쩍 뜨였다.

황태자에 대한 건 언제나 궁금했다. 주변 사람들에게 몇 번 물어본 적은 있었지만 다들 기피해 정확한 정보를 얻을 수가 없었다. 수아도 자신의 궁금증이 그저 어설픈 호기심에 지나지 않다고 생각했기에 주변의 경고를 무시해가며 굳이 깊게 파고들려고 하지는 않았다.

하지만 이렇게 기회가 온다면 이야기는 또 달라진다.

"아뇨, 가볼게요. 음, 혹시 제가 가면 방해되나요?"

루시는 잠깐 머뭇거렸다. 그녀가 방해된다고 확실하게 대답했다면 수아도 응접실로 가보는 걸 포기했을 것이다. 목숨은 호기심보다는 훨씬 소중한 법이니까.

하지만 루시의 머뭇거리는 모습과 방금 전 마주친 궁내부원을 생각하니 일단 용무는 끝이 났다는 결론이 나왔다. 그렇다면 주변에 있다는 이유만으로 무슨 큰일이 나진 않을 것이다.

수아가 그쪽으로 몸을 돌리려 하자, 루시가 그제야 다급하게 말했다.

"안 돼요."

"네?"

"전하는 무서워요. 안 돼요."

루시는 다른 사람들처럼 극명한 변화는 보이지 않았지만, 그녀는 마치 쫓기는 사람처럼 복도를 쳐다보았다. 그 눈에는 두려움이 가득했다.

그 모습에 수아는 당황함과 동시에 납득했다. 평소에는 마주칠 일이 거의 없기에, 그리고 익숙해졌기에 아무렇지도 않은 척 지낼 수 있지만 결국은 루시에게도 황태자의 존재는 공포의 대상인 것이다.

어쩐지 미묘한 반발심이 솟아올랐다.

"괜찮아요. 나중에 갑자기 마주치는 게 더 문제잖아요. 그냥, 잠깐만 보고 올게요."

어차피 아무리 궁금하다고 해도 응접실에 난입할 정도로 막무가내로 행동할 것도 아니었다. 그냥 주변에서 좀 왔다 갔다 하다 일을 끝내고 나온 황태자의 모습이라도 슬쩍 볼 수 있으면 좋고, 만약 응접실에서 계속해서 나오지 않는다면 그건 그거대로 어쩔 수 없다는 생각이었다.

수아가 완전히 몸을 돌리자 루시는 더 이상 말리지 않았다. 단지 불안한 시선으로 그녀를 뚫어지라 바라봤을 뿐이었다.

그녀는 걸어가며 가볍게 심호흡을 했다. 몇 번, 비에린느 부인이 차를 마시고 있는 것을 본 적이 있었기에 응접실의 위치는 대충 알고 있었다. 방금 루시에게는 아무렇지도 않은 척했지만 아무래도 다가가면 갈수록 긴장으로 입안이 바짝 말랐다. 「저주받은」 황태자에 대한 공포는 없었지만 「황태자」, 즉 상대가 까마득하게 높은 사람이고 여차하면 자신을 죽일 수도 있을 거라는 생각이 그녀를 옥죄였다.

지금이라도 그냥 되돌아갈까.

'카일……도 황족이긴 하잖아.'

전혀 황자답지 않은 황자를 떠올려봤지만 역시 긴장을 푸는 것엔 그다지 도움이 되지 않았다. 그건 카르니언이 지극히 예외인 것뿐이니까.

어느새 빵 바구니를 있는 힘을 다해 움켜쥐고 있었던 듯 벌써 손바닥이 얼얼했다.

'그러고 보니 이거라도 두고 올걸. 루시에게 넘겨줬어도 되는데.'

뭐가 그렇게 급하고 경황이 없었는지 모르겠다.

수아는 새삼, 정말로 자신이 황태자의 얼굴을 보고 싶어 하는 걸까 싶었다. 다들 무섭다, 마주치지 않는 것이 좋다, 숨어있어야 한다, 그런 말만을 했었기 때문에 그냥 반발심에 여기까지 온 것이 아닐까. 그래서 의미 없는 고집을 부리고 있는 것이 아닐까.

하지만 황태자를 생각하면 언제나 미노타우르스의 이야기가 떠오른다. 동시에 알도 함께 떠올랐다. 왜 그런지는 스스로도 이유를 알 수 없었다. 이상하게도 얼굴도 모르는 황태자는 계속 알과 겹치는 이미지가 많았다.

'문이 닫혀있으면 곧바로 돌아올 거야.'

그렇게 다시 한 번 되뇌며 수아는 작게 심호흡을 했다.

응접실은 금방이었다. 그리고 문은 의외로 반 이상이 열려있어, 수아는 훔쳐본다는 생각 없이도 자연히 안을 들여다보게 되었다.

그리고.

무언가 굉장히 익숙한 사람이 보인다는 생각과 동시에 비에린느 부인의 목소리가 들렸다.

"알겠습니다, 전하. 부디 뜻대로."

그 순간, 머릿속이 새하얗게 변했다.

공기가 얼어붙었다. 수아가 알을 알아본 것과, 그가 수아에게로 시선을 돌린 것은 거의 동시였다.

"……알?"

반사적으로, 수아는 자신이 알고 있는 이름을 불렀다.

하지만 그건 무언가를 확인하려는 물음이 아니었다.

붉은색의 문신. 금안. 검은 머리. 카르니언이 형님이라고 부를 수 있을 정도의 나이. 언제나 황태자의 공간이라던 내궁 쪽에 있던 알. 그에 대해 이야기할 때 상당히 곤란해 하던 카르니언의 태도. 황태자 이야기만 꺼내면 입을 다물었던 알.

순식간에 모든 것이 하나로 맞아 떨어졌다.

아니, 어쩌면 몰랐던 것이 더 이상했다. 이렇게나, 겹치는 것이 많았는데.

알의 눈동자가 흔들리는 것이 보였다.

수아는 그의 눈동자가 참 좋았다. 가만히 들여다보고 있으면 금색 안에서도 많은 색들이 뒤섞여 돌아다니는 그 눈은 온화하게 수아를 보며 웃곤 했다. 하지만 자세히 들여다볼라치면 언제나 시선을 살짝 피했었다. 수아는 그것이 둘 사이의 거리를 나타내는 것 같아서 아쉬웠다. 하지만 언젠가는 원하는 대로 들여다볼 수 있을 거라고 생각했다. 그렇게 믿었다.

그런데 지금 그 눈동자가, 불안함으로 흔들리며 그녀를 바라보고 있었다.

'알이, 황태자 전하.'

뭔가가 잘못된 것 같다. 꿈이 아닐까. 귀가 잘못된 것은 아닐까.

무어라고 말하고 싶었다. 하지만 아무런 말도 나오지 않았다. 손가락 하나 움직일 수조차 없었다. 비에린느 부인이 당황해서 이쪽을 쳐다보는 것 같았지만 그녀마저도 수아의 시야에는 들어오지 않았다.

오로지 알만이 보였다.

"수아, 난……."

알이 더듬거리며 입을 열었다. 조용한 응접실이 아니었으면 들리지도 않았을 정도로 작은 목소리였다.

"황태자…… 전하였어요?"

그 소리에, 간신히 수아의 목소리도 나왔다.

"아아, 그랬구나. 황태자 전하. 황족이었군요."

동시에 울컥, 순식간에 무언가가 가슴으로부터 치밀어 올랐다. 이 감정을 뭐라고 불러야 할까. 그대로 코가 시큰해지고 눈물이 고였다.

"처음부터, 그랬군요. 그래요. 리노체스 부인도, 백작님도, 다들 입 다물고 있을만하네요. 황태자 전하니까!"

입이 멋대로 움직였다.

안 돼.

머릿속에서 경고등이 켜졌다.

안 돼, 수아. 그러지 마. 입을 다물어.

하지만 그런 생각과는 달리 말은 계속해서 튀어나왔다.

"속이는 거 재밌었어요? 그렇게 다정하게 대해주면서, 속으로는 무슨 생각을 한 거예요? 너무해요. 정말, 너무……."

뺨을 타고 눈물이 흘러내렸다. 이게 아니라고 생각하면서도 가슴이 터져버릴 것 같았다. 뭐가 뭔지도 모르는 감정들이 엉켜 입이 아무 말이나 내뱉게 만들었다.

알고 있다. 이건 알에게 상처를 줄 뿐이라는 걸. 그는 분명히 숨기고 있는 사실이 있다고 고백했었다. 그리고 자신은 그걸 기꺼이 받아들이겠다고, 그가 말해줄 때까지 기다리겠다고 약조했었다.

그러니 지금 이런 식으로 그를 비난하는 것은 옳지 않았다. 지금 자신의 한 마디로 얼마나 그의 눈빛이 흔들리는지도 알 수 있었다.

하지만, 제어가 되지 않았다. 진작 알아보지 못했다는 사실에 너무나도 창피하고 부끄럽고, 그런 자신에게 화가 나고, 무엇보다도 알이 자신을 속였다는 생각에 말은 봇물 터지듯 튀어나왔다.

"너무해요! 다신 보기 싫, 흑!"

수아는 울음이 터져 나와 말을 끝까지 잇지 못했다. 차라리 다행이었다. 하지만 무슨 말을 하려고 했는지 그가 몰랐을 리가 없었다.

수아는 입술을 피가 나올 정도로 깨물었다. 폭발한 감정의 여파로 머리가 어질어질했다. 지금 주변이 어떤 상황인지 제대로 보이지도 않았다. 그것이 눈물 때문만은 아니리라.

안 돼. 여기에 있다가는 마음에도 없는 말만 계속 하게 된다. 언뜻 그런 생각을 했던 것 같다.

그 뒤로는 거의 기억이 없었다.

비에린느 부인이나 카르니언의 목소리가 들리는 것도 같았다. 하지만 그게 단순한 상상인지 진짜인지는 몰랐다. 수아는 자신이 무슨 행동을 했는지, 심지어 어떻게 그곳을 벗어났는지, 어떻게 방으로 왔는지도 제대로 인지하지 못했다. 그저 정신을 차려보니 어느새 자신의 방 안에 들어와 있을 뿐이었다.

몸이 부들부들 떨리고, 눈물이 멈추지 않았다.

왜, 어째서.

의미 없는 단어들만이 머릿속을 떠돌았다. 수아는 그대로 자리에 주저앉아 다시 한 번 울음을 터트렸다.

분위기는 최악이었다. 카르니언은 그가 회궁으로 향할 때, 도중에 자신을 붙잡고 잠시 이야기를 나눈 대신에게 속으로 엄청나게 저주를 퍼부었다. 10분, 아니 5분만 일찍 왔었어도 지금 이런 사태는 막을 수 있었을 텐데. 아니, 아까 곧바로 회궁으로 오기만 했어도.

그는 후회를 곱씹으며 하르페니언을 바라보았다.

성안에 들어와 루시를 만났을 때부터 카르니언은 뭔가 잘못됐다는 걸 알았다. 그녀에게서 수아가 「황태자 전하가 있는 응접실」로 향했다는 말을 듣고 혀를 찼다. 카르니언은 곧바로 응접실로 달려왔지만 이미 수아는 사실을 알아버린 후였다. 그것도 최악의 사태로.

무슨 일이 있었는지는 정확히 몰랐지만, 그녀가 하르페니언을 향해 보기 싫다며 울음을 터트리는 소리만 들어도 어떤 상황이었는지는 짐작할 수 있었다.

"수아! 잠깐만!"

몸을 돌려 복도로 뛰쳐나가는 수아를 붙잡았지만, 그녀는 격렬하게 카르니언의 손을 뿌리쳤다. 잠깐 눈이 마주쳤을 때, 그는 생각보다도 더 문제가 심각하다는 걸 알았다.

"젠장할……."

"황자 전하."

그 와중에도 비에린느 부인이 하얗게 질린 얼굴로 무릎을 살짝 굽혀 간단히 인사했다. 카르니언은 잠깐 그런 부인을 바라보았다가, 자리에 굳은 듯 서 있는 하르페니언으로 시선을 돌렸다.

겉모습만으로는 평소와 크게 다를 바 없어 보였다. 하지만 카르니언은 그가 얼마나 충격을 받았는지 알 수 있었다.

카르니언은 자신도 모르게 더듬거리며 말했다.

"그, 형님. 수아도 놀라서……."

"아니."

카르니언의 말을 하르페니언이 단번에 끊었다.

"당연한 반응이지. 됐다."

일견 차갑기까지 한 말이었지만 그 목소리는 비에린느 부인까지 알아챌 정도로 확연히 떨리고 있었다. 경황없이 흔들리는 눈동자만 봐도 전혀 된 것이 아니었다.

카르니언은 이를 악물었다. 아니, 이렇게는 절대 아니다.

판단은 빨랐다. 일단은 모든 감정을 어떻게든 한구석에 밀어 넣었다. 지금은 움직여야 한다.

"아뇨, 제가 가보겠습니다. 또 그사이에 훌쩍 떠나시고 그러면 안

됩니다? 최소한, 형님은 수아의 말을 들어줘야 할 의무는 있으시니까요."

어떤 결과가 나도요.

좀 잔인하긴 했지만, 분명 통할 거라고 생각하고 의도적으로 한 말이었다. 하르페니언은 잠깐 망설이는가 싶더니 이내 고개를 끄덕였다. 속으로 작게 한숨을 쉰 카르니언은 비에린느 부인에게로 고개를 돌렸다.

"비에린느 부인. 오늘 일은 함구하도록. 적당히 정리해."

"명 받들겠습니다."

"수아, 그러니까 아까 그 여관의 방은?"

"외궁 3층 두 번째 복도의 네 번째 방입니다."

"아아."

카르니언은 하르페니언에게 가볍게 고개를 숙이고는 곧바로 몸을 돌렸다.

응접실을 벗어나 수아의 방으로 걸음을 재촉하면서도 여러 가지 생각으로 머리가 복잡했다. 어떻게든 욱여넣었던 감정이 다시금 스멀스멀 기어오른다.

'젠장.'

수아는 믿는다. 아니, 믿었다. 「알」이라고 믿고 있는 이가 황태자라는 걸 안다면, 처음에는 좀 놀라겠지만 결국 받아들일 거라고 생각했다.

하지만 그건 하르페니언이 직접 사실을 밝혔을 때의 예측일 뿐이었다. 이런 식의 전후 관계를 모두 잘라놓고 사실만을 갑자기 투하한 폭로는 정말 최악 중에서도 최악이었다. 잠깐 생각할 여유가 있다면 모를까, 사실을 접한 순간 할 생각은 뻔하지 않은가. 신분을 밝히지 않은 건 진지하게 생각했기 때문이 아니라고, 그저 일시적으로 즐기기 위해 접근한 것뿐이라고.

그렇게 생각하면서도 카르니언은 화가 나서 견딜 수가 없었다. 이민족 주제에. 원래의 형님이라면 감히 상대도 할 수 없는 그런 신분 주제에.

–솔직히 말씀드리자면 저는 황자 전하의 저의가 의심됩니다.

–오지 마라, 카르니언. 여기는 네가 올 곳이 아니야.

–저주받은 자에게 다가가지 마십시오.

–차기 황제가 될 귀한 분입니다. 왜 신의 저주를 받은 자에게 다가가려 하는 겁니까?

–형님이라니! 그러한 명칭은 옳지 않습니다.

순식간의 모든 벽을 부수고, 형님의 곁에 섰으면서.

카르니언은 그 자리에 잠시 서서 숨을 골랐다. 너무 흥분했다.

따져보면 수아가 화를 낸 것이 차라리 다행이었다. 저주받은 황태자라는 사실 자체에서 공포심을 느끼며 덜덜 떨었다면 그건 아예 가망이 없다는 말이니까. 만약 그랬다면……. 상상만으로도 가슴이 옥죄어오는 느낌이었다.

하르페니언은 그 무엇에도 미련이 없고, 관심도 없었다. 아니, 그는 스스로를 그렇게 만들었다.

억지로 한 발자국 물러나 그 무엇에도 고개를 돌리지 않았다. 스스로가 행할 수 있는 최소한의 권리조차 주장하지 않았다.

그런 모습에 카르니언은 불안해서 견딜 수 없었다. 언제나 형님은 금방이라도 사라질 것만 같았다. 그런 그가 처음으로 원한 것이 수아였다. 나쁘지 않았다. 수아가 나타나며 그의 벽에 처음으로 균열이 갔다.

그런데 그녀가, 만약 그를 거부한다면.

카르니언은 다시 급하게 발걸음을 옮기기 시작했다. 그는 이를 악물었다. 그냥, 그녀는 놀란 것뿐이다. 어쩌면 당연한 반응이다. 그러니까 가서 천천히 이야기를 하면 된다.

'3층, 두 번째 복도의 네 번째 방.'

목적한 곳에 도착한 카르니언은 다시 심호흡을 하고, 방문을 두드렸다.

얼마나 울었는지 모르겠다. 머리가 아프고, 눈이 붓고, 목이 아팠다. 수아는 도중부터 스스로가 왜 우는지도 모르는 채 그렇게 눈물을 쏟아냈다.

엄마가 보고 싶었다.

달달한 도넛과 쌉싸름한 아메리카노가 먹고 싶었다. 컴퓨터를 틀어 커뮤니티 게시판에 무어라고 글을 적고 싶었다. 음악이 듣고 싶었다. 친구에게 문자를 보내고, 전화를 하면서 수다를 떨고 싶었다. 이런 어색한 제국어가 아닌 한국어로.

이 세계가 아닌 곳에서.

돌아가고 싶어.

하지만 한 차례 파도같이 밀려온 감정이 썰물처럼 빠져나가자 다음 순간에는 겁이 덜컥 났다. 순식간에 찬물을 뒤집어쓴 양 심장 한편이 서늘해졌다.

"어, 어떡해……."

"수아!"

그러고 보니 누군가가 아까부터 방문을 계속 두드리고 있었다.

"안에 있지? 젠장, 문 좀 열어봐. 잠깐, 이야기 좀 해!"

그렇게 외치고 있는 것은 그녀도 아는 목소리였다. 수아는 벌떡 자리에서 일어나서 눈물을 대충 닦고는 문을 열었다.

"좀 열…… 수아!"

"카일."

금색의 눈동자가 다급한 빛을 담고 그녀를 내려다보았다. 그 눈동자가, 누군가를 생각나게 해서 수아는 다시 왈칵 눈물이 났다.

"어떡해……. 나……."

"수아, 일단 좀 진정하고."

"어쩌지?"

눈물이 정신없이 쏟아졌다. 수아는 얼굴을 가릴 생각도 하지 않은 채, 선 채로 그렇게 흐느꼈다. 아까와는 전혀 다른 의미의 눈물이었다.

"흐윽, 나…… 알에게…… 심한, 말을……."

"어?"

"어쩌지? 흑, 알, 분명히, 흐흑, 흡, 상처……입었겠지?"

정신을 차리자 조금 전 자신이 한 말이, 행동이 무섭도록 와 닿았다. 어쩌면 그런 생각을 할 수 있었을까. 알이 자신을 가지고 놀았다고? 속여서 재밌었냐고?

맙소사. 심지어 그걸 입 밖으로 알에게 쏟아 붓기까지 했다. 그럴 리가 없다는 건 자신이 가장 잘 알고 있으면서.

단지, 그 순간에는 아무것도 보이지 않았다. 눈앞이 새까매지고 알이 자신을 「속였다」는 생각에만 사로잡혔을 뿐이었다. 그 이면에 몰아치는 감정의 파도는 엄청나서, 알이 어떤 사람이라는 것도 잊은 채 황태자라는 높디높은 신분의 사람이 한낱 여관을, 아니 이계에서 온 사람을 진정으로 대할 리 없다는 생각을 했던 것 같았다.

간신히, 간신히 이 세계에서 자신이 있을 곳을 「알의 곁」으로 잡았는데. 그의 곁이 「집」이라고 생각했는데. 그에게서 거절당하면, 버림받으면 어디로 가야 하는 걸까?

그런 생각에 제정신이 아니었다. 불안함을 그에 대한 원망으로 돌려, 그대로 토해내어 버렸다.

하지만 그렇다고 해서 그녀가 한 행동이 정당화가 될 리가 없었다.

수아가 그에게 상처를 주었다는 사실은 변하지 않는다. 어쩌면 그렇게까지 심한 소리를 할 수 있었는지 스스로가 생각해도 믿어지지 않았다.

"형님은."

그런 수아에게 카르니언이 낮은 목소리로 말했다.

"화 안 내실 거야."

차분한 금색의 눈동자가 수아를 바라보았다. 수아는 그 눈에 꿀꺽, 울음을 삼켰다.

"미안. 나도 속인 셈이 됐지만, 형님이 삿된 의도로 함구하신 건 아니야. 그건 알아줬으면 하는데……."

"알, 아."

수아는 훌쩍이며 눈물을 닦았다.

"겁난다고, 했어. 겁쟁이라고. 말하기 무섭다고."

카르니언의 눈이 미묘하게 커졌다.

"아는데, 그런데도……."

수아는 소매로 다시 한 번 눈물을 닦았다. 그리고 결심한 듯 고개를 들었다.

"사과할래."

수아는 울음을 꾸역꾸역 삼켰다. 지금은 울 때가 아니었다. 가해자는 그녀였다. 피해자인 척, 상처 입었다고 울고 있을 수만은 없었다.

수아는 입술을 깨물며 또박또박 말했다.

"진심 같은 거 아니었다고. 음, 그니까 그런 소리 따위…… 신경 쓸 필요 없다고. 그냥, 내 화풀이였다는 거, 이해해줄까?"

카르니언은 잠시 그런 그녀를 바라보았다.

"한 가지만 확실히 하면 돼."

"어떤?"

"넌, 형님이…… 아니, 「알」이라는 사람이 황태자라도 상관이 없는 거지?"

수아는 무슨 소리냐는 듯 그를 올려다보았다. 질문이 굉장히 이상하게 느껴졌다.

"당연하잖아? 그야 알에게는 상관이 있을진 몰라도……어? 응?"

그러다 위화감을 깨달았다.

"아, 맞다! 저주! 어? 하지만 만져도…… 음? 괜찮았는데?"

"……잊고 있었냐."

카르니언의 어깨가 축 늘어졌다.

"잠깐. 그럼 그 저주는 단순한 헛소문인 거야?"

"아냐."

"나, 몇 번이나 닿았고……. 그런데 안 죽었는데. 어? 그럼 나 이미 죽은……건 아닌 거 같고."

카르니언은 힘없이 피식 웃었다.

"너에게는 그 저주가 안 통하는 모양이야."

"나에게?"

"너에게만."

카르니언이 힘을 줘 말했다.

"이유는 모르고."

수아는 멍하니 있다가 천천히 그 말을 따라했다.

"……나에게만……?"

수아는 잠깐 카일을 봤다가 방의 벽을 봤다가, 고개를 숙였다. 그렇게나 다들 무서워하는 저주가 자신에게만 통하지 않는다니.

내가, 다른 세계에서 와서?

짐작 가는 것은 그것뿐이었다.

"형님이 무서워?"

"아니."

대답은 반사적이었다.

"저주가 무서워?"

이 질문에는 바로 대답을 하지 못했다. 당연히 무서울 수밖에 없는 저주. 하지만 그녀에게는 통하지 않는다고 했다. 실제로 몇 번이고 닿았다. 그러니까.

그건, 최소한 그녀에게는 없는 거나 마찬가지였다.

그녀는 천천히 대답했다.

"아니."

수아는 고개를 들어 카르니언을 바라보았다. 그리고 확실히 말했다.

"무섭지 않아."

"그럼 됐어."

그는 고개를 끄덕였다.

"그러면 괜찮아."

같으면서도 다른 황금빛 눈동자가 묘한 안심을 줬다.

수아는 한 번 숨을 깊게 들이마셨다가 내쉬었다. 방금 전까지만 해도 꾸역꾸역 참았던 울음이 많이 가라앉아 있었다. 동시에 어지럽기만 하던 머리가 정리가 좀 되는 듯했다.

저주.

닿으면 상대가 죽는 저주라고 했다. 아무런 상관없는 사람이라고 생각했을 때도, 정말로 잔인하기 짝이 없는 저주였다.

그런데 그걸 받은 상대가 알이란다. 수아는 알이 자신과 닿을 때 왜 그렇게나 조심스러웠는지 간신히, 알았다. 알이 「무엇을」 「두려워」 했는지도.

정말 이제 와서, 간신히.

"있지, 카일."

"응?"

"많이 죽었어? 이제까지."

그 질문에 그는 대답하지 않았다. 그 침묵에서 수아는 긍정의 뜻을 읽었다. 저절로 주먹이 쥐어졌다.

'바보.'

그건 알을 향한 말이기도 했고, 자신을 향한 말이기도 했다. 지금까지와는 다른 의미로 머리가 아찔했다. 조금 전 퍼부은 폭언이 하나하나 다시 생각났다.

미쳤다. 어떻게 그런 소리를.

"너, 상관없다고 했지?"

카르니언은 거의 무표정으로 그녀를 바라보고 있었다.

"그 말, 지켜. 너마저 도망가면 내가 용서치 않을 거야."

그 말은 나직했지만 힘이 있었다. 수아 또한 단호하게 고개를 끄덕였다.

"응. 절대, 도망 따윈 안쳐, 이제."

그렇게 말한 후, 입술을 깨물며 머뭇거렸다.

"그…… 알이 내가 싫어지지 않았다면 말이지만. 어…… 화, 많이 났겠지?"

"아니. 말했잖아. 형님은 화 안 내셔."

분명 카르니언은 아까도 같은 말을 했었다. 일단 자신을 달래기 위해서 한 말이라고 생각했는데, 어째 어조가 미묘했다. 그게 무슨 뜻이냐고 되물으려는 순간, 수아는 깨달았다.

알은 화내지 않는다. 그녀의 반응을 너무나도 당연한 것으로 여기고 있으니까. 신의 저주니까.

아까와는 다른 의미로 확, 가슴 속에서 무언가가 치솟았다. 저주받은 황태자에 대해 들었던 이야기가 순식간에 머릿속에서 맴돌았다.

괴물. 미노타우르스. 절대 접근하지 말라는 플로나와 아이린의 말. 그저 이름만으로도 새하얗게 질렸던 사람들. 회궁이라는 독특한 공간이 유지되는 이유.

맙소사. 이런 거라면 차라리 화를 내는 것이 낫다.

"알, 은."

목소리가 떨린다.

"알은 어딨어? 나, 갈래. 만나야겠어."

"안내할게."

카르니언은 기다렸다는 듯 몸을 돌렸다. 전혀 보조를 맞춰주지 않고 걷는 속도에 수아는 반쯤 달리면서 따라붙었다.

"있지, 수아."

"후아, 응?"

"저주는, 그것만이 아니야."

"무슨, 소리야?"

수아가 되물었지만 카르니언은 잠시 말이 없었다. 그러다가 이렇게 대답했다.

"나머진 직접 들어. 원래 그게 당연한 거잖아?"

그 말대로였다.

수아는 숨을 몰아쉬며, 고개를 끄덕였다. 그리고 주먹을 꼭 쥐었다. 무슨 말을 듣는다 해도 더 이상은 그에게 상처를 주는 것 따윈 하지 않을 거라고 다짐하면서.

그 뒤, 간신히 방으로 온 하르페니언은 한동안 멍하니 앉아있었다. 응접실에서 카르니언과 비에린느 부인에게 무어라고 대화를 한 것 같은데 잘 기억이 나지 않았다. 아니, 기억은 있되 잘 떠올려지지가 않았다.

지금도 마찬가지였다. 무슨 생각을 하는 것 같은데 잠시 후에는 자신이 무슨 생각을 했었는지 전혀 기억이 나지 않았다. 완전히 머릿속이 텅 빈 것 같으면서도 터져나갈 정도로 복잡했다.

내가 왜 여기 앉아있더라?

아, 수아.

그녀를 생각하자 다시 숨이 막혔다. 의무. 그래, 카르니언은 그렇게 말했다. 그녀의 반응을 끝까지 받아주는 것이 그의 의무라고. 그도 그걸 피할 생각은 없었다. 원망의 말이든, 저주의 말이든 그 어떤 것이든.

하지만 카르니언이 하나 간과하고 있는 사항이 있었다.

과연, 그녀가 두 번 다시 자신과 이야기를 하려고 할까?

그 순간 하르페니언은 휘청거렸다. 단순히 앉아있는 것조차 힘들었다. 몸에 힘이 전혀 들어가지 않았다.

수아가 「어떻게」 그를 생각하고 있을지 떠올리려고 시도하는 것만으로도 속이 메슥거렸다.

그는 간신히 손으로 입가를 가렸다. 헛구역질이 났다. 머리가 무언가에 눌린 듯 불쾌하게 지끈거렸다. 하르페니언은 벽에 나머지 한 손으로 몸을 기대고, 머리를 벽에 누른 채 한참이나 그렇게 버텼다.

얼마나 그렇게 있었는지 모르겠다. 벽에 대고 있던 팔을 떼자 근육이 부들부들 떨려왔다. 천천히 몸을 돌려, 벽에 등을 기대고 그 자리에 그대로 주저앉았다.

여전히 숨은 쉬기가 힘들었지만 아까보다는 머리가 조금 정리됐다. 어지간히 충격을 먹었는지 공황 상태에 있던 모양이었다. 하지만 조금 회복이 되자 밀려났었던 감정들이 한꺼번에 그를 덮쳤다.

다시 한 번 그녀의 얼굴이 떠올랐다. 속였다고 비난하던 목소리가 귓가에 쟁쟁했다. 원망스럽다는 듯 노려보던 눈빛 또한 생생했다.

이야기를 하라고? 설사 그녀가 대화를 허락해준다고 해도 도대체 무슨 말을 해야 좋을까. 어떤 말을 해도 변명일 뿐이다. 진실을 숨기고 가려 그녀가 그를 떠날 기회를 막았다는 사실은 어떻게 해도 부정할 수 없었다. 그런데도-.

하르페니언은 고개를 들었다. 그 와중에서도 누군가가 다가오는 기척을 느꼈다. 평소 듣던 비에린느 부인의 발소리는 아니었다. 좀 더 작고, 후원에서 기다리는 동안 들었던 발걸음 소리. 익숙하기 짝이 없고, 언제나 설레던 그런 소리였다.

그는 자리에서 벌떡 일어섰다. 왜, 어째서 지금 수아가?

기척은 문 앞에서 잠시 망설이는 듯 주춤했다. 하르페니언은 차마 문을 열고 먼저 나가지 못했다. 그 앞에서 멈춰있던 기척은 이내 크게 숨을 들이마시는가 싶더니, 천천히 문을 노크해왔다.

똑똑.

하르페니언은 그 소리에 반사적으로 문가로 다가가 문을 벌컥 열었다.

"아, 알?"

깜짝 놀라 어깨를 움츠리고 그를 바라보는 수아의 모습이, 그곳에 있었다.

"수아."

수아의 눈가는 상당히 부어있었다. 아직 눈물 자국도 남아있는 걸로 봐서는 그 후로도 상당히 울었던 듯싶었다. 그걸 보는 것만으로도 가슴이 욱신거렸다.

"저, 저기."

그녀는 약간 더듬거리며 말했다.

"들어……가도, 돼요?"

그것이 무슨 뜻인지 머리로 채 알기도 전에, 하르페니언은 반 발자국 물러나 들어오라는 의사를 나타냈다. 그녀는 조금 망설이고 있는 것 같았지만 그를 따라 방 안으로 들어왔다.

문이 닫히고, 수아는 어색하게 방 안에 서 있었다. 하르페니언은 반사적으로 의자를 빼 자리를 권했고 수아는 역시 주춤거리며 그 의자에 앉았다.

그는 그 반대편 의자에 앉아 작은 테이블을 두고 서로 마주앉아 있는 형태가 됐다.

그대로 침묵이 흘렀다.

한참을 그러고 있다 먼저 말을 꺼낸 것은 하르페니언이었다.

"준비해놓은 차가 없어서……. 잠시 기다리면……."

가져오겠다. 그 말을 채 끝내기도 전에 수아가 결심한 듯 입술을 깨물었다.

"아뇨, 저. 알."

그러고는 고개를 숙이며 말했다.

"미안해요!"

순간 하르페니언의 가슴이 쿵 하는 소리를 내며 내려앉았다. 하지만 수아의 말은 끝난 것이 아니었다.

"그런 소리를 할 생각은 아니었어요. 음, 그러니까. 그냥, 좀 놀라서요. 진짜로 속였다고 생각한 건, 아니, 조금은 그런 생각했지만! 아무튼 그런 거 아니에요. 애초에 뭔가를 숨기고 있는 게 있다고도 해줬고, 어……. 황태자 전하라는 거 말하는 거 힘들었을 거 같고, 근데 알이, 아. 알이라는 이름으로 계속 불러도 되는 거예요?"

그리고 수아는 스스로의 혀라도 깨물고 싶어졌다. 너무 바보처럼 들리지 않을까. 아무리 급했어도 어느 정도 할 말을 정리하고 왔어야 했다.

조금이라도 알을 더 빨리 만나야 한다는 카르니언의 말에는 수아도 찬성했고, 그래서 무작정 이렇게 달려왔다.

중간에 렉스가 어리둥절한 표정으로 그녀에게 달려왔지만 카르니언이 붙잡고 하르페니언의 방 위치만을 알려주었다. 그래서 혼자 내궁으로 들어온 수아는 복도의 입구에서 잠시 숨을 고른 후 곧바로 여기까지 왔다.

하지만 막상 방문 앞에 도착해서 노크를 하려고 하니 별별 생각이 다 들었다. 아무리 생각해도 잘못한 것은 자신인데, 알이 만나도 주지 않으면 어쩌지?

아니, 만나준다고 해도 문제는 남아있었다. 거울도 제대로 안 보고 이곳으로 바로 왔으니 아마 꼴이 다시없을 정도로 엉망일 것이다. 분명 눈도 부었을 테고 얼굴도 눈물 자국 범벅일 터였다. 문 앞에 서서 급하게 머리를 매만지고 눈가를 닦아냈지만 거울이나 빛이 없는 이상 그게 그거겠지.

그러나 방으로 돌아가 옷매무새를 만지고 온다는 선택지는 없었다. 조금이라도 더 빨리, 1분 1초라도 더 빨리 알에게 사과해야 했다.

결국 그녀는 반은 자포자기한 심정으로 노크를 했다. 솔직히 무슨 말을 해야 할지도 전혀 생각해두지 않은 채였다. 그저 얼굴을 빨리 봐야 한다, 사과해야 한다. 딱 두 가지 생각만이 머릿속을 빙글빙글 돌고 있었다.

노크 후, 순식간에 문이 열렸고 알의 얼굴을 보는 순간 가슴이 다시 미친 듯이 뛰기 시작했다. 이쪽을 바라보는 금색의 눈동자. 평소보다 훨씬 더 깊어진 눈빛에 무어라고 말을 해야 할지 몰랐다.

화를 내고 있는 걸까? 아니, 차라리 화를 내줬으면 좋겠다. 어떻게 그런 경솔한 말을 하냐며 책망해준다면 오히려 나을 텐데.

그가 권하는 의자에 앉고서도 한동안 아무 말도 하지 못했다. 그리고 기껏 나온 것이 지금 이 소리다.

"아! 그니까 알은 황태자 전하니까, 어, 원래대로라면 이렇게 마주 앉아 있는 것도 안 되는데. 알이라고 부르면 가명인 거죠? 음, 어떻게 불러야……."

그만하라는 수아의 머릿속 명령을 무시하고 입이 멋대로 떠들었다. 지금 호칭이 중요한 게 아닌데 이런 소리나 하고 있다. 스스로도 무슨 말을 하고 싶은 건지도 모르겠다.

"아니."

다행히 알이 입을 열어 수아는 간신히 입을 다물 수 있었다.

"가명이 아냐. 그건 어머니가 부르던 이름이지. ……괜찮다면, 계속 그 이름으로 지칭해줬으면 하는데."

그 말과 함께 알이 시선을 내리깔았다.

"물론 그대를 속였다는 것에 할 말은 없어. 그렇지만……."

태연하게만 보였던 알이었다. 하지만 파르르 입가가 떨리는 것을 수아는 똑똑히 보았다.

아, 그래. 생각해보면 그는 여유만만해 보이는 모습과는 달리 언제나 그녀의 앞에서 긴장하고 있었다. 떠올려 봐, 수아. 알이 뭐라고 했지?

무섭다고.

수아는 자리에서 벌떡 일어섰다. 알이 놀란 눈으로 이쪽을 다시 바라본다.

"알."

수아는 작게 심호흡을 했다. 심장이 더욱 빠르게 뛴다.

"나 소문으로 들었었어요. 황태자 전하에 관한 이야기. 저주에 관한 이야기도 죄다."

그의 표정이 변했다. 미미한 변화였지만 알 수 있었다. 그의 금색 눈동자가 순식간에 일그러졌다. 간절한 눈빛이었다.

수아는 그가 자신에게 매달려 온다는 느낌을 받았다.

왜 그가 자신에게 다가오는 것이 그리도 조심스러웠는지, 그에게서 느꼈던 묘한 위화감이 무엇인지, 그걸 떠올린 순간에 화가 났다. 도대체 어째서. 도대체 무엇이 부족해서? 대륙에서 하나뿐인 제국의 황태자라는 직위만 해도 모자랄 것이 없는데 저렇게나 잘 생긴 외모다. 큰 키에 얼굴이면 얼굴, 몸매면 몸매 어디 빠질 곳이 있는가.

게다가 수아가 검에 대해서는 잘 모른다고는 해도 그 실력이 굉장히 뛰어나다는 것 정도는 알 수 있었다. 뿐만이랴. 다정하고 상냥하고 친절하기까지 하다. 그런 사람이 뭐가 부족해서 자신의 눈치를 보는지 모르겠다.

저주? 그게 왜?

수아는 알이 앉아있는 쪽으로 다가갔다. 그가 당황해 의자를 살짝 뒤로 빼는 걸 보면서 더욱 바짝 붙어 진지하게 그의 눈동자에 시선을 맞췄다.

수아가 지나치게 가까이 가는 바람에 알은 일어날 타이밍을 놓쳐 엉거주춤하게 그대로 의자에 앉아있었다.

그 앞에 서서 수아는 알을 바라보았다. 이렇게 있으니 마주치는 시선의 높이가 거의 비슷했다.

"그리고 카일이 그랬어요. 저에게만은 그 저주가 통하지 않는다고요."

수아는 미소 지었다. 아까 실컷 울었다고 생각했는데도 아직도 눈물이 남아있었나 보다. 다시 눈에서 눈물이 흘러나왔다.

"그러니 그 저주는 저에게 없는 거나 마찬가지예요. 변한 건 없어요. 알이…… 허락한다면. 저라도 괜찮다면."

그리고 진심을 담아, 말했다.

"계속 곁에 있게 해줘요."

수아의 뺨이 확 달아올랐지만 그녀는 똑바로 알을 바라보았다.

알 또한 이번에는 시선을 피하지 않았다. 그는 잠시 멍하니 수아를 마주보다 입을 열었다. 이렇게 가까이 있지 않으면 잘 들리지도 않을 정도로 작고 낮은 목소리였다.

"……난 저주받았어."

"알아요."

"다른 이에게 닿으면, 그 사람이 죽지."

"알고 있어요."

"신에게서 받은 저주야."

"들었어요."

금색 눈동자에서 수많은 빛이 일렁였다. 수아는 이 눈이 좋았다. 그리고 앞으로도 계속해서 그러겠지.

그녀는 무얼 한다는 자각도 없이, 거의 반사적으로 알의 얼굴에 손을 가져갔다. 움찔. 그는 순간적으로 몸을 뒤로 뺐지만 의자의 등받이가 그 움직임을 막았다. 수아는 손가락으로 알의 뺨에 있는 붉은색의 문신을 쓸어내렸다.

수아에게는 단순히 기묘하고, 어떻게 보면 예뻐 보이기까지 한 모양의 문양이었다. 하지만 이게 그를 괴롭히고 있는 원흉이라니.

누군가가 닿으면 그 사람이 죽는다니. 지독하다.

"봐요, 난 안 죽어요."

그러니까 상관없어요. 수아는 다시 미소 지었다. 왜 바보같이 눈물이 떨어지는지 모르겠다. 아무렇지도 않은 척 미소 지어야 하는데 계속해서 시야가 흐렸다.

알은 천천히, 수아의 손 위로 자신의 손을 겹쳤다. 장갑을 끼지 않은 맨손이었다. 그의 커다란 손은 차갑지도 따뜻하지도 않았다. 그 손이 수아의 손을 꼭 붙잡았다. 크고 강한, 그리고 거친 손.

"수아, 난……."

그 목소리가 떨리는 것 같아 수아는 깜짝 놀라며 다른 한 손으로 자신의 눈물을 훔쳤다. 선명해진 시야로 물기가 어린 알의 눈동자가 보였다.

그는, 울고 있었다.

"알."

맙소사. 수아는 어찌해야 할지 몰라 허둥댔다. 어쩐지 그가 우는 모습을 보면 안 될 것 같았다. 하지만 한 손은 이미 그에게 잡혀 있어 그걸 뺄 수도 없었고, 설사 그렇지 않다 하더라도 여기서 알을 외면하는 건 말도 안 됐다.

그래서 수아는 그대로 그를 껴안았다.

"괜찮, 아요. 괜찮아요, 알."

뭐가 괜찮다는 지도 모르는 채 수아는 그렇게 반복했다. 잠깐 시간을 두고, 알 또한 손을 뻗어 수아를 껴안았다.

억센 팔이 수아의 허리를 휘감는다. 그런 그의 몸이 떨리고 있는 것이 확연히 느껴져, 수아도 그를 껴안은 팔에 더욱더 힘을 주었다.

이 사람이 좋았다. 견딜 수가 없을 정도로, 펑펑 울고 싶을 정도로 안타까웠고 동시에 그가 그녀의 품 안에 있다는 사실이 더할 나위 없는 안도가 됐다. 이 세계에서 유일하게 의지할 수 있고 곁에 있고 싶은 사람이었다. 알의 존재가 있었기에 연고 하나 없는 이곳에서 살아갈 수 있었다.

그와 떨어졌을 때는 그저 언젠가 볼 수 있으리라는 생각으로 버텼다. 그와 만난 후로는 옆에 있다는 사실이 행복했다. 언제나, 언제나, 언제나.

간신히 잡았다.

'무슨 일이 있어도 놓지 않을 거야.'

그 생각과 함께 수아는 있는 힘껏, 그를 품 안에 가두기라도 할 듯이 깊숙이 껴안았다. 알의 체온이 느껴졌다. 이 와중에서도 가슴은 아찔할 정도로 떨렸다.

기뻤다. 알의 망설임이 자신 때문이 아니라는 사실이, 그리고 지금 마주 껴안아줬다는 사실이. 동시에 가슴이 아파 견딜 수 없었다. 얼마나 혼자 고민했을까. 얼마나 혼자 아파했을까.

얼마나, 혼자서 울었을까.

자신은 아무것도 할 수 없었지만 최소한 그를 혼자 놔두지 않는 것만은 할 수 있었다.

그건, 확실했다.

얼마나 그렇게 껴안고 있었는지는 모르겠다. 단지 그가 수아를 간신히 놔줬을 때는 온몸이 저릴 정도여서, 힘이 풀려 하마터면 그대로 주저앉을 뻔했다.

그걸 붙잡아준 것이 알이었다. 그는 가볍게 수아를 안아 들어 다시 자신의 품 안으로 가뒀다. 조금 전까지와는 다르게 그저 그녀가 몸을 지탱할 정도로만 잡아주는 수준이었지만, 알의 무릎 위에 앉게 된 셈이라 두근거려 고개를 들 수가 없었다. 얼굴이 새빨개져 고개를 숙이고 있는 수아를 보고 알이 부드럽게 웃었다.

"그대는 때때로 놀랄 만큼 대담한 행동을 하면서, 이럴 때는 또 수줍어하는군."

"으, 그렇지만……."

수아는 새초롬한 표정으로 고개를 확 들었다.

"그러는 알도 마찬가지잖아요! 평소에는 손가락 하나 까딱 안 하면서 갑자기, 음, 그러니까 보트에선……!"

제 무덤을 파는 말이었다. 더구나 갑자기 고개를 드는 바람에 거의 입술이 닿을 정도로 가까워졌다. 바로 고개를 숙이려는 순간 그녀의 등을 받치고 있지 않은 알의 다른 손이 수아의 턱을 잡아 고정시켰다.

"보트에선?"

"아으, 그, 그러니까……."

안 돼, 위험하다. 둘의 사이는 거의 숨결까지 느껴지는 거리였고, 조금만 더 앞으로 갔다가는 그대로 입술이 닿는다. 그때와 상황이 거의 비슷했다. 그걸 자각한 순간 수아는 그대로 굳어버렸다.

그건 알 또한 마찬가지였다. 말 한마디에 반응하는 수아가 너무나도 귀여워 보여 놀리듯 말하긴 했지만, 이다음에는 어쩌면 좋을지 감이 안 잡혔다. 그나마 그녀가 품에서 벗어나려고 발버둥 치지 않는 것이 다행이라면 다행이었다.

알은 잠시 망설였지만 숨결이 느껴질 정도의 상황에서 참으라는 것은 너무 잔인한 요구였다. 머릿속에서 경고등이 울리는 것과 동시에, 그의 몸은 훌륭하게 이성을 무시했다.

알은, 그대로 수아에게 입술을 겹쳤다.

부드러운 감촉이 입술에 느껴지는 순간 머릿속도 함께 새하얘졌다. 그는 안 된다는 생각과는 전혀 다르게 거침없이 입술을 훔쳤다.

작고, 부드럽고, 달콤한 입술이었다. 그동안 얼마나 그녀를 원했던가. 그는 수아의 고른 치열을 훑으며 점점 더 깊이 그녀를 탐했다.

"읏, 으응……."

사이사이로 들리는 달뜬 숨결이 그를 더욱 흥분시켰다. 엄지로 천천히 수아의 뺨을 쓸어내리며, 허리를 감고 있는 팔에 더욱더 힘을 줬다. 두근거리는 수아의 심장 박동이, 뛰고 있는 맥박이, 한 번 숨을 내쉴 때마다 약동하는 몸의 감촉이 믿을 수 없을 정도로 황홀했다.

전과 다른 점이 있다면 수아가 그를 밀어내지 않고 있다는 것이었다. 그녀는 알의 옷자락을 꼭 잡은 채로 몸을 가늘게 떨고 있었다. 그러면서도 어떻게든 그에게 응해주기 위해 노력했다.

그의 다리 위로 수아가 완전히 올라 앉아있는 셈이었기에, 몸의 움직임이 맞닿은 곳으로 고스란히 전해져왔다. 그것들이 알에게는 모두 견딜 수 없을 정도로 사랑스럽게 느껴져 키스는 더욱더 농염해져 갔다.

누군가에게 배운 적이 있을 리 없었다. 거의 본능적인 행동이었다. 그는 아랫입술을 살짝 깨물었다가 수아가 그 자극에 입을 살짝 벌리면 그 안으로 더욱더 파고들었다. 있는 힘껏 입술을 빨아들였다가 그녀가 호흡이 곤란할 때쯤이야 잠깐 놔주고, 숨을 몰아쉬는 것과 동시에 다시 깊게 키스했다. 뺨을 쓰다듬던 손은 어느새 목덜미로 내려가 쇄골을 더듬으며 엄지로 귓불을 쓸어내렸다.

그날 이후 한시도 잊은 적이 없는 감촉이었다. 더할 나위 없이 부드럽고 말캉하면서도 탄력이 있는 수아의 몸.

알은 수아에게 있는 힘을 다해 거칠게 파고들고 싶은 몸을 간신히 진정시켰다. 이제까지 이성에 대한 감정은 의식적으로 차단해왔기에 이렇게까지 격렬한 욕망에 사로잡히는 것은 처음이었다. 상대가 닿는 순간 죽을 거라는 사실은 언제 어디서나 그의 의식을 지배했었다.

하지만 그녀에게는, 최소한 수아에게는 그러한 전제가 통하지 않는다. 뱃속 깊은 곳에서 아찔하게 떨리는 감각과 그녀를 통해 전해져오는 생명의 약동이 그냥 이성의 끈을 놓아버리라고 속삭이고 있었다.

하지만.

알은 간신히, 아예 수아를 물어뜯고 싶은 걸 자제하며 천천히 그녀의 팔을 잡고 입술을 떼었다.

아직은 안 된다.

수아는 완전히 힘이 다 빠져 거의 알에게 매달리듯 그에게 기대어 있었다. 그가 몸을 살짝 떼자 그에게 안기듯이 숨을 몰아쉬며 무너졌다. 그 숨소리에 다시 정신이 흐트러지는 것만 같았다.

"알……."

"미안."

그 소리에 수아는 살포시 웃으며 그를 올려다보았다.

"왜 사과해요?"

수아는 떨림을 진정시키려고 작게 심호흡을 했다. 힘이 다 빠져나간 것 같아 몸조차 제대로 가눌 수가 없었다. 그러면서도 심장 소리만은 너무나도 커, 귓가에서 그대로 쿵쿵 뛰는 것만 같았다. 알이 닿았던 곳이 화끈거릴 정도로 뜨거웠다.

이래도 되는 건가 싶을 정도로 부끄러웠지만, 지난번과 같은 당혹감은 없었다. 애초에 그가 턱을 잡았을 때부터 어느 정도는 각오했었고, 실제로 입술이 맞닿았을 때는 가슴이 떨리기까지 했다.

물론 아찔한 감각에 머리가 어질 거리고 그의 피부가 닿는 곳마다 열기가 피어오르는 느낌은 낯설기만 해 두려움이 없는 건 아니었지만, 그건 상대가 알이라는 것만으로도 눈감을 수 있었다. 무엇보다도 알이 자신을 원한다는 사실이 굉장히 달콤하게 다가왔다.

수아 또한 말로는 결코 표현할 수 없는 알에 대해 넘쳐나는 마음을, 이런 식으로 표현할 수 있다는 것이 굉장히 좋았다.

물론, 음, 솔직히 비교해볼 상대가 없긴 했지만 어쩐지 알은 굉장히 키스를 잘하는 거 같다는 생각은 잠깐 했다. 그런데 「저주」로 생각해본다면 알도 처음이라는 소리가…….

그런 쓸데없는 상념을 깬 것은 알의 목소리였다. 여전히 작고 낮아 이 정도 거리가 아니면 듣기 힘들 정도였다.

"저주는, 단지 그것뿐만이 아니야."

"네?"

그의 손가락이 수아의 뺨을 다시 한 번 쓸어내리려다, 이내 힘없이 밑으로 내려갔다. 방금 전까지 호흡이 곤란할 정도로 입을 맞춰오던 사람이라고는 믿을 수 없을 정도로, 조심스럽게, 그는 천천히 수아의 얼굴에서 손을 뗐다.

"저주는 생명을 갈구해. 나에게 닿은 타인의 생명을 빼먹는 것만으로는 부족한가 보더군."

뭔가 좋지 않은 느낌이 들었다.

"숙주의 생명마저 갉아 먹지. ……그래서."

그는 선언하듯 말했다.

"내 남은 수명은 앞으로 1년 남짓이야."

응? 수아는 멍하니 알을 올려다보았다. 뭔가 대답을 한 것 같았다. 뭐예요, 그게 무슨 말이에요? 수명이 1년밖에 남지 않았다는 말은 아니죠. 설마, 그죠?

하지만 실제로는 아무런 말도 하지 못한 채일 뿐이었다.

그가, 시선을 피한다.

'아.'

멍했다. 슬픔도 충격도 없었다. 그냥 납득했다. 아, 그랬구나. 그래서.

"저주……때문에요?"

"그래."

알은 여전히 수아의 시선을 피하면서, 눈을 아래로 내리깔고 있었다.

갑자기 욱하고 뭔가가 치고 올라왔다. 얼마 남지 않은 수명. 주변 사람들에게 백안시 당하는 저주. 얼마나 많은 것을 포기하고, 잃고, 그리고 짊어지고 있었을까.

그 앞에서 자신까지 울며 매달리고 싶지 않았다.

"그래서요?"

수아는 웃었다. 알의 시선이 다시 그녀에게로 향했다.

"뭐예요. 그랬다면 좀 더 일찍 말해주지."

"수아?"

"몇 달만 일찍 말해줬어도 시간이 좀 더 있었을 텐데. 제국어야, 음. 알에게 배우면 됐을 거고……. 그냥 처음부터 같이 있었으면 좋았을 걸요."

수아의 목소리는 밝았다. 알은 약간 당황한 듯 그녀를 바라보았다.

"으음, 하긴 그때는 저에게 아무 생각도 없었으려나요? 뭐, 지나간 건 어쩔 수 없죠. 앞으로 시간은 남았으니까, 그 사이에 죽지 않을 방법을 찾아봐요."

그 말과 함께 알을 잡고 있는 손에 힘을 주었다.

"괜찮아요. 그니까, 음."

"수아."

알은 망설이듯 그녀의 이름을 불렀다.

"저주를 풀기 위해서 아홉 살 이후 평생을 떠돌았어. 물론 방법이 없, 다고는 하진 않아. 하지만 쉬운 것도 아니겠지."

그는 나오지 않는 말을 쥐어짜듯, 그렇지만 분명하게 말했다.

"난 그대에게 약속해줄 수 있는 것이 아무것도 없어. 그대를 지켜주겠다고도, 행복하게 해주겠다고도……. 그 무엇도 약조할 수 없는 상태야. 물론 그대는 강하지. 하지만……."

"알."

수아는 얼굴에서 미소를 지우지 않았다.

"이상한 소리를 하네요. 왜 알이 저를 지켜줘야 하고, 행복하게 해줘야 하는 거죠? 제 앞가림은 제가 해요. 아, 물론 제가 이런 말을 할 정도의 능력을 갖춘 건 아니지만, 음. 어쨌건 그런 건 알이 줘야 할 건 아녜요. 제가 찾아야 할 거지."

괜찮아. 수아는 스스로에게 그렇게 속삭이며 말을 이어나갔다.

"그리고 전 알 곁에 있고 싶어요. 알 옆에 있는 것 자체가…… 저에게는 행복하니까, 그니까 그런 거예요. 억지로 있는 것도 아닌데, 왜 그런 말을 하는지 모르겠어요. 그리고……. 너무 쉽게 말하는 건진 모르겠지만, 저주 같은 건 풀어버리면 되잖아요."

수아는 되도록 자신의 목소리가 심각하게 들리지 않기를 원했다. 가급적 가볍게, 마치 오늘 날씨를 이야기하듯, 내일 먹을 식사 메뉴를 정하듯 그렇게. 이제까지 그는 심각한 이야기는 지겹도록 많이 들어봤을 것이다.

"봐요."

수아는 다시 알의 얼굴로 손을 뻗었다. 이번에는 피하지 않았다. 손가락이 뺨에 닿는다.

"전 안 죽어요. 전에 저주가 통하지 않는 사람은 만난 적 없죠? 그럼 이건 기회에요. 저랑 있으면 방법이 보일 거예요. 그러니까 괜찮아요. 저는……. 그런 저주 같은 거보다, 알이 저를 거부하는 게 훨씬, 백배는 더 무섭다고요."

수아는 억지로 입을 삐죽여 보았다. 하지만 알은 그 어떤 반응도 하지 않은 채 그냥 그녀만을 쳐다보고 있었다. 수아는 약간 초조해졌다.

"요는 이거죠? 알을 거부할 거라면 지금 하라는 그런 거. 진짜 바보라니까요. 나, 이제까지 그럴 기회는 많았어요. 알이 연락을 끊어버렸을 때 더 이상 찾지 않으면 됐었고, 그냥 리노체스 백작가에 있을 수도 있었어요. 제가 강하다고요? 그 말, 전에도 했었죠. 근데 그게 누구 때문이라고 생각해요? 누구 덕분에…… 지금까지 제가 버틸 수 있었는지 정말 모르는 거예요?"

언제나 알을 생각했다. 알을 찾으려면 빨리 말을 배워야 해. 빨리 한 사람 몫을 할 수 있어야 해. 다른 이들에게 인정받는 직업을 가져야 해. 그렇게 필사적이었다.

그립지만 만날 수 있는 방법이 없는 가족과는 달리, 알은 이 세계에 실재하는 사람이었다. 그의 존재가 있었기 때문에 이 세계의 생활을 견딜 수 있었다. 그를 만나고 싶다는 목적이 있었기에 그가 곁에 없었음에도 한 발 한 발 차근하게 나아갈 수 있었다. 알은 수아의 목숨을 구해줬고 이 세계에서 살 수 있는 모든 것의 기반을 만들어줬다. 그가 없었다면 지금의 그녀는 있지도 않았다.

그러면서, 정작 알 자신은 수아의 곁에 있으면 그녀에게 폐가 될 거라고 생각하는 모양이었다. 정말, 바보같이.

숨이 가빠진다. 억지로나마 가볍게 이야기하고 싶었지만 잘 되지 않았다. 목소리에 울음이 섞여왔다.

"전, 알을 정말 좋아해요. 아니, 사랑해요. 이런 말로는 다 표현하지 못할 정도로 곁에 있고 싶어요. 저주? 설사 못 푼다 해도 무슨 상관이에요! 1년이든 한 달이든 상관없어요. 누구나 내일이라도, 아니 지금 당장에라도 사고로 죽을 수도 있는 건데 그게 두려워서 살아가는 걸 멈추진 않잖아요. 저만 해도 어차피 알이 없었으면 이 세계에 오자마자 몬스터에게 죽었을 거예요. 여기 이렇게 있지도 못하겠죠. 그, 그러니까 제 목숨은……. 알 거잖아요. 안 그래요? 절 구해줬잖아요. 그러면 알이 끝까지 책임져야죠."

마지막 말은 말도 안 되는 억지였다. 하지만 한 번 터져 나온 말은 쉬이 멈추지 않았다.

"그러니까 알……. 다른 생각하지 마요. 그냥, 제 옆에 있을 생각만 해요."

거기까지 말하고 수아는 완전히 울음이 터져 나올 것 같아 더 이상 말을 잇지 못했다. 그렇게 알의 뺨 위에서 떨리는 손을, 그가 천천히 손을 올려 그 위로 덮었다.

"그대는."

그의 목소리는 조금, 떨리고 있었다.

"언제나 믿을 수 없는 말만 하는군."

약간은 울음이 섞여 있는 것도 같았다.

"가끔은 정말 그대가 실재하는지 의심이 갈 정도야."

"알."

"처음부터였어. 처음, 그 숲에서 봤을 때부터 눈을 뗄 수 없었으니. 사실 아직도 의심이 가. 내가, 과연 이런 말을 할 수 있는 자격이 될까."

알은 수아의 손을 가볍게 끌어내렸다. 그러고는 손등에 살짝 입을 맞췄다.

"익애한다. 사모한다. 그 무엇보다도 아낀다. 나 또한 그 어떤 말로 그대를 표현할지 모르겠어."

그는 긴장한 듯 살짝 숨을 내쉬었다. 숨결이 손등을 간지럽혔다.

"하지만 그대가, 다른 생각을 하지 말라 한다면 할 말은 정해져 있겠지."

그의 시선이 부드럽게, 다시 한 번 수아를 내려다보았다.

"수아. 함께 있어 주지 않겠나. ……여전히 아무것도 장담할 순 없어. 하지만, 그대를 포기하고 싶지는 않아."

쿵. 심장이 내려앉았다. 이제까지와는 다른 충격으로 인한 것이었다.

그녀를 내려다보는 금빛의 눈에 수아는 아무런 생각을 할 수가 없었다. 오로지 얼굴만이 타오르듯이 붉어졌다.

이건 알의 고백이다.

수아의 입술이 살짝 열렸다. 하지만 알은 그녀의 말을 기다리지 않았다.

"대답하기 전에 다시 생각해보는 것이 좋아. 그대가 여기서 고개를 끄덕이면 두 번 다시 놓을 생각 따윈 없으니. 이후로 그대의 마음이 변해 거부한다고 해도 소용없어."

"알."

"내가 몇 번이나, 그대를 감금하지 않고 리노체스 백작가로 보낸 것을 후회했는지 아나."

의외의 말에 수아의 눈이 커졌다.

"아무것도 모른 채로, 그 저택에 가둬, 오로지 나만을 보게 하고 싶다 원했다. 그대가 응하지 않는다면 억지로라도 나만을 생각하고 느끼게 하려고도 생각했었어. 난 그대가 이야기한 것처럼 좋은 사람이 아니야."

"……그러지 않았잖아요."

"그랬을지도 몰라."

"하지만 안 했어요."

"하려고 했어."

"안 했잖아요."

수아는 알에게로 조금 더 바짝 다가갔다.

"왜 자꾸 겁주려고 그래요. 근데 어쩌죠? 저 하나도 겁 안 나요."

진심이었다. 감금이라. 솔직히 실감이 하나도 안 났다. 무슨 농담같이 들렸다. 이제까지 알의 태도가 조금이라도 강압적인 부분이 있었어야 그것도 납득이 가지.

오히려 기뻤다. 감금이란 단어 자체에는 달콤한 부분이 하나도 없었지만 그는 언제나 이제까지 한 발짝 그녀에게서 물러나 있는 것만 같은 태도였다.

그게 싫었다. 자신은 이렇게나 알과 함께 있고 싶은데. 다른 곳을 가지 못하게 꼭 붙들어놓고만 싶은데. 그것이 너무 과욕이 아닌지, 그저 그녀만의 철없는 생각일 뿐이 아닌지 언제나 불안했다. 하지만 실은 알도 자신을 구속하고 싶었다니, 그보다 달콤하게 들리는 말이 어디 있을까.

"어차피 알은 저 감금 못 해요. 감금이라는 건 도망가려는 상대에게나 가능한 거잖아요? 전 언제나 제가 원해서 알 곁에 있었고, 앞으로도 그럴 거니까요. 그러니까 자꾸 밀어내려고만 하지 말아요. 안 그러면, 음."

수아는 그냥 떠오르는 대로 말했다.

"제가 알을 가둬버릴 거예요. 저만 보도록."

그리고 말하는 순간 후회했다. 으악, 이게 무슨 말도 안 되는 소리야!

잠시 멍하니 그녀를 내려다보던 알이 웃었다.

"하."

그는 크크거리며 수아를 보고 한참이나 어깨를 떨었다. 수아는 견딜 수 없는 민망함에 얼굴이 완전히 불타오르는 것 같았다. 하지만 알이 웃고 있는 걸 보니 그렇게 기분이 나쁘지는 않았다.

"정말, 그대는……."

알의 손이 수아의 등을 부드럽게 쓸었다.

"믿을 수 없는 말만 하는군."

"그, 그치만……."

"정말로 두 번 다시 놓지 않아도 괜찮은 건가? 후회하지 않을 자신이, 있나."

알이야말로 정말 끈질기다. 수아는 한숨이 나올 뻔한 걸 간신히 참았다.

하긴 괜찮다는 말 한마디에 금방 고개를 끄덕일 사람이라면 지금까지 망설이지도 않았겠지. 저주에 걸린 것이 아홉 살이라고 했던가. 그때부터 지금까지 끌어온 트라우마는 쉬이 없앨 수 없을 것이다.

어쩌면 앞으로 힘들지 모른다. 둘 다 연애라는 걸 제대로 해본 적도 없었고, 꼭 저주가 아니라도 신분 차이나 세계에 따른 가치관 차이 등, 이것저것 장애물은 많았다. 마냥 달콤한 미래만이 기다리고 있지 않을지도 몰랐다.

하지만 그래도 좋았다. 상관없었다. 절대, 후회하지 않을 자신만은 있었다. 설사 앞으로 무언가가 잘못된다고 해도 최소한 지금의 선택 탓은 아니었다. 지금 그녀는 마음이 오롯이 원하는 길을 택했다. 그것만은 확신할 수 있었다.

더 이상 수아는 말로 하지 않았다. 대신, 조금 더 그에게로 다가가 살짝 그의 뺨에 키스했다.

알의 몸이 떨리는 것 같더니만, 이내 그녀를 감싸고 있는 팔에 힘을 주었다. 그리고 그대로 깊게 안았다. 흐느끼는 소리가 들리는 것도 같았지만 수아는 굳이 확인하려고 하지 않았다. 단지, 그녀 역시 그를 마주 껴안았을 뿐이다.

절대, 놓지 않겠어.

그런 말이 귓가에 들린 것도 같았다.

누가 가만히 놓게 놔둘까. 그렇게 생각하며 수아는 그의 품 안으로 파고들었다. 그를 안고 있는 팔에, 더욱 힘을 주면서.

No. 8 Episode

믿음을 가르는 칼날

수아는 멍하니 신록을 자랑하기 시작하는 회궁의 정원을 내다보았다. 봄꽃은 환하게 만개해 있었지만, 한구석에는 벌써 지고 있는 꽃까지 보일 정도였다.

“뭘 그리 쳐다보냐, 계집애야?”

베슨이 멍하니 있는 수아에게 한 마디를 던졌다. 수아는 아, 하고 몸을 바로 잡았다.

“아, 아뇨. 그냥요. 곧 초여름에 접어들겠다 싶어서…….”

“클클, 지금이 한창 날이 좋은 때이긴 하지. 그래도 넋 빼놓지는 말아라. 잘못하면 이렇게 싱숭생숭할 때 이상한 놈이 후딱 채 간다. 홀랑 잡아먹히고 난 후에 후회해도 소용없어!”

이미 누가 채가긴 한 걸요.

수아는 반사적으로 그렇게 대답하려다가 간신히 입을 다물었다. 어쩐지 전에 비에린느 부인에게도 비슷한 말을 들은 것 같았다.

뭐, 이 경우에는 알이 자신을 채 간 건지, 자신이 알을 채어버린 건지 아리송하긴 했지만.

"네가 홀랑 잡아먹히면 누가 식재료를 가져오겠느냐."

그렇게 껄껄 웃는 베슨은 기분이 좋아 보였다.

하긴 요즘 식사는 이제까지 회궁에서 먹었던 것이 억울할 정도로 맛있고 신선한 음식들이었다. 온 지 얼마 되지 않는 수아가 그럴진대 계속 여기서 거주했던 사람들은 더할 나위 없을 것이다. 특히 베슨은 새로 온 술을 맛보고 거의 환호성을 질렀다. 이렇게 맛있는 술이 있었는지 몰랐다는 이야기였다. 정원에 식물이 잘 자란다는 이야기까지 합쳐, 요즘 베슨은 언제나 즐거워 보였다.

"제가 더 찾아가지 않아도 계속 이렇게 올 텐데요."

"그래, 그래야 할 텐데."

베슨은 그렇게 대답하고 다시 정원으로 고개를 돌렸다.

수아는 잠시 그 자리에 서서 정원과, 나무들을 돌보는 베슨을 바라보았다. 이제 겨우 회궁에 익숙해지려고 하는데 다시 떠나야 한다니, 뭔가 기분이 묘했다.

하지만 후회는 없었다.

그 뒤 수아는 알과 길디긴 대화를 나눴다. 이번에는 주로 수아가 듣고 알이 말하는 쪽이었다. 어릴 때 어떤 일이 있었는지, 갑작스러운 저주가 얼마나 많은 것을 그에게서 빼앗아 갔는지, 그리하여 어떻게 지금까지 지내왔는지.

그 이야기를 들으며 수아는 가슴이 먹먹해지고 눈물이 차올라 견딜 수가 없었다. 그의 말은 매우 담담했지만 수아는 그 뒤에 숨어있는 세월의 무게를, 그리고 그가 겪었을 감정의 그림자를 얼핏 느낄 수 있었다.

하지만 우는 모습 따위는 보여주고 싶지 않았다. 가장 힘들었던 건 알이다. 거기에 동정하여 눈물을 보이는 것 따위 할 수 없었다. 그래서 수아는 그런 감정이 치밀어 오를 때마다 잡고 있는 알의 손에 힘을 주면서 부드럽게 미소를 지었다.

그건, 다 과거잖아요. 괜찮아요.

비록 말은 하지 않았어도 그런 마음이 전해졌을까.

알이 이렇게 길게 이야기하는 건 처음 들었다. 그도 누군가에게 이렇게나 길게 이야기를 한 것은 처음이라고 했다.

새삼 알을 처음 만났을 때를 떠올렸다.

그는 지독할 정도로 말이 없었다. 그때는 그저 서로 말이 통하지 않아서라고 생각했었다. 하지만 지금 보니 그게 아니었다. 알은 말을 하는 것 자체가 익숙하지 않았던 것뿐이었다. 반대로 누가 이야기하는 걸 오랫동안 듣는 것도 생경하다고, 그는 솔직히 말해왔다. 그의 인생에는 긴 대화가 필요 없었으니까.

또, 알은 곧 떠나야 한다고 했다. 그 말을 하면서 그는 조금 망설였다. 이변에 대해 설명해주며, 그 진상 조사의 책임자가 되어 떠나면 자주 편지는 보낼 수 있지만 언제 돌아올지 모른다는 말이었다.

"네?"

그 대목에서, 수아는 기가 막혀 눈을 동그랗게 떴다.

"잠깐만요. 저 놓고 가려고요?"

그 말에 알이 당황한 듯 그녀를 내려다보았다.

"뭐예요. [우리 지금 이 난리 친 건 뭐였어요?]"

하지만 수아는 당황을 넘어 황당하기 짝이 없었다. 이 남자는 대체 무슨 생각인 걸까 싶었다. 놓지 않겠다며? 떠나지 않겠다며?

"나 참, 그러면서 혼자 갈 계획이나 세우고 있었어요? 절대 혼자 못 가요. 어디 가든 따라갈 거예요."

알은 멍하니 수아를 내려다보다가 이내 믿을 수 없다는 듯이 되물었다.

"진심인가?"

"……그걸 지금 말이라고 해요?"

자고로 연애는 밀당이라고 했던가.

그런데 수아는 이제까지 단 한 번도 밀었다는 생각이 든 적이 없었다. 오히려 나름대로, 있는 힘껏 끌어당긴 것만 같은데 어째서 알은 알아서 밀리고 있는 건지 도무지 알 수가 없었다. 그녀가 밀어내는 것이 아닌 그녀에게 스스로 밀려나는 모양새라니.

헛웃음이 나왔다. 나름 인생의 첫 남자친구……는 아니지만, 인생의 첫 연인이라는 느낌인데, 그래서 자신도 서투르기 짝이 없어 어떻게 해야 할지 알 수 없는데, 조금쯤은 잡아줘도 괜찮지 않을까.

"지금 사귄 지 얼마나 됐다고, 아니, 방금 전까지만 해도 언제까지나 함께하자고 해놓고는 지금 저 버려두고 간다고요?"

"아니, 수아. 버리는 게 아냐. 단지 그대가 위험하……."

"그게 그 말이잖아요. 전 상관없어요."

수아는 단호하게 말했다.

"전, 더 이상 알을 못 보는 건 정말로 지긋지긋해요. 알, 나 이 세계에 온 지 꽤 됐어요. 그런데 우리 그 사이에 얼마나 같이 있었어요? 그런데 또 떨어지자고요?"

말하다 보니 조금씩 화도 났다. 결코 알의 잘못이 아닌데도, 누군가가 곁에 다가와도 밀어낼 수밖에 없는 삶을 살아왔다는 걸 뻔히 알면서도.

알은 쩔쩔매며 대답하지 못했다. 그 모습에 괜히 발끈한 것이 미안해져, 수아는 다시 목소리를 낮추며 툴툴거렸다.

"어쨌든 간에 혼자 남는 건 절대 싫어요. 같이 갈 거예요. 제가 위험하다면 알이 지켜주면 되잖아요? 그리고 저주도 풀어야 하고요."

수아는 더욱더 알의 손을 강하게 마주 잡았다.

“전 아무것도 모르지만, 그래도 저주가 통하지 않잖아요. 그러니까 제가 같이 있으면 분명히 방법도 나타날 거예요.”

그녀는 일부러 확신에 찬 미소를 지었다. 알이 그녀를 마주 내려다보았다.

“……그런가.”

“그래요. 알이 불안하다면 제가 한 번 더 말해줄게요. 절대 제 옆에서 떨어지지 마요. 저는 무슨 일이 있어도 알을 따라갈 거예요. 말려도 소용없어요.”

알은 더 이상 고개를 젓지도, 따라오겠다는 그녀를 말리지도 않았다. 단지 손을 잡고 있지 않은 다른 손으로 수아의 얼굴을 부드럽게 쓰다듬었을 뿐이다.

“그게 그대가 원하는 건가.”

“물론이에요.”

“……그렇다면 맹세하지. 앞으로 무슨 일이 있어도 더 이상 그대를 다른 곳에 둘 궁리는 하지 않겠어.”

더없이 달콤한 말을 들으면서도, 그래서 다시 한 번 가슴이 견딜 수 없을 정도로 두근거리며 그의 손가락이 닿은 뺨에서 열기가 피어오르면서도, 수아는 마음 한구석이 여전히 먹먹한 것은 어쩔 수 없었다.

알. 내가 아니라, 알이 원하는 대로 해요.

그렇게 말하고 싶었다. 하지만 알은 이 말마저도 그녀의 의도를 파악하기 위해 고민할 거라는 생각이 들었다.

수아는 말없이 그의 품에 얼굴을 묻었다. 지금은 이 말만으로도 충분했다.

"수아, 나 지금 세 번째 불렀다?"

"꺅?!"

수아는 깜짝 놀라 손에 들고 있던 접시를 놓쳤다. 그걸 순간적으로 카르니언이 받치듯이 받았다. 한 손에 접시를 든 카르니언은 정신 차리라는 듯 다른 한 손을 수아의 눈앞에서 휘휘 저었다.

"어이, 어이."

"카, 카일? 언제 왔어?"

"한 5분 전쯤."

"어……."

전혀 느끼지 못했다. 카르니언은 그런 그녀를 재미있다는 듯 바라보았다.

"아주 생각에 푹 빠져 있더만. 무슨 생각했어? 형님?"

"아, 응."

어쩐지 대답을 하면서 얼굴이 확 붉어졌다. 카르니언은 어깨를 으쓱했다.

"어디 애인 없는 사람은 서러워서 살겠나. 에효, 하긴 그러니까 있는 사람도 잊어버리고 둘만의 세계에 다녀오지."

그 말에 수아의 얼굴이 더욱더 새빨개졌다.

그날, 수아가 그렇게 알의 방으로 간 뒤 카르니언은 한참이나 속을 태운 모양이었다. 알도 수아도 그가 기다리고 있을 거라는 사실까지는 미처 생각이 미치지 못했기 때문이었다.

나중에 퀭한 눈으로 그들을 기다리고 있던 카르니언을 보고, 수아는 아차 싶었다.

"미안, 생각을 못 해서……."

"됐어. 하긴 정신없었겠지, 다들."

그 뒤로 얼마 정도 소식이 없더니만 또 이렇게 불쑥 찾아온 것이다.

"그때 자세히 못 들었는데, 제대로 화해한 건 확실하지? 지금도 문제는 없고?"

"확실해. 문제도 없고. 알에게 안 들었어?"

"형님에게? 에효, 말도 말아라. 여기 와서는 안 된다느니 다신 찾아오지 말라느니 그런 소리만 하신다고. 이번에는 뭐, 아직 안 찾아갔지만."

카르니언은 투덜거리며 음식 준비를 하고 있던 수아의 손에서 칼을 빼앗아 들었다.

"어쨌건 줘봐. 아, 이거 혹시 형님께도 가져갈 거야?"

"아, 응. 이제는 내가 비에린느 부인 대신에 음식을 나르기로 해서……."

갑자기 칼질이 현란해졌다. 그는 솜씨 좋게 고기와 야채를 다져 수아라면 30분은 더 걸려야 할 양을 10분도 채 되지 않아 끝냈다. 그러고는 익숙한 손길로 프라이팬을 화덕의 불길 위로 거의 춤추듯이 움직였다. 수아는 그걸 구경하다가 말했다.

"모르는 사람이 보면 요리사인 줄 알겠어."

"지망생이지. 궁중 요리사들에게 비하면 아직 한참 부족해. 뭐, 수준이 좀 떨어지는 식당 정도면 나도 취직할 수 있을지 모르겠지만."

황자의 입에서 취직이라는 단어가 나오니 왜 이리 생경한지 모르겠다. 그녀는 한 번 어깨를 으쓱였다.

"왜, 황자 자리가 싫어?"

"싫은 건 다음 황제가 되라는 부분이야."

카르니언은 땅이 꺼지라고 한숨을 쉬었다.

"넌 다음 황제가 된다. 황태자나 다름없다. 회궁의 주인은 없는 사람 취급하는 것이 옳다. 가까이 가면 함께 신의 노여움을 산다. 계속해서 그런 말이나 들어왔다고. 그게 끔찍하게 싫어."

그는 솜씨 좋게 접시에 음식을 담으면서 말을 이었다.

"애초에 형님은 나보다 더 뛰어난 재목이었어. 그런 형님을 아무렇지도 않게 외면한 작자들이야. 당연히, 어떤 계기가 생긴다면 나에게도 똑같이 대하겠지. 그래서 그런 말을 들을 때마다 소름이 끼쳐."

그는 확 인상을 찌푸렸다.

"애초에 난 황자도 아니었다고. 귀비의 자식인, 그저 황제의 아들일 뿐이었지. 그런데 형님이 저주를 받으시면서 그 모든 영광이 나에게 돌아온 거야. 원래는 형님을 찬양하며 매달렸을 그 입으로, 침도 바르지 않고 그때와 비슷한 말을 지껄이는 놈들을 내가 어떻게 믿겠어? 그런 놈들이 지껄이는, 내가 황제가 될 거라는 소리를 기뻐하라고?"

수아는 물끄러미 카르니언을 바라보았다. 그는 수아를 쳐다보지도 않고 살짝 인상을 찡그리고 있었다. 수아는 그 모습이 묘하게 알과 닮았다고 생각했다. 아니, 묘한 건 아니다. 반만이라도 둘은 형제니까.

"물론 그 자리가 내 것이라고 생각하던 때도 있긴 했지. 하지만……. 뭐라고 해야 할까. 음, 내가 황족으로 태어난 게 싫은 게 아냐. 만약 황실의 핏줄이 나 하나였다면, 아니 설사…… 형님이 돌아, 가셨다면."

카르니언은 잠시 말을 멈췄다가 다시 이었다.

"난 두말할 것도 없이 황제의 위를 받아들였을 거야. 그건 황실에서 태어난 자의 의무고, 제국민들도 제대로 된 혈통의 황제를 가질 정도의 권리는 있으니까. 하지만 형님은 살아계셔. 그것도 황태자로, 무엇을 해도 나보다 나은 능력을 지니고. 그런데 내가 황제? 하. 아무리 내가 기억도 나지 않을 어릴 때라고는 하지만, 사생아 따위라고 비웃었을 게 분명한 그 작자들의?"

거기까지 말하고 그는 곧바로 얼굴을 피며 피식 웃었다.

"아, 뭐냐. 내가 왜 갑자기 너에게 한탄하고 있담. 아무튼 잘 설명은 못하겠지만……. 대충 그런 거야. 이상하게 들리겠지만."

그 끝말이 어쩐지 묘한 울림을 줘, 수아는 반사적으로 대답했다.

"요는, 대타가 되는 게 싫은 거 아냐? 그게 왜 이상해?"

"엉?"

그제야 카르니언은 수아에게 눈을 맞춰왔다.

똑같은 황금색 눈동자.

알과 같아 보였지만, 확연히 달랐다. 무엇보다도 이 눈에는 전혀 가슴이 두근거리지 않았다.

"다들 처음부터 카일을 필요로 했던 게 아니잖아. 원래의 사람에게 문제가 생겼으니 대신하라고 요구하면서 정작 당사자의 의견은 무시하고. 기분이 나쁜 게 당연하다고 생각하는데."

더구나 카르니언도 황제가 되고 싶어 할 거라고 멋대로 재단하고 있는 상태라면, 오히려 아무렇지도 않아 하라는 게 더 무리 아닐까. 수아는 진심으로 그렇게 생각했지만 카르니언은 이상하다는 듯 그녀를 바라보았다.

"당연하다고? 그건 또 처음 들어보는 소리네."

"그래?"

"그래. 도대체 넌……."

카르니언의 눈이 가늘어졌다. 수아는 흠칫 제풀에 놀라 저도 모르게 이야기를 늘어놓기 시작했다.

"어? 아니……. 나도 좀 비슷한 경우라. 아니, 비슷하진 않나? 난 전에 살던 곳에서는 양녀였거든. 양녀라고 해도 딱히 기억이 있는 건 아니었어. 너무 어릴 때 그 집으로 와서, 처음에는 그냥 친딸인 줄 알았거든. 그런데 아니더라."

전혀 상관없는 이야기가 나와버린 것 같아 수아는 잠시 멈칫했다. 하지만 중간에 말을 끊기는 더 애매했다.

“음, 그러니까. 그 자체가 문제는 아니었어. 실제로 난 잘 자랐거든. 양부모님께는 사랑을 듬뿍 받았고 동생들도……. 음, 고것들도 말썽을 많이 피긴 했지만 어쨌거나 친남매처럼 나를 따랐으니까. 행복했고, 여러모로 부족함 없는 생활이었어. 그렇지만 역시 걸리더라. 내가 친딸이 아니라는 게.”

가끔 떠오르는 빈방의 모습이 있었다. 그 안에서 수아는 창문을 통해 들어오는 달빛을 바라보고 있었다. 아마, 아주아주 어릴 때 고아원에서의 기억. 실제로 있었던 일인지, 아니면 그녀가 이미지화를 하여 만들어낸 형상인지는 모르겠지만 그건 중요하지 않았다. 단지 수아에게 그 빈방의 모습은 어떤 증거 같은 거였다. 한때 아무에게도 필요 없는 존재였다는.

그 방이 떠오를 때 느끼는 감정을, 수아는 무어라고 확실히 정의 내릴 수 없었다. 그저 그 안에 외롭다는 감정이 있다는 것만은 확실했다.

하지만 역시 망설여졌다. 그런 단어를 감히 사용해도 되는 걸까. 어쨌거나 그녀는 부족함 없이, 충분히 사랑받고 자랐는데.

“사실 친딸이 아니라는 걸 몰랐다면 아무 문제도 없는 거잖아. 그런데 어떡해, 난 이미 알아버렸고 그게 계속 마음에 걸리는걸. 본인이 아니면 모를 문제로, 겨우 그런 걸로 고민하고 있냐느니 이상하다느니 하는 소리가 더 이상해.”

카르니언은 황당한 듯이 입을 살짝 벌리며 그녀를 바라보다가 이내 놀란 듯 말했다.

"잠깐, 너 원래 이렇게 말 잘했어?!"

"어?"

"어휘력이 엄청 늘었…… 아니, 그걸 떠나서! 너……."

"응?"

"보통은 그런 생각 안 해! 아니, 못하지. 특히 사막민족은 보통 글도 못 쓰……, 아, 그래. 전부터 이상하다고는 생각하긴 했어. 수아, 너 이계인이지?"

단정 짓는 말투였다. 수아는 순간 말문이 턱 막혔다. 애초에 뭔가를 숨긴다는 건 그녀가 가진 재주가 아니었고, 그 표정을 본 카르니언은 그녀가 변명할 여유도 없이 고개를 끄덕였다.

"과연. 어쩐지 리노체스 백작 쪽이 조용하다 했어. 이계인이었구나. 모든 규칙과 현상에서 벗어난……. 그러니 잡아다 실험한다 해도 소용없었겠지."

"실험?"

"어, 아니. 헛소리. 아무튼 맞지?"

수아는 차마 고개를 끄덕이진 못했다. 하지만 부정도 하지 못했다. 시선을 피하는 그녀를 본 그는 후, 한숨을 내쉬었다.

"진짜 숨길 생각이면, 이런 경우에는 끝까지 부정해야지."

카르니언은 음식이 식지 않도록 접시에 덮개를 씌운 후에 털썩 의자에 주저앉았다.

“난 이래 봬도 제국의 황자라고. 아무리 드물다지만 이계인도, 사막민족도 당연히 만나본 적이 있어.”

“아.”

“사막 쪽은 환경이 척박하다 보니 생존 위주의 삶을 살아가거든. 당연히 미지의 존재에 대한 두려움이 더 많아. 사막을 경외하고 자연을 숭배하지. 당연히 신에게 저주받은 존재에 대한 공포심은 제국민보다 더하면 더했지 덜하진 않을걸.”

카르니언은 수아를 가리켰다.

“그런데 너는 딱 보면 꽤 귀하게 자란 게 보여. 손도 곱고, 육체노동에 익숙하지도 않고. 물론 황궁의 여관들은 대부분 그러니까 이 사이에 섞이면 위화감이 없어. 하지만 사막민족이라고 생각하고 떼어보면 말이 완전히 달라지지.”

할 말이 없었다. 사막민족에 대해서는 리노체스 백작가에서도 꽤 배웠고, 나름대로 잘 흉내를 냈다고 생각했지만 카르니언의 말을 들으니 하나부터 끝까지 어긋난 것 같았다.

수아는 자신이 어떤 표정을 짓고 있는지 몰랐지만, 그녀의 얼굴을 본 카르니언이 피식 웃었다.

“뭐, 나야 네가 언제 형님을 만났다는 걸 대충 알고 있으니까 가진 의문인 거지. 누가 보면 사막민족이긴 하되, 꽤 오래 전부터 제국에서 제국식 교육을 받으며 자라난 줄 알 걸? 더구나 여관이라는 건 후견인이 확실하다는 뜻이니 별로 의심할 것도 없을 거야. 그러니 나쁘진 않았어.”

"으, 언제부터 눈치챈 거야?"

확실히 지금 와서 변명을 늘어놓기엔 너무 늦었다. 결국 수아는 어떻게든 둘러대려는 생각을 완전히 포기했다.

"처음부터? 정확히는 이계인일 거라고 의심한 건 아니지만, 사막민족이라고 보기에도 뭔가 이상했거든. 처음에는 조사를 좀 해보려고 했는데, 널 데려온 게 형님이라고 하길래 그럼 됐다고 생각했어. 특히 넌 뭔가 숨기는 덴 어설프게 보였고……. 아마 사막민족이라고 한 것도, 형님이 그러라고 이른 거겠지."

정말 거진 다 짐작을 한 거구나. 수아는 작게 한숨을 내쉬며 고개를 끄덕였다.

"그럼 진짜 됐지, 뭐. 네가 이계인이든 사막민족이든, 설사 다른 종족이든 저주가 통하지 않는 존재가 형님 옆에 있어준다는데 내가 그걸 방해할 이유가 있겠어?"

그러면서 카르니언은 다시 자리에서 일어났다. 그리고 덮개를 덮은 음식들을 한 번 살피고는 차근차근 트롤리에 옮겨 담기 시작했다.

"단지 방금은 좀 놀라서. 보통은 그런 생각은 안 해. 황제의 자리를 두고 대타니 뭐니. 그거 잘못 말하면 반역으로 몰린다?"

그 말에 수아는 미간을 찌푸렸다.

"반역? 여기는 진짜 별별 걸 다."

"사실은 그 말도 위험한 거지만."

"어?"

"정확히는 네 사고방식 자체가 위험해. 뭐, 내가 할 말은 아니지만 황실에 대한 무조건적인 충정은 나라를 유지시키는 근간이거든. 그러니까 조금이라도 그 정통성이나 권위에 의심을 품는다 싶으면 죽이는 거야. 반역죄를 뒤집어씌워서. 이계인도, 지금이야 마법사들이 실험 명목으로 알아서 없애줬지만 만약 그러지 않았다면 아예 나라 차원에서 잡아다 죽였을지도 모르지. 다른 체제에서 온 다른 사고방식의 사람이라니 너무 위험하잖아? 특히나 왕을 인정하지 않는 체제에서 살다 온 사람도 있을 테니까. 아마, 너처럼?"

그는 별것 아니라는 듯 말하면서 마지막 음식을 트롤리에 담았다. 그리고 움직일 때 음식이 흔들리지 않는가를 확인한 후 수아에게 트롤리의 손잡이를 넘겨주었다.

"황실의 권위에 도전하는 자는 그게 누구든 용서하면 안 돼. 이건 황족의 의무야. 그건 본인이 알든 모르든 상관없는 이야기지. 아니, 설사 본인은 절대로 그럴 생각이 없더라도 그 때문에 주변 사람들이 선동된다면 원인은 당연히 없애야 하는 거고."

수아는 저도 모르게 침을 꿀꺽 삼켰다. 하지만 카르니언은 말하는 내용과는 달리 정말 아무렇지도 않은 표정이었다.

"어, 저기. 그럼……. 나는?"

"너?"

카르니언은 무슨 말을 하냐는 듯 눈을 동그랗게 떴다.

"무슨 소리야. 내가 너에게 무슨 짓을 했다가는 황족의 의무고 뭐고 일단 내가 형님에게 죽을걸? 아니, 그 전에 말했잖아. 네가 형님의 곁에 있는 한.”

그는 빙긋 웃었다. 일견 천진하게까지 보이는 미소였다.

“나에게 그럴 이유는 없다고.”

수아는 순간, 반사적으로 질문을 하려다가 목 안으로 꿀꺽 삼켰다.

그럼, 내가 만약 알의 곁을 떠나게 되면?

어차피 쓸모없는 질문이다. 그녀가 하르페니언의 곁을 떠나는 일은 없을 터였다. 오히려 하르페니언 본인이, 카르니언이 거부한다 해도 무조건 밀어붙여야 하는 쪽이 그녀였다.

카르니언은 어깨를 으쓱이며 말을 계속 이었다.

“뭐, 나도 편하고. 솔직히 내가 이런 이야길 어디서 하겠어?”

“그, 그래?”

“그래. 방금도, 음. 그래. 다른 세계에서는 이런 내 생각도, 어쩌면 당연한 걸로 여겨주는구나, 이런 거.”

그렇게 말한 뒤 그는 약간 쑥스러웠는지 한숨을 작게 내쉬며 고개를 저었다.

“아무튼 됐어. 음식, 형님에게 가져다 드릴 거라고 했지?”

“아, 응. 오늘은 같이 식사할 건데. 카일도 같이 가지?”

“내가? 잠깐, 그러니까 너랑 형님이랑 같이 식사한다는 말이지?”

“응.”

“그런데 거기에 나도 끼라고?”

말이 되는 소리를 하라는 눈빛에 수아는 고개를 갸웃거렸다.

"왜? 모처럼 왔는데 같이 먹고 가지. 요리도 해줬으면서."

"연인 사이에 껴서 나보고 도대체 뭘 어쩌라고? 나 아직은 살고 싶어, 수아."

"어? 알은 별로 신경 안 쓸 텐데."

"……그건 네가 몰라서 하는 말이고. 음, 뭐. 다음에."

그는 끝까지 고개를 저었고, 수아도 계속 권하지는 않았다.

"그것보다는, 수아. 하나 물어보고 싶은 게 있는데. 아마 말씀하셨을 거라고 생각하지만, 들었어? 그 몬스터 이야기."

"아, 들었어. 조사로 곧 성을 떠나게 될 거라는 거?"

"응. 같이 갈 거지?"

확신에 찬 질문이었고, 수아도 곧바로 고개를 끄덕였다.

"당연하지."

수아는 입을 삐죽였다.

"정말, 놓고 갈 생각을 하더라니까!"

카르니언은 예상했다는 듯한 표정으로, 하지만 역시 진이 빠진 듯이 고개를 설레설레 저었다.

"나 참……. 아무튼 네가 야무져서 다행이다. 알았어. 같이 가는 걸로 알고 있을게."

그러더니 그는 약간 머뭇거리다가 톤을 낮춘 목소리로 물어왔다.

"음, 그니까, 수아. 하나만 더 묻겠는데……. 너는 형님께 닿아도 안 죽지?"

"저주가 통하지 않냐는 뜻이라면, 맞아."

뭘 새삼스레 묻나 싶었다.

"당연히 피부에 닿아봤겠네."

"……어? 아…… 응, 그, 그렇지?"

순간 어떤 뜻인지 잘 파악이 되지 않아 수아는 더듬거렸다. 하지만 카르니언은 딱히 수아를 놀리거나 속된 뜻으로 물은 것이 아닌 듯했다. 그는 더욱더 목소리를 낮췄다.

"그럼 어때? 형님 말야. 다른 사람이랑…… 같아?"

"다른 사람? 뭐가?"

"체온이라든가, 촉감이라든가."

지금 장난치나, 혹은 무언가의 유도신문인가 싶어 카르니언을 바라봤지만 그의 눈빛은 꽤나 진지했다. 아무래도 정말 진심으로 묻고 있는 모양이었다.

"같아. 당연하잖아?"

"……그렇구나."

뭔가 안도하는 표정을 짓기에, 수아는 살짝 인상을 찡그렸다.

"왜?"

"아니, 그냥……. 뭐라고 해야 하나. 떠들어대는 사람들이 있어서 말이야. 저주를 받은 이상은 더 이상 인간이 아니게 됐다느니 하는 거. 형님이 사람처럼 보이는 건 겉모습뿐이라는 거야. 실상은 돌처럼 딱딱하고 쇠보다도 더 차갑고, 닿는 순간 마치 칼처럼 상대를 찌른다고. 그래서 죽는 거라고."

거기까지 말해놓고 카르니언은 다행이라는 듯이 말했다.

"뭐, 언제나처럼 말도 안 되는 헛소리지. 그렇지만…… 그냥, 물어보고 싶었어."

몇 번이나 고개를 끄덕이는 그의 앞에서, 수아는 아무 말도 할 수 없었다.

악의에 찬 소문은 뺄 수 없는 가시가 되어 조그마한 자극에도 흔들려 상처를 준다. 서로를 위하는 마음이 가득함에도 다가갈 수 없다.

어쩌면. 그게 정말 저주가 아닐까.

"아무튼, 붙잡았네. 식기 전에 얼른 가봐. 그거, 식으면 맛이 훨씬 떨어진다고."

어느새 평소처럼 웃는 카르니언에게 수아는 그저 고개를 끄덕일 수밖에 없었다. 그렇게 카르니언과 헤어지고, 수아는 트롤리의 손잡이를 힘껏 잡고 내궁 안으로 들어가며 생각했다.

자신이 왜 이곳에 왔는지는 알 수 없었다. 그저 우연한 사고일지도 모른다. 아무런 의미가 없을지도 모른다. 저주가 통하지 않는 것도 그저 이계인이기 때문이고, 사실 그녀만이 특별한 것이 아닐지도 모른다.

하지만, 비록 그렇다 해도, 그녀는 알을 만났다.

그러니까 그 의미를, 이유를 만들어주겠노라고, 특별한 사람이 되어주겠노라고. 그렇게 수아는 마음먹었다.

앞으로 황태자 전하께 음식을 나르고 함께 식사하겠다는 말에, 비에린느 부인은 별말을 하지 않았다. 분명 그녀의 앞에서 그 난리를 쳤으니 이것저것 궁금한 점이 많을 텐데도 그냥 고개만을 끄덕일 뿐이었다.

단지 딱 한 마디만을 물었다.

–괜찮겠느냐?

그 말은 단순히 식사에 관한 질문만은 아니었다. 수아는 웃으면서 고개를 끄덕였다.

–물론이에요.

그 뒤로, 그녀는 아무것도 묻지 않았다.

하지만 베슨과 루시의 반응은 사뭇 달랐다. 더구나 그저 음식만 나르는 것이 아니라 같이 식사를 하게 됐다는 말에 둘은 기겁하며 무슨 사정이 있냐고 거의 추궁하듯 캐물었다. 루시는 직접 질문하는 것이 아니라 베슨을 눈짓으로 계속 쳐다보며 묻게 만들게 한 것이지만, 그 기세가 대단했다.

거기에 수아는 별로 무서운 줄 모르겠던데요. 그냥 그렇게 됐어요, 라고 태연하게 응수했다.

베슨은 굉장히 미심쩍은 표정이긴 했지만 어쨌거나 몇 번 입맛을 다신 후 고개를 끄덕이긴 했다. 그에 비해, 루시는 끝까지 고개를 저었다. 나중에는 아예 베슨을 통할 생각도 하지 못한 채 직접 몇 번이나 물어왔다. 정말이에요? 무슨 일 있어요? 무섭지 않아요?

수아는 웃으면서 고개를 끄덕였다. 괜찮아요. 무섭지 않아요.

전부터 생각하긴 했지만, 아무래도 루시는 제대로 문장을 만들어 말하는 걸 힘들어하는 것 같았다. 대화가 어려울 정도까지는 아니었지만 이어지는 말이 어색했다. 그동안을 생각하면 딱히 지적 능력까지 떨어지는 것으로 보이진 않았지만 루시는 정말 몇 번이나 황태자는 무섭다는 말을 되풀이하고 또 되풀이했다. 그래서 수아는 마치 어린아이를 달래는 것처럼 계속 차분하게 대답해주었다.

그래도 루시는 끝까지 묻고 또 물었다. 말을 멈춘 것도 납득해서 그런 게 아니라 결국은 지쳐 그만 물어본 것뿐이었다. 여전히 수아를 보는 눈에는 경악과 의심이 가득했다. 뭐, 무리도 아니었다. 루시는 황태자를 이 성에서 가장 무서워하는 것 같았으니까.

'내가 곧 그 황태자 전하와 떠난다고 하면 무슨 반응을 보일까.'

그는 가급적 천천히 떠날 준비를 하겠다고 했다.

'나는 바로 떠나도 괜찮은데.'

아무리 봐도 그 준비라는 것이 알 자신을 위한 것이라기보다는 그녀를 위한 것으로 보였다. 수아에게 이곳의 생활을 정리할 시간을 주는 것이다.

하지만 수아는 정말 그런 시간 따윈 필요 없었다.

오히려 그렇게 준비기간을 늘리다가 그 사이 무슨 사건이 터지거나 알의 생각이 바뀌어 그를 따라가지 못할까 봐 두려울 뿐이었다.

수아는 다른 사람들과 입장이 달랐다. 이미 강제로 이제까지의 기반을 모두 버렸다. 남은 것은 이 세계에서 처음 만나고, 목숨까지 구해줬으며, 모든 기반을 다시 한 번 마련해주고, 그리고 수아 자신이 미친 듯이 사랑하게 된 알 뿐이다. 그러니 그가 진정으로 원한다면 이제까지 쌓은 관계 따윈 그대로 버릴 수 있었다.

'정말, 비정상인 건 내 쪽이잖아.'

누군가를 사랑하여 그 사람이 없으면 죽을 것 같은 상황을 생각해본 적은 별로 없었다. 천 년의 사랑이니 뭐니, 운명이니, 어릴 때는 잠깐 핑크빛으로 망상한 것도 같았지만 수아는 기본적으로 그런 종류의 사랑에 대해서는 별로 믿지 않는 편이었다.

처음으로 사귄 남자친구와의 사이가 너무 무덤덤했던 것도 어쩌면 그 생각 때문일지도 몰랐다. 그녀는 그저, 애정은 우정과 비슷한 종류의 것으로 꾸준히 시간을 들여 노력하고 키워나가야 하는 것이라고 여겼다.

친구 또한 맞는 이가 있고 잘 맞지 않는 이가 있듯이, 연인도 단지 그런 것뿐이라고.

하지만.

지금은 알이 없는 상황만 생각해도 숨이 막힌다.

그러니 너무 지나친 것이 아닌가 살펴야 하는 것은 알이 아니라 자신 쪽이다. 그런데 현실은 완전히 그 반대라는 것이 웃겼다.

뚜껑을 열어보니 여유만만하기는커녕 안절부절못하며 그녀의 눈치를 보는 알이라니.

그 사실이 속상하기도 했다. 제국의 황태자로 태어나서, 뭐가 부족하다고 여자 하나의 눈치를 보고 있나. 원래대로라면 누군가에게 명령하는 것이 당연한 사람이 됐……을까?

수아는 곰곰이 오만하고 권위적인 그를 떠올리려 노력했지만 아무리 생각해도 잘 그려지지 않았다.

'황족이라고 해도 무조건 그렇게 되는 건 아니겠지? 으음, 카일의 경우도 있고…….'

아무리 주변 환경이 받쳐준다고 해도 폭군 스타일은 아니었겠지? 응, 그럴 리가.

수아는 그런 생각들을 하며 트롤리를 밀고 내성 안으로 들어섰다. 복도는 제법 화려했지만, 전체적으로 본다면 오히려 고용인들이 살고 있는 외성보다도 엉망이었다.

그 모습을 본 순간 수아는 순식간에 현실로 되돌아왔다. 평소에는 고용인들의 출입을 금하고, 식사를 나르는 비에린느 부인만이 간간이 오가는 것 같으니 이런 꼴이 이상할 것은 없었다. 하지만 이런 곳 안에서 알이 지낸다고 생각하니 속이 확 상했다.

수아는 방문을 세어가며 알의 방문 앞으로 섰다. 그리고 노크를 하려는 순간, 문이 벌컥 열렸다.

"수아?"

"알."

수아는 깜짝 놀랐지만 이내 그가 문을 열었다는 걸 알고 빙긋 미소를 지으며 알을 올려다보았다.

그는 여느 때와 같은 복장을 하고 있었다. 온몸을 꽁꽁 감싸고 있는 검은 옷. 조금 다른 점이 있다면 장갑을 끼지 않았고, 실외가 아니다 보니 그 위에 망토나 외투 등을 걸치지 않아 좀 가벼워 보이는 옷차림이라는 것뿐이었다.

"어째서 그대가?"

"식사 가지고 왔어요."

그러고 보니 알에게 미리 이야기를 안 한 듯도 싶었다.

"오늘부터 제가 식사 가져올 거예요."

"비에린느 부인은?"

"제가 대신하겠다고 했어요. ……음, 잘못한 거예요?"

별로 반기는 투가 아니라, 수아는 힐끗 눈치를 살피면서 말했다. 생각해보니 여긴 황태자가 사는 공간이다. 극비 서류라든가 그녀가 봐서는 안 될 것들이 많을지도 몰랐다. 경솔했나 싶은 생각에 쭈뼛거리자 알은 바로 고개를 저었다.

"아니, 그게 아니라…… 조금, 당황해서."

"네?"

"이 시간에, 여기서 그대를 볼 수 있을 거라고 생각해본 적이 없으니까. 뭔가 이상한 기분이군."

그제야 알은 희미하게 미소 지으며 수아를 방 안으로 안내했다. 물론 그녀가 끌던 트롤리는 가로채듯이 그가 잡아끌면서.

'으아, 어쩌지.'

그리고 수아는 매우 곤란한 기분을 느껴야 했다. 그에게 정말로 실례라는 걸 알았지만, 그래도 자동적으로 이런 생각이 드는 것은 어쩔 수 없었다.

귀엽다.

나이도 한참이나 차이가 나고, 저렇게나 커다란 남자인데도 왜 이런 기분이 드는 걸까. 보통이라면 여기서 내 남자가 참 멋지구나 등등을 생각하며 얼굴을 붉혀야 할 타이밍이 아니었던가?

'머리 쓰다듬으면 화낼까?'

수아는 진지하게 그렇게 고려하기까지 했다. 아무래도 곤란해는 하겠지. 음, 하지만 알은 도베르만 비슷한걸. 아냐, 그렇게까진 사납진 않은 거 같지만…….

수아는 엉뚱한 생각에 빠진 채 그가 안내하는 데로 의자에 앉은 후에야 뭔가 이상함을 느꼈다.

"어? 잠깐만요, 알."

알은 너무나도 당연하다는 듯이 트롤리에서 접시들을 꺼내 그녀의 앞에 차려놓고 있었다. 수아가 당황해 자리에서 일어나려고 할 때는 이미 모든 접시가 그녀의 앞에 놓인 후였다.

"수아? 무슨 문제라도?"

"아뇨, 그게! 왜 알이 그걸 꺼내요? 그거, 제가 할 일……."

"그대가 이런 잡일을 할 필요는 없다."

그 목소리가 너무나도 단호해, 수아는 눈을 두어 번 깜박였다.

"그렇지만……. 저 여관인데요?"

"아."

그제야 살짝 놀란다. 마치 수아가 여관이라는 걸 지금에서야 깨달았다는 듯이.

"그리고 알이 직접 하는 건 괜찮고요? 어, 황태자 전하인데……."

수아는 그렇게 말하다가 당황해 말을 끊었다. 황태자 전하면 뭐하는가. 그의 곁에는 아무도 다가오지 않으려고 했다는 걸 이미 들은 바가 있는데. 당연히 주변에는 하녀도, 여관도, 시녀도 하나 없었을 것이고 그는 모든 걸 혼자 해야 했을 것이다.

그녀는 얼른 말을 덧붙였다.

"황족의 시중을 드는 건 제 일이라고요."

"하지만 그대가 이런 일을 할 필요는 없어."

그는 다시 한 번 반복했다. 그 어조가 꽤나 고집스러웠다.

"아무것도 하지 말라는 소리는 안 해. 하지만 가급적 힘든 일은 하지 않았으면 하는군. 그리고 난 그대에게 그다지, 시중을 받는다는 생각은……."

그 말과 함께 알은 무엇을 떠올렸는지 입을 급히 다물었다. 그 모습이 여전히 귀여워 보여, 수아는 조금 짓궂게 웃으면서 그에게 다가갔다.

"생각은?"

"아니, 음……."

"무슨 생각했는데요?"

그가 대충 뭘 떠올렸는지는 짐작이 가, 수아는 더욱 추궁하는 척하며 그의 바로 앞에서 그를 올려다보았다. 그리고 그대로 직구를 날렸다.

"야한 생각했죠?"

그 소리에 확, 알의 귀가 새빨갛게 물드는 것이 보였다. 저렇게 귀까지 빨갛게 됐는데도 얼굴은 정말 문신 때문인지 변화 하나 없어 보였다. 어떤 의미에서는 굉장한 포커페이스다. 하지만 이제 수아에게는 통하지 않을 것이기도 했다.

"앗, 정말이구나. 어떤 생각했어요?"

야한 생각했냐는 말 한마디에 이렇게까지 극명한 반응을 보이는 것이 재미있어서 수아는 실실 웃으면서 알의 옷자락을 잡았다. 지금 알이 스물다섯 아니던가? 아니, 한국 나이로 따지면 스물일곱 살이다. 그런 남자가 별것 아닌 말에 당황하는 모습을 보이니 정말로 귀여워 보였다.

"그……."

알은 한 걸음 뒤로 물러서려고 했지만 수아가 옷자락을 잡고 있어 움직이지 못했다. 그는 곤란한 표정으로 그녀를 내려다봤다.

"무슨 시중들어줬으면 좋겠어요?"

그의 귀가 완전히 붉게 물드는 걸 보며 수아는 쿡쿡 웃으며 이쯤 할까 싶었다. 아직 식전이라 배도 고플 거고…….

하지만 그녀가 알의 옷자락을 놓으려는 순간 알의 손이 수아의 손목을 잡았다.

"어?"

"무얼 원하냐고?"

금빛 눈이 그녀를 내려다본다. 아까까지와 같은 위치였지만 그 느낌은 완전히 달랐다. 순간 수아는 직감했다.

너무 놀렸다.

"아, 그, 그게……."

이렇게 되자 당황한 것은 수아였다. 그 눈은 확실한 남자의 눈이라, 방금 전까지 귀엽다고 느낀 것이 믿어지지 않을 정도였다. 그녀는 본능적으로 뒤로 물러서려고 했지만 이번에 잡혀 있는 것은 수아의 손목이었다.

"장난이었어요!"

그렇게 말했지만 알이 놔줄 것 같지가 않았다. 그리고 실제로도 그랬다.

"저번에도 말했던가."

알이 수아의 손목을 확 끌어당겨 그녀를 그의 품 안으로 가두듯 밀착했다. 그리고 낮은 목소리로 수아의 귓가에 속삭이듯 말했다.

"가끔씩 그대는 놀랄 만큼 대담한 소리를 한다고."

"장난이었다니까요! 어, 그러니까 제가 온 곳에서는 그냥 가볍게 농담하는 거 같은……."

"그런 말을, 장난으로?"

뭔가 또 잘못 말했다.

알은 손목을 놓지 않은 채 다른 쪽 팔로 수아의 허리를 감았다.

깜짝 놀란 수아가 버둥거렸지만 그 팔은 마치 바위 같아 아무리 그녀가 움직여도 꿈쩍하지 않았다.

"그러면 더 문제야. 그대는 그대가 얼마나 유혹적인지 모르겠지. 남자를 얼마나 도발하는지도 모르고 있어."

그거야 알에게만 그렇게 보이는 거예요! 그 말은 입 밖으로 나오지 못했다. 그 말과 동시에 알이 수아의 귀를 살짝 물었기 때문이었다. 힉, 작게 그런 소리만이 입 주변으로 맴돌았다.

그대로 입술이 목덜미를 타고 내려왔다. 간질거리고 아찔거리는 감각에 수아는 이대로는 안 되겠다 싶어 잡히지 않은 한 손으로 알의 어깨를 힘껏 밀어내며 외치듯 말했다.

"그, 식사요!"

"흠?"

그 소리에 알이 목덜미에서 얼굴을 들며 그녀를 바라보았다.

"음식 식는다고요!"

알은 반은 울상이 돼서 그렇게 외치는 수아를 보고는 뭐가 웃긴지 쿡, 하고 웃었다. 소리 내어 웃는 걸 보는 게 처음이라 수아는 상황도 잊고 멍하니 그를 바라보았다. 그가 저렇게 웃는 모습은 상상했던 것보다 훨씬 구김 없었다.

"그래, 식사할까."

"그래요. 카일이 꼭 식기 전에 먹으라고……."

다음 순간 느슨하게 풀렸던 허리의 팔이 꽉 조여들었다.

"카일? 그 애가 요리했나?"

"그……런데요. 아, 그 부엌에 있는데 갑자기 나타나서……. 카일은 요리 잘하니까……."

뭔가 알의 반응이 심상치 않아 더듬더듬 상황을 설명하고 있는데, 어째 알은 점점 더 표정이 굳었다. 왜 그러지? 내가 직접 요리한 걸 먹고 싶었나? 그런 거라면 다음에 더 제대로 해도 되는데.

"부엌에서 단둘이?"

"알?"

그리고 이 말로 이해했다. 수아는 아연해서 알을 바라보았다.

"알 동생이잖……아요?"

"그 녀석은 손이 빠르지. 특히 여자에게."

"어……. 하지만."

솔직히 놀랐다. 알이 이런 감정을 이렇게나 직접적으로 내비칠지 몰랐다. 그것만 해도 당황스러운데, 그 상대가 카르니언이라니.

그러고 보니 전에도 비슷한 느낌의 말을 한 적이 있는 것 같기도 했다. 처음, 괴짜 황자 전하를 만났다고 이야기했을 때. 하지만 그때는 이런 식의 감정일 거라고는 상상도 못 했다. 조금 전 같이 식사하자는 말에 아직 죽고 싶지 않다고 대답한 카르니언의 모습도 떠올랐다. 그냥 카르니언이 장난을 치고 있는 줄 알았는데, 꼭 그것도 아닌 모양이었다.

"카일은 요리하는 걸 좋아한대서요. 그러니까 여기 오는 것도 딱히 절 보러 오는 게 아니라 부엌을 쓰고 싶어서……. 그리고 형님께 요리한 걸 드리고 싶다고 했어요. 자기가 가면 바로 쫓아낸다고요. 음, 그래서 제가 가지고 왔는데……. 그러니까."

정말 아무것도 아니라고 가볍게 넘어가면 되는 일일지도 모른다. 하지만 수아는 저도 모르게 변명을 늘어놓고 있었다. 말을 하면서도 이게 아닌데, 싶었지만 멈출 수가 없었다.

"물론 카일은 친절하지만, 어, 말도 잘 통하고, 의논도 이것저것……."

그러면서 자신의 혀를 깨물고 싶어졌다. 뭔가 계속 알의 신경을 건드리는 말만 하는 것 같았다.

"그래서 좀 친해지긴 했지만 친구예요. 내가 좋아하는 건 알이에요. 절대, 카일도 그런 의미로 저에게 뭔가 한 적 없었고요. 진짜예요!"

이렇게 말하면 진짜가 아닌 것 같잖아. 수아는 진짜 벽에 머리를 박고 싶었다. 마치 무슨 일이 있어서 필사적으로 변명하는 것 같은 이 말은 왜…….

수아는 형제 사이에서 둘 다 간 보는 어장관리녀가 된 것 같은 기분을 스스로 맛보면서 거의 울상을 지은 채로 알을 올려다보았다. 오해하지 않았으면 좋겠는데. 제발, 더 이상은 상처를 주고 싶지 않았다.

알은 그런 수아를 가만히 내려다보고 있었다. 이렇게 되면 표정을 전혀 읽을 수가 없다. 무슨 생각인지 몰라서, 조금, 무서웠다.

하지만 그 순간 알이 작게 한숨을 쉬면서 고개를 숙였다. 이마가 살짝 맞닿는다.

"알고 있어. 애초에……. 그대가 카일을 좋아했다면 나에게 올 까닭도 없었을 테니까. 그는 아무런 문제가 없는 황자니. 그대가 조금만 더 계산적이었다고 해도 내가 아닌 카일을 택했을 거야."

그는 그제야 손목을 잡고 있던 손을 놓고, 대신 천천히 수아의 얼굴을 쓰다듬었다.

“하지만 수아, 그대는 자각이 없는 모양이지만, 아니 자각이 없는 만큼 더 위험하지. 방금도 그렇고, 그때…… 보트에서도 그래. 한밤중에 남자와 단둘이 있는 건 아무래도 조심성 없는 행동이야. 그래서…….”

마지막 말은 잘 들리지 않았다. 수아는 잠시 후에야 비로소 그가 무어라고 말했는지를 알았다.

“……불안해.”

그 말을 이해한 후에야 수아는 확 얼굴을 붉혔다. 그녀의 뺨을 부드럽게 쓰다듬고 있는 손가락의 감촉을 느끼자 더더욱 그랬다.

“으, 왜, 왜요! 왜 알이 불안한데요?”

“정말 몰라서 묻는 건가?”

“아뇨, 그게! 불안해할 건 저라고요!”

그 망할 저주 때문에 자동 방어가 되고 있긴 하지만, 원래대로라면 밤을 새워서라도 노심초사해야 하는 건 수아 쪽이었다.

수아는 한 번 심호흡을 한 뒤 계속 말을 이었다.

“알, 저는 알이 생각하는 대로 그렇게 모든 남자를 사로잡는, 어……[마성의 여자] 같은 사람이 아니에요.”

비록 한국말이지만 마성 어쩌고를 직접 입 밖으로 내자 순간 견딜 수 없을 정도로 부끄러워졌다. 팜므 파탈 같은 게 나았을까? 하지만 어떤 의미로는 그게 더 부끄럽다.

그런 단어에 가까운 자신의 모습을 떠올리려고 하면 소름이 돋았다.

"과소평가야."

"아뇨."

그녀는 고집스러운 어조로 다시 되풀이했다.

"알에게만 그렇게 보이는 거라고요."

"그대만 모르는 거야."

"알만 그러는 거예요."

둘은 그런 말을 하면서 서로 마주 보다, 누가 먼저라고 할 것 없이 쿡, 미소를 지었다.

알이 조금 강하게 수아의 몸을 끌어당겼다. 무슨 뜻인지 알아챈 수아는 아까부터 계속 두근거리고 있는 심정을 진정시키며 천천히 알의 목 위로 팔을 둘렀다.

곧 길디긴 입맞춤이 이어졌고, 간신히 정신을 차렸을 때는 온몸에 힘이 빠져 알을 잡고 몸을 지탱하고 있었을 정도였다.

그리고 수아는 알을 의심스럽게 바라봤다. 저주를 어릴 때 받았다는 걸 몰랐다면 확실히 과거를 의심해 봤을 것이다.

다시 테이블에 앉았을 때는 카르니언의 당부가 무색하게도 음식이 거의 다 식어있었다. 수아는 속으로 그에게 사과했지만 별로 후회하진 않았다.

결국, 열흘 후에 회궁을 떠나기로 결정이 됐다. 수아는 알에 맞춰 천천히 이 회궁을 떠날 준비를 했다. 플로나와 아이린을 다시 한 번 볼까도 생각했지만 그녀는 이내 고개를 저었다. 직접 얼굴을 보면서 떠난다는 사실을 숨길 자신이 없었다. 그렇게 되면 둘은 꼬치꼬치 떠나는 이유를 캐물을 것이다.

그렇다고 아무 소리도 없이 떠날 수는 없어, 결국 수아가 택한 방법은 편지를 남겨놓는 것이었다. 글 쓰는 것이 서툴다 보니 며칠을 끙끙거리며 사전과 함께 붙잡고 있었는데도 진도가 잘 나가지 않았다. 결국 이대로는 성을 떠나기 전까지는커녕 다녀왔을 때까지도 완성이 되지 않을 것 같아 알에게 도움을 요청했다. 그는 여전히 좋은 선생님이기도 했기에, 그녀가 며칠을 고민하던 걸 채 30분도 되지 않아 해결해주었다.

수아가 알이 황태자라는 걸 안 이후, 둘이 부쩍 같이 보내는 시간이 많아졌다. 점심을 가져다주러 와서 최소한 두 시간 이상은 그의 방에 머물렀고 저녁 이후로는 아예 자기 전까지 자리를 잡고 앉아 이런저런 이야기를 했다. 그 외에도 성 안을 둘러보며 구경하기도 하고 전처럼 후원에 나가기도 하며 그야말로 연인다운 시간을 보냈다.

그러다 보니 자연히 여관의 일에는 소홀해질 수밖에 없었는데, 어차피 외부에서 온 이들만 제대로 맞이하면 다른 일은 자율적이었던 편이라 별로 문제가 되지는 않았다. 하지만 점심과 저녁을 알과 함께하다 보니 회궁 사람들과 같이 식사하는 자리에는 완전히 빠져버리게 돼 저녁 뒷정리는 모두 떠맡겨버리는 셈이 됐다. 그게 계속 마음에 걸리긴 했지만, 그렇다고 알 혼자 식사를 하게 두고 싶진 않았다.

의외로 알은 이것저것 바쁜 사람이었다. 정확히 뭘 하는지는 알 수 없었지만 방에는 서류가 꽤 쌓여있었고 수아가 볼 때마다 그 양이나 위치가 바뀌어 있었다. 검술 수련을 하루도 빼먹지 않고 하는 것은 물론이고 뭔가 어려운 책들도 잔뜩 읽었다. 가끔은 수아 자신 때문에 그 일정이 방해되지 않을까 걱정하긴 했지만 알은 그런 것들은 하나도 중요한 것이 아니라며 단호하게 고개를 젓곤 했다.

시간은 믿을 수 없을 정도로 평화롭게 흘러갔다. 곧 떠나야 한다는 사실에서 오는 약간의 긴장감만 무시한다면 더할 나위 없이 완벽했다. 특히 알을 원할 때 만날 수 있다는 사실에 수아는 지극히 만족했다. 몇 시간이고 이야기를 나누고 와도 돌아서는 순간 다시 보고 싶다는 게 스스로가 생각해도 좀 웃기기도 했지만.

그리고, 그 사이 수아는 비에린느 부인에게 선언하듯 말했다.

"저, 곧 이곳을 떠나요."

회궁에서 일하고 있는 일손 하나가 빈다는 건 나름 엄청난 사건이었다.

특히 지금 수아처럼 외부 사람들의 방문 안내를 도맡아 하고 있는 상황이라면 더더욱 그랬다. 최소 반년은 일할 거라고 생각했을 텐데 도중에 갑자기 나가버리는 것이 마음에 걸렸다.

조금은 주저하며 그렇게 말을 꺼내자 비에린느 부인은 별로 놀라지 않았다. 이미 예상하고 있었던 눈치였다.

"황태자 전하랑 함께 가는 게냐?"

"네."

"어떤 뜻인지 제대로 알고 있는 거냐."

"알고 있어요."

그녀는 잠시 무표정하게 수아를 바라보다가 이내 크게 한숨을 쉬었다. 오늘따라 주름진 피부에 그려져 있는 진한 파란색 아이섀도와 붉은색 립스틱이 더욱 눈에 띄었다.

"좀 배짱 있는 여관이 들어왔나 싶더니, 이건 그 수준이 아니군. 아예 황태자 전하를 휘어잡을 줄이야……. 그래, 넌 무섭지 않더냐?"

별로 망설일만한 질문도 아니었다.

"전혀요."

"저주를 알면서도?"

"네."

"평생 손이 닿지 않는 사람이라도?"

이번에는 바로 답하지 못했다. 그 내용에 대해 고민했기 때문이 아니었다. 어디까지 이야기해도 되나 하는 생각 때문이었다.

알에게 물은 적이 있었다.

다른 사람에게는 어디까지 말해도 되냐고. 카르니언에게 이계인이라는 것이 들켰다는 걸 이야기하며 나온 소리였다. 그의 대답은 간단했다. 그대가 원하는 만큼.

혹시나 몰라 카르니언에게도 물었다. 그는 잠시 생각하는가 싶더니 이내 고개를 끄덕였다. 형님의 말이 틀리지 않아. 상관없을 거야, 여러 가지 의미로.

수아는 그 여러 가지 의미가 무엇을 뜻하는지는 알 수 없었지만, 둘 다 그녀에게는 알의 저주가 통하지 않는다는 걸 다른 이들에게 말해도 무방하다고 말해준 셈이었다.

하지만 막상 상황이 되자 망설여졌다. 정말로 말해도 괜찮은 걸까? 나중에 어떤 문제가 되지 않는 걸까?

결국 수아는 이렇게 대답했다.

"전, 황태자 전하를 사랑해요."

그 말을 하는 순간 왠지 모를 부끄러움이 몰려왔다. 하지만 수아는 뺨을 붉게 물들이면서도 똑바로 비에린느 부인을 쳐다보았다.

"하."

비에린느 부인은 비웃듯 코웃음을 쳤다.

"젊은 아이들은 용감하군, 그래……."

그러더니 다시 한숨을 내쉬었다. 그러고는 진지한 얼굴로 물었다.

"정말로 두렵지 않다는 거냐? 꼭 저주 자체에 대한 이야기만은 아니다."

"……으음, 조금은요. 그렇지만 상관없어요."

"상관없어?"

"그보다는 황태자 전하가 더 좋으니까요."

그녀는 잠시간 아무 말을 하지 않았다. 그러다 곧 피식 웃는 얼굴로 돌아가더니, 알았다는 듯 고개를 끄덕였다.

"그래. 후회는 남기지 않는 것이 좋지. 그래, 가거라. 어차피 황태자 전하가 나가시면 회궁의 일도 그다지 많지 않아. 전하도, 너도 떠나고 나면 다시 같은 생활이 반복되겠지. 단지 그뿐이다."

"죄송해요. 멋대로 나가버려서."

"아니, 이 궁의 주인이 원하시는데 그건 당연하지. 곁에서 시중이나 잘 들거라."

아까부터 어떤 위화감이 든다 싶었더니 비에린느 부인의 말에는 비속어가 전혀 섞여 있지 않았다. 그렇게 말하는 그녀의 얼굴은, 평소처럼 괴팍한 노파가 아닌 것처럼 보였다.

"네, 잘 다녀올게요."

"다녀와?"

"황태자 전하와 함께요."

이미 수아도 모든 상황을 들은 상태였다. 대부분의 사람들이 그가 이번에 떠나면 돌아오지 못할 거라고 여기고 있다는 것도 알고 있었다. 하지만 수아는 똑바로 그녀를 바라보며, 그렇게 말했다. 그 고집스러운 눈길에 비에린느 부인은 얼굴을 일그러뜨리는 것 같더니 이내 소리를 버럭 질렀다.

"알았다, 이년아! 돌아와라, 그래! 오기만 해봐. 자리 비운 것까지 단단히 빼이치게 해줄 테니 뒈질 정도로 각오하고 있어!"

수아는 저도 모르게 웃음을 터뜨렸다. 그리고 뭐가 그렇게 오질나게 웃기냐고 욕을 퍼붓는 비에린느 부인에게 사과하며, 돌아올 때는 그녀가 좋아하는 차를 사오겠다고 약속한 후에야 부인의 방에서 나갈 수 있었다.

공기의 흔들림이 느껴졌다. 하르페니언은 책을 읽다 고개를 들었다. 곧이어 자박거리는 작은 발걸음 소리와 무언가를 끌고 오는 소리도 들렸다. 그는 자신도 모르게 긴장했던 몸을 풀었다. 평소라면 밖에서 놀다 오는 렉스의 터벅거리는 발소리나 비에린느 부인이 트롤리를 끄는 소리였겠지만, 요즘은 그 일상에 추가된 한 사람이 있었다.

수아.

그는 책을 덮고 방문 앞에서 그녀가 바로 앞까지 올 때까지 기다리다 타이밍을 맞춰 문을 열었다.

"알."

처음 몇 번은 문이 바로 열리는 것에 놀라는 기색을 보였지만, 지금은 완전히 익숙해진 듯 빙긋 웃었다. 그는 자연스럽게 수아의 손에서 트롤리를 빼앗아 안으로 끌고 들어갔다.

수아가 이제는 포기한 듯 한숨을 쉬고는 방 안으로 들어와 문을 닫았다. 그러고는 접시를 같이 테이블로 날랐다.

알은 수아에게 절대 이런 잡일을 시키고 싶지 않았지만, 그런 말을 꺼낼 때마다 그녀는 이건 여관의 일이라고 반박했다. 거기에 여관을 당장 그만두라고 말하지 못하는 건 수아가 이 세계에서 일을 한다는 것에 자부심을 가지고 있는 걸 알기 때문이었다. 그래서 알은 곤란한 얼굴로 그녀를 바라볼 수밖에 없었다.

수아 또한 알이 안달복달하는데 무슨 말을 하고 싶은지 모를 리가 없었다. 그는 그녀를 연약하기만 한, 금방이라도 부서질 것 같은 이로 보는 모양이었다. 음식을 만드는 건 칼과 불을 써야 해서 위험하고, 청소를 하는 건 넘어질지도 모르니까 위험하고, 그릇을 나르는 건 깨뜨려 다칠지도 모르니까 위험하고……. 가끔 대화에서 그런 마음이 담긴 말들이 튀어나왔지만, 그래도 이제까지는 직접적으로 무어라고 한 적은 없었기에 수아도 일단은 모른 척하고 있었다. 대신이랄까, 이 방 안에 들어오면 일을 모두 「같이 한다」는 식으로 암묵적인 타협을 봤다.

사실 일을 하는 걸 그다지 좋지 않게 생각하는 건 어느 정도 이해가 갔다. 원래 이곳 귀부인의 미덕은 생산적인 일을 하는 것보다는 얌전히 시집이나 가서 집안을 돌보며 지내는 것이다. 딱히 여자가 관직에 나갈 수 없다거나, 일해서는 안 된다거나 하는 법은 없지만 아무래도 인식이 그랬다. 여자가 일을 하는 것은 집안이 넉넉하지 않거나, 그 여자가 괴짜 혹은 드센 성격이기 때문이라고 대부분의 사람들이 생각하고 있었으니까. 귀족이 아닌 아이린마저도 상인이 되고 싶어하는 그녀를 집안에서 걱정하고 있다고 할 정도다.

알도 이 세계 사람이고, 더구나 평민도 아닌 황족이니 그런 쪽의 관념은 더 강할 것이다. 그래서 수아도 그냥 일을 그만두는 게 좋을까 싶었지만 어차피 같이 떠나게 되면 자동적으로 여관 일은 끝이 난다. 그러니 얼마 남지 않은, 그때까지만이라도 조금 고집을 피우고 싶었다.

수아가 그의 옆에 앉아 접시 덮개를 열었다. 갓 구운 파이의 향이 확 올라왔다.

요즘 음식은 거의 다 수아가 조리했다. 물론 비에린느 부인이 도와줄 때도 있었고, 가끔 카르니언이 와서 전담할 때도 있었지만 기본적으로는 수아가 도맡았다. 그다지 뛰어난 솜씨는 아니었지만 재료들의 질 자체가 굉장히 올라갔기에 꽤 그럴듯한 결과물이 나왔다. 가끔 향신료를 희한하게 써 갑자기 훅 쏜다거나 지나치게 매운 경우도 있었지만 그다지 입맛이 까다롭지 않은 회궁 사람들은 나름대로 별미라며 꽤 맛있게 먹는 듯했다.

물론 그 안에는 알도 포함됐다. 그는 설사 수아가 빵 안에 생선을 넣어 구워왔다 해도 불평 한마디 없이 얌전히 먹었으리라.

"그나저나 준비는 정말 다 된 건가?"

"또 그 소리예요? 네. 떠나는 거 더 미루지 않아도 괜찮다니까요."

수아가 샌드위치를 먹다가 빙긋 웃었다. 알은 손에 들고 있는 포크를 하마터면 놓칠 뻔했다.

수없이 본 미소인데도 순식간에 넋이 나가버린다. 어쩌면 저렇게 예쁘게 웃을 수 있는 건지 모르겠다. 그리고 왜, 저렇게나 다정하게 자신에게 웃어줄 수 있는지도.

사실 그는 아침에 일어날 때마다 이제까지 일이 모두 꿈이 아닌가 싶었다. 식사 시간에 그녀가 와주다 보니 자연히 후원에서의 아침 만남은 없어진 지 오래였으니까.

그래서 점심시간, 수아가 올 때까지 안절부절못하는 기분이 가시질 않았다. 겉으로는 묵묵히 할 일을 하면서도 마음 한구석은 계속 초조했다.

그리고 점심때가 되어 간신히, 트롤리를 끄는 소리와 함께 수아의 발걸음 소리가 들리면 그제야 좀 마음을 놓을 수 있었다.

수아의 얼굴을 보고, 목소리를 듣고, 함께 식사를 하고, 이야기를 나눈다. 그것뿐인데도 그는 완전히 만족했다. 이대로 시간이 멈췄으면 할 때가 한두 번이 아니었다.

한순간 한순간이 경이였고 신비였다.

모든 것을 솔직히 밝혔음에도 그녀는 아랑곳하지 않는다. 무서워하지도, 공포에 질리지도 않는다.

알은 그것을 직접 보고 느끼면서도 여전히 믿을 수가 없었다. 만약 과거의 자신에게 이런 일이 앞으로 있을 거라고 직접 말해준다 해도 그는 절대 믿지 않았을 것이다. 그건, 일어날 수 없는 일이니까.

하지만 수아는 실제로 그의 옆에 있었다.

"전 어차피 아는 사람도 몇 사람 없어요. 만나고 가기도 애매해서, 편지만 남길 거고……. 그 편지 쓰는 거 알이 도와줬잖아요. 리노체스 백작가에는 나중에 떠나는 길에 알과 함께 들리면 되고요. 사실 오늘 바로 떠나도 상관없는데."

"아니, 음."

"뭘 아직도 말하는 걸 그렇게 망설여요. 후후."

수아는 알의 얼굴을 보며 쿡쿡 웃었다.

정말이지 낯선 감각이었다. 누군가가 완전히 자신에게 일정과 계획을 맡기고 의지하다니.

그는 이제까지 타인과 지독히도 유리된 삶을 살아왔다. 대부분의 사람들은 아예 연관이 되려고 하지 않았고 드물게 누군가가 다가오려고 하면 그가 내쳤다. 그리하여 그는 길디긴 방랑의 세월 동안 단 한 번도 동료를 만들지 않았다.

당연히 화교법은 그가 익힐 필요가 없는 항목이었다. 말재주가 원래 그에게 존재했는진 모르겠지만, 설사 있었다 하더라도 사라질 만한 세월이었다. 어떤 말로 분위기를 환기해야 할지도, 어떤 화제로 대화를 지속해야 할지도 몰랐다. 모든 것을 거부했기에 무엇을 요구한 적도, 심지어 누군가에게 명령을 내려본 적도 기억이 까마득했다. 아니, 생각해보면 떠오르긴 했다. 수아의 일로 루펜에게 참견하지 말라고 「명령」했었지. 그전에는 자신에게 참견하지 말라고 「명령」했고.

그냥, 그뿐이었다. 그래서 더더욱 후회가 됐다.

이대로 가다간 언젠가 수아가 알은 참, 말하는 게 재미없어요. 그런 말을 하지 않으리라는 보장이 없었다. 지금이야 별것 아닌 말 한 마디에도 눈을 반짝거리며 들어주지만 아무래도 사람의 인내심에는 한계가 있지 않은가.

물론 수아는 생각하는 걸 숨기기 어려운 타입이었다. 그 얼굴에 솔직히 드러나는 호감은 아직도 그가 이해할 수 없는 어떤 것이었다. 그래서 처음에는 소녀의 동경심이라고, 목숨을 구해준 이에 대한 고마움을 착각한 거라고 생각했다. 그래서 한동안 그 「착각」이 깨지는 것에 여러모로 겁을 먹었지만, 어느 순간 깨달았다.

그녀는 그를 사랑한다.

긴 세월 동안 다가오는 여자가 없진 않았다. 이름뿐이라도 황태자비라는 자리는 존재한다. 어쨌거나 그는 제국의 황족이었고 당연히 사치할 만한 돈도, 살아가는 데 불편하지 않을 정도의 권력도, 그의 곁에 있는 이에게 나눠줄 명예도 있었다. 그걸 노리고 오는 여자들은 생각보다 꽤 있었다. 하지만 그가 느낀 것은 자조감뿐이었다.

그렇게나 혐오와 공포의 감정을 눈에 가득 담고 있으면서도 들키지 않으리라고 생각했던가. 아니면 외롭디외로운 황태자가, 그렇게라도 다가오는 것만으로도 감사하며 기꺼이 받아 줄 거라고 생각했던가.

하지만 수아는 어떤 이득을 원해 혐오감을 참고 그의 곁에 남아 있는 것이 아니었다. 수아는 정말로 그를 사랑하는 것이다. 저주라는 것도 상관없을 만큼, 깊이.

간신히 자리 잡은 여관으로서의 생활을 버리고 고생이 될 것이 분명한 여행길에 그를 따라올 정도로.

"알?"

수아가 눈을 깜박이며 자연스럽게 그의 이마에 손을 가져다 댔다. 따스한 손의 체온에 알은 저도 모르게 조금 뒤로 몸을 뺐다. 수아는 그런 그의 반응에 익숙한 듯 조금 더 그에게로 다가와 나머지 한 손으로는 자신의 이마를 짚었다.

"어디 아픈 건 아닌 것 같은데……. 왜 그래요, 멍하니."

"아니."

"요즘 알, 저 멍하니 보고 있을 때가 많은 것 알아요?"

그녀는 반은 이상하다는 듯, 반은 걱정스러운 듯한 눈빛을 하고 그를 바라보았다. 그 모습이 더할 나위 없이 사랑스러웠다.

그런 그녀를 어찌 멍하니 보지 않을 수 있겠는가. 아무래도 믿을 수 없어서, 눈을 잠깐이라도 떼면 금방이라도 사라져 버릴 것만 같아서.

알은 그의 이마에 닿아있는 수아의 손 위로 자신의 손을 가볍게 올렸다. 수아가 당황한 듯 살짝 입을 벌렸다.

정말.

알은 저도 모르게 미소를 지으며 나머지 한 손으로 수아의 허리를 잡아 끌어당겼다.

"에, 자, 잠깐만요! 왜 또 이렇게……."

"내가 말했지. 그대는 너무 무방비해."

"아직 식사도 다 안 끝났어요!"

"다 먹었잖나."

정말, 가끔 수아는 너무 대담하게 다가온다. 남자의 이마에 아무 생각 없이 손을 올리다니 말도 안 된다. 처음에는 의도적으로 그를 놀리는가 생각했었는데, 막상 그가 잡으면 얼굴을 붉히거나 당황하면서 그에게서 빠져나가려고 했다.

알은 수아를 가볍게 안아 올려 무릎 위에 앉혔다. 그에 비하면 너무나도 작고 가벼운 몸이라 간단한 일이었다.

수아의 얼굴이 순식간에 붉게 달아올랐다. 그의 품 안에서 일어서려고 꼼지락거리는 것이 맞닿아있는 몸에 그대로 느껴졌다.

이러니까 문제다. 처음에는 반쯤 장난이었다. 그녀가 놀라는 모습이, 새빨개지는 모습이 귀여워 그냥 그런 얼굴을 보고 싶어서였다. 수아가 급작스럽게 다가와 당황한 것에 대한 복수에 대한 의미도 약간은 있었다.

하지만 이렇게 나오면 결국 장난으로 끝날 수가 없게 된다.

그녀가 그의 방으로 혼자 오는 것도 그렇다. 이곳은 오로지 그의 공간이었다. 그 누구도 그가 있을 땐 이곳에 들어오지 않는다. 예외가 있다면 카르니언 정도일까. 원래 식사를 가져다줬던 비에린느 부인도 방 밖에 음식을 놓고 갔고, 루시 또한 그가 성을 떠난 이후에나 와서 청소를 했다. 베슨은 후원까지 올 뿐 내궁은 아예 발도 들여놓지 않는 사람이다.

그런 곳에, 수아는 날마다 들어오기 시작했다.

그것도 아무렇지도 않게. 이 방이 비록 침실은 아니지만 소파도 있고 구석에는 작은 침대도 있다. 소파야 그렇다 치더라도 침대가 있는 것을 그녀도 보았을 텐데 아랑곳하지 않는 모습이었다.

물론 수아는 정말로 순수한 생각으로 찾아올 뿐이라는 걸 안다. 자신이 삿된 생각을 하는 것뿐이다. 하지만 어찌 보면 그런 부분이 더 골치라고, 알은 진지하게 생각했다.

그녀는 너무 무방비하다.

"수아."

그는 작게 속삭이며 그녀의 뺨을 어루만졌다. 말캉하고 부드러운 감촉이 손끝을 타고 올라왔다. 묶은 머리에서 흘러나온 검은색 머리칼이 사락사락 기분 좋게 그의 손을 스쳤다.

"남자에게는 이렇게 쉽게 다가오는 것이 아냐."

"그, 그냥 이마에 손을 짚었을 뿐이잖아요. 왜……."

붉어진 얼굴로 그를 올려다보는 수아의 눈동자를 보며, 알은 조금 심술이 났다.

"왜? 그래서 다른 이들에게도 이렇게 행동하는 건가?"

"네?"

이야기를 들어보면 수아가 온 세계는 이곳과는 아무래도 꽤 다른 듯했다. 여자가 일하는 건 당연했고, 신분 차이도 없으며, 신의 존재도 믿지 않는 이가 있는 세계. 남녀의 역할이 정확히 나뉘어 있지도 않은 만큼 크게 내외하지도 않으며, 마치 친구처럼 지내며 자연스럽게 어울린다고 했다.

그렇다면 수아도 다른 남자의 이마를 아무렇지도 않게 집고, 야한 생각을 하냐며 농담을 던지고, 단둘이 있는 방에 별생각 없이 들어갔었다는 말인지.

그 상상에 잠깐 울컥하기도 했지만, 어차피 과거야 상관없었다. 만약 그런 행동으로 그녀의 의지에 반하는 일이 일어났다면 지금 이리 자연스럽게 행동할 수는 없었을 테니까. 설사 그녀에게 연인이 있었다고 해도 마찬가지였다. 어차피 그녀는 다시는 자신의 세계로 돌아가지 못할 테니 그놈과 다시 만날 수도 없겠지.

문제는 앞으로 일어날 일이었다. 그녀의 세계 기준으로 보면 아무런 의도가 없는 순수한 행동이, 여기서는 유혹하는 행동으로 보일 확률이 높았다.

"너무 과민반응이에요!"

하지만 그가 그런 말을 꺼낼 때마다 수아는 지나친 걱정이라며 일축해버렸다. 알은 어디가 지나친 걱정인지 자세히 설명이라도 해보라고 하고 싶었다. 이렇게나 사랑스러운 이를 누가 그냥 지나칠 수 있단 말인가.

그는 천천히 손을 수아의 목덜미로 내렸다. 매끄러운 살결이 느껴졌다. 수아의 몸 중 어느 한 곳 마음에 들지 않은 부분이 없었지만, 그가 특히나 좋아하는 것은 이 목덜미였다. 얇은 피부, 그 너머로 약동하는 맥박, 약간은 당황한 듯 떨리고 있는 그 살결. 상대가 「살아있다」는 것을 가장 확실하게 느낄 수 있는 곳이었다.

지금 그가 팔로 두르고 있는 허리도 다른 의미로 마음에 들었다.

한 팔로 모두 두르고 남을 정도로 가냘픈 허리는 약간 힘을 주고 있으면 수아의 몸 움직임이 모두 느껴진다는 점이 좋았다. 심장 소리 또한 그대로 전해져 왔다. 그뿐만이 아니다. 팔로 허리를 감아버리면 그녀가 쉽게 몸을 움직이지 못하고 그의 품에 갇혀 버린다.

어쩌면 이렇게나 작고, 여린 몸으로 숨을 쉬고 움직이고 말을 할까. 처음 그녀에게 손을 댈 때는 조금이라도 힘을 줬다가는 그대로 부러질 것 같아 조심스러웠을 정도였다.

"알이니까 그렇게 보는 거라고요."

수아는 계속 그럴 리 없다며 부인했다. 그녀를 말로 이길 자신은 없어, 알은 뭐라고 대꾸하는 대신 손으로 수아의 등을 부드럽게 쓸어내렸다.

움찔, 몸의 떨림이 전해져왔다. 약간은 놀란 듯, 부끄러운 듯 그의 시선을 순간적으로 피했지만 그의 옷자락을 움켜쥐는 것이 보였다. 그는 다시 옅게 미소 지었다.

"으, 비겁하게……."

그 얼굴을 본 수아는 새빨개진 얼굴로 고개를 푹 숙이고는 중얼거렸다.

안 돼.

머릿속에서 경고등이 켜진다. 알의 시선이 수아의 목덜미를 타고 그녀의 몸을 한 번 훑었다.

이 옷을 벗기면 얼마나, 더 매력적일까.

그 생각을 한 것만으로도 뱃속에서 무언가가 치밀어 올랐다.

얼굴에 열기가 올라오는 것이 스스로도 느껴졌다. 동시에 견딜 수 없는 죄책감이 몸을 옥죄였다.

앞으로를 약조할 수 없는 상태에서 더 이상의 무언가를 원하다니 어쩌면 이렇게나 파렴치할 수 있을까.

미래.

알은 지금처럼 그것을 이렇게나 간절히 원해본 적이 없었다. 저주를 풀어야 한다는 건 의무에 가까운 바람이었고 기본적인 삶에 대한 열망일 뿐이었지만, 지금은 그가 원하는 모든 것이 되었다.

이제는 수아만 있다면 누군가와 평생 닿지 않고 살아도 상관없었다. 하지만 제한된 수명은 곤란하기 짝이 없었다.

내가 죽게 되면, 다른 남자가 그녀의 곁에 있게 되는 걸까.

수아가 슬퍼할 거라든가, 상처를 입을 거라든가 하는 생각보다는 이기적이게도 그런 생각이 먼저 들었다. 저절로 그녀를 안고 있는 팔에 힘이 더 들어갔다.

그걸 느꼈는지 수아는 급하게 소리치듯 말했다.

"알! 저 가봐야 한다니까요! 오늘은 외부에서 오는 사람들이……."

"……음, 그랬지."

외부에서 사람이 오는 날은 종일 같이 있을 수 없었고, 오늘은 바로 그 날이었다. 알은 순순히 수아의 몸을 놔주었다. 체온이 그의 몸에서 떨어질 때 굉장히 아쉬운 생각이 들었지만 차마 다시 끌어당기지는 못했다.

수아는 급히 일어섰다.

그리고 조금 분하다는 듯 그를 바라보다, 이내 눈을 동그랗게 떴다.

"진짜. 무슨 생각한 거예요, 알?"

"음?"

"알, 얼굴 빨개져 있다고요."

아. 알은 급히 손으로 입가를 가리며 시선을 피했지만 그런다고 이미 수아가 본 사실이 없어지진 않았다. 더구나 수아는 알의 얼굴이 아니라 귀를 본다는 걸 알 턱이 없었다.

'아, 목까지 빨개진다.'

알은 그녀에게 가끔 믿을 수 없을 정도로 대담한 소리를 한다고 하지만, 정작 그 또한 기습적으로 그녀를 끌어안고 입을 맞추면서 이런 것 정도로 쩔쩔매며 부끄러워했다. 그 모습이 한참이나 연상인 남자에게는 실례라고 생각하면서도, 귀엽게 보인다는 생각을 멈출 수가 없었다.

사실 그가 접촉을 해온다는 것 자체는 나쁘지 않았다. 그의 저주는 생각하면 생각할수록 지독했다. 누군가에게 닿으면 그 상대가 죽는다니.

그것도 아주 어린, 아홉 살 때부터의 일이다. 당연히 머리로는 그녀와 닿으면 괜찮다는 걸 알면서도 불안할 터였다. 그럼에도 다가와주는 것이 오히려 기쁘기까지 했다.

단지 수아가 전에 이성과 이렇게 가깝게 접촉한 경험이 없다 보니, 알이 막상 접근해오면 그녀도 당황한다는 것이 문제였다. 차라리 전에 연애 경험이라도 있으면 좀 더 능숙하게 반응할 수 있지 않았을까.

그렇게 되면 진도를 더 나가…….

거기까지 생각하다가 수아는 숨을 작게 들이켜 생각을 멈췄다. 가뜩이나 알이 허리만 안아 들어도 숨이 막히는데 더 이상을 상상하기엔 아직 내공이 부족했다.

"아무튼 저, 가볼게요. 늦겠어요."

둘은 재빠르게 먹은 음식들을 정리하고 접시들을 트롤리에 실었다. 그 후 알은 내성과 외성의 경계까지 트롤리를 끌어주었다.

안 그래도 된다는 수아의 말을 무시하고 계속해서 이어진 행동이었다.

"저녁때 봐요!"

알은 언제나처럼, 트롤리를 끌고 사라지는 수아의 모습을 바라보았다. 그녀의 움직임에 따라 펄럭이는 붉은색 치마의 움직임이 부드러웠다. 그는 수아의 모습이 모퉁이를 돌아 시야에서 사라진 후에도, 잠시 동안 그 자리에 서 있었다.

"으음."

외부에서 온 사람들의 안내가 모두 끝난 후, 수아는 부엌에서 고민하고 있었다.

음식을 만드는 건 꽤 즐겁고 재미있기도 했지만 동시에 걱정이 되기도 했다. 그녀가 아는 이 세계의 음식의 수는 그렇게 많지 않다. 저쪽에서의 요리법을 응용하려고 해도 한계가 있었고, 일단 손이 많이 가는 음식은 재료와 시간상 조리할 수 없었다. 더구나 지금까지 밑천 대부분은 다 드러난 상태이기 때문에 아무래도 고민이 됐다.

누구에게라도 좀 배우고 싶었지만 비에린느 부인은 요리 자체를 싫어하는 편이라 알려달라고 하기는 미안했고 루시는 먹을 재료로 요리라는 범주에서 벗어나는 무언가를 만드는 특기가 있다고 하니 배울 엄두 자체가 나질 않았다.

제일 적당한 상대가 카르니언인데, 저번에 한 번 나타난 후로는 또 오질 않는다.

그렇다고 황자 전하께 요리를 가르쳐달라고 본궁으로 쳐들어갈 수도 없는 노릇이었다.

수아는 한숨을 내쉬었다. 이 궁에도 요리사가 있으면 좋을 텐데.

그렇게 끙끙거리며 고민하다 수아는 문득 알이 무슨 음식을 좋아하는지 전혀 모른다는 사실을 깨달았다. 좋아하는 음식을 몇 번 물은 것은 같았는데 정확한 대답을 들은 기억이 없었다.

그냥 적당히 대답하고 다른 화제로 빠졌던 것 같았고, 심지어 그 적당한 대답도 그때마다 음식 종류가 다 달랐다.

연인이 좋아하는 음식도 모른다는 사실에 수아는 조금 의기소침해졌다.

'카일에게 진작에 물어봐 놓을 걸……. 리노체스 부인은 좀 알까? 하긴 알을 어릴 때부터 돌봤던 유모라니까 당연히 알겠지.'

그렇다고 오늘 저녁 식사를 위해 지금 당장 성 밖으로 나가 저택까지 가서 물어보고 올 수 있을 리도 없었다. 서신을 보낸다고 해도 오고 가기까지 또 시간이 걸렸다.

그가 맛있게 먹었던 것, 좋아했던 것.

입으로 그렇게 몇 번 중얼거리다 문득 처음 만났을 때가 생각났고, 그러다 새까맣게 잊어먹고 있던 주머니가 함께 떠올랐다.

'아! 초코바.'

그가 굉장히 맛있게 먹었던 기억이 있다. 하긴 초코바 식감과 비슷한 디저트는 아직 이 세계에서 보지 못한 것 같았다. 딱딱하게 굳힌 초콜릿이나 카라멜류는 없는 것 같기도 했고.

'그 주머니……. 어딨더라.'

원래는 고백할 때 건네주려 했었는데 그 뒤 정신이 없어서 완전히 잊어버렸다. 서랍에 넣어놓은 것도 같은데. 초코바 유통 기간이 언제였더라? 설마 지나지는 않았겠지.

그렇게 완전히 다른 쪽으로 생각이 빠졌을 때, 밖에서 인기척이 들리나 싶더니 노크도 없이 부엌의 문이 벌컥 열렸다.

"어? 수아."

"카일!"

"뭐야, 이 시간에 왜 네가 여깄어?"

반가운 얼굴이었다. 그는 손에 요리 재료들을 잔뜩 들고 있었다.

"저녁 메뉴 고민하고 있었어. 다행이다. 마침 물어볼 게 있었는데."

"뭔데? 하긴 나도 질문 있다. 너 계속 형님이랑 식사 같이해?"

"식사? 응."

"으아, 그럼 오늘도 안 되겠네."

그는 한숨을 푹 내쉬었다.

"어? 혹시 오늘 같이 식사하려고 온 거야?"

"그럴 예정이었는데……. 그냥 다음에 해야겠다."

"저번에도 그냥 갔잖아. 그냥 같이……."

하지만 수아는 끝까지 말을 잇지 못했다. 저번 알의 반응을 확실하게 기억하고 있기 때문이었다. 카르니언은 가져온 요리 재료를 식탁 위에 내려놓고는 고개를 저었다.

"아니, 어차피 미리 말도 안 하고 온 내가 잘못한 거니까. 오늘은 약속만 잡아야겠어. 설마 그것까지 뭐라고 하시진 않겠지."

"그렇지만 이제 떠나면 한동안 카일이랑 못 볼 거 아냐? 알도 반가워하리라고 생각하는데. 그동안 계속 둘이 식사했었고."

"글쎄. 나도 형님이 떠나시기 전에 식사라도 함께 하려고 온 거긴 한데……. 너랑 형님이 계속 둘이 식사하고 있을 거라고 생각을 못했어. 그럼 식사 자체가 둘만의 시간이라고 생각하실 텐데, 그걸 예고 없이 방해하라고? 저번에도 말한 거지만, 난 아직 살고 싶어, 수아."

그 말투는 쓸데없이 비장했다. 그는 양손으로 자신의 머리를 움켜잡았다.

"젠장, 여자들이랑 놀아난 이야기는 형님께 드리지 말걸. 내가 너에게 손댈까 봐 걱정이 태산이신 모양이다, 진짜."

"음……."

수아도 그의 말을 딱히 부정할 수가 없었다. 부정하기는커녕 긍정해야 할 상황이었다.

카르니언이 입을 삐죽거렸다.

"그래, 내가 꼬시면 너 넘어올래?"

"뭐?"

수아는 뭘 잘못 들었나 해서 카르니언을 바라봤지만, 그는 퉁명스러운 어조로 말했다.

"진지하게 말하는 거거든?"

"절대 안 진지해 보여……. 그리고 말이 되는 소리를 좀 해."

확실히 그와 있으면 마음이 편하긴 했다.

황자라는 걸 알아도 크게 긴장이 되질 않았다. 물론 카르니언 자신이 황족답지 않은 태도기도 했고, 최소한 회궁 안에서는 그와 잘 지내보라느니 하는 반응만 돌아왔기에 까마득히 위에 있는 사람이라는 실감이 나지 않았는지도 몰랐다. 하지만 그녀가 신분제도에 익숙하지 않다는 것까지 감안하더라도 좀 지나치게 편한 감이 없지 않았다.

딱히 말해야겠다는 생각을 한 것도 아닌데 자연스럽게 속엣이야기를 하게 되고, 조언을 구하게 된다. 수아 스스로도 왜 그러는 걸까 싶을 때가 있었다.

그러다가 저번에 약간은 생각했다. 어쩌면, 수아와 카르니언은 조금은 닮은꼴인지도 모르겠다고.

"야야, 나 이래 봬도 꽤 인기 있거든."

그는 눈을 가늘게 뜨며 말했다. 수아는 그 말에는 딱히 반박 없이 고개를 끄덕였다. 확실히 카르니언은 상당히 잘 생겼고, 매너도 좋았다. 다정하기도 하고 사람의 이야기를 듣고 끌어내는 화법도 있었다. 황자라는 직위를 모른다고 해도 여자들이 끌릴만했다.

하지만 그건 수아와는 전혀 상관없는 이야기다.

"네, 네."

수아는 건성으로 대답하면서 그가 가져온 요리 재료들을 살폈다. 소스에 미리부터 재워놓은 고깃덩어리들이 보였다. 어디서 가져왔는지는 몰라도 평소 가져오는 재료들보다 더욱 힘을 쓴 것 같았다.

오늘 저녁에는 좀 특별한 걸 먹을 수 있겠구나.

수아는 눈을 빛냈다.

카르니언은 자신을 완전히 무시하고 있는 수아를 가만히 보다가 그 앞으로 다가갔다. 그리고 갑자기 어깨를 잡아 확 끌어당기며 자신 쪽으로 억지로 그녀의 몸을 돌렸다.

"아야, 뭐야?"

잡힌 어깨가 아파 눈살을 찌푸리며 묻자 카르니언이 다시 물었다.

"정말로?"

금빛 눈동자가 장난스럽게 빛났다. 별로 포옹까지는 아니었다.

그의 손이 수아의 어깨를 잡고 있었고, 몸이 꽤나 가깝게 밀착되어 있다는 것뿐이었다. 단지 그가 고개를 숙여 수아와 눈을 맞추고 있어, 거의 숨결이 느껴질 정도로 얼굴이 가깝게 다가와 있었다. 단순한 이성이라도 호감이 있는 상대라면 꽤나 두근거릴 정도의 위치다.

하지만.

"전혀."

수아는 한숨만을 내쉬었다. 확실히 그는 괜찮은 남자다. 아마 전이었다면 이성적인 호감을 품었을지도 모른다는 생각을 했다.

그러니까, 알을 만나기 전이었다면.

하지만 그녀는 이미 알을 만났고, 그래서인지 스스로가 생각해도 이상할 정도로 아무런 감흥도 느낌도 없었다. 가슴이 전혀 뛰지 않았다. 알과 비슷한 황금빛 눈동자를 보아도, 자세히 뜯어보면 알과 여러모로 닮아있는 얼굴을 보아도.

"어깨 아파. 놔."

"아, 미안."

그는 순순히 손을 놓았다. 아마 카르니언 또한 같겠지. 그도 처음부터 수아를 「형님의 여자」로 보았을 테니까.

"나 별로, 연하는 관심 없어서."

수아가 농담 식으로 한마디를 던지자 그가 눈을 동그랗게 떴다.

"어? 내가 연하…… 아, 너 스무 살이었지!"

카르니언이 새삼 깨달았다는 듯 손을 탁 쳤다.

"완전히 잊고 있었지 뭐야."

"잠깐만. 네가 내 나이를 어떻게 알아?"

"어? 그거야……. 아하하하."

그는 어색하게 웃더니 곧바로 반론했다.

"그러는 너도 내 나이 알잖아?"

"뭐야, 네가 나랑 같아? 카일은 황자잖아. 나이야 다들 알고 있는 거 아냐? 난 플로나……. 그러니까 다른 여관에게 들었어. 근데 넌?"

일개 여관의 나이 따위, 조사하지 않는 이상은 알 수 있을 리가 없었다. 그 물음에 카르니언은 더 이상 변명하지 않고 순순히 털어놨다.

"아, 항복. 리노체스 백작에게 물어봤어."

"백작님에게? 왜?"

"왜긴. 네가 형님 좋아하고, 형님이 너 좋아하는 거 눈치챘었으니까. 형님 상대의 정보 정도는 알아야 하는 거 아냐? 물론 나이 듣고 좀 놀라긴 했지. 너, 나보다 연하로 봤거든. 그렇다고 발육 부진이라는 소리는 아니고. 어쩐지 작은 키 치고는 의외로 몸매는 꽤 좋다고 생각했었……이 아니라! 잠깐, 미안! 헛소리했어!"

수아가 멋대로 몸매를 평가하는 카르니언에게 빙긋 웃으며 프라이팬을 들어 올리자 그는 얼른 과장스럽게 고개를 숙였다. 수아도 피식 웃으면서 다시 프라이팬을 내려놓았다.

"몇 살로 보였는데?"

"글쎄. 처음 볼 땐 성인이 아닌가도 싶었는데, 말하는 걸 보니까 또 마냥 어려 보이진 않았고……."

이곳의 성인 기준은 열여섯 살이다.

"으, 내가 그렇게 어려 보여?"

"약간? 그렇지만 상관없잖아? 중요한 건 형님이 너를 택하셨다는 거니까. 물론 형님이 설사 다섯 살짜리 어린애를 택하셔도……. 아냐, 그건 변태잖아. 어, 그러니까……. 흠, 클 때까지 기다리시겠다면 그 선택을 존중하여……. 아냐, 하지만 스무 살의 나이 차는 너무하잖아. 아니, 나중에야 모르겠지만 지금 당장은……."

너무 멀리 가버린 카르니언을 보며 수아는 한숨을 쉬었다. 그 한숨 소리에 그는 퍼뜩 정신이 들었는지 아까 끊긴 화제로 다시 돌아왔다.

"아, 어쨌든 간에. 봐, 너 절대로 나에게 안 넘어올 거잖아."

"당연한 소리 하지 말라니까."

"근데 형님은 그걸 모르신다니까! 흑, 나도 인간의 도리라는 게 있다고. 내 매력에 넘어갈 거 같은 형님의 여자라면 애초에 내가 이렇게 접근을 안 했지. 훌쩍, 그래, 내가 좀 멋지긴 하지만 분별이라는 게 있다고. 왜 형님은……."

그가 몸을 웅크리는 척하면서 우는 척을 하기 시작하자 수아는 바구니를 가리키며 말했다.

"궁상 그만 떨고, 요리나 해줘. 안 그래도 저녁 메뉴 걱정이었는데 잘 됐다."

"우와, 이 여관 봐? 황자를 막 부려 먹어. 너 황족 모욕죄라는 거 알아?"

"내일 카일도 식사를 같이 하자고 알에게 이야기해줄게."

"열과 성을 다하여 제대로 요리하겠습니다. 혹시 원하시는 메뉴라도?"

"[떡볶이랑 순대 볶음…….]"

"……뭔가 이상한 발음이 들린 것 같은데."

어차피 카르니언에겐 더 숨길 것도 없었다. 이계인이라는 것도 완전히 들켰고, 알에 대한 것도 당연하지만 말해도 된다. 카르니언 또한 황자라는 제약을 받지 않고 마음 편히 여러 가지를 말할 수 있다고 했다. 여기에 비슷한 또래라는 것, 그리고 소중히 여기는 사람이 같다는 것이 합쳐져 이렇게 대화를 나눌 수 있는 게 아닌가 싶었다.

수아는 그가 요리를 시작한 걸 잠시 지켜보았다. 그러다 방금 전까지 했던 고민이 떠올랐다

"참, 알은 무슨 요릴 좋아해?"

"글쎄?"

"어?"

모른다는 대답이 돌아올 줄은 상상하지도 못했기에 수아는 당황했다. 그는 심드렁하게 다시 한 번 대답했다.

"나도 모른다고. 뭐, 그런 걸 말씀하신 적이 있어야 알지. 가져간 요리는 뭐든 다 그냥저냥 드시고."

"어……."

"애초에 형님은 뭘 요구한 적이 없으셔. 아, 있긴 하다. 더 이상 접근하지 말라는 거."

그는 현란하게 칼질을 하다말고 수아 쪽으로 시선을 돌렸다.

"뭐, 당연히 나를 싫어하셔서 그런 게 아니라고는 생각하고 있지만……. 가끔은 형님이 정말로 날 귀찮아하시나 싶다니까."

수아는 곧바로 고개를 저었다.

"그럴 리가 없잖아."

"그렇지? 머리로는 그렇다고는 생각하는데……."

카르니언은 조금은 허탈하게 웃었다.

"형님은 오히려 잘못 짚으셨다고. 차라리 내가 너랑 어떻게 될까 봐 질투하시는 게 아니라, 내가 너를 질투해서 해코지할까 봐 걱정하시는 게 좀 더 현실감 있을 텐데. 그래, 형님 사로잡으니 좋디?"

"좋, 긴한데."

수아는 반사적으로 솔직하게 대답했다. 카르니언은 정말 땅이 꺼지라 한숨을 내쉬었다.

"거봐라. 으아, 진짜. 저주만 풀려봐. 바짓가랑이라도 잡고 안 놔드릴 거니까. 하아, 그놈의 저주 때문에 어릴 때는 거의 격리됐었다고."

그는 툴툴거리며 프라이팬에 기름을 둘렀다.

"아무튼, 내가 아는 건 단 걸 좋아하신다는 것 정도야. 디저트를 의외로 잘 드시거든. 그리고 신선한 과일 정도? 다른 건 정말 모르겠어."

그러더니 조금 목소리를 바꿔 이어 말했다.

"나머지는 아마 네 몫이겠지."

카르니언은 그 뒤로 더 말을 잇지 않고 잘게 썬 야채를 볶기 시작했다. 수아도 바로 입을 열지 않은 채 잠시 그 모습을 지켜보았다.

"그러네."

그녀는 이내 고개를 끄덕였다.

"알이 뭘 좋아하는지 아는 건 내 몫이겠네."

"그래."

그는 잠깐 말을 끊었다가 다시 말했다.

"돌아오면 말이야."

"응."

"형님이 좋아하는 음식을 알려줘."

그 목소리는 어쩐지 즐겁게까지 들렸다.

"그때는 확실히, 형님의 입맛에 맞춰 제대로 요리를 해볼 테니까."

수아는 그런 그를 바라보다가 이내 고개를 끄덕였다.

"응."

그 뒤 둘은 잠시 동안 말이 없었다.

곧 맛있는 냄새가 주방을 채우면서 둘은 다시 입을 열었고, 여느 때처럼 대화가 이어졌다.

오늘은 호화 식단이었다. 평소 구경하기 힘든 음식들도 잔뜩 있었을뿐더러 양도 넘쳤다.

아무래도 알이 곧 떠난다는 생각에 카르니언이 무리해서 이것저것 미리 준비해서 가져왔기 때문이었다. 본궁 주방에서 빼 온 재료도 있는 것 같았다.

그런데 정작 준비한 사람은 함께 식사를 하지 못한다니, 아무래도 미안해 그녀가 제대로 설명할 테니까 몇 번이나 같이 가자고 권했지만 카르니언은 고개를 저었다.

–아니, 내일도 이 정도 음식은 할 테니까. 형님이 뭐라고 말씀하시든, 데이트에 예고 없이 끼어드는 불한당이 되고 싶진 않아.

그렇게까지 말하니 수아도 더 이상은 권할 수가 없었다. 대신 내일은 반드시 그도 함께 식사하자는 말을 해주겠다고 약속했고, 카르니언은 그걸로 만족했다.

그가 돌아간 후에도 수아는 나머지 요리가 다 되기를 기다리고 있었다. 내일 또 오려면 처리할 일이 좀 있다며 뒤를 부탁했기 때문이었다.

"냄새 좋네."

카르니언이 재료를 넉넉하게 가져온 덕에 음식은 다른 고용인에게도 돌아갈 것이다. 셋 다 맛있는 음식을 좋아하니 즐겁게 먹겠지. 하긴, 맛있는 거 싫어하는 사람도 있던가.

'그러고 보니 다 같이 식사를 안 한 지가 좀 됐네.'

그래도 성을 떠나기 전에 비에린느 부인과 베슨, 루시와도 한 번 정도는 함께 식사를 해야 하지 않나 싶었다. 하지만 그렇다고 알에게 다른 사람이랑 먹을 테니 혼자 먹으라고 하기도 참 그랬다.

'다 같이 먹자고 하기엔……. 다른 사람은 몰라도 루시는 기절할 거 같고. 으음. 아, 카일이랑 알이랑 둘이 먹으라고 하면 어떨까? 그래도 형제인데 떠나기 전까지 내가 계속 잡고 있는 것도 좀…….

나야 어차피 같이 떠나지만 카일은 여기 남잖아.'

땡! 그때 오븐 타이머가 울렸다. 수아는 장갑을 끼고 조심스레 오븐을 열었다.

김이 훅 끼치며 그 안에 있는 파이들이 모습을 드러냈다. 먹기 편하도록 딱 두 입 정도의 앙증맞은 크기였다. 고기 파이나 과일 파이, 감자같이 생긴 근채류를 으깨어 만든 파이 등 다양한 종류들이 자태를 뽐내는지라, 수아는 저도 모르게 침이 꼴깍 절로 넘어갔다.

땡! 또다시 오븐 타이머가 울렸다. 수아는 옆 오븐에서 조심스럽게 조리된 고깃덩어리들을 꺼냈다. 작은 새 뱃속 가득 갖가지 향초와 다른 고기들을 다져 채워 넣은 요리였다.

수아는 카르니언이 말한 대로 미리 준비해놓은 소스를 바르고 버터 덩어리를 올려놓았다.

순식간에 버터 덩어리가 녹아내리며 소스와 합쳐져 고소한 냄새를 풍겼다.

갑자기 허기가 느껴졌다. 생각해보면 점심때 갑자기 알이 끌어당기는 바람에 식사를 끝까지 다 못했다. 그 뒤로 사람들을 안내하느라 여기저기 뛰어다니기도 했고.

수아는 콧노래를 부르며 음식을 챙겼다. 하나 정도 집어 먹고 싶었지만 그건 기다리는 알에게 미안한 일이었다. 그러고 보니 알도 제대로 못 먹었지. 흥, 그러니까 누가 밥 먹다가…….

잠깐 얼굴을 붉힌 수아는 한숨을 한 번 쉰 후 접시 위에 뚜껑을 덮었다. 마음 같아서는 생각난 김에 방에 들러 그녀가 수놓은 주머니를 챙겨오고 싶었다. 초코바 유통기간도 확인하고, 지나지 않았다면 그것도 같이 줄 겸해서. 어디에 놨는지는 정확히 기억이 나지 않았지만 짐이 그다지 많지도 않으니 찾기는 어렵지 않을 것이다.

그가 받고 기뻐하는 모습을 보고 싶다고 생각하자 주머니를 알에게 주고픈 마음이 잔뜩 부풀었다. 하지만 그렇다고 진짜로 음식들을 내팽개치고 방에 다녀올 수는 없었다. 회궁은 꽤 넓은 편이라 방에서 주머니를 챙겨오는 사이에 음식들이 식을 터였다. 더구나 지금도 요리를 마무리 짓느라 평소보다 시간이 더 늦었다.

'음음, 내일 주자.'

뭐, 좀 아쉽긴 하지만 오늘만 날인가.

수아는 부엌과 식당 사이로 트롤리를 끌고 두어 번 왕복해 식탁 위에 다른 사람들이 먹을만한 음식을 차려놓고 접시 뚜껑을 덮었다. 그러고는 알과 자신이 먹을 만한 몫을 챙겨 식당 밖으로 나섰다.

사방이 그렇게 어둡지는 않았다. 슬슬 날이 길어졌기 때문이다. 그래도 석양빛이 거의 막바지로, 곧 완전히 어두워질 것 같았다. 그 빛에 괜스레 가슴이 설렜다. 조금만 더 가면 내궁과 외궁이 만나는 곳에 알이 마중 나와 있을 것이다. 렉스는 평소 밖을 돌아다니는지 점심때는 거의 보이지 않았고 저녁때가 돼서야 정원이나 후원에서 빙빙 돌다가, 때때로 하르페니언의 방까지 쫓아오곤 했다. 그렇게 되면 수아는 큰 강아지 둘에게 둘러싸인 느낌을 받았다.

수아는 정원이 어둑해지는 것을 보며 미소 지었다. 아마 지금쯤 후원에서는 마법등이 하나둘 켜지고 있겠지. 어쩐지 저녁때 그곳에서 만남을 이어간 것이 멀디먼 옛날 같았다. 그러고 보니 아침에 만나기 시작한 건 그 시간에 황태자가 후원 출입을 금지했기 때문이라고 했다. 그런데 그 황태자는 알이다.

무슨 일 때문에 시간을 옮겼는지 새삼 궁금해졌다. 혹시 지금은 괜찮아진 거라면 오늘은 가제보 안에서 식사를 해도 될 것 같았다. 모처럼 음식도 맛있고. 아, 카일이 오는 내일이 나을까.

어쨌건 한 번 물어보기는 해야 할 것 같다고 생각하는데 누군가 저쪽에서 다가오는 것이 보였다. 순간 알인 줄 알았지만 관료 복장을 한 낯선 사내였다. 수아는 멈춰 서서 트롤리를 한쪽으로 밀어 넣었다. 그리고 그 옆에서 고개를 살짝 숙였다. 예법대로 그가 지나갈 때까지 기다리려는 것이다.

본궁에서 일할 때는 꽤 익숙한 상황이었지만 회궁에서 이런 적은 처음이었다. 어쩐 일로 관료가 여기까지 왔을까. 혹시 당장 떠나라는 황제의 명을 전하러? 아니, 그거라면 궁내부원이 오는 것만으로도 충분했을 것이다.

수아의 마음이 불안으로 흔들렸다. 그가 가까이 다가오는 발걸음 소리가 들렸다. 그가 빨리 지나가야 알에게 물어볼 수 있다고 초조하게 생각하고 있는데, 그녀는 순간 지독한 위화감을 받았다.

지금 그가 온 곳은 내궁 쪽이었다.

내궁은 황태자의 공간이다. 다른 이들이 감히 들어올 곳이 아니다. 설사 알이 내궁에 들어오는 걸 허락을 해줬다고 해도 남자의 발걸음 소리는 태연하기 짝이 없었다. 안쪽에서 알현을 무사히 마쳤더라도 공포에 질려 조금이라도 빠르게 나가려 하는 것이 당연하거늘.

수아는 저도 모르게 한 걸음 뒤로 물러서며 고개를 들었다. 그는 이미 거의 그녀의 곁에 가까이 다가와 있었다. 동시에, 그녀는 남자의 손에서 이상한 것을 보았다.

"수아!"

어디선가 알의 목소리가 들려왔다. 렉스의 크게 짖는 소리 또한 함께였다.

잠깐, 뭔가가 반짝인다고 생각했다. 그게 검이라는 것을 안 것은 다음 순간이었다.

그 차가운 은색의 물체는 아주 간단하게,

허공을 치고 내려,

수아의 몸을 갈랐다.

아, 알. 왔네요. 그녀는 자신의 이름을 부른 그에게 대답을 해주고 싶었다. 하지만 이상하게도 아무런 소리도 낼 수 없었다. 뭔가 세상이 비틀거렸고, 순식간에 시야가 흐려졌다.

대답을 해야 하는데.

그 생각을 마지막으로, 모든 것은 암전됐다.

No. 9 Episode

신의 뜻으로

세상이 멈춘 것 같았다.

"수아!"

붉은 피가 흩뿌려졌다. 쓰러진 그녀의 위로 놈이 다시 한 번 검을 내리치려는 모습이 보였다. 하르페니언은 무언가를 생각할 정신도, 검을 뽑을 여유도 없이 그대로 달려가 놈의 뒷덜미를 있는 힘껏 낚아채 밀어냈다. 수아를 만나기 위해 장갑을 벗어두었던 손 위로 방금까지 살아있던 인간이 싸늘하게 식는 것이 느껴졌다.

언제나 익숙하면서도, 절대 익숙해질 수 없는 섬뜩한 감촉일 뿐이었지만 지금은 그것이 놀랄 정도로 아무런 느낌이 들지 않았다. 지금 그의 감각 안에 들어와 있는 것은 오로지 수아뿐이었다.

"수……."

그녀의 이름이, 나오지 않는다. 호흡이 힘들다. 커다란 얼음을 삼킨 것만 같았다.

쓰러진 그녀의 얼굴은 생기 하나 없이 창백했다. 현실이라는 게 믿기지 않았다. 만약, 손을 뻗었을 때 그녀의 온기가 더 이상 느껴지지 않는다면. 차라리 확인하고 싶지 않았다.

하지만 그런 생각과는 달리 몸은 일체의 망설임도 없이 상처를 건드리지 않게 조심하며, 그녀의 목을 손으로 받쳐 안아 들었다.

맥이, 뛴다.

그 사실을 확인한 순간 턱없이 긴장이 풀려 앞으로 고꾸라질 뻔했다. 동시에 더없이 정신이 돌아오는 기분이었다.

그는 곧바로 그녀의 상처를 눌러 지혈했다. 다행히 검은 급소를 피해 갔고, 동맥을 건드린 것도 아니었다. 하지만 그렇다고 해서 상처가 가볍다는 뜻도 아니었다. 일단 출혈이 너무 심했다. 이대로 가다간 쇼크사하게 된다.

그는 한 손으로 수아를 안아 든 채 다른 한 손으로는 주머니를 더듬어 힐링포션을 꺼냈다. 쓰러진 상대가 자기 자신이 아니라는 것만 제외한다면 지금 이런 상황은 굉장히 익숙했다. 그는 이제껏 수를 세기조차 귀찮은 정도의 죽을 고비를 넘겼고, 그때마다 혼자 살아남아야 했다. 그런 그의 마지막 의지처는 이 힐링포션이었다.

살짝 긁힌 것만을 치료하는 힐링연고와는 차원이 다른 신의 정수. 돈만 있으면 누구나 가질 수 있는 연고와는 달리 구하기가 힘들고, 일정 기간이 지나면 평범한 물이 되어버려 휴대성도 효율성도 떨어졌다.

대신, 효과 하나만은 확실했다.

그는 포션의 뚜껑을 이로 따듯이 연 후 수아의 상처에 부었다. 눈에 띄게 출혈이 줄어드는 것이 보였다.

문제는 그다음이었다.

"수아, 정신 차려라."

이걸 조금이라도 마시지 않으면 안 된다. 하지만 정신을 잃은 상태로는 오히려 기도가 막힐 수가 있었다. 그는 약하게 그녀를 흔들었다.

"제발, 잠시만……."

그 소리가 그녀에게 닿았는지, 수아가 움찔 몸을 떨었다. 의식이 돌아온 정도까진 아니었지만 확실히 그의 소리의 반응을 하는 모양새였다.

"수아, 마셔. 마시는 거다."

그는 혼잣말을 반복하며 그녀의 입으로 힐링포션을 가져다 댔다.

어느 사이엔가 그의 손이 덜덜 떨리고 있었다. 전혀 느끼지 못했는데도 스스로가 주체할 수 없을 정도였다.

왜. 이런 상황은 익숙하잖아.

그렇게 중얼거려보았지만 손이 어찌나 떨리는지 도무지 수아의 입으로 포션을 흘려 넣을 수가 없었다. 그는 결국 자신의 입으로 포션을 가져가 한 모금 머금고, 그대로 그녀에게 입을 맞췄다. 입을 맞대자 그는 자신이 얼마나 심하게 떨고 있는지를 깨달았다.

다행히 그녀는 꿀꺽, 그가 입으로 옮겨준 포션을 한 모금 마셨다.

그리고 그것을 마지막으로, 수아는 툭 다시 고개를 떨궜다.

진정해야 해. 하르페니언은 스스로에게 되뇌었다. 처음부터 치명상은 아니었고, 힐링포션을 한 모금이라도 마셨으니 일단 고비는 넘겼다고 봐야 했다. 그는 그녀를 안아 올리며 일어섰다.

핏기없는 수아의 얼굴은 그의 검은 옷 사이에서 더더욱 창백해 보였다. 그는 입술을 짓이기며 곧바로 몸을 돌렸다.

은발 남자의 눈이 가느다랗게 빛났다. 그의 시야에 피투성이가 된 여관을 안아 든 채 본궁 문 앞으로 다가가는 황태자가 잡혔다. 문을 지키던 병사들이 난데없는 불청객에 깜짝 놀라 검을 빼 드는 것이 보였다.

"죽지 않았군."

그는 작게 중얼거렸다. 여관은 죽지 않았고, 여전히 황태자에게는 문신이 남아있었다. 암살자 또한 그 때문에 숨이 끊어졌다.

저주.

황태자가 순식간에 병사들을 제압하고 본궁 안으로 들어가자 병사들이 허둥거리고, 소리를 지르고, 누군가를 부르기 위해 달려가고, 반대로 달려왔다. 남자는 그 모습을 보고 있으면서도 보고 있지 않았다.

"이제……."

그는 몇 번이나 망설이는 듯 주저했다. 하지만 이내 결심한 듯, 잠시 눈을 감았다 떴다. 그런 얼굴 위로는 어느새 입술이 둥글게 호선을 그리며 미소를 만들고 있었다.

"곧 뵙겠습니다, 황태자 전하. 그리고, 이계의 아가씨."

그는 즐겁다는 듯 그리 말하고, 주변에 깔린 어스름 속으로 천천히 사라졌다.

라이나는 꾸벅꾸벅 졸고 있었다. 황궁은 넓고, 그만큼 사고도 많이 일어난다. 당연히 부상자도 제각각이다. 물론 높으신 분들에게는 그녀 같은 파견 사제가 아닌, 아예 황궁에서 거주하는 특별 사제가 있었고 중상 이상의 부상 담당 사제도 정식으로 있었다. 하지만 반대로 말하면 그 대상들을 제외한 부상자들은 모두 견습 사제의 몫이라는 뜻이었다.

신전에서 파견 나온 견습 사제는 그녀까지 총 세 명. 턱없이 부족한 숫자였다.

그래도 황궁에 아무나 뽑아 파견하는 것이 아닌 만큼 황궁 의무실은 꽤나 선망받는 자리였다.

그녀 또한 총 1년의 파견 기간 중 이제 9개월이 지났으니, 나머지 3개월의 시간을 채우고 신전으로 돌아가면 정식 신관으로 인정받는 건 물론 다른 신관보다는 조금 더 중요한 직책을 맡게 되리라.

"후함……."

하지만 그건 미래의 일이고, 지금은 그대로 침대에 기어들어 가고 싶을 만큼 피곤했다. 이상하게 오늘따라 자잘한 사고가 너무 많았다. 원래대로라면 슬슬 저녁을 먹어야 할 때지만 입맛도 없을 정도로 피곤했다.

라이나가 그냥 의무실 침대에 기어들어가 잘까 말까를 심각하게 고려하고 있을 때였다. 어차피 저녁 시간도 지나서 환자도 거의 찾아오지 않…….

콰앙!

갑자기 문이 부서지라 열렸다. 라이나는 반 정도 눈을 감고 꾸벅거리다가 화들짝 놀라 그쪽을 바라보았다. 그리고 굳었다.

"에를리아의 신관인가."

대답을 해야겠다는 생각과는 달리 아무런 목소리도 나오지 않았다. 검은 머리의 남자가 누군가를 안고 있었다. 눈으로 하는 확인보다 먼저 훅 끼쳐오는 비릿한 혈향에, 라이나는 그 사람이 피투성이라는 걸 바로 깨달았다.

정신이 번쩍 났다. 환자구나.

그녀는 목련과 자비의 신, 에를리아의 신관답게 자리에서 벌떡 일어났다. 눈앞에 서 있는 남자의 기세는 무시무시했지만 환자가 있으니 치료해야 한다는 생각이 그 공포감을 눌렀다.

"맞습니다. 이런, 심각한 상처인가 보네요. 어쩌다가……."

라이나가 그에게 다가가자 그는 한 발자국 뒤로 물러섰다. 다급해 보이는 분위기와는 다른 행동에 라이나는 의아해 하며 남자를 보았다.

"내가 눕히지."

남자는 직접 침대로 다가가 환자를 내려놓았다. 그러고는 잠시 망설이는가 싶더니 이내 이를 악물고 뒤로 물러났다. 라이나는 그 행동에서 어색함을 느낄 틈도 없이 바로 환자에게 다가갔다.

"이런."

심각한 상처였다. 설마 자신이 황궁에서 이런 위급 환자를 보게 될 줄은 몰랐다. 그녀는 고작 견습 사제였다. 이런 심각한 부상은 그녀의 담당이 아니었다.

'조금만 더 위로 다쳤으면 죽었겠는데.'

오싹했다. 하지만 지금 담당이냐 아니냐, 자신이 이런 큰 상처를 치료할 수 있냐 없냐를 따질 때가 아니었다. 그녀는 반사적으로 기도에 들어갔다. 곧 연분홍색 신성력이 그녀의 몸 주변에서 아스라이 피어오르더니, 소녀에게로 옮겨가기 시작했다.

순식간에 현기증이 나고 몸이 휘청거렸다. 그녀의 기운이 소녀에게로 빨려 들어가고 있었다. 이대로 가다간 오히려 그녀가 쓰러지니 바로 손을 떼라고, 본능이 경고해 왔다.

하지만 그녀는 필사적으로 버텼다.

에를리아의 신관인 자신이 생명이 위험한 사람을 외면할 수는 없었다. 특히 소녀는 지금 이 상처에 살아있는 것만 해도 천운이었다. 원래대로라면 이미 빠져나갔어야 할 생명력이 무언가로 보호받고 있었다. 힐링포션의 존재를 떠올리지 못한 그녀는 그것이 기적으로밖에 느껴지지 않았다.

그 기적을, 그녀의 능력 부족으로 헛되이 할 수 없었다.

'제발, 에를리아이시여! 당신의 종을 돌보소서!'

연분홍색 빛이 더욱더 그녀의 몸을 감쌌다.

하르페니언은 초조함에 휩싸여 수아와 신관을 바라보고 있었다.

정신을 조금 차리고도, 뭐가 뭔지 하나도 알 수가 없었다. 그가 이 변의 책임자로 임명된 이후 암살자는 뚝 끊겼다. 어차피 수도를 떠나 두 번 다시 돌아오지 않을 자에게 보낼 관심은 없을 테니 이상한 일은 아니었다. 물론 그 반대로, 아예 나가 행방을 모르게 되기 전에 후환의 싹을 잘라버리려고 한 이가 있는 것도 이상한 일은 아니었다.

그러니 조금은 인정한다. 안이했다. 차라리 그녀에게 모든 걸 밝히고 좀 더 주의하도록 해야 했다.

아니, 애초에 리노체스 백작가로 보내버렸다면.

하지만 그 부주의를 감안하더라도 지금 상황은 너무나도 이상했다.

놈은 수아를 노렸다.

왜? 어째서?

만약 자신이 평소보다 늦는 수아를 찾아 외궁 쪽으로 걸음을 옮기지 않았다면, 그리하여 관료 복장을 한 수상한 자가 칼을 빼드는 것을 보지 못했다면, 예법대로 고개를 숙이고 그가 지나가기를 기다리고 있던 수아가 어째서인지 그때 고개를 들지 않았다면.

단 하나만이라도 엇나갔다면 수아는 죽었다.

심장이 미칠 듯이 뛰었다. 속이 부글부글 끓어올랐다. 무어라고 이 감정을 정의해야 할지 모르겠다. 분노? 아니, 그런 것이 아니다. 이건.

공포.

수아의 하얗게 질린 얼굴을 볼 때부터, 그녀의 피가 땅에 흩뿌려지는 걸 봤을 때부터 제정신이 아니었다. 수아가 자신보다 먼저 숨이 끊어질 거라는 상상은 단 한 번도 해보지 않았다. 여행을 꺼린 것도 그녀와 헤어질 생각을 한 것도 그저 그녀가 힘들까 봐, 단지 그것뿐이었는데.

갈 곳 없는 온갖 감정이 그의 속에서 뒤엉켰다. 아무리 생각해도 상황을 이해하기가 힘들었다. 놈은 하르페니언은 안중에도 없었다. 그에게 발각되었다는 것을 안 후에도 놈은 쓰러진 그녀에게 급히 마무리를 가하려 했다.

그는 새삼스레 자신의 맨손을 바라보았다. 지금에서야, 싸늘하게 식어가는 그 빌어먹을 감각이 생생하게 피어올랐다.

잘도 수아를 안아 들 수 있었다고 생각한다. 그만큼 제정신이 아니었다. 닿는 것만으로도 사람의 목숨을 앗은 주제에, 어떻게-.

동시에 안도했다. 그녀에게는, 여전히 저주가 통하지 않았다.

하르페니언은 치료를 받고 있는 수아를 바라보았다. 죽지는 않을 것이라는 확신은 있었다. 하지만 그는 몇 년이고 정신을 차리지 못한 채 누워있거나, 몸 한 군데가 불편하거나, 아니면 아예 기억을 잃거나 하는 사람들을 꽤 보아왔다. 수아가 그렇게 되지 않으리라고 누가 장담할 수 있을까.

다시 자책감으로 미간을 찌푸리는데, 갑자기 문이 요란하게 열렸다.

"무슨 일인가!"

들이닥친 사람들은 기사가 셋, 궁내부원이 하나. 기사들은 일제히 검을 뽑아들고 있었다.

"입 닥쳐라."

하르페니언은 으르렁거리듯 말했다. 에를리아의 신관의 치료에 방해된다. 다행히 견습 신관은 그쪽을 바라보지도 않은 채 계속 기도를 올리고 있었다.

"감히 황궁에 난입하여 소란을……!"

"입 닥치라고 했다."

초조함이 온몸을 갉아먹고 있었다.

저들이 이리 나오는 이유가 그가 황태자임을 알지 못해서라는 걸 머리로는 안다. 하르페니언은 원체 본궁에 모습을 거의 드러내지 않기에 얼굴을 아는 자가 극히 적었고, 그래서 올 일이 생기면 반드시 황가의 문장을 착용해 황태자라는 걸 알렸다.

하지만 지금은 황가의 문장은커녕 가짜 신분패도 없다. 본궁에 들어오는 것도 황태자라는 것을 밝히고 기다릴 여유가 없어 무작정 병사들을 때려눕히고 여기까지 왔다. 그러니 감히 황궁의 병사들에게 상해를 입히고 들어온 무뢰배 이상으로는 보이지 않을 것이다.

"끌어내!"

"건방진 놈! 여기가 어디라고!"

그러니 저런 반응도 당연하겠지만-.

"환자가 있는 게 보이지 않나."

그는 지금 이 오해를 풀어줄 여유가 없었다.

기사들이 덤벼들었다. 하르페니언은 검집 채로 기사들의 검을 어렵지 않게 흘려보냈다.

기사들의 실력 자체는 꽤 괜찮았지만, 그를 죽이는 것이 아닌 제압하는 것이 목적이기 때문인지 살기가 없었다. 더구나 그들이 익히고 있는 건 황실의 검법. 하르페니언은 수백만, 수천만 번을 되풀이했기에 눈 감고도 피할 수 있을 정도로 익숙했다.

그는 그대로 기사들의 손을 검집으로 내리쳤다. 모두 손목을 보호하기 위한 건틀릿을 끼고 있었는데도, 두 명은 짧게 신음하며 그 자리에서 검을 놓쳤다. 한 명만이 간신히 검을 붙잡고 있을 뿐이었다.

기사들은 이 예상 밖의 상황에 순간적으로 얼어붙었다.

그 틈에 하르페니언은 위협하듯 말했다.

"황족에게 검을 겨눈 건 탓하지 않겠다. 당장 입 닥치고 돌아가라. 이번이 세 번째다. 더 이상의 경고는 없어."

"황족은 무슨……! 화, 황태자 전하?!"

검을 떨어뜨린 기사 중 한 명이 어이없다는 듯이 중얼거리다 곧 기겁하여 외쳤다. 그 외침에 다른 기사들의 얼굴도 순식간에 새하얗게 질렸다.

그 물음에 하르페니언은 대답하지 않았다. 그저 내리깔 듯 그들을 바라보았을 뿐이었다. 그 눈빛은 너무나도 차갑고 위압적이라 기사들은 등골이 서늘해지는 것을 느꼈다. 저건, 지배자의 눈빛이다.

그들은 그대로 무릎을 꿇었다.

"용서를!"

"무례를 범하였습니다!"

찰캉! 기사들이 입고 있는 갑옷이 바닥과 부딪쳐 요란한 소리를 냈다. 황성 내에 있다 달려온 만큼 상당히 간소화된 경갑옷이었지만 그래도 금속이었다. 더욱 짜증이 난 하르페니언은 시선을 기사들의 뒤로 돌렸다. 새파랗게 질려 무릎을 꿇는 것으로도 모자라 아예 넙죽 엎드려있는 궁내부원이 보였다.

"에를리아의 신관들을 모두 데려와라. 가능한 빨리."

궁내부원은 덜덜 떨면서도 곧바로 자리에서 일어나 필사적으로 뒷걸음질을 쳤다.

하르페니언은 궁내부원이 방을 나간 것을 확인한 후, 기사들에게 싸늘하게 말했다.

"나가. 아무도 들어오지 못하게 막아라. 신관 외에는 통과시키지 말도록."

명백한 축객령이었지만, 기사들은 그 소리에 즉시 일어섰다. 감히 황족에게 검을 겨눈 행위는 본인만이 아니라 가족들까지 멸하여도 할 말이 없는 죄다. 지금 그의 말은 그걸 용서해준다는 뜻이었다.

손에는 식은땀이 흥건했다. 만약, 그가 황태자가 아니라 단순한 괴한이었다고 해도 실력이 달랐다. 그가 그들을 죽이고자 했다면 기사들은 이미 시체로 변해 있었으리라. 황태자의 검 솜씨에 대해서는 여러 진위를 알 수 없는 소문들 사이에서 간간이 들려왔지만 설마 이 정도의 실력자일 줄은 몰랐다.

그들은 검을 쥔 자로서의 본능적인 존경과, 살았다는 안도감, 신의 저주를 받은 자에 대한 공포감이 뒤섞인 감정으로 고개를 숙였다.

"하해와 같은 은총으로……!"

"조용히."

드높이는 목소리를 하르페니언이 막았다. 그제야 기사들은 그가 입을 닥치라고 세 번이나 반복했다는 걸 떠올렸다.

그 뒤 기사들은 그야말로 입을 닥친 후 조용히 의무실을 나섰다. 문이 거의 소리가 나지 않게 닫히는 걸 확인한 하르페니언은 곧바로 몸을 돌렸다. 그리고 새파래진 얼굴로 그를 보고 있는 신관과 눈이 부딪쳤다. 기도는 이미 끝나 있었다.

"수아는?"

"화, 환자는……. 히익."

에를리아의 신관은 너무 떠느라 차마 말도 잇지 못했다.

쓸모없는 것들. 하르페니언은 속으로 혀를 찼다. 그 소란을 피워 신관이 자신이 누군지를 확실히 알게 된 모양이다. 그리고 신관들은 그들이 모시는 존재의 저주를 받은 그를 일반인보다 더 혐오하고, 무서워한다.

다그쳐봤자 대답을 하긴커녕 실신이나 할 거라는 걸 깨달은 그는 더 이상 말하지 않고 수아에게 시선을 고정시켰다. 다행히 고른 숨소리가 작게 들렸다.

살았구나.

이미 어느 정도는 확신하고 있었지만, 그래도 이렇게 확인하니 몸의 긴장이 훅 풀리는 것 같았다. 그때 신관이 울먹이듯이 간신히 말했다.

"사, 살았……흑, 모, 목숨은 건졌……."

"수고했다. 비켜라."

하르페니언의 손짓에 신관은 덜덜 떨면서 거의 기듯이 수아가 누워있는 침대에서 떨어졌다. 그 속도가 너무나도 느려 답답했지만 하르페니언은 그녀가 적당한 거리로 떨어질 때까지 충분히 기다린 후 수아에게로 다가갔다.

"히익!"

라이나는 비명이 터져 나온 입을 스스로 막았다. 자극하면 안 된다. 심기를 거스르면, 곧바로 자신을 죽일지도 모른다. 그런 공포감에 그녀는 이를 악물었다. 하지만 환자에게 저렇게나 바짝 다가가다니……. 닿기만 하면, 죽는 것이 아니던가.

하르페니언은 그런 신관의 반응에는 아예 신경을 껐다.

"……수아."

확실히 숨소리가 안정되어 있었다. 그는 살짝 그녀의 목덜미에 손을 대 맥을 짚었다. 옆에서 풀썩 기절하는 소리가 들려왔지만 그는 그쪽을 바라보지 않았다. 단지 이제는 뚜렷하게 느껴지는 맥박에 안도했을 뿐이었다.

동시에 창백해진 얼굴과 피에 물든 여관복이 가슴 아파 견딜 수가 없었다. 그 사이에 정말 피를 많이도 쏟아냈다.

미안해.

그 말은 입 밖으로 내지 못했다. 수아는 그가 사과하는 걸 싫어했다. 알이 사과할 게 뭐 있어요? 좀 더 당당하게 말하라고요. 빙긋 웃으며 그렇게 말하곤 했다.

미안.

하지만 하르페니언은 거듭 사과했다. 그건 그녀를 이리 다치게 한 것에 대한 것만은 아니었다.

그녀가 쓰러졌을 때, 하르페니언은 말 그대로 피가 식어버릴 것 같았다. 누군가 자신의 배를 가르고 목을 친다 하더라도 그 정도는 아닐 것이다.

그건 수아에 대한 걱정보다는 그녀가 그의 곁에서 영영 사라져버릴지도 모른다는 사실에 대한 공포에 더 가까웠다.

그 감각은 하르페니언에게서 모든 망설임을 날려버렸다.

절대 놓지 않아.

머리로는 앞으로도 그녀가 그와 함께 있는 이상 이러한 위험에 처할 수 있다는 것은 알았다. 하지만 이미 너무 늦었다. 헤어질 거라면 어쭙잖은 핑계를 대는 대신 진작 그래야 했다. 망설이는 사이 수아는 그의 심장을 완전히 얽매었다. 두 번 다시, 빠져나가지 못하도록.

그런 그녀를 떼어낸다는 건 살아서는 불가능했다.

하르페니언은 천천히 수아의 뺨을 쓰다듬었다. 피로 끈적거리는 감촉 너머로 그는 미약하기만 한 그녀의 숨결을 느꼈다.

설사, 이제는 수아가 자신의 곁에서 떠나고 싶어한다고 해도 이제는 결코 놔줄 수 없으리라.

신관이 몇 명 더 불려 왔지만 수아는 좀처럼 정신을 차리지 못했다. 죽음의 문턱까지 갔다 온 셈이니 당연하다고 생각하면서도, 하르페니언은 안절부절못했다. 그녀는 깨어나기는커녕 신음소리 하나 내지 않았다. 신관들은 그녀가 3일 안으로 정신을 차릴 수 있다고 했지만 하르페니언은 그마저도 의심스러웠다.

"3일?"

힉. 숨 막히는 소리와 함께 대답이 다시 나왔다.

"저, 저희가 돌아가며 계속 기도를 드려도 그 정도가 한계입니다!"

하르페니언은 그 말에 딱히 대꾸하지 않았다. 그로서는 신관들이 진실을 이야기하고 있는 것인지, 아니면 영영 깨어나지 못할 그녀를 두고 일단 그의 분노를 모면하려고 둘러대는 것인지 구분할 방도가 없었다.

그때였다. 문밖에서 꽤 많은 이들의 인기척이 느껴졌다. 문이 벌컥 열리는 순간, 하르페니언은 눈살을 찌푸렸다. 분명 아무도 들이지 말라고 했거늘. 하지만 그중 익숙한 사람의 모습을 발견했다.

"형님!"

"……카일."

카르니언은 꽤 급하게 달려온 듯 숨을 몰아쉬고 있었다. 그의 뒤에 따르는 이들은 신관과 기사들이었다.

카르니언은 수아와 하르페니언을 한 번 보고는 딱딱한 어투로 뒤따라온 신관들에게 명령했다.

"저 여관을 치료하도록."

"전하?"

"내가 언제 반문을 허용했지?"

카르니언의 말투는 차가웠다.

"황실 신관인가."

"네, 형님. 견습 신관들보다는 나을 겁니다."

하르페니언은 궁내부원에게 「모든」 에를리아의 신관을 데려오라 말했었다. 하지만 황족이나 고위 귀족을 담당하는 특별 신관까지는 무리였다. 아니, 황족의 명령을 무시할 수는 없으니 차후라도 오긴 하겠지만 어쨌건 저주받은 황태자의 명으로 곧바로 달려올 작자들은 아니었다. 그걸 카르니언이 바로 끌고 와준 것이다.

꽤 나이가 있어 보이는 남녀 신관 둘은 10대 후반 정도인 견습 신관들과는 호화로운 신관복에서부터 확연한 차이가 있었다. 두 신관은 하르페니언에게 예법대로 깊이 고개를 숙이며 예를 갖췄지만, 고개를 든 후에는 어색할 정도로 그에게서 시선을 피했다. 그 태도에는 다른 신관들이 막연히 공포를 느끼는 것과는 다른, 꺼림칙한 무언가가 있었다.

어쨌건 하르페니언의 명은 그렇다 치더라도 둘째 황자의 명까지 무시할 수는 없었다. 그들은 은사와 금사로 수놓아진 신관복을 휘날리며 급히 침대로 다가가 환자의 상태를 살폈다. 그러고는 맥을 짚고 수아의 상태를 면밀히 관찰한 뒤 기도에 들어갔다. 곧 조금 전과는 비교도 할 수 없이 강한 분홍빛의 기운이 솟아나왔다.

"경들은 아무도 들어오지 못하게 해. 아니, 그 전에 다른 신관들은 나가는 편이 낫겠군."

카르니언이 기도를 하고 또 하다 몸도 제대로 가누지 못하고 있는 다른 신관들에게 시선을 돌렸다. 기사들은 기절해 있는 라이나와 신관들을 부축해 방 밖으로 나갔다.

그때 기도가 잠시 멈췄다. 하르페니언과 카르니언이 동시에 신관들에게로 시선을 돌리자, 그 사이 땀이 송글송글 맺힌 남자 신관이 고개를 조아렸다.

"바로 의식을 차리게 하기엔 어렵습니다만, 만 하루 정도면 충분히 깨어나실 걸로 보입니다."

하르페니언이 수아에게로 다가가자 신관들은 반사적으로 뒤로 물러났다. 수아의 얼굴은 여전히 창백했지만, 그래도 조금 전보다는 훨씬 평온해 보이는 모습이었다. 얼굴에도 제대로 핏기가 돌았다.

그제야 하르페니언은 안도의 한숨을 내쉬었다.

"하루? 너무 길다."

"하오나 전하."

"몸이 축나. 더 줄여."

"그, 그건……."

"형님 명을 따르도록."

카르니언이 끼어들자 그제야 신관은 입을 다물었다. 그걸 본 카르니언은 못마땅한 듯 인상을 찌푸렸지만, 얌전히 다시 기도에 들어가는 모습에 무어라고 하지는 않았다.

"도대체……."

카르니언이 한숨을 쉬려다가 입술을 깨물었다.

"무슨 일이었습니까? 설마."

하르페니언이 시선을 그에게로 돌렸다.

"아니, 비슷하지만 다르다."

"그 말씀은?"

"내가 아니라, 수아를 노렸어."

이제까지 고용인이 죽은 경우는 꽤 있었다. 하지만 그건 당연히도, 그를 죽이려던 와중에 휩쓸려 정말 의미 없이 목숨을 잃은 경우였다.

"네?"

카르니언도 그 말을 듣고 입을 떡 벌렸다. 그 또한 상상도 해본 적이 없는 상황이었다. 순간적으로 그게 정말이냐고, 정확하냐고 되물으려다 간신히 그 말을 억눌렀다. 형님이 그런 걸 착각할 리가 없었다.

"알아봐라."

하르페니언이 명령했다.

"아마, 그것도 나와 관계가 있을 테니."

갑자기 회궁에 있는 이민족 여관을 이유 없이 죽이고 싶어져 암살자를 보내는 미친놈은 없을 터였다. 그 말에 카르니언은 깊이 고개를 숙였다.

"명 받들겠습니다."

차라리 잘 되었다. 카르니언은 속으로 이를 갈았다.

피투성이의 황태자가 황궁에 들어왔다는 소식을 전해 들었을 때 카르니언은 저녁 식사를 하고 있었다. 그 소리를 듣고는 어찌나 황망했던지, 그에게는 있을 수 없는 일이었지만 쥐고 있던 나이프를 떨어뜨렸을 정도였다.

특별 신관 중 당장 운신이 가능한 두 명을 데리고 의무실 쪽으로 걸음을 재촉하면서 그는 머리끝까지 화가 났다. 형님이 수아를 급하게 안고 본궁까지 왔다는 건 상황이 그만큼 급박했다는 소리였다. 만약 수아가 그대로 절명했다면.

그 생각을 하자 머리가 아찔했다. 이건 그냥 형님이 슬퍼하시고 끝날 문제가 아니었다. 그녀는 저주가 통하지 않는 유일한 사람이었고 하르페니언의 저주를 풀 수 있는 유일한 단서였다.

그런, 그녀를 감히.

하지만 분노는 거기서 끝나지 않았다. 아마 카르니언도 누가 암살자를 보냈는지 정도는 쉽게 알 수 있을 터였다. 문제는 거기서 더 나아갈 수가 없다는 점이었다.

황제가, 그것을 원하지 않았기에.

카르니언은 그런 「아버지」를 도무지 이해할 수 없었다. 궁 뒤에서 떠도는 소문으로는 그리 사랑하던 아내를 잃게 한 아들을 황제가 증오한다는 말까지 있었다. 카르니언은 그걸 믿는 것은 아니었다. 만약 황제가 하르페니언에게 보복을 하려 했다면, 단순한 방치 외에도 더한 방법은 많았으니까. 하지만 완전히 부정할 수도 없었다. 황태자에게 감히 암살자들을 보내는 이들조차 놔두고 있는 것도 황제가 아닌가.

그래서 카르니언도, 그에 반하는 일은 할 수 없었다. 누가 암살자를 보내는 걸 안다 하더라도 공론화하기는커녕 손도 쓰지 못한다. 심지어 하르페니언조차 그에 대해 별 반응이 없었기에 더더욱 그러했다.

그런데 이번에는, 오히려 하르페니언에게서 알아보라는 말이 떨어진 것이다. 그것도 그가 카르니언에게 처음으로 내린 명령이었다. 그는 주먹을 꾹 쥐었다.

"뭔가를 알게 되면 바로 말씀드리겠습니다. 그러니 형님도 조금 쉬십시오. 일단 의복이라도 갈아입으시는 게……."

"아니, 여기 있겠다."

"그럼 의복을 이곳에 준비시키겠습니다. 식사도요. 수아가 일어나기 전에 형님이 쓰러지셔선 안 되지 않습니까."

다행히 그 말은 거부하지 않았다. 카르니언은 방 밖에 있는 이들에게 이것저것 명을 내리고, 기도를 마치고 탈진한 신관들을 다시 기사들에게 부축하게 한 후 방을 나섰다.

마지막으로 방 안을 본 시선의 끝에는, 수아를 내려다보는 하르페니언의 모습이 있었다. 카르니언은 그녀가 죽지 않아 진심으로 다행이라고 생각하며, 방문을 닫았다.

수아는 캄캄한 방 한가운데에 누워있었다. 이상하게도 기분이 편안했다. 아무것도 없나 싶은 공간이었지만, 갑자기 눈앞에 창문이 보였다. 창문 밖에서는 둥근 달이 방 안으로 달빛을 쏟아내고 있었다.

'아.'

또 그 방인가 싶었지만 이상하게도 아무런 느낌이 들지 않았다. 지독한 외로움도, 가슴을 저미는 것 같은 쓸쓸함도 없었다. 그저 평온할 뿐이었다.

그때 옆에서 인기척이 느껴졌다. 수아는 놀라지 않고 시선을 옆으로 돌렸다. 누군가가 침대 가에 있었다. 순간 알인가 했지만, 상대는 그가 아니었다.

"안녕, 수아."

여자의 목소리였다. 수아는 바로 몸을 일으키려고 했지만 몸이 움직여지지 않았다.

"괜찮아."

어디선가 들은 적이 있는 목소리였다. 뭐가 괜찮다는 건지, 누구인지 묻고 싶었지만 입 또한 굳어있었다.

"조금만 더 힘내."

그녀는 부드럽게 수아의 뺨을 쓸었다. 얼핏 얼굴이 보인 것도 같았다.

그 순간, 수아는 자신의 곁에 있는 사람이 누구인지 알았다. 수아는 그녀의 이름을 부르려고 했지만, 목소리가 나오지 않았다. 수아는 마음속으로 외칠 수밖에 없었다.

시우야!

맨 처음 보인 것은 어둠이었다. 수아는 아직도 꿈속인가 싶어 눈을 두어 번 깜빡여보며 손을 움직였지만, 이번에는 의지대로 몸이 움직였다. 대신 지독하게 힘이 없었고, 전신, 특히 상반신의 통증이 심했다. 빛이 얼핏 아른거리는 것도 같았다.

곧 수아는 이곳이 어둠 속이 아니라 자신의 눈이 잘 보이지 않는다는 걸 깨달았다.

아야. 수아는 입을 움직이려고 했지만 목이 잠겨 아무런 소리도 나지 않았다. 그런 그녀의 눈앞으로 익숙한 이의 얼굴이 보였다.

알. 그녀는 그의 이름을 부르기 위해 입을 깜빡였지만, 이번에도 소리를 내는 것은 무리였다.

“수아. 내가 보이나.”

시야도 흐릿했지만, 어쨌거나 보이는 것만은 사실이었기에 수아는 미약하게 고개를 끄덕였다. 그 동작만으로도 꽤나 힘이 들었다. 그는 안타까운 얼굴로 수아의 뺨을 쓰다듬었다. 장갑을 끼지 않은 맨살의 투박한 느낌이 좋아, 그녀는 살짝 미소 지었다.

자신은 왜 이리 지친 걸까. 무슨 일이 있었더라. 방금 무슨 꿈을 꾼 것도 같은데.

하지만 생각하는 것조차 힘들어 그녀는 다시 눈을 감았다. 그리고 그대로 다시 잠이 들었다.

다시 눈을 떴을 때는 이상한 사람들이 그녀를 내려다보고 있었다.

"정신이 드나요?"

"제가 보이나요? 이게 몇 개죠?"

"괜찮습니까?"

몇 명의 사람들이 수아를 내려다보며 제각기 말을 걸고 있었다. 처음에는 무슨 소리인가 싶었지만 차차 소리가 귀로 들어왔다. 하지만 대답할 수는 없었다.

"이런, 목소리가 안 나오는 모양입니다."

"레나 자매님, 기도 부탁드립니다."

그러고 보니 다들 신관복을 입고 있다. 수아는 눈을 멀뚱히 떴지만 시야가 그다지 밝지가 않아 무슨 상황인지 잘 알 수가 없었다.

이내 한 명이 수아의 목에 손을 얹고 무어라고 중얼거리기 시작했다. 곧 분홍색 아지랑이 같은 것이 신관 주변에 피어나나 싶더니, 그 빛이 자신에게로 빨려들어 오는 것이 보였다. 신기함에 눈을 크게 뜨자, 다음 순간 시야가 확 밝아졌다.

"윽……."

동시에 목소리도 트였다.

"아아."

아무래도 어색한 느낌에 몇 번 목을 가다듬었지만, 몸에 힘이 없기는 마찬가지였다. 기도를 올린 신관이 땀을 닦아내며 안도하는 표정을 지으며 물었다.

"괜찮으십니까?"

"잘 보이시나요?"

"……그, 크흡, 네."

그렇게 대답한 순간, 수아는 왜 자신이 여기에 누워있는지 완전히 기억이 났다. 내리그어진 은색 호선은 현실감이 없었지만 분명 일어난 사실이었다.

칼에, 맞았다.

그 생각과 동시에 다시 상처가 지끈거리며 울렸다.

'알, 알은?'

수아는 필사적으로 눈동자를 돌렸지만 고개까지 돌리는 것은 무리였다. 물먹은 듯한 불안감이 가슴 속으로 퍼져 나갔다.

주변이 암전되며 그대로 쓰러졌던 것도, 그 이후의 일도 확실히 기억한다. 손가락 하나 까딱하지 못하고 목소리 하나 내지 못했음에도 그녀는 의식이 있었다. 알이 그녀의 이름을 부르고 달려와, 자신의 몸을 안아 일으킨 것도 기억한다.

처음에는 그 어떤 통증도 느끼지 못했다.

단지 눈을 뜨는 것조차 할 수 없다는 것이 두려웠고 이대로 영원히 움직이지 못할까 봐 두려웠다. 공포가 그녀를 잠식했다. 죽음 자체도 두려웠지만 그건 알의 곁을 떠난다는 생각에 비하면 아무것도 아니었다.

이대로 죽어버리면 알이 얼마나 슬퍼할까. 아니, 단순히 슬퍼할까 하는 문제가 아니었다. 자신은 그의 저주가 통하지 않는 유일한 사람이다.

얼마나 절망하고

얼마나 자책할까.

그 생각에 수아는 금방이라도 사라질 것 같은 정신을 간신히 부여잡았다. 이내 그녀에게 들이닥친 온몸을 관통하는 엄청난 통증에도, 그리하여 차라리 정신을 놓는 것이 편할 거라는 생각에도 그녀는 어떻게든 버티려고 노력했다. 그대로 의식이 없어지면 아마 죽음이리라는 직감이 그녀를 감쌌기 때문이었다.

그래서 그가 입으로 옮겨준 약을 간신히 한 모금이라도 삼킬 수 있었다. 무언가를 삼키는 것이 그리도 힘들 줄이야. 하지만 목으로 무언가 액체가 넘어온 순간, 수아는 자신이 살 수 있을 거라는 걸 느꼈다. 그 뒤로는 곧바로 정신을 잃었다.

그리고 지금.

"……아……알."

그녀가 더듬거리며 알의 이름을 불렀다. 어디에? 분명 잠깐 정신을 차렸을 때 본 기억이 있는데.

"비켜."

그 소리에 신관들이 흠칫하며 급하게 자리에서 물러났다. 곧 그녀의 눈에 불쑥 알의 모습이 보였다.

"수아."

"알."

이번에는 조금 더 제대로 그의 이름을 불렀다. 다행이다. 떠난 게 아니었구나. 안도감에 수아는 긴장했던 몸을 풀었다.

"……미안."

반 정도 쉰 듯한 목소리였다. 그의 금빛 눈동자는 불안정하게 흔들리고 있었다. 바로 눈앞에서 그녀가 칼을 맞는 것을 봤으니 얼마나 혼자서 힘들어했을까. 수아의 가슴이 지끈거렸다.

"알. 사과……하지, 마요."

다행히 목소리는 제법 나왔다. 그다지 목이 아프지도 않았다. 단지 한마디를 할 때마다 체력이 깎이는 것 같은 느낌이었다.

그래서 수아는 더 말하는 대신, 살짝 웃었다.

그때 몸속에서 아까 들어온 연분홍색 아지랑이가 돌아다니다 지금에서야 사라지는 것이 느껴졌다. 몸이 한순간에 가벼워졌다. 수아는 그제야 옆으로 고개를 돌릴 수 있었다.

처음 보는 방이었다. 하지만 어떤 용도인지는 쉽게 알 수 있었다. 그 위로 알의 목소리가 울렸다.

"언제 완치되나."

"힉. 그, 그래도 고비는 넘겼으니 일주일 정도만 치료를 받으면서

안정을 취하시면 될 것 같습니다."

"그런가."

"네, 반드시!"

담담한 알의 말과 지레 겁먹고 있는 신관들의 목소리는 묘한 대조를 이뤘다.

수아는 문득 알이 그들을 위협할 생각이 없다고 말하고 싶은 충동을 느꼈다. 하지만 동시에, 소용이 없을 거라는 것도 알았다.

"알."

수아가 팔을 움직였다. 아까보다 몸이 가벼워졌다고는 하지만 스스로 몸을 일으킬 수 있을 정도는 아니었다. 그녀가 그에게 손을 뻗자 알은 금방 의도를 알아차리고 수아의 어깨를 둘러 가볍게 그녀의 상체를 침대에서 일으켰다.

"히익!"

숨죽인 비명이 신관들에게서 터져 나왔다. 여자 신관은 아예 남자 신관에게 매달려 온몸을 부들부들 떨고 있었고 남자 신관은 금방이라도 기절할 거 같이 새파래진 얼굴로 필사적으로 시선을 돌리고 있었다.

그 반응에 울컥한 수아는 더더욱 알의 옷자락을 꽉 쥐었다. 그리고 보란 듯이 그의 어깨에 이마를 기댔다. 다시 주변에서 비명이 터져 나왔지만 수아는 아랑곳하지 않았다.

"알은, 안 다쳤어요?"

이제 목소리는 자연스럽게 나왔다.

"전혀."

"다른 사람들은요?"

"다들 무사해."

수아가 작게 미소 지었다.

"정말, 그런 표정 하지 마요."

"……수아."

"괜찮아요. 또 미안하다고 하면 정말 화낼 거예요?"

수아는 무슨 일이 일어났는지는 잘 몰랐지만 갑자기 관료가 여관 하나를 죽이겠다고 달려들 리는 없었기에 아마 회궁의 일과 관련이 있지 않을까는 싶었다. 하지만 그렇다고 해서 그게 그의 잘못이 되는 게 아니니까.

"저를 놓고 떠날 생각해서도 안 되고요."

"절대로."

생각보다 빠른 대답에 수아는 조금 의외라고 여기면서도 옅게 미소 지었다. 그리고 그를 붙잡기 위해 팔을 들어 올리려다가 지끈거리는 통증을 느끼고는 움찔 몸을 떨었다.

"아얏."

"많이 힘든가?"

"조금 지끈거리는 정도에요. 몸에 힘도 좀 없고……?"

"더 쉬어야 해."

"알도요."

"난 괜찮아. 옆에 있겠다."

"피곤하잖아요."

"전혀."

"쉬긴 했어요?"

그 말에는 대답이 돌아오지 않았다. 그제야 수아는 알의 모습을 조금 더 찬찬히 살펴보았다. 절대 편안한 몰골은 아니었다. 어쩐지 그 사이에 굉장히 초췌해진 것 같고, 그리고……. 수아는 어라, 하며 눈을 동그랗게 떴다.

"어……. 어?"

그러고는 자신도 모르게 손을 뻗어 알의 얼굴을 매만졌다. 뒤에서는 숨죽인 비명 정도가 아니라 뭔가 쓰러지는 소리가 들렸지만 역시 신경 쓰지 않았다. 손끝이 까끌거렸다.

"우와, 이거 수염이죠?"

순간 알의 얼굴이 확 붉어지는 것이 보였다. 수염이라고는 하지만 이렇게 만져보지 않으면 거의 보이지 않을 정도로 짧게 나 있을 뿐이었다.

알은 그대로 붉어진 얼굴을 가리며 수아에게서 몸을 빼려고 했다. 하지만 그녀가 그를 붙잡고 있었기에 그러지도 못했다. 대신 다른 한 손으로 입가를 가리면서 고개를 옆으로 돌렸다. 수아는 그의 빨개진 귀를 보며 쿡쿡 웃었다.

"풋, 왜 그렇게 부끄러워해요?"

"아니, 그……."

"왜요, 네?"

"……그, 흉한가?"

그 말에 수아는 웃음을 터트릴 뻔했지만 간신히 참았다. 여기서 웃으면 정말로 그렇다는 뜻이 된다.

"아뇨, 그게……. 후후, 신기해서 그랬어요. 알 수염 난 거 처음 봐서."

"미안하……. 아니, 그. 음, 단장을 제대로 못 해서. 아무래도 깔끔하지 못하지."

그 변명 아닌 변명에 수아는 잠시 알은 왜 지금 이 상황에서도 귀여운가 고민하다가, 설사 알이 장비나 관우처럼 수염을 길러도 절대로 싫어지지 않을 거라는 생각을 했다.

"괜찮아요. 수염 정도야 뭐. 보통 하루만 면도 안 해도 그 정도는 자라는 거 아니에요? 그러는 알은 저 엉엉 울 때부터 다 봤으면서."

수아는 알의 어깨에 다시 얼굴을 묻었다. 갑자기 급속도로 피곤이 몰려오며 잠이 쏟아지기 시작했다. 그가 당황해 비틀거리는 수아의 몸을 받쳤다.

"수아."

"으음, 피곤해서……."

"쉬어."

"후함, 네. 알, 저 조금만 잘게요……."

"그래."

"알도 좀 쉬어요. 일어나서…… 하음, 지금처럼 피곤해 보이면…… 후암. 화낼 거……."

그리고 수아는 방금까지 아무렇지도 않게 말했다는 것이 거짓말처럼, 순식간에 어둠에 내던져지는 기분을 느끼며 그대로 기절하듯 다시 잠들었다.

다시 어두운 방 안이었다. 수아는 반 정도 몸을 일으켰다.

"거기 있어?"

수아는 물었다.

"응."

어둠 속에서, 여자의 목소리가 대답했다.

잠시의 침묵이 흘렀다. 먼저 다시 입을 연 것은 수아였다.

"왜 네가 여기에 있는 거야? ……시우야."

행방불명 됐던 그녀의 친구. 더 이상 육상 선수로 재기할 수 없다는 사실에 절망해 자살했을 거라는 의견이 대다수였지만, 수아는 그렇게 생각하지 않았다. 언젠가 그녀가 다시 나타날 거라고 믿었다.

물론 그 만남이 이런 상황이라고 생각해 본적은 한 번도 없었지만.

한 발자국, 그녀가 수아에게로 다가오는 것이 느껴졌다. 하지만 아무리 보려고 해도 얼굴이 보이지 않았다.

"너, 어디 갔었던 거야? 혹시나 무슨 일이 생겼을까 봐……. 나, 두 번 다시 널 볼 수 없을까 봐……."

수아는 끝까지 말을 잇지 못하고 입술을 깨물었다. 시우는 담담하게 대답했다.

"이곳."

"뭐?"

"이 세계로, 왔어."

너무나도 의외의 말에 수아는 살짝 입을 벌렸다. 물론 이계인이라는 게, 수아 혼자만은 아니라는 건 잘 알고 있었다. 하지만 그 수는 정말로 적다고, 희귀하기까지 한 숫자라고 배웠었는데.

"어떻게 된 거야? 너도 무슨 사고로 온 거야?"

"사고? 아니, 네가 온 건 사고가 아니야, 수아야."

부드러운 말투였다.

"너를 데려온 건, 나니까."

"……뭐?"

뭔가로 뒤통수를 얻어맞은 것 같았다.

수아는 이제까지 자신이 이 세계에 온 것은 우연이라고만 생각했다. 그래서 가끔은 운명을 원망하면서도 결국 체념하는 수밖에 없었다. 사고라는 건, 예고하고 일어나는 일이 아니니까.

하지만 처음부터 그게 아니었다면?

왜, 어째서, 무슨 이유로. 순식간에 많은 생각이 떠올랐지만 가장 강한 궁금증은 단 한 가지였다.

그렇다면, 돌아갈 수 있어?

손에 힘이 들어가 침대보를 움켜잡았다. 가족들의 얼굴이 머릿속을 스쳐 지나갔다.

그때, 수아의 혼란을 읽기라도 한 듯 시우가 물었다.

"돌아가고 싶어?"

돌아가고 싶다. 왜 돌아가고 싶지 않을까. 그리운 가족들. 그리운 세계. 태어나고 자란, 수아의 모든 것이 있는 그러한 곳.

하지만.

알.

나는…….

수아는 울 것 같은 기분으로 고개를 숙였다.

"왜……그런 거야? 왜 날……."

그녀는 잠시 말이 없었다. 하지만 이내 한숨과 함께 대답이 나왔다.

"넌 그때 죽을 운명이었으니까."

시우가 씁쓸하게 웃는 소리가 났다.

"그렇지만 이 세계에 오면, 네게 다른 생을 이어붙일 수 있었어."

"죽……어?"

확실히 그렇게 생각했었다. 발을 헛디딘 순간, 이제 틀렸다고, 바보같이 실수해 모든 것이 끝났다는 감각이 있었다. 그래서 눈을 떴을 때는 깊이 안도했다. 살았구나, 하고.

그 위로 시우의 말이 계속 이어졌다.

"이 세계는 어떤 문제가 있어. 열쇠가 필요했고, 난 그걸 너로 해달라고 부탁했어."

"시우야."

"그래서 네가 여기로 온 거야."

"이시우."

수아는 고개를 들었다.

"몰라. 무슨 소린지 전혀 모르겠어. 아니, 왜 여기야? 왜, 네가 꿈에……. 네가 이 세계에 있다면 왜 이런 식인 거야. 그냥 얼굴 보고 이야기해도 되잖아. 왜……."

"미안해."

그제야 시우는 움직였다. 수아에게로 천천히 다가와, 그녀가 있는 침대 위로 걸터앉았다. 비로소 그녀의 얼굴이 보였다.

그 얼굴은 수아의 기억과 크게 다르지 않았다. 시우는 원래 키와 몸집이 작은 수아와는 정반대 타입이었고, 나이는 동갑이었지만 동안인 수아와 있으면 대여섯 살 정도는 더 성숙해 보였다.

시우의 표정은 언제나 풍부했지만, 지금은 낯설 정도로 표정이 없었다. 어쩐지 그런 그녀의 모습은 꽤나 슬퍼 보였다.

"하지만 나, 너를 찾아오는 건 무리야. 네가 살고 있는 시점의 난 이미 죽었으니까."

왜, 이렇게 엉뚱한 곳에 나타나 이상한 소리만 해대는지 모르겠다. 수아는 무작정 고개를 저었다.

"네가 죽었다고?"

시우는 웃었다. 그건 뭐라고 표현할 수 없는, 미묘한 느낌이었다.

"정확히는, 지금의 난 살아있어. 하지만 내가 있는 곳은 네가 있는 시점에서 한참이나 전이거든. 황금시대라고 불리고 있는 것 같더라."

그 말에 퍼뜩 떠오르는 것이 있었다. 그녀의 이름을 알고 있는 사람. 이즈벳의 석판. 한글을 아는 사람.

"설마, 너. 그 석판의 글귀……."

"응. 네가 그걸 보고 날 떠올렸기에, 우리가 지금 이렇게 만날 수 있는 거야."

수아는 최대한 진정하려고 노력했다. 이건 자신의 꿈이라는 걸, 그러니 잘못 흥분하면 금방 깨어나리라는 걸 알았다. 하지만 질문을 억누를 순 없었다.

"어떻게? 네가 이 세계로 오면서 과거로 갔다면, 어떻게 내가 처한 상황을 알았던 거야? 아니, 애초에 어떻게 내가 그때 죽을 운명이라는 걸 알았어? 너는 그걸 어떻게 이어붙인 거고? 선택이니 뭐니, 열쇠니 뭐니 하는 소리는 다 뭐야!"

목소리가 점점 높아져 갔다. 시우가 손을 뻗어 수아의 머리카락을 살포시 쓰다듬었다. 그 사이로 느껴지는 체온은 매우 따뜻했다.

"진정해, 수아. 혼란스러울 건 이해해. 하지만 하나 장담할게. 아마 모든 일이 끝나면, 넌 나만큼이나……. 아니, 나보다도 더 잘 알게 될 거야."

어디서 들어본 소리였다.

수아는 리노체스 부인을 떠올렸다. 물어보았던 것이 황태자의 이야기였는지, 아니면 알에 대한 이야기였는지 잘 기억은 나지 않았다. 하지만 부인도 그 대답으로 비슷한 어조의 말을 했었다. 그때는 깊게 생각하지는 않았지만.

하지만 이제는 그 말뜻을 이해했다. 알이 황태자였으니까. 그리고 수아는, 그와 깊이 관련되어 있으니까.

"설마……."

수아는 침을 꿀꺽 삼켰다. 그녀가 다른 이와 다른 것. 회궁에 들어가라는 뜻을 담고 있었던 석판의 글귀.

"알과, 관련이…… 있어?"

"정확히는 저주와."

그 긍정에 심장이 뛰었다. 간신히 억누르고 있던 감정이 울컥 치솟아 오른다.

"왜? 너무하잖아. 아홉 살 때부터랬어. 아무런 원인도 이유도 없다고. 아니, 신의 저주라고. 그래서 더욱 끔찍한 존재라고. 그런데 내가 그 저주와 관련이 있다고? 뭐야, 그럼, 그 신이라는 존재와 너도 관련이 있다는 소리잖아!"

어둠이 일렁이면서 흔들렸다. 꿈이 깨지고 있었다. 어느새 눈물로 앞이 흐려져 시우의 얼굴이 잘 보이지 않았다. 수아는 손등으로 눈물을 닦고는 그녀에게 매달리듯 말했다.

"왜……. 아니, 원인 같은 건 안 궁금해. 그냥, 그냥……. 저주만 풀어줘. 너, 내가 그때 회궁에 갈 거라는 걸 알았다면 앞으로의 일도

다 알 거 아냐? 다 정해져 있다는, 소리잖아. 어떻게 되는 거야? 아니, 안 물어볼게. 그냥 저주만……."

"수아."

시우가 그녀의 이름을 불렀다. 처음으로 느낀, 초조함이 섞인 목소리였다.

"아냐, 정해져 있는 운명 따위는 없어. 내가 본 건 수많은 갈래 중 하나라고, 그중 하나를 네가 선택한 것뿐이야. 그래서 널 만날 수 있을지도 사실 확신하지 못했는데."

그녀가 고개를 숙여 수아의 눈과 똑바로 시선을 맞춰왔다. 그 눈에는, 물기가 조금 서려 있는 것 같기도 했다.

"나, 수아 널 많이 보고 싶었어. 넌 진짜 내 친구였잖아?"

시우는 수아의 손을 꼭 잡았다.

"운명 따윈 정해져 있지 않아. 그냥, 그 말을 하고 싶었어. 열쇠는 너 자신이니, 망설이지 말고 행동해. 원하는 걸 밀고 나가. 넌 솔직한 게 장점이지만, 때로는 거짓말을 해도 돼. 그렇게 되면……. 마지막으로 선택할 수 있을 거야. 이 말을 하고 싶었어. 계속."

수아는 반사적으로 그녀가 잡아온 손에 힘을 주었다. 무슨 소리인지는 여전히 알 수 없었다. 하지만 한 가지 확실한 게 있었다.

"잠시, 네가 어떻게 지내는지 보고 싶었을 뿐이었어. 그런데 네 수명을 보고, 놀라서……. 그래서 여기 오게 했을 뿐이야. 이제 앞으로는 네가 선택하고 네가 살아나가겠지. 그 길이 나와 겹치지 않는다는 건 아쉽지만, 그래도……."

지금 이 소리는, 수아 자신을 위한 것이라는 걸. 시우가 그녀를 이 곳으로 데려온 것 또한 수아를 위해서였다는 걸.

–행복해져.

어릴 때의 시우는 수아보다 훨씬 어른스러웠다. 입양이 결정 난 그녀의 손을 잡고 그렇게 말했던 기억이 있다. 아니, 기억이라기보다는 그냥 편린이었다. 그것이 나중에 시우를 만나고 수아가 스스로 상상해 덧씌운 것인지, 아니면 시우가 정말로 그렇게 말했던 것인지는 알지 못한다.

하지만 지금 시우의 표정은 그때와 같아서, 수아는 가슴 한구석이 아려왔다.

이제는 만날 수 없는 친구. 시우의 말대로라면 이제 같은 시간 안에서는 살아가지 못하리라. 지금의 「시간」에서 그녀는 이미 죽은 사람이니까.

"나도, 시우 널 보고 싶었어. 계속해서. 친구니까."

하고 싶은 말도, 묻고 싶은 말도 많았다. 좀 더 길게 이야기를 하고 싶었다. 하지만 한 번 흔들리기 시작한 꿈은 이제 거의 깨져나가고 있었다.

"응."

시우는 그 말만으로도 충분한 듯, 밝게 웃었다. 그러고는 한 마디를 덧붙였다.

"있지, 수아. 저주는 풀 수 있어."

시우는 너무나도 간단히 그렇게 말했다.

자신이 들은 소리가 맞는지 수아는 눈을 크게 떴지만, 그녀가 되물을 틈도 없이 시우는 와락 그녀를 껴안았다.

"열쇠는 너니까, 믿고 나아가. 잘하면 나와 한 번 더 만날 수 있을 거야. 그리고 그때가 되면……."

흔들리던 어둠이 완전히 깨어져 파편이 되어 사라졌다. 그리고 시우의 마지막 속삭임과 함께, 수아는 눈을 떴다.

헉. 수아는 깜짝 놀라 간신히 숨을 몰아쉬었다.

꿈. 아니, 꿈이면서도 꿈이 아니었다.

"수아?"

약간 잠긴 듯한 목소리가 들렸다. 수아는 급히 몸을 침대에서 일으켰다. 순간 눈앞이 아득해지면서 현기증이 핑 돌았다. 그런 그녀를 붙잡는 손이 있었다.

"……알."

어느새 익숙해진 품 안이었다.

"괜찮나."

"네. 너무 갑자기 일어나서……."

수아는 고개를 들어 그를 보았다.

타닥거리는 벽난로의 소리와 함께 붉은 불길이 그를 비추고 있었다. 아까보다는 훨씬 단정해진 모습이었다.

"알은 괜찮아요?"

"난 다친 게 아니니까."

그렇게 대답하는 목소리도 살짝 잠겨있는 걸로 봐서는, 그도 잠들었던 모양이었다. 하지만 이곳은 아까와는 다른 방으로, 훨씬 작고 아늑했지만 다른 침대는 보이지 않았다. 수아는 미간을 찌푸렸다.

"앉아서 졸았어요?"

"아니, 음."

"편하게 자야죠. 아, 설마 알 저 다친 후부터 눕지도 않고 계속 옆에 있었던 거예요?"

그는 얼른 대답하지 못했다. 사실인가 보다.

"좀 쉬라고 했죠!"

"그대 옆이 제일 편해."

그리고 이런 낯간지러운 소리를 아무렇지도 않게 한다. 딴에는 변명인 모양이지만. 수아는 한숨을 쉬었다.

"그런 거라면 그냥 제 옆에서 누워서 자면 되잖아요. 왜 굳이……."

수아는 말을 끝맺지 못했다. 그 소리에 알의 표정이 굳는 것이 보였기 때문이다.

"어……. 알?"

"수아."

그는 가볍게 한숨을 쉬었다.

"그런 말 좀 가볍게 하지 말아줘. 말할 때마다 심장이 떨어져 나갈 거 같으니."

"네?"

"남자에게 그게 어떤 의미인지 알고서 말하는 건가."

수아는 잠깐 생각하다가 이내 얼굴이 확 붉어지는 것을 느꼈다. 아니, 잠깐만요. 어.

"그, 그게 아니라요! 그냥…… 쉬라고……요."

그러고 보니 그런 의미로도 알아들을 수 있겠구나. 아니, 생각해보니 다른 사람도 아닌 연인에게 말하는 건 반드시 그런 의미였다.

그렇게 당황하는 수아를 보며, 알은 작게 웃었다.

"별생각 없이 말한다는 건 알아. 아마 문화 차이기도 하겠지. 하지만 그대는 정말 상대가 어떻게 받아들이는지 한 번 생각해줄 필요는 있어."

그러고는 조금 더 그녀를 가까이 끌어안으며 귓가에 속삭였다.

"특히 다른 남자에게, 그런 소리를 하면 그때야말로 화낼 테니까."

마지막은 수아 자신의 말투였다. 하지만 그 말을 듣는 순간 심장이 미친 듯이 뛰었다. 으아, 진짜. 이거 반칙이잖아요, 알.

"아, 안 해요……."

"정말로?"

"당연하잖……!"

확 고개를 들다가 수아는 그대로 굳어버렸다. 바로 눈앞에 알의 눈동자가 있었다.

아주 가까이. 붙어있는 상태에서 고개를 들면 이렇게 될 거라는 걸, 생각만 해보면 알 수 있는데.

그의 금색 눈이 웃었다. 커다란 손이 수아의 뺨을 어루만졌다.

“거봐. 금방 방심하는군.”

그리고 수아가 무어라고 반응하기도 전에 그의 손가락이 뺨에서 떨어졌다.

“환자가 기력 소모하면 안 좋아. 더 쉬겠나? 아니면 요기를 하는 것도 좋겠군. 그대는 지금 만 하루 이상을 굶었어.”

그는 수아를 자신에게 떼어 침대에 기대게 했다. 하지만 계속 굶어서 그런지 허기는 별로 느끼지 못했다. 대신 온몸이 끈적한 것이 신경 쓰였다.

“음, 식사보다는 일단 씻고 싶은데요.”

“아니, 일단 한 입이라도 좋으니 요기부터.”

알은 그답지 않게 강하게 말하고는, 벽난로 위에 얹혀 있던 작은 냄비에서 수프를 접시에 덜어냈다.

“좀 식긴 했지만, 먹기에는 편할 거야. 갑자기 한꺼번에 먹으면 좋지 않으니까, 조금만.”

그러면서 수아의 침대로 다가와 앉더니, 수프를 한 스푼 떠 그녀에게로 내밀었다. 수아는 엉겁결에 그걸 받아먹었다. 식었다고는 하지만 따뜻한 온기가 입안 가득히 퍼졌다. 그녀가 수프를 삼키자, 알이 다시 한 스푼을 떴다.

“어, 잠깐만요. 제가 먹을 수 있어요!”

"그대는 환자야. 조금이라도 기력을 아끼는 게 좋아."

"아니, 하지만……."

그러나 그 말이 채 끝나기도 전에 스푼이 다시 입 앞으로 내밀어져, 수아는 더 말을 잇지 못하고 그 수프를 받아먹었다. 삼키고, 다시 한 스푼. 결국 수아는 얌전히 수프를 받아먹을 수밖에 없었다.

"으, 정말."

결국 접시에 반 정도 차 있던 수프를 다 먹고 나서야 알은 손을 내렸다. 어린애도 아니고, 이게 뭐람. 하지만 수아는 그 투덜거림을 입 밖으로 내진 못했다. 단지 붉어진 뺨을 숨기려 손을 올리자, 알이 슬쩍 미소를 지어 보였을 뿐이었다.

그런 그에게 무어라고 막 입을 열려던 참이었다. 밖에서 노크 소리가 들렸다.

"전하, 부름을 받고 왔습니다."

어디서 많이 들은 목소리다. 곧 알의 허락에 문이 열리고, 그 앞에는 수아도 익히 잘 아는 사람이 서 있었다. 그녀는 방 안으로 들어와 먼저 알에게 우아하게 인사했다.

"오랜만에 뵙습니다, 전하."

리노체스 부인이었다.

"아가씨도 간만에 뵙네요. 그 사이 좋지 않은 일을 당하셨다 하여 유감입니다. 본디 곧바로 달려왔어야 합니다만, 하필 제가 잠시 수도를 떠나 있었는지라……. 전하, 말씀대로 시중들 아이 몇을 데려왔습니다. 바로 대령할까요?"

저번에도 리노체스 부인은 알에게 깍듯한 편이었다. 하지만 그녀가 알의 유모라는 걸 안 후에 보니 또 묘한 기분이었다. 확실히 알이 높긴 높은 사람이구나 싶었다.

"그래, 수아에게. 일단 씻고 싶다고 하니."

"알겠습니다. 아가씨, 저택에서 하녀 몇을 데려왔어요. 아마 아가씨와 안면이 있는 아이도 있을 터이니 편하게 부려주시면 됩니다."

"네?"

"황궁 시녀를 부리는 것보다야 낫겠지요?"

당연하다. 시녀를 부린다는 생각만 해도 등이 뻣뻣해지는 느낌이었다. 여관에게 시녀는 부서가 다른 곳의 상관이나 마찬가지니까.

곧 하녀 몇이 방에 들어왔고, 그 안에서 아는 얼굴을 찾은 수아는 안도로 숨을 내쉬었다. 경황이 없어서 바로 인식하진 못했지만 아마 이곳은 본궁 안일 터였다. 여관 하나를 신관들이 몇이나 붙어 치료해주는 것도 보통은 아닐 거고, 그렇다면 수아는 황궁의 여관이 아닌 황태자의 손님 비슷한 신분으로서 있는 게 아닐까. 그래서 황궁 시녀들의 시중을 받아야 한다면…….

뭔가 소름이 오소소 돋아왔다. 리노체스 부인이 하녀들을 데리고 와준 것이 참 다행이었다.

수아는 하녀들의 시중을 받아 욕실로 들어섰다. 대리석으로 만들어진 욕조에는 물이 가득 차 있었다. 향유 냄새 또한 가득했다. 이런 작은 방에 딸려있는 욕실치고는 호화롭기 짝이 없었다.

옷을 벗고 거울을 보니 어깨의 상처는 입은 지 얼마 되지 않았다는 것이 무색하게도 거의 다 아물어 그 흔적만을 남기고 있었다. 이게 신성력의 힘이라는 걸까. 신기했다.

평소라면 그녀를 시중들며 이것저것 재잘거렸을 하녀들도 이번에는 무슨 지시를 받은 건지 입을 다물고 조용했다. 수아 또한 굳이 말을 걸 정도로 기운이 있지도 않았다.

그 고요함 속에서, 수아는 조금 전 만났던 이를 떠올렸다. 아니, 「만났다」는 표현은 어쩌면 적합하지 않은지도 모르겠다.

시우. 그녀의 친구.

'넌, 내가 알을 사랑하게 될 걸 알았을까?'

이제 와서는 의미 없는 질문이다.

수아는 따뜻한 물속에 잠긴 손을 살짝 움직였다.

시우는 그녀에게 앞으로 나아가라고 했다. 하고 싶은 대로 하라고. 열쇠니 뭐니 하는 소리는 여전히 뜻을 알 수 없었지만 한 가지만은 분명했다.

알의 저주를 풀 수 있는 방법이 있다.

몸이 흥분으로 오싹거렸다. 그의 저주의 문신을 없애고, 더 이상 신의 저주를 받았다는 소리를 듣지 않게 할 수 있다. 1년 후에 죽는 것이 아닌, 다른 이들과 같은 삶을 살게 할 수 있다.

그녀는 가늘게 숨을 내쉬며 조금 더 욕조에 몸을 묻었다. 물이 찰랑대며 바로 턱 아래까지 내려왔다.

동시에 마음 한구석에 걸려있던, 시우의 마지막 한 마디도 함께 떠올랐다. 그녀는 눈을 감고 아예 물속으로 들어갔다. 순식간에 모든 소리가 차단되었지만, 시우의 목소리는 여전히 귓가에서 생생하게 울리고 있었다.

-그리고 그때가 되면, 넌 돌아갈 수 있어.

현재 궁은 폭풍의 한가운데에 있었다.

황태자가 본궁에 이렇게까지 오래 머문 것은 처음이었다. 게다가 그 이유가 이민족 여관을 치료하기 위해서라니. 황태자는 침식도 잊은 채 여관 옆에 붙어 거의 떨어지지 않았고 둘째 황자까지도 그 여관을 치료하기 위해 고위 신관을 끌고 갔다.

당연히 그 여관이 누구인지, 어디서 목숨이 위험할 정도의 상처를 어떻게 입었는지, 황자와 황태자와는 무슨 관계인지, 왜 황족 둘이 기를 쓰고 여관 하나를 치료하는지 등등 수많은 억측들이 오갔다.

여기에 신관들의 증언까지 더했다.

이민족 여관은 황태자와 닿아도 죽지 않는다.

그 반향은 대단했다. 원래 이런 종류의 소문은 그 진위와 상관없이 부풀려져 퍼지기 마련인 데다, 저주 이야기가 합쳐지자 그 한계를 모르고 커져갔다.

소문 속 이민족 여관은 저주받은 황태자에게 잘못 선택받은 가련한 제물이 되기도 했고 그와 함께 신의 저주를 받은 악마의 하수인이 되기도 했다.

카르니언은 한숨을 내쉬었다.

"대단하군."

"평소라면 떠들다가 사그라질 것이긴 합니다만."

"형님은?"

"어차피 허황된 소문이야 늘 있었으니까요. 크게 신경 쓰지 않으시는 것 같습니다."

"그거야 자네가 형님께 보고드리기에 앞서 나를 찾아왔기 때문이 아닌가. 무슨 꿍꿍이지? 리노체스 백작."

카르니언이 물었다. 코발트블루의 머리색을 한 남자는 속을 알 수 없는 표정으로 그를 바라보고 있었다.

어차피 어느 정도 작위를 가진 자들이라면 소문에 여러모로 흔들리는 아랫것들과는 달리, 안줏거리로 삼을망정 진지하게 생각하지는 않았다. 그러나 이번에는 신관의 입에서 비롯된 증언 때문인지 그걸 이용하려는 자들이 있었다. 그리고 그들은, 수아에게 암살자를 보낸 이들이기도 했다.

그 움직임을 가장 먼저 파악한 건 카르니언이었다. 하지만 루펜 또한 놀랄 정도로 빠르게 알아차렸다. 그가 황궁에서 그다지 큰 영향력을 가지고 있지 않다는 걸 감안하면 감탄스러울 정도였다. 그러나 그는 하르페니언에게 달려가는 대신, 카르니언에게로 왔다.

평소 카르니언을 경계하던 이의 행동으로는 도저히 보이지 않았다.

"어차피 황태자 전하의 대응은 곧바로 아가씨와 함께 궁을 떠나는 것이겠지요. 그런데 황자 전하께서는 아가씨를 위해 특별 신관을 불러 주시지 않으셨습니까."

"그거야……."

카르니언은 말을 잇다 말고 그가 무슨 소리를 하는지 알아차렸다. 카르니언이 특별 신관들을 부른 건 황자로서 내린 명으로, 그가 황태자와 관련하여 처음으로 보인 공식적인 입장이 된다. 즉, 둘째 황자가 저주받은 황태자에게 호의적이라는 것을 공표한 것이나 마찬가지였다. 더구나 루펜은 수아가 저주가 통하지 않는 사람이라는 걸 카르니언에게 이야기해 준 장본인이다.

그는 작게 한숨을 내쉬었다.

"고작 그걸로 믿음이 생겼다는 건가?"

이제까지 카르니언이 본 루펜은 겨우 그런 걸로 신뢰를 보일 인물이 아니었다. 루펜은 당당하게까지 들리는 어조로 짤막하게 답했다.

"도박입니다."

"……그렇다고 대놓고 나를 시험하고 있다고는 말해주지 않아도 되네만."

"어차피 제힘으로 수습할 수 있는 범위가 아닙니다. 그리고……."

루펜은 잠시 말을 끊었다가, 단번에 이었다.

"겨우 1년 남았습니다, 전하. 더 이상 제가 신중해 봤자 얻을 수 있는 게 무엇이겠습니까?"

잠시 손에 잡힐 정도로 무거운 침묵이 흘렀다. 비록 교류가 잦았던 사이는 아니었지만, 그가 이렇게까지 직접적으로 하르페니언의 수명에 대해 언급한 것은 처음이었다.

"그렇군."

먼저 침묵을 깬 것은 카르니언이었다.

"좋아, 되지도 않는 탐색은 그만두지. 자네가 그리 나온 이상 나도 자네가 형님께 계속 충성을 맹세하고 있는 것으로 믿겠네."

"감사합니다."

그는 누가 봐도 형식적인 모양새로 고개를 숙였다. 카르니언은 일단 뻔뻔함에 대해서는 눈감아 주기로 하고 입을 열었다.

"어쨌건 바로 본론으로 들어가자면, 이번 암살시도는 나도 좀 의외였네. 조용히 연구만 하던 이들이 갑자기 왜, 싶었네만."

"아니요, 전하."

루펜은 조용히 고개를 저었다.

"이제껏 그들이 조용하던 까닭은 자신들의 욕구가 대부분 충족되어 있었기 때문입니다. 실제로는 자신의 지식을 채우기 위해서는 무엇이든 해도 괜찮다 정당화하며 어떤 짓이든 저지르는 작자들이죠."

그 신랄한 평가에 카르니언이 눈을 크게 떴다.

"하지만 자네는……."

"네, 저도 한때는 그들같이 되고자 했었지요. 그래서 더 잘 압니다. 암살자를 보냈다는 것도 별로 놀랍지 않고, 그 이유에 대해서도 별로 궁금하지 않습니다."

이제껏 신의 저주를 받은 황태자를 제거하려는 세력은 별다른 탄압 없이 존재해왔고 암살자는 수시로 회궁에 침입했다. 그러니 회궁에 암살자가 다닌다는 건 황태자에게 관심이 있는 사람이라면 알 수 있는 공공연한 비밀이었다.

당연히 성공해도 실패해도 큰 문제가 없을 거라 여겼을 테지만 예상과는 달리 본궁이 뒤집어졌을 뿐만 아니라 황자 또한 움직였다. 그리하여 허둥지둥, 되도 않는 소문을 이용해 자신들에게 씌워질 혐의를 모면해보려는 것이었다.

"그동안 너무 안온하게 살았지요. 너무 편해서 머리가 돌아버릴 정도로."

"나름 현명한 이들의 집단 아니었나."

"황금시대가 준 커다란 오해죠. 애초에 학자들도 책상에 붙어 있다 하여 현자가 되는 건 아니지 않습니까. 마법사들도 마찬가지입니다. 자연의 힘을 빌려 마법이란 이름으로 그 끄트머리를 잡고 휘두른다 하여 이치에 통달하는 존재가 되겠습니까?"

마법사. 산을 가르고, 땅을 가르고, 세상 이치에 통달한 그 누구보다도 현명한 집단. 세계를 발전시킬 의무를 가지고 태어난 이들. 마법 문명의 극에 달했다는 황금시대에 대한 동경이 깊은 만큼 사람들이 마법사들에게 갖는 환상과 이미지는 어마어마했다. 여기에 선천적으로 마나를 느끼지 못하면 감히 넘볼 수도 없다는 점까지 더해져 그들은 거의 구름 위의 존재였다.

심지어 마법사들은 신의 선택을 받은 이들이라는 인식까지 있었다.

실제로 신력과 마력은 반발하는 힘임에도, 그마저도 신이 다른 형태의 힘을 세상을 위해 내린 것이라고 보았다. 그렇게 신관과 마법사는 서로를 인정했다.

당연히 나라에서도 지원이 대단했다. 아낌없는 예산은 물론, 웬만한 범법행위까지 눈감아주었다. 이계인이나 다른 「미개한」 민족에 대한 「실험」을 허용하는 것이 그 예 중 하나였다.

"그 어떤 실험을 해도 이것은 나라를 위하고 세계를 위한 것이라며 포장합니다. 이 세계의 발전을 도모할 수 있는 것은 오로지 자신들뿐이라는 의식에 취해있습니다. 물론 마법이라는 힘 자체는 절대적이죠. 마법의 힘은 분명 저희를 황금시대로 이끌 것이고, 저 또한 그것을 의심하지는 않습니다. 단지, 그 힘을 다루는 이들의 인격은 믿을 바가 못 된다는 겁니다."

"흐흠."

카르니언은 가볍게 한숨을 내쉬었다. 이제까지 그에게 있어 마법사들은 황실이 움직일 수 있는 커다란 힘일 뿐이었다. 목줄을 쥐고 있는 개에 대해 자세히 생각해본 적은 별로 없었다.

황실은 그들의 힘을 이용하는 대가로 호화스러운 먹이를 주었다. 의식주를 책임져주는 것은 물론, 실험에 들어가는 희귀한 재료부터 특권까지, 모두.

그 대신 그들은 철저히 권력에서 배제됐다. 어차피 제대로 된 마법사가 되려면 인생의 대부분을 쏟아 넣어야 하기에 지식욕 외에 다른 욕구를 우선시하는 이들이라면 처음부터 마법사의 길을 택하지 않는다. 따라서 반발은 거의라고 할 수 있을 정도로 없었다. 황궁 마법사조차 협회 소속으로 스스로 권력을 지니지 않았으며, 황실은 그렇게 비싼 먹이로 주인에게 충성하는 배부른 개를 만들었다.

그런데, 복에 겨운 개가 주제도 모른 채 주인에게 이빨을 드러냈다.

"그렇군."

물론 본인들은 황실에 대적할 생각은 없었을 것이다. 카르니언에게 알랑거리며 황태자를 적대하는 이들이, 자신이 황실에 더할 나위 없이 충성을 바친다고 착각하는 것처럼. 더구나…….

"하나, 자네가 오해하고 있는 게 있긴 하네."

"네?"

"마법사들이 노린 건 형님이 아니야. 수아지."

그것이 황족을 직접 노린 것도 아님에야.

"아가씨를요?"

과연 그건 예상하지 못했는지 루펜은 미간을 가볍게 찌푸렸다. 그는 마법사들이 암살자를 보낸 것까지는 알았지만 이유까지는 몰랐다. 굳이 알고 싶지도 않았다. 어차피 가만 놔둘 수 없는 놈들이라는 건 자명하기에. 단지, 퍼즐이 하나 끼워 맞춰진 느낌이었다.

"과연. 그래도 발 뻗을 곳 정도는 골랐던 작자들이 느닷없이 황족 암살이라는 극단적인 수단으로 나왔다 싶긴 했습니다만."

"물론 황족의 성에 불손한 목적을 지닌 이를 들여보낸 이상, 제 주인에게 이빨을 드러냈다는 건 변하지 않지만 말일세. 그것도 더할 나위 없이 어설픈 움직임으로."

이제껏 황실의 비호 아래 하고 싶은 것은 마음껏 했다. 당연히 우물 안 개구리일 수밖에 없었다. 딴에는 자신들이 은밀하게 행동한다 여기는 것 같았지만 그 움직임은 어이없을 정도로 쉽게 카르니언에게 들어왔다.

"내가 재밌는 것을 주워왔지."

카르니언이 손을 뻗어 종을 울렸다. 미리 일러두었는지 잠시 후 옆방에서 20대 중반쯤으로 보이는 한 남자가 들어왔다. 은빛 머리칼의 남자는 카르니언과 루펜에게 말없이 고개를 깊이 숙였다. 그를 본 루펜의 눈썹이 꿈틀거렸다.

"견습 마법사군요."

"소, 소인은 견습 마법사로, 협회의 인정을 받은 지 5년이 좀 넘었습니다. 하지만 지금은 아닙니다."

"자네, 아까 나에게 한 이야기를 다시 해보게."

그는 불안한지 눈을 이리저리 굴리며 몸을 덜덜 떨고 있었지만, 카르니언의 말에 더듬거리며 이야기를 이어나갔다.

견습 마법사는 원래대로라면 정식 마법사가 되기 전 수습 기간을 보내고 있는 이들을 뜻하지만, 실제로는 두 종류였다. 하나는 사전적인 말 그대로 정식 마법사를 목표로 하는 견습생이었고 하나는 마법사들의 잡일을 도맡는 이들이었다.

마법사가 되는 것에는 신분도 재산도 필요 없다고 하지만 실제로 그럴 리가 없었다. 재능도 알아주는 이가 있어야 빛을 발하는 법. 가진 것 없는 평민들은 마나의 사랑을 받고 태어난다 하더라도 죽을 때까지 그것을 모르는 경우가 제법 있었다. 그나마 운 좋게 안다 하더라도 정식 마법사가 되기는 어렵다. 마법을 다루기 위해서는 자연의 힘을 이루는 마나의 수식에 능숙해야 했는데, 그전까지 세계의 흐르는 힘에 대한 개념은커녕 글조차 읽고 쓸 수 없었던 이들에게 그 응용을 기대한다는 건 아무래도 무리였다.

하지만 그 어리숙함 때문에 오히려 꼭 필요한 존재이기도 했다. 마법사들은 보안이 필요한 중요한 실험일수록 그들을 조수로 선호했다. 물론 그런 견습 마법사도 마법사라 그 수는 매우 적었고, 당연히 하는 일도 보통 평민이 할 수 있는 일보다 대우도 보수도 훨씬 좋았다.

눈앞의 남자는 바로 그런 종류의 견습 마법사였다. 20세가 넘어, 도시도 아닌 시골 마을에서 운 좋게 지나가던 마법사의 눈에 띄었다는 극히 낮은 확률 안에 든 후 계속 조수 노릇을 해왔다고 했다.

"하지만 소인은……. 더 이상 마법사들 밑에서 이, 일하고 싶지 않았습니다. 돈이 없어도 되니까, 마, 마음 편히 농사나 지으며 살고 싶었습니다."

견습 마법사의 대우가 좋다고는 하지만 가끔, 버티지 못하는 경우가 있었다. 실험이라는 명목하에 벌이는 일을 견디지 못하는 것이다.

하지만 마법사 협회에서 귀중한 일손을 쉽게 놔줄 리 없다. 이런저런 핑계로 질질 끌며 계속 붙잡고 있는 것이 보통이었다. 그의 경우 또한 마찬가지였다.

결국 그는 견습 마법사 일을 그만두지 못했을 뿐만 아니라 1년 전에는 황궁 마법사의 조수가 되어 황궁 실험실에서 지내게까지 되었다.

"그, 그러다 이야기를 드, 듣게 되어서……."

언제부터인가 황궁 실험실에는 황태자의 저주가 통하지 않는 이민족 여관이 있다는 소문이 떠돌기 시작했다. 견습인 그의 귀까지 들어갈 정도라면 황궁 마법사들은 이미 대부분 알고 있었다는 소리가 된다. 그 소문은 이민족 여관을 통해 곧 저주가 풀릴 거라는 이야기로 바뀌었다.

"이상하게 마법사님들은 다들 달가워하는 분위기가 아니었습니다. 그러다가……. 그 여관을 없애야 한다고."

그냥, 그렇게 지나가듯 한두 마디 들은 것이 다였다. 하지만 이상하다고는 생각했다. 황족이 받은 신의 저주가 풀린다면 당연히 좋은 일일 텐데, 왜 달가워하지 않을까. 그렇게 의문만을 품고 있는데, 갑자기 본궁에 모습을 드러낸 황태자와 부상을 입은 이민족 여관에 대한 이야기가 황궁을 휩쓸었다. 그러자 마법사들이 눈에 띄게 안달복달하기 시작했다. 그 순간 남자는 직감했다. 뭔가 관련이 있다.

그는 극심한 불안에 사로잡혔다. 다른 것도 아니고 황족이 관련된 일이다. 무작정 도망쳐야 한다는 생각이 들었다. 그래서 더 생각할 틈도 없이 휴가계를 내고 고향으로 향했다. 아니, 향하려고 했다.

그걸, 카르니언의 명을 받고 마법사들의 동향을 살피던 기사가 잡아온 것이다.

"원래는 방조죄로 엄히 처벌해야 하지만, 정보를 제공해줬으니 이번만은 용서해주지. 일단 물러가게."

"가, 감사합니다!"

그 말에 남자는 고개를 몇 번이나 숙이며 감사를 표했다. 카르니언이 나가라고 다시 손짓을 한 뒤에야 남자는 방을 나섰다. 방문이 닫히자, 루펜이 묘한 표정으로 관자놀이를 문질렀다.

"꽤…… 흥미로운 이야기군요."

"그렇지. 어떻게 생각하나?"

어차피 황제가 침묵을 지키고 있어 황태자에게 직접 암살자를 보내도 아무런 조처를 할 수 없는 상황에, 고작 회궁의 여관에게 암살자를 보냈다는 것으로 추궁할 수는 없었다. 그러니 지금 시점에서 저 남자의 말이 사실이냐 사실이 아니냐는 중요하지 않았다. 만약 카르니언이 본격적으로 나설 의도였다면 귀족들의 문제에선 증인도 제대로 되지 못하는 평민 출신의 견습 마법사 대신 황궁 마법사 하나를 붙들었을 터였다.

루펜은 잠시 생각하다가 골치가 아픈 듯한 표정을 지었다.

"확신은 못 드리겠군요. 하지만 마법사 측에도 황태자 전하의 저주가 풀리는 걸 달갑지 않아 하는 이들이 있다는 건 분명하게 말씀드릴 수가 있습니다."

"어째서?"

"황태자 전하는, 그 작자들의 실험에 동참한 적이 있으시니까요. 아니, 실험체가 되었다고 하는 표현이 정확하겠군요."

잠시, 그 말이 어떤 뜻인지 머리로 잘 들어오지 않았다.

"뭐?"

"꽤 오래된 이야기입니다. 15년 정도 되었을까요. 그때는 황실에서도 저주를 풀기 위해 어느 정도 움직여줬을 시기입니다. 당연히 마법사 협회의 힘도 빌렸습니다."

처음에는 정말로 저주를 풀기 위해 노력했는지도 모른다. 하지만 어느 순간부터인가 그 목적은 변질되었다. 반년 정도가 지났을 무렵, 아직 어렸던 하르페니언은 마법사들이 그의 저주를 풀기 위해 노력하는 것이 아닌 그들의 지식욕을 충족시키기 위한 실험체로 자신을 대하고 있다는 걸 깨달았다. 끔찍하다는 말로는 부족한 여러 가지 일을 당하고 나서야 간신히.

"황태자 전하께서 어떤 꼴을 당하셨는지는, 지금 생각해도 욕지거리가 쏟아져 나올 정도이니 굳이 말씀드리지는 않겠습니다. 당연히 마법사에 대한 감정도 좋지 않으시지요. 그런데 저주가 풀린다? 최소한 당시 「실험」에 참여한 인원들은 살아남지 못하겠죠."

"……이 개 같은 것들이."

카르니언의 표정이 딱딱하게 굳었다. 금색 눈동자에 격정이 깃들었다. 루펜은 그 모습에 처음으로, 카르니언이 하르페니언을 꽤 닮았다는 사실을 깨달았다.

루펜은 천천히 숨을 내뱉었다. 이미 오래된 일이었지만, 그 또한 침착해질 수가 없는 이야기였다.

"하지만 전하, 말씀드렸듯 이건 짐작일 뿐입니다. 오래된 이야기고, 지금은 당시 「실험」과 전혀 상관없는 자들도 많습니다. 저 또한 아가씨의 이야기를 처음 들었을 때는 마법사의 힘을 빌릴 생각까지 했으니까요. 그런데, 지금 와서 암살자를 들여보낼 정도의 이유가 될지 모르겠습니다만."

"상관없네."

카르니언은 짧게 말을 끊었다.

"그래, 상관없지. 자네가 이유 따위는 궁금하지 않다고 한 까닭을 알겠군."

반하는 움직임을 보이면, 밟는다. 그것만으로도 충분할 것을.

"일단 좀 돌아가는 꼴을 봐야겠네. 아니, 그냥 이 기회에 드러내는 게 좋겠군."

"그 말씀은?

"수아의 존재. 저주가 통하지 않은 이가 나타났다는 건 곧 저주가 풀릴 신의 계시라는 식으로."

"하지만 그건."

"도박으로 보이나?"

"솔직히 그렇습니다."

이제 와서 저주가 풀린다면 곤란한 작자들이 많았다. 피보라 정도가 아닌 피폭풍이 휘몰아칠 것이다. 그런 이들이 순순히 수아의 존재를 인정할 리 없었다.

"오히려 악마의 하수인 같은 쪽으로 몰리기가 더 쉬울 겁니다."

"반대로 실제로 저주가 풀리리라고 믿는 이들도 나오겠지. 뭐

여러 가지로 시끄럽겠고 귀족들도 가만히 있지 않겠지만, 어차피 상관없잖나. 형님도 수아도 곧 떠날 텐데."

"큰 소요가 일어날 겁니다."

"그건 자네도 원하는 바가 아닌가?"

수아의 존재를 비공식적으로라도 미리 알려놓은 후 저주가 풀린다면 신의 뜻이니 악마의 술책이니 갑론을박을 하다가도 필시 전자가 정론이 될 것이다. 한때 신의 저주를 받았지만, 역시 신의 뜻으로 저주가 풀린 황태자는 아무런 전조도 없이 갑자기 저주가 풀려버린 황태자보다는 훨씬 받아들이기 쉬운 존재일 터였다.

그러나 루펜은 진심을 드러내지 않았다. 그 침묵에서 카르니언은 여전히 그가 자신을 완전히 신뢰하지 않고 있다는 것을 읽었다.

"날 시험하려 들지 말게, 리노체스 백작. 당신은 지금 혼란을 틈타 둘째 황자인 누군가가 황제가 되려 한다면 오히려 막아야 하는 상황이지. 안 그런가?"

역시 돌아오는 대답은 없었다. 그것이 긍정의 의미라는 걸 아는 카르니언은 피식 웃었다.

"뭐, 됐네. 어쨌건 며칠만 형님께 궁중 상황을 보고하지나 말게나. 자네 말대로 형님이라면 수아를 휘말리게 하기 싫다고 곧바로 데리고 떠나실 분이니."

"……알겠습니다."

루펜은 조금 망설였지만, 결국 그렇게 대답하며 깊이 고개를 숙였다.

본궁에서 많은 이들에게 공포 어린 시선을 지속적으로 받는 것은 꽤나 지치는 일이었다. 이제 수아도 운신이 가능하니 다시 회궁으로 거처를 옮길까도 생각했지만, 그곳은 보안이 지나칠 정도로 허술했다. 그가 곁에 있는다 해도 단 한시도 떼놓지 않고 지키고 있을 수는 없는 노릇이었다. 지금 그녀에게는 본궁 한가운데인 이곳이 가장 안전했다.

수아의 방문 앞에는 황실 기사들이 교대해가며 지키고 있었고, 그녀의 방에 출입할 수 있는 건 기본적으로 리노체스 부인과 그 하녀들, 그리고 주기적으로 수아를 치료하러 오는 신관들 정도였다.

하지만 언제 어디서 변수가 튀어나올지 몰랐다. 하르페니언은 혹시나 하는 사태에 대비해 거의 대부분을 수아의 곁에서 보냈다. 루펜의 보고로는 수아와 관련된 유언비어가 잔뜩 퍼진 모양이었다. 누가 그녀에게 해를 끼칠지도 모른다는 생각에 그의 신경은 꽤나 날카로워져 있었다.

"알, 안색이 안 좋아요."

과연, 수아에게도 그것이 느껴졌는지 걱정스러운 표정으로 그를 바라본다. 도대체 누가 누굴 걱정하는 것인지.

"아니, 괜찮아."

"제가 안 괜찮아요! 그러니까 회궁으로 돌아가자니까요. 계속 옆에서 이게 뭐야."

"아직 그대 몸이 완전하지 않아. 조금 더 신관들에게……."

"그럼 알도 쉬던가요."

옆에 있던 리노체스 부인도 말을 거들었다.

"조금이라도 주무십시오, 전하. 여기는 제가 지키고 있겠습니다. 제가 휴식이 필요할 때 전하가 와주시는 편이 낫지 않겠습니까."

하르페니언은 조금 망설였다. 확실히, 틈틈이 잠을 잤다고는 했지만 수면이 조금 더 필요하긴 했다.

"알, 제발요."

무엇보다도 수아가 계속 걱정을 하고 있는 것이 마음에 걸렸다. 결국 그는 가볍게 한숨을 내쉬며 고개를 끄덕였다.

"그럼 잠시 자리를 비우지."

그 말을 하고서도 하르페니언은 수아를 잠시 바라보았다. 쉬기로 해 다행이라는 표정이 얼굴에 그대로 드러나 있었다. 그녀도 회궁에 온 암살자가 그와 관련이 있다는 것 정도는 짐작했을 것이고 그 때문에 거의 죽을 뻔했으면서도, 그에게 화를 내기는커녕 오히려 그를 걱정해주고 있었다.

"그럼 좀 쉬어요. 그런데 왜 그렇게 긴장하고 있는 거예요? 정말 어디 몸이라도 안 좋거나 그런 건 아니죠?"

"음, 아니. 난 이곳에 잘 오지 않으니까."

그 대답에 수아는 고개를 갸웃거렸다. 그래도 명색이 황태자인데 본궁에 잘 안 오는 건가? 그러다 아이린과 플로나가 황족을 두 명이나 만났다며 이야기를 해줬던 일이 떠올랐다. 그러고 보니 본궁에 황태자가 왔던 게 왜 이야깃거리가……. 아.

"어? 잠깐만요. 혹시 제가 회궁 들어가기 전에, 여관 식당 한 번 온 적 있죠?"

느닷없이 여관 식당에 와서 벨란을 내쫓고 간 「황태자」. 당시에는 전혀 상관없는 사람이라고 생각했었고, 그 뒤로 알이 황태자라는 걸 알았어도 그 사건과 연관시킬 생각은 하지 못했었다.

"들, 었었나."

"당연하죠. 한참이나 떠들썩했다고요. 도대체 여관 식당에는 왜……."

어색하게 시선을 피하는 모습에 수아가 두어 번 눈을 깜빡였다. 설마.

"혹시 저 때문에 왔던 거예요?"

그 말에 대답한 것은 하르페니언이 아닌 리노체스 부인이었다.

"물론이죠. 후후, 황태자 전하는 아가씨에 대해 계속 보고받고 계셨답니다. 당연히 누가 아가씨를 물에 빠뜨렸다는 것 정도는 알았-."

"유모!"

"어머, 그리운 호칭이네요. 정말 간만에 듣습니다."

리노체스 부인은 그의 일갈에도 전혀 당황한 빛 없이 곱게 웃었다. 수아는 멍하니 입을 살짝 벌렸다.

"보고를 받아요?"

"그, 딴 뜻이 있었던 건 아니야. 이 세계에 적응을, 잘하고 있는가 싶어서……."

변명하는 모습에 수아는 리노체스 부인의 말이 사실이라는 걸 알았다.

"뭐예요. 그러니까, 내가 알을 그렇게 보고 싶어 할 때 알은 제 소식 다 받고 있었다는 거네요?"

"그건……."

"그러면서 저에게 찾아오진 않고요? 우와, 너무한다."

그렇게 탓하는 척 말하면서도, 조금은 기뻤다. 수아는 알이 언제부터 자신에게 관심이 있었는지 굉장히 궁금했지만 굳이 물어보기도 좀 그랬다. 그래서 그냥 다시 재회한 후 후원에서 이야기하던 도중이 아닐까 정도로만 생각하고 있었다. 그전에 그녀에게 관심을 가졌다기에는 그가 소식이 너무 없었다.

나중에 리노체스 저택으로 보낸 걸 후회했다느니, 그 전에 가뒀으면 좋겠다고 생각했다느니 하는 이야기를 들어도 그냥 수아에게 겁줘서 물러나게 하려고 해본 소리라고만 생각했다. 하지만 그녀의 보고를 쭉 받고 있었다면, 전부터도 조금은 관심이 있었던 거라고 봐도 될까.

"직접 좀 보러오지. 반년이나 넘게 얼굴을 못 봤잖아요. 제가 여관으로, 아니 회궁으로 안 갔으면 어쩌려고 했어요? 계속 보고만 받고 영원히 안 볼 생각이었어요, 설마?"

"……."

하지만 돌아오는 건 침묵. 그 뜻을 깨닫고 수아는 잠시 아연해졌다.

"진짜요?"

"아니, 그……."

그는 무어라고 변명을 하려는 듯 입을 열기는 했지만 차마 다음 말을 잇지 못했다. 수아는 화를 내야 할지 아니면 무슨 다른 반응을 보여야 할지 도통 감을 잡을 수가 없었다.

아무리 그래도 너무했다. 수아는 이걸 알이 자신이 상처 입을까 봐 차마 다가오지 못한 배려심의 발로인지, 아니면 오히려 우연히 기회가 돼서 저주도 안 통하는 김에 자신을 잡은 것뿐인지 잠깐 고민했다.

가끔 남자고 여자고 상대를 한 번 괜히 찔러보고 반응이 있으면 「사귀어주는」 케이스를 본 적이 있는지라, 설마 알이 그런 건 아닐 거라고 믿으면서도 그런 상황들이 생각나는 건 어쩔 수 없었다.

그 생각을 깬 것은 리노체스 부인이었다.

"어머, 아가씨. 안 보고 가신 게 아녜요. 전하는 충분히 아가씨를 보셨답니다. 아가씨 모르게요."

"네?"

"더구나 전하께서 이렇게 오래 수도에 머문 것도 전례가 없는 일일 정도니, 이상한 생각은 하지 마세요."

하르페니언은 안절부절못하면서 이쪽을 바라보고 있었다. 다가오고 싶은 모양이었지만 리노체스 부인이 수아의 옆에 있었기에 차마 오지도 못하고, 그렇다고 부인의 말을 막자니 결국 자백하는 꼴이 되어버려 당황한 모습이었다.

그러니까, 그 말은.

'나를 훔쳐봤다는 거?'

실제로 훔쳐본 게 얼마나 로맨틱하냐는 문제는 제쳐놓고, 일단 알이 자신을 몰래 봐왔다는 것 자체가 너무 웃겼다. 무슨 영화나 만화도 아니고 그냥 멀리서 바라만 봤다고? 원래 그러지 않았는데 수도에 억지로 머무르면서까지? 그것도 다른 사람도 아니고 알이?

수아가 물끄러미 그를 바라보았다. 그 시선에 하르페니언은 더욱 당황해 쩔쩔매면서 변명했다.

"그럴 생각은 아니었어. 어쩌다 보니……."

수아는 자리에서 일어나 그에게로 다가갔다. 전부터 생각했지만 이거 진짜 반칙이다. 그녀보다도 더 나이도 많고 덩치도 큰 남자가 이렇게나 귀엽게 느껴지다니. 그녀는 웃으면서 물었다.

"그럴 생각 아니면요?"

"그……게."

"어쩌다 보니? 그거 되게 비겁한 변명인 거 알아요?"

물론 실제로는 그녀가 상상한 것처럼 안온하게 멀리서 바라만 본 게 아니라, 자는 방에 몰래 숨어들어오면서까지 지켜본 것이었지만 수아가 그것까지 알 리는 없었다. 하지만 하르페니언은 그 행동이 들킨 것만큼이나 정말로 당황했다.

수아는 그에게 거의 붙을 만큼 바짝 다가갔다. 새삼 참 잘생겼다는 생각을 했다.

와, 저 콧날 좀 봐. 눈동자는 또 어떻고? 더구나 이렇게 쩔쩔매고 있는 모습이 오로지 자신 때문이라니. 아까 치솟은 불안감이 순식간에 사라졌다.

수아는 그의 옷자락을 잡으며 가볍게 그의 품에 안기듯 기댔다.

"정말, 몰래 보고 가면 저는 모르잖아요. 제가 알을 얼마나 보고 싶었는데. 이제 그러지 말아요. 만약 제가 다가올 수 없는 상황이 되면 알이 와줘야 하잖아요?"

하르페니언은 대답하지 않았다. 대신, 조금 주춤거리긴 했지만 그녀의 어깨에 살짝 손을 얹고 품 안으로 끌어당겼다.

수아는 그것만으로도 만족했다. 하지만 어깨에 얹은 손이 정말, 정말로 살짝 얹은 수준이라, 그것이 마치 그가 자신을 대하는 태도를 나타내는 것 같아 조금 아쉽기도 했다.

가끔은 좀 더 억지를 써줘도 좋은데. 난 유리나 도자기로 만들어진 사람이 아닌데.

어쨌건 뒤에 리노체스 부인이 있으니 더 품에 파고들 수도 없었다. 수아는 한 발자국 뒤로 물러섰고 하르페니언은 순순히 그녀를 놔줬다.

"두 분이 잘 지내시는 것 같아서 다행입니다."

그러고 보니 수아는 리노체스 부인에게 알과 사귀기로 했다는 말을 한 적이 없었다. 그런데도 그녀는 자연스럽게 받아들이는 것 같이 보였다. 알이 말한 걸까.

"저희 사귀기로 한 거 알고 있었어요?"

"아니요. 하지만 아가씨가 전하의 여자가 될 거라는 건 알고 있었지요."

"네?"

"전 전하가 이렇게까지 감정을 숨기지 못한 건 아기였을 때 외에는 처음 본답니다. 서로 익애하는 게 뻔히 보이는데 당연히……."

"리노체스 부인."

다시 한 번 낮은 목소리가 울렸다. 리노체스 부인은 입을 다물고 그저 빙긋이 웃었다. 수아가 돌아보니 하르페니언은 그 시선을 피했다. 그 귀가 붉어져 있는 것이 보였다.

"큼, 어쨌거나."

그가 분위기를 깨려는 듯 몇 번 헛기침을 했다.

"무슨 일이 생기면 바로 기별을 넣도록."

"네, 전하. 쉬십시오."

그는 수아에게 잠시 시선을 다시 맞췄다가 곧 등을 돌렸다. 그리고 이내 문을 열고 한 번 더 수아를 돌아본 후 다시 뒤돌아 나갔다.

탁, 문이 닫히는 소리와 함께 수아는 쿡쿡거렸다.

"되게 의외네요. 알은 저에게 전혀 관심 없는 줄 알았는데."

"전하께서는 표현하는 게 서투시니까요."

"그건 그러네요."

수아는 침대로 다시 되돌아왔다. 아주 잠깐 움직였을 뿐인데, 피로가 몰려왔다.

"이런, 미열이 있네요. 괜찮아요?"

"조금 피곤한 정도예요. 그래도 처음에는 움직이는 것도 힘들었는데, 많이 나아졌죠."

리노체스 부인은 수아 옆에 앉아 손을 꼭 잡았다.

"얼마나 놀랐겠어요. 많이 아팠을 거고."

"그래도 살았잖아요. 정말 죽을 뻔한 건데."

생각해보면 칼에 맞았는데 살아난 게 용할 정도였다. 하르페니언이 먹여준 약이 아니었다면 아마 지금쯤 이 세상 사람이 아니지 않았을까. 새삼 오싹 소름이 돋았다.

"그런데도 아가씨는 전하를 원망하지 않는군요."

"네? 제가 왜요?"

"원래는 전하께서 당하실 일이었을 테니까요. 세상에는 의도가 아니라도 단지 원인이 되었다는 이유만으로도 원망하는 사람이 많아요. 아가씨가 그렇지 않다면 다행이에요."

수아는 잠깐 무슨 소린가 했다가, 이내 안색이 변했다. 생각해보면 회궁에, 낯선 이가 다짜고짜 여관을 죽이려 들었다면 원래 목적이 무엇이었겠는가.

"맙소사. 절 죽이려던 그 사람, 원래 알을 노린 거란 말인가요?"

리노체스 부인은 고개를 끄덕였다. 부인은 자세한 상황은 알지 못했기에 이번에도 당연히 하르페니언을 죽이러 온 암살자에게 수아가 휘말린 것으로만 여기고 있었다.

"모두 쉬쉬하고 있지만, 회궁에는 그런 반갑지 않은 손님들이 가끔 온답니다. 그 때문에 고용인들도 꽤 죽었고요. 물론 어릴 때는 전하가 다치신 적도 많았죠. 그래서 회궁에 오래 머물지 못하신 까닭도 있어요."

리노체스 부인의 말투는 담담했다. 그러는 만큼 그 목소리에는 더욱더 힘이 있었다. 수아는 말을 잃고 아연하게 그녀의 말을 들었다.

"전하는 아무도 곁에 두지 않으신답니다. 아까 한 말은 아가씨를 달래려고 한 빈말이 아니에요. 루펜 또한 아직까지도 다른 주군을 찾으라는 소리를 듣는 걸요. 저도 거처로 찾아가게 되면 혼이 많이 나지요. 그런데도 아가씨만은, 망설이시기는 했지만 취하셨는걸요. 그건 정말 대단한 일이랍니다."

언제나 온화해 보였던 그녀의 갈색빛 눈동자에 그늘이 드리웠다.

"원래라면, 이러지는 않았겠지요. 원래 황태자 전하께서는 굉장히 붙임성이 좋고 싹싹하셨답니다. 정말로 모두에게서 사랑을 받았어요. 저주만 없었다면……. 아가씨, 저는 그분이 황후마마의 배 속에 있을 때부터, 그리고 태어나는 그 순간까지도 모두 지켜봤답니다. 그리고 저주가 내리기 전까지 계속 곁에 있었지요. 그러니 정말 맹세할 수 있어요. 그분은 절대, 신의 노여움을 사실 분이 아니에요."

리노체스 부인의 손에 힘이 들어가는 것이 느껴졌다.

"하지만 저주는 그분의 모든 것을 앗아갔어요. 황후마마까지도, 친모까지도 그분께 닿아 돌아가셨습니다. 그 뒤 황제 폐하께선 전하의 얼굴조차 보지 않는다 하시더군요. 정말 그분은 모든 걸 잃었어요."

"……네?"

순간 뭔가를 잘못 들었나 했다. 황후마마. 친모. 그러니까, 엄마가 그 저주 때문에 죽었다고? 그 때문에 아빠에게는 외면받아? 온몸의 피가 빠져나가는 것 같았다.

"전하는 그 뒤로 아무것도 손에 넣지 않으려고 애쓰셨습니다. 그러다 처음으로 손을 뻗은 게 아가씨예요. 아가씨. 부디 그분을 절대로 버리지 말아주세요. 부탁드립니다. 처음부터 이 말씀을 꼭 드리고 싶었어요."

"아뇨."

수아는 반사적으로 대답했다. 아직도 충격으로 가슴이 떨렸지만, 그녀는 최대한 차분하게 말을 이었다.

"부탁 같은 거 필요 없어요. 그 옆에 있게 해달라고 할 건 오히려 저인걸요."

"아가씨는 정녕 상관없나요? 그분이 신의 저주를 받은 것이?"

리노체스 부인의 필사적이었다.

이 사람은 계속해서 그를 지켜본 거다. 저주에 걸리기 전도, 저주에 걸린 후의 그 지독하게 긴 시간도.

"어차피 전 이 세계 사람도 아닌걸요. 무엇보다도 알이 없었으면 전 이미 죽었을 거예요."

그녀는 억지로 입가를 들어 웃음을 지어 보였다.

"그러니 그건 걱정 안 하셔도 돼요."

"아가씨. ……정말 고마워요."

리노체스 부인이 고개를 숙였다.

수아는 그 모습에 눈물이 핑 돌 것 같아서 깊게 심호흡을 했다.

“원하는 것이 있다면 모두 말해줘요. 제가 할 수 있는 일이라면, 아니 우리 가문이 할 수 있는 일이라면 그 무엇이라도 할 테니.”

“아뇨, 전…….”

수아는 잠시 생각하다가, 이내 고개를 끄덕였다.

“그럼, 하나가 있네요.”

“뭔가요? 얼마든지 말해요.”

“알에 대한 이야기를 해줘요. 저, 이제까지 하나도 몰랐어요. 알의 어머니가……, 황후마마가 그렇게 돌아가셨다는 것도요.”

그저 그런가 보다, 했던 사항들이 새삼 가슴에 와 박히기 시작했다.

“그리고 지금 알이 굳이 여기에 있는 것도 제가 다친 게 걱정되거나, 단순히 여기가 불편해서 그런 게 아닌 거죠? 리노체스 저택의 하녀들을 데려온 것도 그냥 절 편하게 해주기 위해서가 아니라 이유가 있어서…….”

“아가씨.”

리노체스 부인은 조금 당혹스러운 미소를 지었다.

“그런 건 몰라도 돼요. 너무 많은 걸 알려고 하지 마세요. 그냥 그 마음만 간직한 채, 전하의 곁에만 있으면 된답니다. 나머지는 전하가 지켜주실 거예요.”

“아뇨.”

하지만 수아는 곧바로 잘라 대답했다.

"지금 알이 그러고 있어요. 저에게는 아무것도 이야기해주지 않아요. 그냥 편한 대로 있으라고. 하지만 그건 너무하잖아요. 그냥 보호만 받으라니."

"어머, 아가씨. 부담가질 필요 없어요. 아가씨는 그저 평소대로……."

"리노체스 부인."

수아는 등을 좀 더 곧추세웠다.

"전 이곳에서 태어나고 자란 게 아니에요. 그러니까 조금은 생각이 다를지 몰라요. 하지만 지독하게 불공평하잖아요? 애, 애인, 에게."

애인이라는 단어를 발음하는 순간 가슴이 떨렸다. 그녀는 숨을 들이켜고 말을 이었다.

"애인에게 일방적으로 날 지키고 보호하라는 건 싫어요. 제가 뭘 할 수 있을지는 몰라도, 저도 알을 지키고 싶어요. 그건 부담이 아니에요. 당연한 거잖아요?"

최소한 말이라도 조심할 수 있었다. 만약 눈치 없게도 그에게 어머니에 대한 이야기를 물었다면 어떻게 됐을까.

그런데도 아무것도 모르는 채, 그냥 그의 호의를 받기만 하라고? 결국 그의 상처는 그가 오롯이 지고 가야 한다는 말로밖에 들리지 않았다. 싫었다. 언제나 「받기만」하는 건 더더욱 싫었다. 아무것도 해줄 수 없는 상태는 답답하기만 했다.

리노체스 부인은 조금 놀란 듯 그녀를 바라보았다. 그녀는 수아의 말을 잘 이해할 수 없었다. 그녀에게 있어 여자는 당연히 남자에게 보호받으며 순종하는 존재였다.

남자의 옆에 서는 것이 아닌, 남자의 뒤에 서 있는. 천성이 드세거나 괄괄한 아가씨도 아니면서 왜 굳이 그리하겠다는 걸까.

“몰라서는 아무것도 하지 못해요. 그러니 부인, 알에 대한 이야기를 해주세요. 지금 처해있는 상황까지 모두 다, 아시는 대로요.”

하지만 이해할 수 없다 하더라도 그녀의 요구를 거절할 수는 없었다. 결국 리노체스 부인은 조용히 자신이 아는 하르페니언의 이야기를 시작했다.

알이 어떤 어린 시절을 보냈는지, 얼마나 밝고 귀엽게 웃는 아이였는지, 제국의 기둥이라고 칭송받으며 모두에게서 얼마나 사랑받았는지. 하지만 저주를 받은 이후 무슨 일이 있었는지, 전 황후가 어떻게 죽었는지, 모든 이들이 태도를 얼마나 냉담하게 손바닥 뒤집듯 바꿨는지. 회궁에 오는 암살자가 더 이상 놀랄 일이 아니게 되고, 부상이 일상이 되고, 감정 표현이 풍부했던 소년이 아무 표정 없는 청년으로 성장할 때까지의 일을, 리노체스 부인은 차근히 이야기를 했다.

수아는 계속, 리노체스 부인의 이야기를 들었다. 어느 사이 눈물이 뺨을 타고 떨어지고 있었다. 먹먹하다는 표현이 어디에서 쓰이는 것인지, 처음 알았다.

짧지 않은 이야기가 간신히 끝났을 때 수아는 비로소 참았던 숨을 내쉬었다. 머리가 지끈거렸고 가슴이 답답했다. 수아는 눈물로 부옇게 흐린 시야를 간신히 다잡았다. 그저 이야기만 들었을 뿐인데 온몸을 두들겨 맞은 것같이 아프고 힘들었다.

"마지막으로, 아가씨. 하나 당부드릴게요. 이곳, 본궁에 있는 동안은 부디 조심하세요."

"네?"

"아무나 함부로 들이지 마세요. 시중 또한 리노체스가의 하녀가 아니라면 받아선 안 됩니다."

수아는 그 뜻을 깨닫고는 아연해졌다.

"그 말은, 저도……. 위험할 수 있다는 말인가요?"

리노체스 부인은 가볍게 고개를 끄덕여 긍정하고는, 입술을 깨물며 말을 이었다.

"아가씨께 말씀을 드려야 하나 망설였어요. 하지만, 그래도 알고 계셔야 할 거 같아서. 그리고 아가씨라면, 알고 싶어할 것 같아서요."

그녀의 얼굴은 수아가 제발 겁먹지 말기를, 그리하여 하르페니언의 곁에서 도망치지 말기를 간절히 기원하고 있었다. 이번에는 자신을 그렇게 믿지 못하나 하는 생각도 들지 않았다. 리노체스 부인의 이야기 속에서는 거의 모든 사람이 그를 외면하고 등을 돌렸으니까. 16년 동안이나. 계속.

순간 화가 확 치솟았다. 그리고 그제야 자신이 리노체스 부인이 들려준 이야기에 분노하고 있었다는 걸 깨달았다.

그는 황태자로 태어났으면서, 모든 것을 다 가진 이로 태어났으면서, 결국 그의 인생 동안 무엇하나 지니지 못했다. 황태자의 지위도, 재산도, 가족도 모두 있었지만 가질 수는 없었다. 그런 그가 어떤 이유에서든 수아를 옆에 두겠다고 말해줬다.

그런 그에게서, 자신마저도 빼앗겠다고?

"걱정 마세요, 리노체스 부인."

수아는 최대한 화를 억누르며 선언하듯 말했다.

"저에게 그 어떤 일이 일어나도 알에 대한 제 마음은 변하지 않을 거예요."

그리고 입 밖에 내지 못한 한 마디.

저주는, 제가 풀어요.

시우도 그리 말했다. 저주는 풀 수 있다고. 그렇다면 풀지 못할 이유는 없었다. 무슨 일이 있어도 그걸 사실로 만들겠다고 생각하며 수아는 주먹을 꽉 쥐었다.

그 뒤로 잠이 들었던 것 같다. 수아는 눈을 뜨고 멍하니 누워있다가 시선을 돌려 주변을 살펴보았다. 리노체스 부인이 침대 옆의 의자에 앉아 책을 읽고 있다가 고개를 들었다.

"어머, 아가씨. 벌써 일어났어요?"

"네. 어, 알은요?"

"중간에 한 번 오셨다가, 아가씨가 잠든 모습을 보고 다시 쉬러 가셨어요. 원래는 아가씨 곁에 있겠다 하셨는데 제가 좀 더 있겠다고 고집을 피웠답니다. 한동안 못 주무셨을 테니까요."

한 번 더 왔다 갔구나. 좀 더 푹 쉬지. 수아는 그렇게 생각하며 침대에서 몸을 일으켰다. 몸을 움직이는 것이 굉장히 가벼웠다. 어리둥절한 표정으로 자신의 몸을 살피자 리노체스 부인이 웃으며 알려주었다.

"신관들도 와서 기도를 해주고 갔거든요. 이제 거의 평소처럼 움직일 수 있다고는 해요. 단지 너무 무리하지는 말라고 하더군요."

확실히 몸을 움직일 때마다 지끈거리던 어깨의 상처가 거의 느껴지지 않았다. 수아는 살짝 어깨 안을 들여다보았다. 여전히 흉터 자국은 남아있었지만, 목욕할 때 봤던 것보다는 좀 더 옅어진 것 같기도 했다.

"꾸준히 치료를 받으면 흉터는 없어질 거에요. 너무 걱정 마세요."

그냥 별생각 없이 봤을 뿐인데 오히려 그 소리를 들으니 조금 불안해졌다. 알이 흉하다고 느끼면 어쩌지. 그 생각을 떠올리자마자, 갑자기 이제까지 뭔가 잊고 있었다는 걸 깨달았다. 수아는 꿀꺽 침을 삼키며 거울 앞으로 최대한 천천히 다가갔다.

그 안에 있는 자신의 모습은 예상대로였다. 아니, 예상보다 더 심했다. 자다 일어났다는 걸 확인이라도 시켜주는 듯한 헝클어진 머리에 부은 눈, 뺨에 살짝 남아있는 이불 눌린 자국…….

"으아."

수아는 머리를 감싸 쥐었다. 이 꼴을 알에게 그대로 보였단 말이지. 수아는 이대로 사라져 버리고 싶어졌다.

"아가씨?"

"아니에요. 단지 이제 좀……. 정신 좀 차려야겠어요. 옷 갈아입을래요."

"어머, 조금 더 쉬는 게 좋지 않아요?"

"아뇨……. 알 또 오겠죠?"

울상을 짓고 그렇게 말하자 리노체스 부인은 그제야 알겠다는 표정을 지었다. 그녀는 온화하게 웃으며 종을 울렸고, 곧 리노체스가의 하녀들이 들어왔다. 하녀들은 간단히 씻은 그녀를 치장해주었다. 새로 입은 옷은 여관복이 아닌 드레스였는데, 그녀가 원래 저택에서 입던 옷보다는 조금 화려했다. 그렇다고 연회복 같이 확 꾸민 느낌도 아니라 수아는 꽤 마음에 들었다.

액세서리를 모두 달고 화장까지 끝나자 여관 때와는 제법 느낌이 다른 모습의 그녀가 거울 앞에 서 있었다.

생각해보면 꾸민 모습을 알에게 보여준 것은 단 한 번이었다. 아직 말이 통하지 않을 때, 그가 그녀를 리노체스 백작가에 맡기고 떠났을 때. 그 뒤로는 거의 여관복 차림이었고, 데이트를 하러 성 밖에 나갈 때도 거리를 구경하는 거라 드레스가 아닌 평상복이었다.

알이 이 모습을 보면 어떤 말을 해줄까.

그때 밖에서 웅성거리는 소리가 들렸다. 알이 온 걸까? 하지만 노크도 없이 문이 벌컥 열리고 들리더니, 기사 복장의 남자들이 들이닥쳤다.

"무슨 일입니까!"

리노체스 부인이 일어나 무례하게 들이닥친 이들에게 항의했지만 기사들은 그 말에는 답하지 않았다. 대신 그중 한 명이 방을 한 번 시선으로 훑고는 선언하듯 말했을 뿐이었다.

"황제 폐하의 어명이요. 이민족 여관을 데려오라 하셨소."

그러고는 수아를 턱짓으로 가리키며 다른 기사들에게 말했다.

"데려가."

수아가 어, 소리를 낼 틈도 없이 곧바로 두 기사에게 양팔을 잡혔다.

"잠깐, 아무리 황실의 기사라 해도 이 무슨! 아가씨는 여관이기도 하지만 그 전에 황태자 전하의 손님이십니다!"

"황제 폐하의 칙명은 그 누구의 명보다 우선하오."

리노체스 부인에게 그렇게 말하는 기사의 목소리가 들렸다.

쾅, 곧 문이 닫히는 소리와 함께 수아는 그대로 끌려가기 시작했다.

기사들은 수아를 어느 방 안에 밀어 넣고 그대로 방문을 닫았다. 당황한 수아가 다시 문을 열려고 했지만, 당연하게도 문은 방 밖에서 잠겨 있었다.

끌려오면서 마구잡이로 잡혔던 어깨와 팔이 지끈거렸다.

기사들에게 몇 번이나 무슨 일이냐고 물어봤지만 그들은 아무런 대답도 해주지 않았다. 도대체 뭐야. 수아는 입술을 깨물었다. 황제 폐하의 명이라는 말에 일단 순순히 끌려오긴 했는데, 도무지 이해가 가지 않았다. 아무리 생각해도 방금 그녀가 당한 건 죄인 취급이었다.

여기 또한 어디에 있는 방인지 알 수가 없었다. 단지 궁 밖으로는 나가지 않았다는 것, 상당히 오래 걸었다는 것, 주변 복도가 꽤 화려했다는 것, 여관으로 일할 때도 한 번도 보지 못했던 곳이라는 것 등을 종합해보아 본궁 꽤 안쪽에 있는 방이 아닐까 추측할 뿐이었다.

수아는 몇 번 문을 더 철컥거리다가 한숨을 내쉬었다. 혹시 알에게도 무슨 일이 생긴 것이 아닌가 걱정스러웠다.

그다지 크지 않은 방에는 테이블과 여러 개의 의자, 화장대 몇 개가 놓여 있었다. 거울도 꽤 많았다. 이런 배치는 몇 번 본 적이 있었다. 보통 홀에서 무도회나 파티 등의 행사가 있을 때 잠시 쉬거나 옷매무새를 가다듬는 대기실 같은 용도로 쓰이는 방. 실제로 그녀가 떠밀려 들어온 문 반대편에 홀로 통하는 것 같은 다른 문이 보였다.

수아는 그 문도 열어보려고 했지만 마찬가지로 잠겨 있었다. 수아는 다시 한 번 한숨을 내쉬었다. 그때 철컥, 복도 쪽으로 통하는 문이 열렸다.

들어선 것은 관료 차림의 남자였다. 그녀는 흠칫 몸을 떨며 한 걸음 뒤로 물러났다. 하지만 이번에는 정말 관료였는지, 그는 딱딱한 목소리로 말했다.

"곧 재판이 열린다. 물어볼 것이 있나?"

이건 또 무슨 소리인가. 수아는 두어 번 눈을 깜박거리며 그가 한 소리를 이해하려고 노력했다.

"재판이요? 저와 관련된 것인가요?"

"그렇다. 긴급 재판으로, 너에게는 발언의 기회가 주어질 것이다."

"어, 어떤 재판이죠? 아니, 그러니까 제 어떤 것에 대한……."

"악마와의 계약."

"네?"

"너에게는 악마와 계약하여 세상을 혼란스럽게 하고, 신께 반(反)한다는 혐의가 있다는 말이다."

사람이 너무 어이가 없으면 말문이 막힌다는 걸 몸으로 체험하고 싶지 않았다. 수아는 입을 뻐끔거리며 뭔가 소리를 내려고 노력하다가 간신히 반문했다.

"제가요? 뭔가 오해가 있는 것 같은데요."

"황궁에서 일하는 이민족 출신의 여관은 하나뿐이다. 리노체스 백작가의 피후견인, 수아."

"아니, 하지만……. 누가?"

"마법사 협회의 고발이다. 너에게는 큼, 신의 저주가 통하지 않는다고."

아. 수아는 꿀꺽 침을 삼켰다. 그거구나.

본궁에 오면서 알이 그녀와 몸이 닿은 걸 본 사람은 꽤 될 터였다.

정확히 누구인지, 어떤 상황이었는지까지는 잘 기억나지 않지만 꽤 여러 명이겠지.

하지만 고발한 곳이 너무 뜻밖이었다. 이제까지 그녀는 정식으로 마법사를 만나본 일조차 없었다. 상황상, 알과 직접적으로 닿아 의심을 가졌다면 차라리 그녀의 치료를 도맡아 하고 그만큼 목격한 것도 많은 신관들 쪽이어야 하지 않을까.

"잘, 이해가 안 가는데요."

"이해가 안 가도 할 수 없다. 재판은 10분 후 개정한다."

"네? 잠깐만요, 그럼 제 [변호사]……. 아니, 그 저랑 같이 이야기해줄 사람은요?"

"이야기?"

"그러니까, 제가 죄가 없다고 이야기해 줄."

"무슨 소리를 하는 건가? 요청할 증인이라도 따로 있나?"

관료는 인상을 찌푸렸다. 수아는 멍하게 입을 벌렸다. 번갯불에 콩 볶아먹듯 재판을 여는 것도 어이가 없는데 변호사조차 없단다. 아니, 관료의 표정을 보니 아예 변호사가 무엇인지도 이해하지 못하는 것 같았다. 하긴 이곳이 수아가 살던 세계와 재판 체계가 같으리라는 법은 없었다.

"제가, 재판에 대해 잘 몰라서요. 어떻게 진행되는지 시작 전까지 조금 설명해주실 수 있을까요?"

결국 수아는 최대한 공손하게 물었다. 다행히 관료는 그 청을 거절하지 않고 여전히 거의 높낮이가 느껴지지 않는 어조로 설명했다.

그 내용은 지나칠 정도로 간단했다. 그냥 마법사 협회가 증인을 내세워 그녀의 혐의에 대해 고발하면, 수아가 그걸 반론하고, 그걸 듣고 재판장이 결정한다. 더 복잡할 것도 없는 이야기였다.

그 소리를 아연해 하며 듣고 있는데, 관료는 그녀의 정신이 곧바로 날아가 버릴 것 같은 한 마디를 덧붙였다.

"친림 재판에서 발언권이 허락된다는 건 대단한 영광이다."

"……친림, 재판이요?"

그는 당연하다는 듯 고개를 끄덕였다.

"너에 대한 판결은 황제 폐하께옵서 친히 내리실 것이다."

카르니언은 기겁했다. 친림 재판이 열린다는 것도 당황스럽기 짝이 없는데 그 형태가 긴급 재판이라니. 더구나 그 대상이 다른 이도 아닌 수아고, 그것도 악마와의 계약이니 어쩌니 하는 혐의라니.

재판은 원래 법관들의 영역이다. 하지만 예외가 있었는데, 그 재판에 직접 황제가 얼굴을 비칠 때였다. 형식상으로 재판장은 법관이지만 황제라함은 법 위에 있는 존재다. 결국 황제가 친히 온 친림 재판은 법관이 진행하되 최종 판결은 황제가 내리는, 약간은 변칙적인 형태가 암묵적인 불문율이 되었다.

긴급 재판은 말 그대로 바로 처리해야 할 상황을 약식으로 진행하는 재판으로, 각종 형식을 무시하고 거의 곧바로 판결을 내린다. 보통 비공개로 진행되며 대부분 사전에 이미 협의가 끝나 있는 상태거나, 혹은 고발자와 피고발자의 신분이 크게 차이 나 재판을 해도 별 의미가 없을 때 이루어졌다. 당연히 황제가 관심을 보일 재판과는 굉장한 거리가 있었다.

그런데 친림 재판이 긴급 재판의 형식이라고? 이제껏 듣도보도 못했다.

아니, 애초에 재판이 열린다는 것 자체가 문제였다. 카르니언도 마법사들이 재판을 요구할 것까지는 충분히 예측했다. 그로 인해 이런저런 소문이 돌리라는 것도, 그리하여 황태자를 눈엣가시로 여기던 귀족들이 그들에게 합류할 것이라는 것도.

하지만 제국은 공식적으로 하르페니언의 저주를 인정하고 있지 않기에 그 저주가 통한다는 이유로 한 고발은 당연히 성립되지 않는다. 마법사들 또한 실제로 재판이 열릴 수 있을 거라고 생각하지는 않았을 터였다.

그런데 재판이 열린단다.

그럴 수 있는 까닭은 단 한 가지. 황제가 윤허했기 때문이다.

이제 이건 카르니언의 선에서 해결될 수 있는 문제가 아니었다. 그가 하려던 것은 잠시 돌아가는 모양새를 보고 그 사이로 수아의 존재를 슬쩍 드러내려던 것까지였다.

하지만 이건 황제가 직접, 공식적으로 저주의 존재를 인정한 동시에 그 저주가 통하지 않는 이의 존재 또한 인정한 셈이다. 그 후 폭풍이 어찌 될지 상상조차 가지 않았다. 무슨 생각인지 짐작도 할 수 없었다. 이제껏 하르페니언에게 일말의 관심도 보이지 않았으면서, 왜 이제 와서.

카르니언은 급히 하르페니언에게 사람을 보내고, 재판이 열린다는 제1중앙홀로 발걸음을 옮겼다. 곧 개정이었다.

제1중앙홀은 본궁 한가운데에 있는 커다란 홀로, 그러니만큼 오히려 평소에는 잘 사용하지 않았다. 대관식이나 외국의 사신을 맞을 때, 제국 건국 기념회를 개최하는 등 큰 행사가 있을 때만 열리는 곳이었다

그 한가운데, 수아가 있었다.

그녀는 이곳이 제1중앙홀이라는 걸 들었을 때부터 약간 넋이 나가 있는 상태였다. 황제가 친히 와서 재판을 하는 것도 놀라운데 그 장소가 본궁에서 가장 큰 홀이란다.

이제껏 이렇게까지 화려한 장소는 처음 봤다. 눈을 올리는 것만으로는 끝이 보이지 않는 천장, 너무나도 눈이 부셔 들어온 직후에는 제대로 눈을 뜰 수 없었을 정도의 샹들리에, 수아의 방 정도는 가득

채우고도 남을 정도의 수많은 촛불, 그런 촛불 외에도 아예 벽에 박아놓은 마법구들, 그 외의 벽을 빽빽하게 채울 정도의 정교한 무늬들과 장식들. 더구나 홀 중간에는 기둥조차 없어 그렇지 않아도 넓디넓은 홀을 더 광활하게 보이게 했다. 벽에 아치형으로 박혀있는 기둥이 이 넓은 홀을 모두 지탱하는 것이 신기하게만 느껴졌다.

수아는 새삼 여기가 궁의 「한가운데」라는 걸 깨달았다. 모든 기법을 동원하여 지은, 화려한 황궁의 중심부.

홀에는 이미 화려한 복장의 사람들이 들어서 있었다. 일부는 준비된 의자에 앉아있었지만 대부분은 서 있었다. 아마 직위에 따른 구분이리라. 그렇게 들어서 있는 사람들은 홀이 다 찰 정도까지는 아니었지만 적은 수도 아니었다.

수아는 알 수 없었지만, 대부분의 긴급 재판이 비공개로 진행되어 관련자 외의 참관인이 들어올 수 없는 것과 달리 이번에는 궁에 출입할 수 있는 사람 모두에게 참관을 허했다.

보통의 친림 재판 또한 고위 귀족 외에는 참여가 불가하다는 걸 생각해보면 이번은 정말 특이 케이스였다. 더구나 중간에는 출입이 불가한 다른 재판과는 달리 언제든지 출입이 가능하다는 조건까지 붙어있었다.

물론 미리 알려진 재판은 아니었지만, 오늘 오후 프래타진 공작가의 무도회가 황궁에서 열리기로 예정되어 있던 터라 급작스러운 재판치고는 꽤 참관객들이 많았다. 그 안에는 고위 귀족들도 상당수 있었다.

관료를 따라 홀 한가운데에 마련해놓은 피고석으로 가는 수아에게 사람들의 시선이 진득하게 따라붙었다. 그녀를 보며 무어라 속닥거리는 것 같았지만 그녀가 너무 긴장하기도 했고, 홀이 넓은 만큼 목소리가 분산되어 있기에 무슨 소리를 하는지는 정확하게 알 수 없었다. 차라리 다행이었다.

피고석에 도착한 수아는 주변을 둘러보았다. 원래 이런 구조는 아닌 것 같았지만 오늘은 임시로 재판장 비슷하게 꾸며져 있었다. 그녀에게서 약간 떨어진 곳에 법관의 자리로 보이는 단상이 있었고, 그 뒤쪽으로는 화려한 의자가 높게 위치해 있었다. 아마 저것이 황제가 앉을 옥좌일 터였다.

곧 그녀의 왼편 자리에는 약간 마르고, 깐깐해 보이는 느낌의 진녹색 머리칼의 남자가 나와 섰다. 그가 입고 있는 옷은 마법사의 로브였다. 그 뒤쪽에는 신관복을 입은 여자와 황궁 하녀 복장의 여자 등 몇 사람이 더 서 있었다. 참관인들과는 분명히 구분되는 자리인 것을 보면 저들이 오늘의 증인이리라.

수아는 그들을 바라보고 있자니 긴장으로 몸이 옥죄어 일부러 참관인들에게로 시선을 돌렸다. 하지만 가슴은 진정되기는커녕 더 떨려왔다. 부채로 얼굴을 가리고 소곤거리는 귀부인부터 대놓고 그녀를 훑어보는 남자까지. 그들의 시선에는 호기심, 경멸, 공포 등이 뒤섞여 있었지만 호의적인 시선은 단 하나도 없었다. 이 안에 그녀의 편은 없었다. 그저 모두 낯설기 짝이 없는 사람, 사람, 사람.

어지러웠다.

난데없이 왜 이런 재판을 받아야 하는지, 왜 자신이 여기에 서 있어야 하는지, 재판이 시작되면 무슨 말을 해야 할지 전혀 알 수 없었다. 어떻게 처신해야 알에게 가장 해가 가지 않을까. 알은 지금 무사하기나 할까.

그가 너무 보고 싶었다.

그때 웅성거리는 소리가 조금 잦아든다 했더니 짙은 청색 복장의 법관이 등장했다. 그가 자리를 잡자, 거의 곧바로 황제의 등장을 알리는 목소리가 들려왔다.

"황제 폐하 납시오!"

목소리는 넓은 홀 전체를 울렸다. 사람들이 모두 입을 다물고 고개를 숙였다. 수아도 얼떨결에 고개를 숙였다. 고개를 들었을 때는 상석에 누군가가 앉아있었다. 딱히 설명을 듣지 않더라도 저 사람이 이 나라의 황제라는 건 쉽게 알 수 있었다. 꼭 저 자리에 앉아있지 않는다 하더라도 알아볼 수 있을 것 같았다. 흔히 말하는 지배자의 풍채라는 단어가, 위엄이라는 단어가 어디에 쓰이는지 순식간에 이해했다.

그렇게 압도당하는 것과 동시에 기분이 묘해졌다. 백발이 섞이기 시작한 금발과 금안의 눈동자를 지니고 있는 황제는 하르페니언과 놀랄 정도로 닮아 있었기 때문이었다.

저 사람이, 이 나라의 황제. 그리고 알과 카일의 아빠.

리노체스 부인에게 들은 소리가 머리를 맴돌았다. 그가 누구에게 어떤 취급을 받는다 해도 아무런 반응도 보이지 않는, 그를 외면하는 황제.

그렇게 수아가 황제를 똑바로 바라보고 있는데, 황제도 그런 그녀에게 눈을 마주쳐 왔다. 차마 시선을 내릴 타이밍을 찾지 못해 그렇게 바라보고만 있다, 재판의 개최를 선언하는 소리에 법관에게 눈길을 돌릴 수 있었다.

"지금부터 재판을 시작하겠소."

그다지 크게 말하는 것도 아닌데 또렷하게 소리가 울렸다. 그러고 보니 커다란 홀 가운데에는 확성 마법이 걸려 있다는 말을 어디서 들은 듯했다.

그리고 수아는 참관인들 사이에서 자신이 아는 얼굴을 발견했다. 주변 사람들이 한 발걸음씩 떨어져 예를 갖추고 있었기에 금방 눈에 띄었다. 금발의 익숙한 얼굴.

카르니언은 막 달려온 듯 살짝 숨을 들이켜며 수아를 바라보고 있었다. 굳은 표정이었지만 그 얼굴에는 지금 상황에 대한 당혹과 그녀에 대한 걱정이 담겨 있었다.

누군가를 떠올리게 하는, 다르지만 같은 금안에 수아는 긴장으로 굳어져 있던 가슴이 조금 풀렸다. 그래, 왜 내가 겁먹어야 하지? 알은 이것보다 더 엄청난 시선들을 받았을 텐데. 수아는 허리를 곧추 세우고 똑바로 섰다.

그녀는 아무런 잘못도 하지 않았다. 알 또한 마찬가지였다. 오히려 암살자에게 습격을 받고 부상을 입은 건 이쪽이었다.

"마법사 협회 측에서는 대표로 포르타오지 덴 레골레가 나왔소. 고발에 대해 진술하시오."

"크흠, 진술하겠습니다."

그 말에 진녹색 머리칼의 마법사는 목을 가다듬었다. 그도 여러모로 긴장해 있는 모양이었다.

"저, 포르타오지 덴 레골레는 마법사 협회를 대표하여 수아라는 이민족 여관이 악마와 계약했다는 혐의로 고발하는 바입니다. 모두 아시듯, 세상은 신의 뜻에 따라 살아야 합니다. 모두 느끼고 있는 신의 은총과 은혜를 어찌 외면하겠습니까. 저희는 신을 모실 수 있는 영광을 얻지는 못했지만, 마나의 힘을 느끼며 신관과는 다른 측면에서 신의 영광을 증명하는……."

"이곳은 법정이오. 최대한 간략하게, 고발 건에만 대해 진술하시오. 여관이 악마와 계약을 했다는 증거가 따로 있소?"

"그 증거는……. 즈, 증거는."

그는 꿀꺽 침을 한 번 삼키고는 황제 쪽을 슬쩍 올려다보았다. 그러고는 떨리는 목소리로 입을 열었다.

"시, 신의 저주가 통하지 않았기 때문입니다."

순식간에 웅성거리는 소리가 커졌다. 저주가 공식적으로, 그것도 황제가 있는 곳에서 언급되는 것은 처음이었다. 모두의 시선이 일제히 황제 쪽으로 향했고, 자연히 수아도 그를 바라보았다. 황제는 여전한 무표정으로 아무런 반응도 없었다.

마법사는 긴장이 풀렸는지 좀 더 매끄럽게 말을 이어나가기 시작했다.

"저주가 없어진 것은 아닙니다. 그럼에도 예외가 있다는 것은 저 이민족 여관이 무언갈 했기 때문입니다. 이민족들은 미개하기 짝이 없어 신이 아닌 존재를 믿기도 하며, 그 과정에서 악마와의 계약 또한 종종 일어난다는 건 모두 아시잖습니까? 우선, 저 여관에게 신의 저주가 통하지 않았다는 증거로 증인들의 발언을 요청하겠습니다."

"허락하겠소."

곧이어 신관과 하녀, 기사들이 차례로 나와 당시 상황에 대해 묘사하며 닿아도 죽지 않았다는 증언을 하기 시작했다. 그리고 수아는 어이가 없었다.

이게 고발 이유가 되나? 이민족은 원래 자주 그러니까, 저주받은 황태자에게 닿아도 죽지 않으니까. 모두 다 추측일 뿐이 아닌가. 아니, 그 전제도 의심스러웠다. 이 나라에서 신이란 존재는 절대적이었다. 그런데 악마와의 계약을 자주 하는 이민족의 출입 자체를 허할 리가 없잖은가. 게다가 수아도 이제까지 신기하다거나 미개하다며 깔보는 시선은 받아봤어도 그런 의미에서의 거부의 시선을 받아본 적은 없었다.

"혐의에 대해 반박할 말이 있소? 있다면 진술하시오."

"진술, 하겠습니다."

말하는 형식은 모르겠지만, 일단 최대한 공손하게 따라 했다. 혹여나 중간에 한국어가 튀어나올까 봐 최대한 말을 한 마디 한 마디 새겨가며 천천히, 똑바로 하는 것도 잊지 않았다.

"저는 악마와 계약을 한 적이 없습니다."

"증거가 있소?"

수아는 순간 움츠러들었다가 뭔가 이상하다는 것을 느꼈다.

"아뇨. 그런데 제가 왜 그 증거를 보여야 하나요? 저는 악마와 계약을 한 적이 없습니다. 신의 저주가 통하지 않는다고 그게 왜 악마와 계약을 했다는 뜻이 되나요? 마법사 협회 측에서 저를 고발한다면, 계약을 했다는 좀 더 확실한 증거를 가져와야 할 것입니다."

웅성거리는 소리가 퍼졌다. 하긴 그렇다는 소리가 그녀의 귀까지 들어왔다. 거기에 좀 더 자신을 얻은 수아는 한 마디를 또박또박 덧붙였다.

"사실 저는 제가 왜 여기에 있는지 모르겠습니다. 확실한 증거도 없이 저를 악마와 계약했다고 몬 것이라면, 제가 오히려 마법사 협회 측을……, 누명을 씌웠다며 고발하는 게 맞을 것 같습니다만."

무고죄라는 단어가 이 세계 단어로 뭔지 모르겠기에 대충 그렇게 얼버무렸다. 다시 한 번 주변이 웅성거렸다. 이번에는 그녀에게 호의적인 반응인지 부정적인 반응인지는 알 수가 없었다. 그래도 대충 둘러댄 자신의 말이 제법 먹힌다는 것 하나만은 알 수 있었다. 법정 드라마 같은 거라도 좀 더 봐둘 걸 그랬나.

"고발인은 반박할 말이 있소? 있다면 진술하시오."

"무, 물론 증거는 있습니다! 너무 끔찍한 것이기에 죄인의 자백이 있으면 굳이 꺼내어 폐하의 심기를 어지럽히지 않으려 했을 뿐입니다."

그러고는 뒤로 손짓했다. 그 말에 따라 아까 증언한 하녀와는 다른 하녀가 부들거리며 상자 하나를 내밀었다.

"증거를 제출하겠습니다."

그 상자가 열리자, 사람들은 모두 숨을 삼켰다.

상자 안에는 한눈에 봐도 흉물스러운 토템 같은 것이 들어 있었다. 쥐의 것 같이 작은 해골 몇 개와 커다란 뼈 몇 개가 연결되어 있었고, 그 옆에는 피로 무언가를 적은 양피지가 놓여있었다.

"저 여관의 침대 밑에서 발견된 물건입니다. 악마 소환과 관련이 있는 것이라는 건 마법사 협회의 이름을 걸고 보증합니다!"

커다란 술렁거림이 퍼졌다. 수아는 상자 안을 잠시 바라보았다. 흉측하기 짝이 없는 그 물건에 간신히 실감이 났다. 이 사람들은 정말로 자신을 죄인으로 몰 생각이구나. 악마와 계약을 한 마녀로. 만약 그렇게 판명된다면 당연히 알도 무사하지 못할 것이다.

그 생각이 들자 온몸이 차가워지며 주변이 조용해지는 것 같았다. 쿵쿵, 심장이 뛰는 소리는 커졌지만 오히려 머리는 맑아지는 기분이었다.

"증거에 대해 반박할 말이 있으면 진술하시오."

법관의 말에 수아는 고개를 들었다.

"저는 처음 보는 물건입니다. 어디서 발견되었는지 물어도 될까요?"

"증인은 대답하시오."

"보, 본궁……. 저 여관의 침대 밑에서 발견했습니다!"

하녀가 부들부들 떨며 답했다. 수아는 차분하게 반박했다.

"저는 회궁에서 일하는 여관으로, 제 거처는 회궁이며, 본궁이 아닙니다. 저 물건이 본궁의 침대 밑에서 발견될 리가 없어요."

"본궁에 와서 만들었을 수도 있습니다!"

"저는 부상을 입고 본궁으로 들어왔습니다. 이곳에 와서도 대부분 정신을 잃고 있었고요. 제 상태가 어떠했는지는, 신관님들께서 증언해주실 수 있을 겁니다."

"고, 공범이 있을 겁니다!"

"애초에 제가 본궁에 와서 저걸 만들 이유가 있나요? 협회의 주장대로라면 제가 악마와 계약을 했기 때문에 저주가 통하지 않는다는 것 같던데요."

"아니, 회궁에서 가져온 거지! 그게 분명합니다!"

"저는 일하는 도중 칼을 맞았습니다만, 그럼 평소에 저걸 몸에 지녔다는 뜻인가요? 그것도 감히 황궁에서?"

"당연하지! 악마와 계약을 한 자에게 무슨 사리 분별이!"

"그만하시오. 마법사 포르타오지 덴 레골레는 자중하시오. 이곳은 신성한 법정이오."

숫제 침을 튀기며 흥분했던 마법사가 그 한마디에 흠칫하며 깊게 고개를 숙였다. 수아는 숨을 고르며 반사적으로 참관인들 쪽으로 다시 시선을 돌렸다. 카르니언이 보였다. 그가 작게 고개를 끄덕였다. 잘하고 있어. 그런 응원이라는 걸 알고 수아는 조금 더 마음을 가라앉혔다.

쿵쿵. 그래도 심장 소리가 귀에 들리는 건 어쩔 수 없었다. 몸이 계속해서 떨려왔다.

"여관은 혹시 요청할 증인이 있는가?"

순간 많은 사람들의 이름이 머리를 스쳐 지나갔다.

플로나, 아이린, 리노체스 부인, 카르니언. 그리고, 하르페니언.

하지만 그녀는 그 누구의 이름도 댈 수 없었다. 마음 같아서는 그 누구의 이름이라도 대며 도와달라며 매달리고 싶었지만 사실 이건 증인으로는 해결되지 않는 문제다. 도대체 뭘 증언해달라고 해야 하는가. 오히려 어설프게 이름을 댔다가는 그 사람이 휘말릴 수도 있었다. 그것만은 싫었다.

그러다 뭔가, 머리에 퍼뜩 스쳐 갔다.

"저는, 신관님을 요청합니다."

지금 필요한 것은 조금이라도 더 공신력 있는, 그녀의 무죄를 증명할 수 있을만한 사람이었다.

"제가 정말로 악마와 계약을 했다면, 신관님이 저를 조사해보면 알 수 있지 않을까요?"

좋은 생각인지 아닌지, 실제로 신관이 판별할 수 있는지 없는지는 모르겠지만 일단 그렇게 말해보았다.

수아의 말을 잠시 생각하던 법관은 고개를 끄덕였다.

"일리가 있군. 그럼 신관에게……."

"특별 신관을 부르도록 하지."

낯선 목소리가 처음으로 끼어들었다. 황제의 목소리였다. 그건 의견이 아닌 결정이자 명령이었다. 막 수아의 말에 반박하려던 마법사는 입을 다물었고, 당연히도 이견 하나 없이 특별 신관이 불려 왔다. 마침 참관인으로 있었던 건지는 몰라도 그는 거의 곧바로 홀의 중앙에 모습을 드러냈다.

특별 신관은 40대 정도 되는 남자로 수아가 부상으로 누워 있는 사이사이로 얼굴을 본 거 같은 느낌이 들기도 했다. 그는 수아를 이리저리 살피다가 손을 내밀었고, 수아는 엉겁결에 그 위로 손을 얹었다. 그는 기분이 나쁜 건지 아닌지 알 수 없는 표정으로 신성력을 발휘했다.

괜히 심장이 철컹했다. 수아는 그가 자신을 치료해 줬던 사람이라는 것을 믿고 불안함을 가라앉히려고 노력했다. 적어도 악마와 계약한 사람에게 신의 힘은 통하지 않는 것이 아닐까.

마침내 그가 선언했다.

"이 여관에게는 악마와 계약한 어떠한 징조도 없습니다."

"흐흠."

그 말에 황제가 다시 입을 열었다.

"악마와의 계약이 아니라면, 이민족의 여관이여. 왜 그대에게만 저주가 통하지 않는다고 생각하는가?"

수아는 황제를 올려다보았다. 여전히 아무런 표정이 없는 얼굴이 그녀를 향해 있었다. 그리고, 그 사이로 보이는 금안. 절대 가깝다고는 할 수 없는 거리였지만 수아는 그 눈빛에서 연유를 알 수 없는 따스함을 느꼈다.

그녀의 머릿속으로 많은 생각이 스쳐 갔다.

수아는 이곳에 와서 소문이라는 것이 얼마나 부질없는지 한층 더 배웠다. 다들 황제가 황태자를 외면했다고는 하지만 저 사람은 정말로 자신의 아들을 미워하고 증오한 걸까.

이유와 상황이 어쨌거나 알은 이제껏 살아있었고, 자신의 궁도 가지고 있었으며, 황태자의 자리를 유지하고 있었다. 저주를 풀기 위해서라지만 자유롭게 전 제국을, 황궁을 오간다.

무엇보다도 황제가 부른 신관이 그녀가 악마의 기운이 없다고 확신해주었다.

그렇다면 아마, 그가 원하는 대답은…….

그때 갑자기 소란이 일었다. 비명과 신음, 외침. 무슨 일인가 생각을 할 여유도 없이 참관인들이 양쪽으로 쫙 갈라졌다.

그 안에서 모습을 드러낸 것은, 설사 한 번도 보지 못했다 하더라도 바로 알아볼 수밖에 없는 자, 붉은색의 저주의 문양이 뚜렷하게 새겨져 있는 자였다.

하르페니언 로데인 쥬다스 아칸도르.

황태자가, 17년에 가까운 침묵을 깨고 공식 석상에 모습을 드러내는 순간이었다.

그는 급히 달려와 거칠어진 숨을 가라앉히지도 못한 채 수아에게로 발걸음을 내디뎠다. 주변에서 비명을 지르고, 심지어 쓰러지는 소리까지 들렸지만 하르페니언은 그에 신경 쓰지 않았다.

아니, 신경 쓰지 못했다. 그에게 보이는 것은 오로지 수아와 그 위의 상석에 앉아 있는 황제뿐이었다.

일단 수아가 무사히 서 있는 것을 보자 자연히 그 위쪽으로 시선이 향했다. 황제 폐하. 그의 아버지. 얼마 만에 보는 얼굴이더라.

어머니가 돌아가셨던 그때, 두 번 다시 보고 싶지 않다는 말을 끝으로 목소리조차 들어보지 못했던 분이었다. 기껏해야 건국제 때 백성들 앞에 모습을 드러낸 그를 저 멀리서 두어 번 본 것이 다였다.

무슨 생각이신가.

재판의 소식을 접하고 가장 먼저 든 생각이었다. 아마 그는 본궁 안에서 재판 소식을 가장 늦게 안 사람 중 하나일 것이다. 황제가 보낸 기사들이 아예 그가 쉬고 있는 방 복도 근처로 사람이 들어오지 못하도록 막았기 때문이었다. 당연히 루펜이 보낸 사람도, 직접 달려온 리노체스 부인도, 카르니언이 보낸 사람도 모두 그 앞에서 막혔다.

그가 미묘한 공기를 읽지 못하고 일어나지 못했다면 아마 지금도 재판 소식을 모른 채 계속 자고 있었을 터였다.

하르페니언은 여태껏 황제의 침묵에 대해 원망하지 않았다. 자신 때문에 사랑하는 아내를, 한 나라의 황후를 잃었다. 그 원인을 증오하는 건 당연했다.

물론 그러한 개인적인 감정을 떠나서도 나라를 위해서는 그를 내치는 것이 옳았다. 신께 저주받은 자에 대한 어설픈 옹호는 강화해 놓은 황권의 약세를 불러일으킬 뿐이었다.

그러니 적극적으로 그의 행보를 방해하지 않은 것만으로도, 그것이 아마 아버지로서 보이는 마지막 정이라고 생각했다. 그의 기억 속의 아버지는 마지막을 제외하고는 그를 지극히 아끼고 사랑했으니까.

그런데 그런 황제가 길디긴 침묵을 깼다. 그 방식이 공개 재판이라는 걸 안 순간 가슴이 철렁했다. 이제 황제는, 필요없는 황태자를 치워버리려 마음먹은 것이다.

왜?

왜, 이제 와서. 그리도 원망했다면 차라리 어머니가 죽은 그때 베어주셨다면 좋았을 것을. 아니, 차라리 죽으라 한마디만 해주셨다면 기꺼이 그리했을 것을. 왜, 하필 이 시점에서. 왜, 수아를.

아니, 그녀는 안돼.

그는 거의 제정신이 아니었다. 더 생각할 틈도 없이 제1중앙홀로 향했고, 난입했다. 황제의 앞에서 검을 착용할 수 있는 건 허락 받은 호위 기사뿐이라는 걸 알면서도 검을 지닌 채였다. 하르페니언은 그 어떤 상황이든 곧바로 수아를 빼돌려 바로 황궁을 나갈 생각이었다.

설사 그를 막는 황궁 기사들과 대적하는 일이 있더라도.

다행히 제1중앙홀의 입구에는 안을 지키고 있는 기사나 병사들이 없었고, 아무도 흉흉한 기세로 홀 한가운데로 다가가는 그를 막을 생각을 하지 못했다.

단지 황제의 호위 기사들만이 황제의 앞을 막아서며 검을 뽑아들었을 뿐이었다.

그러나 하르페니언이 향한 곳은 황제가 있는 상석이 아니었다.

"수아."

그가 곧바로 수아에게 다가가자 곁에 있던 특별 신관이 새파랗게 질린 얼굴로 뒷걸음질 쳐 물러났다. 그에 아랑곳하지 않고 하르페니언은 그녀의 어깨를 잡아 자신의 품 안으로 끌어당겼다. 동시에 숨을 삼키는 소리와 비명이 홀 전체에 울렸다. 그는 검은 망토로 그녀를 감싸, 사람들의 시선에서 차단시켰다.

수아는 아직 몸도 다 낫지 않았다. 그런데도 강제로 이 많은 사람 앞에 내쳐져 구경거리가 되었다. 하르페니언은 때로 군중의 시선이 얼마나 폭력적일 수 있는지 잘 알고 있었다.

"알."

품 안에서 그녀가 작게 그를 부르며 올려다보았다. 그 시선에, 품 안에서 느껴지는 따스함에, 뛰고 있는 맥박에 간신히 안도의 숨을 내쉴 수 있었다. 아직, 무사하다.

그는 조금 더 그녀를 잡고 있는 팔에 힘을 주었다. 이번에는, 늦지 않았다.

수아는 망토 너머로 자신을 붙잡고 있는 하르페니언의 팔을 더듬어 그 위를 꼭 마주 잡았다. 그 움직임에 망토가 흘러내려, 수아의 얼굴이 드러났다. 그 사이로 황제의 손짓에 호위기사들이 물러나며 검을 집어넣는 것이 보였다.

수아는 그 모습을 보며 작게 숨을 들이켰다. 마주 잡고 있는 하르페니언의 팔이 가늘게 떨리고 있었다.

리노체스 부인의 말. 카르니언의 말. 사람들의 시선. 시우의 말.

그리고, 황제.

할 말은 정해져 있었다.

"신의 뜻입니다."

그 말에 모두가 기겁했고, 그중 가장 놀란 것은 하르페니언이었다. 수아는 그런 그를 돌아보며 다시 또박또박 발음했다.

"전 신의 뜻으로, 황태자 전하의 저주를 풀기 위해 이곳에 왔습니다."

홀 안의 분위기는 순식간에 얼어붙었다. 홀 안은 순식간에 바늘 떨어지는 소리도 들릴 정도로 조용해졌다. 곁에 있던 하르페니언 또한 아무런 소리도 내지 못했고, 고발자인 마법사 또한 입을 딱 벌린 채 그녀를 바라보고 있었다.

수아는 설마 말 한마디에 이렇게까지 침묵이 이어질 줄은 몰랐다. 뭔가 격한 반응이 나오리라고 생각했다. 감히 신의 이름을 함부로 들먹인다며 소리를 지르며 비난하거나, 혹은 그녀에게 악마니 뭐니 외치며 아예 끌어내리려고 하거나, 그런 걸 예상했는데.

수아는 홀을 한 바퀴 둘러보았다. 다들 목소리가 나오지 않는 것 같았다. 맨 앞 의자에 앉아있었던 카르니언은 어느 사이엔가 벌떡 일어나 그녀를 바라보고 있었지만 그 눈에도 역시 경악이 가득했다.

수아는 마지막으로 황제에게 시선을 돌렸다.

그의 시선은, 여전히 고요했다. 마치 그는 이 결과를 예견하고 있었던 것처럼 보였다.

신의 뜻이라는 건 참 편한 핑계구나.

저주를 거는 것에서도 저주를 부정하는 것에서도.

수아는 다시 하르페니언을 바라보았다. 금안에는 여러 가지의 복잡한 생각의 빛이 깃들어 있었다. 그 굳은 얼굴은 마치 그녀를 탓하는 듯 보였다.

하지만 그것이 수아가 그에게 전하고 싶은 것의 전부였다.

신의 뜻이든 아니든, 저주는 자신이 푼다.

"전하."

수아는 그 마음을 담아 하르페니언의 팔을 잡고 강하게 끌어내렸다. 그가 얼떨결에 그녀에게로 살짝 허리를 숙이자 수아는 발돋움하여 그에게로 바짝 다가갔다.

"당신께 모든 영광을."

수아는 눈을 감고, 제멋대로 한 자신의 행동에 용서를 구하듯 그에게 입을 맞췄다.

붉게 달아오른 뺨이 가라앉질 않았다. 영화를 너무 많이 봤나. 아니, 소설? 만화일지도 몰랐다. 좋은 연출이라고 생각해 하르페니언에게 입을 맞췄지만, 다시 생각해보니 저 많은 사람 한가운데였다. 거기에 키, 키, 키스를……. 수아는 그냥 얼굴을 팔에 묻어버렸다.

견딜 수 없을 만큼 부끄러웠다.

"대단하네……."

카르니언이 넋이 나간 소리로 그렇게 중얼거렸다.

"귀족들을 그렇게 단체로 기절시키는 사람은 참 드물 거야……."

"으, 말하지 마."

수아가 카르니언에게 대꾸하며 고개를 들었다. 옆에 앉아있던 하르페니언이 한숨을 내쉬었다.

"도대체 무슨 생각이었나, 수아."

"아니, 그……. 잘못, 한 거예요?"

하르페니언은 그 말에 답하지 않았고, 수아는 더욱더 움츠러들었다. 거기에 카르니언이 고개를 저었다.

"아냐, 잘했어. 더할 나위 없는걸?"

"카일."

"재판이 열린 이상 수아의 존재가 부각되는 건 어쩔 수 없잖습니까. 어차피 위험했어요."

"하지만 이렇게 되면 수아를 노리는 놈들이 늘어난다."

"어차피 떠나실 거잖습니까? 제대로 위치를 잡지 못 잡으면 암살자도 소용이 없죠. 더구나 폐하의 의중도……."

잠시 침묵이 흘렀다.

수아의 선언 후, 사람들의 반향은 엄청났다. 말도 안 된다며 뒤늦게 발끈하는 사람, 의미 모를 비명을 지르는 사람, 오히려 아무 반응도 보이지 못한 채 넋이 빠진 사람 등등.

여기에 심약한 귀족 영애들이나 귀족들은 가슴을 부여잡으며 털썩 기절하기도 했는데 그 수가 꽤 많았다. 아마 수아의 말도 문제였지만 「저주받은」 황태자는 공포의 대상이었다. 저주가 통하지 않는다는 것과 별개로 그 황태자에게 닿고, 심지어 입을 맞춘다는 행동은 사람들에게 매우 충격적으로 다가왔던 것 같았다.

그 혼란의 도가니 사이에서 황제는 자리에서 일어나 재판의 폐정을 선언했다. 악마와의 계약에 대한 혐의는 무죄.

그리고 돌아서기 직전, 하르페니언에게 딱 한 마디를 건넸다.

-무사히 돌아오거라, 내 아들아.

수아는 그때 황제의 얼굴을 보았다. 그 시선은, 약간은 서글픈 것도 같고 회한에 찬 것 같기도 했다. 하지만 그것을 제대로 확인할 틈도 없이 황제는 바로 등을 돌렸다.

수아는 반사적으로 하르페니언의 얼굴을 올려다보았다.

그는 처음 보는 표정으로 황제의 등을 바라보고 있었다.

그때 카르니언이 그들에게로 다가와, 일단 먼저 빠져나갈 것을 권했다. 루펜은 주변을 수습하며 하르페니언과 수아, 카르니언을 먼저 홀을 빠져나갈 수 있게 해주었다. 셋은 어느 정도 홀에서 떨어졌다고 판단되자 근처의 빈방으로 들어가 안에서 문을 걸어 잠갔다. 그 후 방의 테이블에 앉아 한동안 각자를 추슬렀다. 다들 탈력할 것 같은 느낌이었다.

그러다 간신히 카르니언이 첫 마디를 꺼낸 것이 지금 상황이었다. 이번에도 그가 먼저 짧은 침묵을 깼다.

"폐하의 의중도, 결국 수아의 존재 공표였다고 생각합니다. 그것도 곧 저주가 풀릴 거라는 쪽으로."

부정할 수는 없었다. 하르페니언은 대답을 하지 않고 조금 전의 일을 다시 생각했다.

무사히 돌아오거라, 내 아들아.

자신이 정말 귀로 들은 것인지 의심이 가는 소리였다. 하지만 카르니언이 들었다면 홀 안에 그대로 울렸다는 말이기도 했다. 귀족들에게는, 선언과도 같은.

"카일. 마법사 협회가 움직인 것을 알고 있었나."

헙. 카르니언은 잠깐 입을 다물었다가 곧 긍정했다.

"아, 넵. 그…… 형님이 알아보시라고 하던 상황 있잖습니까. 마법사 협회 쪽이었습니다. 그렇지 않아도 보고 드리려고 했는데, 갑자기 재판이……."

"그래?"

하르페니언의 의심스럽다는 눈길에 카르니언은 자리에서 벌떡 일어났다.

"그, 그렇죠! 그, 그럼 전! 상황을 좀 보고 오겠습니다! 리노체스 백작 혼자서 정리하기엔 좀 무리인 부분도 있고, 어, 그러니까 바로 떠나신다고는 해도 수아 몸도 그렇고, 신관 치료 한두 번은 더 받아야 할 테니까요. 특별 신관으로요. 정 분위기가 여의치 않으면 우선 본궁에서 나가시는 편이 좋을 거고요."

하르페니언은 여전히 미심쩍다는 눈빛이었지만 그의 말도 맞긴 했다. 결국 고개를 끄덕이자, 카르니언은 쏜살같이 방 밖으로 달려 나갔다.

"그럼 다녀오겠습니다!"

문이 닫히는 소리와 함께 하르페니언이 참았던 한숨을 내쉬며 손으로 얼굴을 덮었다.

"후."

그 모습을 수아가 잠시 바라보다, 물었다.

"많이 힘들어요?"

"아니, 잠시……."

그는 손을 내려놓으며 수아에게 시선을 맞췄다.

"그대야말로, 아직 몸도 성치 않은데."

"상처는 거의 다 나았다고 하던데요, 뭐."

방금 카르니언도, 그리고 지금 하르페니언도 신의 뜻에 관한 사실

여부는 묻지도 않았다. 수아가 원래 아무것도 모르고 있었다는 건 그들이 더 잘 알고 있었으니까. 그럼에도, 믿고 싶은 것이 아닐까.

"그래도 다행이에요. 황폐 폐하도 알이 돌아오기를 바라신다는 거잖아요?"

"그건."

아니다, 라고 하는 뒷말이 삼켜졌다. 정말 아닌 걸까.

왜, 이제 와서, 어째서.

"난……."

포기했었다.

그 날 이후, 자신이 가질 수 있는 건 단 하나도 없다는 것을 수없이 자신에게 납득시키고 또 납득시켜야 했다. 그를 끔찍하게 아꼈던 아버지의 존재는, 그를 볼 때마다 그 엄한 얼굴에 흐뭇한 표정을 지었던 존재는, 무슨 일이 있을 때마다 그를 칭찬하며 부드럽게 머리를 쓰다듬어 주던 존재는 저주와 함께 사라졌다는 사실 또한.

그는 그것을 원망하지 않았다. 단지 참았다. 이성적으로 납득시켰다. 이해하려 노력했다.

"나는."

그의 목소리에 물기가 어렸다.

"모르겠다, 이제는……."

차라리 끝까지 외면해주셨다면, 그랬다면.

수아는 의자에서 일어났지만 곧바로 휘청거리며 바닥에 주저앉았다. 하르페니언에게 다가가려고 한 것이지만 긴장이 풀려서인지, 아니면 정말 몸 회복이 덜 된 건지 몸에 기운이 하나도 없었다.

"어?"

"수아."

그가 급히 일어나 수아를 일으켰다. 동시에 그녀의 몸이 부들부들 떨리고 있다는 걸 깨달았다. 그리고, 그의 몸 또한.

하르페니언은 간신히 수아를 안아 든 채로 의자에 앉을 수 있었다.

"알."

떨리는 손이 그의 얼굴을 쓰다듬었다.

"알의 아버지잖아요. 돌아오라고 말해줬고."

하르페니언의 떨리는 손 또한, 천천히 수아의 얼굴로 다가왔다.

"그대를 만난 후로는……. 계속 기대를 가지게 돼."

아무것도 바라는 것이 없으면 상처 입을 일도 없다. 아무것도 가지지 못하는 것이 당연한 상태라면, 원하는 것이 없다면, 그렇게 생각하지 않으려 하면, 버틸 수 있었다. 간신히, 숨을 쉬며, 그냥, 그렇게만. 하루하루의 시간이 흘러가는 걸 아프게 느끼며, 세월이 가고 자신의 몸이 커가는 걸 느끼며. 그저 그렇게.

하지만.

"아버지 또한, 나를, 사실은…… 그렇게 증오하지 않았던 것은 아닐까, 하고. 그런……. 빈말이라도, 그렇게 해주실 만큼은……."

수아를 만났다.

절대 그럴 일 없다고 믿었거늘, 그를 사랑해주었다. 옆에 있어주었다. 모두 괜찮다고 해주었다.

하르페니언은 수아의 뺨을 쓰다듬으며 목덜미로, 어깨로 손을 내렸다. 그러고는 천천히 그녀의 몸을 껴안으며 자신의 얼굴을 그녀의 어깨에 묻었다.

"원하는 것이…… 너무 많이 생겨."

욕심은 점점 커진다. 단순히 살고 싶다는 수준이 아니었다. 주제넘게도, 지금은 그녀의 곁에서 조금이라도, 아주 조금만이라도 행복해지고 싶다고, 감히 그런 감정까지 품어버렸다.

"알."

수아도 그를 마주 안았다. 떨리는 몸이, 그의 뺨을 타고 떨어지는 눈물이 생생하게 느껴졌다.

결국 수아의 목소리에도 물기가 묻어나기 시작했다.

"괜찮아요. 뭐든지, 다 원해도……."

하르페니언은 수아의 몸을 있는 힘껏 껴안았다. 그리고 수아의 귓가에, 작게 무언가를 속삭였다.

그를 껴안고 있는 수아의 팔에 힘이 들어갔다. 차마 대답이 나오지 않아, 그녀는 그를 꽉 붙잡으며 흐느꼈다.

-버리지 마.

당연해, 당연하잖아요, 알.

그렇게 수아는 있는 힘껏, 카르니언이 올 때까지 그를 붙잡았다. 절대로 그의 곁에서 그를 지킬 거라고 생각하며, 계속.

다음 권에서 이어집니다.

외전

Extra

소년의 맹신

소년이 「형님」의 존재를 인식한 것은 비밀통로에 있던 노트 때문이었다.

직계 황족만이 알 수 있다는 비밀통로를 외우는 것은 여러모로 머리 아픈 일이었다. 하지만 그때만은 황제인 아버지가 그에게 직접 온다는 것이 가슴이 뛰었기에, 어린 소년은 자신의 아버지가 알려준 길을 열심히 외우고 또 외웠다. 아버지와 그, 둘 외에는 아무도 모르는 길이라는 생각도 묘한 만족감을 줬다.

처음에는 무엇이 튀어나올지 몰라 덜덜 떨었지만 익숙해지면 익숙해질수록 공포는 옅어졌고 나중에는 별다른 목적 없이도 그 안을 돌아다녀 보기도 했다.

그 노트를 발견한 것도 그렇게 돌아다니던 도중이었다.

구석에서 먼지를 가득 뒤집어쓴 채 떨어져 있던 가죽 노트는 그다지 중요한 물건으로 보이지 않았다. 그래서 소년은 별생각 없이 그것을 들고 방으로 돌아왔다. 실제로 그 안에 적혀있는 내용은 별것 아니었다. 그저 누군가가, 그날그날 배운 공부의 내용을 요약해 놓은 정리 노트였다. 글씨로 보아 소년의 또래로 보이는 누군가는 사이사이 자신이라면 어떤 식으로 정책을 펼칠지, 어떻게 보완하고 파급효과를 낼지를 낙서처럼 적어놓았다. 그런데 그 말에는 전제조건이 있었다. 내가 황제가 된 후에는.

소년은 고개를 갸웃거렸다. 만약 멀디먼 선조의 기록이었다면 이상한 점이 없었을 것이다. 하지만 적혀 있는 날짜는 겨우 7, 8년 전. 그때 황제를 꿈꿨던 황가의 소년이라니, 그런 사람이 있었던가?

그리고 깨닫는 순간 전율했다. 이건, 이복형의 흔적이었다.

소년, 카르니언 에우스 바렌 아칸도르는 아칸도르 황제의 아들로 태어났다. 처음부터 황자의 신분이었던 것은 아니었지만 황자가 된 후에는 다음 대의 황제로 주목받으며 자라났다. 어머니는 황후가 아닌 귀비의 신분에 머물렀지만 그것이 이상하다고 생각한 적은 한 번도 없었다. 어머니는 언제나 그에게 이렇게 말했기 때문이었다.

"원래 저는 황후가 되어있어야 할 몸입니다. 폐하의 변덕으로 잠시 미루어졌을 뿐, 그것도 시간문제지요. 아시겠어요, 카르니언? 「하나뿐인」 황자로서 몸가짐을 바로 하도록 하세요."

그 말에 카르니언은 언제나 고개를 끄덕이며 눈을 반짝였다. 그리고 반드시 아버지만큼이나 훌륭한 황제가 되겠다고 결심하고 또 결심했다.

물론 소년은 이복형의 존재에 대해서 알고는 있었다. 그러나 저주받은 황태자의 존재는 소년에게 타국의 이야기보다 더 멀디먼 것이었다. 그의 주변에서는 거의 이야기도 나오지 않을뿐더러, 설사 나온다 하더라도 그에 대한 평가는 신의 저주를 받은 혐오스러운 존재, 모든 액운의 원흉, 황족의 가치도 없는 자 따위의 것들뿐이었으니까. 당연히 그가 자신의 「형」이라는 것도 거의 인식하지 못한 채, 그저 황가의 수치라고만 여기고 있었다. 애초에 생각조차 깊게 할 존재도 아니었으니 그 생각은 막연하기만 했다.

그러나 카르니언이 비밀통로에서 주운 노트의 안에는 한없이 총명하게 빛나는 황태자가 있었다. 익숙한 지명, 익숙한 이름, 익숙한 감각. 황태자 교육을 받으며, 지금의 카르니언과 거의 비슷한 모습으로 살았던 소년. 그 안에는 현재 카르니언을 가르치는 아카데미의 학자 이름도 있었다.

카르니언은 한참이나 노트를 노려보았다. 그러고는 하르페니언이 태어난 연도의 기록을 찾아 노트에 적혀 있는 연도와 비교했다. 하르페니언이 일곱 살에서 여덟 살 사이에 사용했던 노트였다.

그리고, 그는 지금 여덟 살이었다.

충격이었다. 기록은 결코 쉬운 내용이 아니었다. 일부는 이해가 갔지만, 일부는 아예 개념조차 잡기 힘든 것도 있었다. 더구나 낙서처럼 적혀 있는 앞으로의 계획, 정책에 대한 고민, 보완점, 발전도, 통찰.

아무리 봐도 그와 동갑이거나, 혹은 더 어린아이가 생각할만한 수준이 아니었다. 카르니언이 자신의 성취에 대해 자부심을 가지고 있었기에 더욱 그랬다.

주변에서는 그를 더할 나위 없는 천재라 추켜세웠다. 이제껏 그 어떤 황족도 이렇게 이해가 빠르고, 성취도가 높았던 이는 없었다고 했다. 그 나잇대였던 현 황제 때보다도 빠른 것 같다면서, 정말 기대되는 황제의 재목이라고 칭찬했다.

그는 있는 힘껏 주먹을 쥐었다. 그러고는 허점을 찾기 위해 노트를 읽고 또 읽었다. 하지만 허점을 하나 찾으면 그보다 더 많은 대단한 점이 눈에 띄었다. 그는 황제에 대한 권리가 아닌 의무에 대해서 고민하고 있었고 부강한 제국을 원했다. 몇십 년 이후의 계획까지 세워보며 미래를 꿈꿨다.

결국 몇 주에 걸쳐 몇십 번인지도 모를 정도로 노트를 읽고, 마지막으로 내려놨을 때, 카르니언은 간신히 인정했다. 저주받은 황태자 또한 저주 전에는 자신과 같은 소년이었다는 것을.

그러자 몰려오는 것은 혼란이었다. 처음으로 자신이 황제의 재목이 맞는 것인지, 황제가 되는 것이 당연하기는 한 것인지에 대해 의심을 품었다. 이렇게 빛나는 사람조차도 지금은 나라의 수치가 되어, 그 존재조차 지워져, 아랫것들의 조롱거리가 되어있는데.

신의 저주를 받았다고 했다. 그것도 보통 소년이 아니다. 제국의 황태자. 전 대륙의 제왕이 될 자였다. 그렇다면, 신의 저주는 뭘까?

그런 생각이 들자 더욱더 무서워서 견딜 수가 없었다. 만약 카르니언 자신에게도 그러한 저주가 내려진다면. 아니, 꼭 저주가 아니라도 좋았다. 그를 이 자리에서 끌어낼 수 있는 상황이 벌어진다면? 그리하여 지금의 자리에 더 이상 있지 못하게 된다면?

그는 떠오른 생각을 떨쳐내기 위해 무던히도 노력했다. 부정하고 또 부정했다. 하지만 그 한구석에서는 계속해서 「사실」이 꿈틀거렸다. 카르니언은 귀비의 자식이지만 하르페니언은 황후의 자식으로 하나뿐인 적자다. 혈통 면에서는 그가 더 뛰어났다. 생각해보면 어릴 때 황태자로 임명받을 정도로, 그 누구도 그에게 문제가 있으리라 생각하지 않았으리라.

그런데도 신의 저주를 받았다. 그리고 묻혀버렸다.

그렇다면, 자신은?

그 뒤로 카르니언은 하르페니언에 관해 알아보기 시작했다. 그러나 어린 황자가 알 수 있는 사실은 거의 없었다. 대부분의 사람들이 입을 다물었고 입을 연다 해도 그에 대한 험담과 진위가 의심스러운 소문뿐이었다.

그를 만나보고 싶었지만 어림도 없었다. 모두는 어리디어린 황자를 소중하게 여겨 위험한 장소는 절대 가지 못하도록 언제나 보호했다.

하지만 결국 카르니언은 그를 만날 수 있었다. 결코 안온한 자리는 아니었지만.

태어나서 이렇게도 많은 피는 처음 봤다.

덜덜 떨리는 입에서는 비명조차 나오지 않았다. 그저 눈물만이 정신없이 쏟아져 내렸다.

주변에는 방금 전까지만 해도 살아있던 기사들이, 병사들이 시신이 되어 널브러져 있었다.

그나마 시신이 온건한 경우는 나았다. 갈기갈기 찢어져 형태조차 제대로 보이지 않은 경우가 태반이었다.

하지만 카르니언은 약간의 찰과상을 입었을 뿐, 무사했다. 주변에서 죽어간 이들이 목숨을 바쳐 그를 보호한 까닭도 있었지만, 무엇보다도 어린 황자의 앞에 있는 사람이 없었다면 결코 목숨을 보전치 못했으리라.

남자는 숨을 거칠게 내쉬며 부자연스러운 동작으로 칼을 내렸다. 카르니언은 그것이 부상을 입었기 때문이라는 걸 알고 있었다.

칼에 베이고, 화살에 맞는 것을 직접 눈으로 보았다. 아무것도 모르는 어린애가 보기에도 극심한 상처였다.

그가 고개를 돌리자 후두둑 피가 떨어져 내렸다. 하지만 상처의 주인은 표정 하나 바뀌지 않은 채 카르니언의 안위를 물어왔다.

"괜찮나."

흔들리지 않는 금색 눈동자는 분명 자신과 같은 색이었음에도 그 깊이가 달랐다. 그는 온몸에 자신의 피와 상대의 피를 온통 뒤집어쓴 채 꿋꿋이 서 있었다.

무어라고 대답하고 싶었다. 하지만 말문이 막혀 아무런 목소리도 나오지 않았다. 그런 카르니언을 본 남자는, 안심한 듯, 작게 중얼거렸다.

"다행이군."

그 목소리에는 분명한 안도가 들어있었다. 몸이 떨려 자리에서 일어나지도 못하는 카르니언을 보며 하르페니언은 한 마디를 덧붙였다.

"넌 다음 대의 황제가 될 이다. 몸을 소중히 여겨."

그 소리에 쿵, 하고 가슴 속에 있는 뭔가가 내려앉았다. 카르니언은 자신이 무슨 소리를 하려는지도 모른 채, 무작정 무어라고 말하기 위해 입을 열었다. 하지만 그때 다른 이들이 몰려왔다.

그 뒤로는 정신이 없었다.

모두 쩔쩔매며 카르니언에게 매달렸다. 타박상에 불과한 상처임에도 마치 그가 치명상을 입은 것처럼 하늘이 무너질 것만 같은 표정으로 경기를 일으켰다.

정작 심한 상처를 입은 사람은 따로 있는데.

카르니언은 고개를 돌려 하르페니언의 모습을 찾았지만 이미 그의 모습은 보이지 않았다. 같은 황족임에도 치료는커녕 걱정조차 받지 못한 것이다.

뭔가 지독하게 불공평하다고 생각했다.

"형님, 은."

간신히 목소리가 나왔다.

"괜찮으신 거야?"

처음으로 불러본 형님이라는 단어의 어감은 나쁘지 않았다. 하지만 그 소리에 주변에서는 그런 호칭은 적절하지 않다며 기겁했다. 오히려 그의 앞에 모습을 드러내 카르니언에게 좋지 않은 영향을 미쳤다며 속닥거리는 소리까지 들려왔다.

나중에 몸을 추스르고, 정리가 끝난 후 몇 번이나 다시 물었지만 그나마 얻은 수확은 하르페니언이 죽지 않았다는 것 정도였다. 아무도 그가 얼마나 다쳤는지, 어디서 부상을 치료했는지, 상태가 어떤지 알지 못했다. 단지 계속해서 이 대답만을 들었다. 어차피 이 모든 것이 그의 탓이니 저주받은 자를 걱정해줄 필요가 없다고.

그 사건의 범인은 당연히도 하르페니언이 아니었다. 황자를 위험에 처하게 한 주동자는 군부에 속해있다는 것이 곧 밝혀졌고 그는 물론이고 그의 혈족까지 처벌을 받았다. 하지만 그렇게 사건이 마무리된 이후에도 여전히 카르니언이 위험에 처하게 된 이유는 하르페니언이 있었기 때문이라고들 했다. 오히려 그가 몸을 내던져주지 않았다면 카르니언은 무사할 수 없었는데도.

이해할 수 없었다. 주변 사람들은 아무리 물어도 납득할 만한 대답을 해주지 않았기에, 카르니언은 스스로가 뭘 어떻게 하겠다는 생각도 없이 무작정 회궁으로 향했다.

처음에는 그곳 고용인들만 보고 하르페니언을 보지 못했다. 그다음에도, 그 다음다음에도 마찬가지였다. 그는 회궁에 오래 머물지 않는다고 했다. 그렇게 여섯 번째쯤이 돼서야 간신히 하르페니언을 만날 수 있었지만, 그는 카르니언에게 돌아가라는 한마디만 한 채 등을 돌렸다. 누군가에게 거절당하는 건 난생처음이었다. 카르니언은 그를 쫓아가려다 황자를 찾으러 온 호위기사에게 끌려가며 울며 소리를 질렀다.

그 뒤로도 카르니언은 계속 회궁을 찾았다. 처음에는 그냥 이야기를 해보고 싶은 것뿐이었지만 점자 오기가 치솟았다. 한 번은 코발트블루 머리칼의 남자가 형님과 대화를 하는 걸 보고 무작정 뛰어든 적도 있었다. 하지만 마지막은 언제나 호위 기사들에게 끌려가는 것으로 끝이 났다.

성인이 되지 않은 어린 황자는 아무런 힘도 없었다. 그의 측근이라고 칭하는 이들은 그를 보호한다는 핑계로 계속해서 그에게 참견하고 또 참견했다.

그리고, 카르니언은 커가며 누가 알려주지 않아도 깨달을 수 있었다. 당시의 사건을 하르페니언의 탓이라고 한 이유는, 단순히 신의 저주를 받은 자가 나라에 있으니 흉사가 일어난다는 논리였다는걸. 가뭄이 일어나도, 홍수가 와도, 농작물이 제대로 수확이 되지 않아 기근이 와도, 몬스터가 갑자기 날뛰어도, 황제에게 앙심을 품고 있던 귀족이 황자를 죽이려 시도해도, 그건 오로지 하르페니언이 존재하기 때문이었다.

웃기지 마.

그렇게 외치고 싶었다. 그 어떤 일이든 행하는 자가 있다. 책임이 있는 자가 있다. 설사 자연재해로 피해를 입었다 해도 그 수습을 해야 하는 자가 있다. 귀족들은 물론 이 땅에서 사는 모든 이들은 황실의 녹을 먹고, 황실의 땅에서 은혜를 입어 살아가는 자들이다.

그 주제에, 그 입으로 황태자가 저주받았기에, 그가 있기에, 그 때문에 모든 일이 벌어졌다 책임을 미룬다. 저주받은 황태자 탓이기에, 자신들의 잘못은 하나도 없는 양 그리 기만한다. 황태자를 더럽기 그지없는 말로 매도한 그 입으로 황실에 대한 충성을 논한다.

그걸 깨달은 후 그는 그저 기다렸다. 조용히 주변을 살피며, 자신의 측근이라 주장하고 있는 이들을 바라보며.

그리하여 마침내 열여섯 성인식을 거쳐 성인이 된 황자는 드디어 마음껏 움직이기 시작했다. 맨 먼저 하르페니언과 관련해서 한 행동은 그가 회궁에 머무는 시기에 맞춰 당당히 찾아간 것이었다. 이미 얼굴을 마주칠 대로 마주쳤던 그곳의 고용인들은 성인이 된 황자의 방문에 별로 놀라지도 않았다.

단지 옛날과 약간 달라진 것이 있었는데, 그건 한 짐승의 존재였다. 내궁 쪽으로 향하던 그의 눈앞에 하얀색 털뭉치가 어른거린다 싶더니 곧 후원에서 뛰어온 커다란 개가 카르니언에게 이를 드러내며 으르렁거렸다. 그는 섣불리 더 안으로 들어서지 않고 양손을 가볍게 들어 올렸다.

"야, 야. 나 너 해칠 생각 없다?"

그 대치 가운데, 낮은 목소리가 울렸다.

"렉스."

카르니언은 고개를 들었다. 표정없는 얼굴의 서늘한 금안이 그를 향했다. 요 몇 년간은 회궁에 오지 않았었기에, 꽤 오랜만에 보는 얼굴이었다. 카르니언은 긴장으로 굳은 얼굴을 억지로 움직여 그를 향해 웃어 보였다.

"형님."

"오지 말라고 했을 텐데, 카르니언. 성인이 되었다면 더더욱."

"그런 섭섭한 말씀 마시고요. 이제야 겨우 제 마음대로 올 수 있게 되었는데."

"무슨 용건이라도 있나."

"동생이 형님을 만나러 오는 데 딱히 이유가 필요합니까?"

사실 그도 자신이 이곳에 찾아와서 뭘 하려고 했는지는 몰랐다. 단지 이곳에 올 수 있다는 사실 자체가 그가 여러 제약에서 벗어나 뜻대로 할 수 있는 상징과 같았다.

"그렇다면, 내 존재는 잊어라. 이곳은 위험해."

"형님."

"이제 찾아오지 마라. 너도 성인이라면 알아듣는 나이가 됐으리라 믿는다. 다음 대의 황제가 될 자가 경거망동하면 황권을 넘보는 귀족들에게 틈을 보이게 되니."

"네? 무슨 말씀……."

하르페니언이 그 말과 동시에 등을 돌렸기에 카르니언은 더 자세히 물을 수 없었다. 그 등은 여느 때보다도 더 강하게 그를 거부하고 있었다.

처소에 돌아간 카르니언은 그 말을 생각하고 또 생각했다. 고민하고 또 고민했다. 그러나 결론은 나오지 않았고, 카르니언은 바로 그 다음 날 개가 좋아할 만한 고깃덩어리를 가지고 다시 회궁으로 향했다. 하지만 하르페니언은 그 사이 성을 떠나고 없었다.

그 뒤 그는 회궁과 황태자에 대해서 조사했다. 성인이 되기 전과 후에 접할 수 있는 정보는 수준이 다를 정도였다.

그리고, 아연해졌다.

암살자.

그는 상상조차 할 수 없던 단어에 한참이나 그 서류를 보며 꼼짝도 하지 못했다.

형님이, 위험하다 한 이유가.

다음 순간에는 머리끝까지 화가 났다.

감히 아칸도르 제국의 황태자를, 황궁 안에서, 그것도 자국의 귀족이 암살하려 들어?

심지어 그다지 은밀한 정보도 아니었다. 카르니언은 누가 암살자를 보냈는지도 어이가 없을 정도로 쉽게 알 수 있었다. 당연히 황제 또한 알 터였다.

그리고, 조금이라도 황태자에 대해 관심이 있는 사람이라면 그 누구나.

그런데도 아무도 문제 삼지 않은 채, 모두 눈을 감고 입을 가리고 귀를 막고 있는 것이다. 그러면서 제멋대로 모든 것이 그의 탓이라 하는 것이다.

소름이 끼쳤다.

왜.

황태자인데.

그의 윗사람인데.

원래대로라면, 그가 황위를 이어받아야 할 사람이었는데.

그 뒤로도 하르페니언에 대한 정보는 쏟아져 들어왔다. 뭐하나 제대로 된 것이 없었다. 그 어떤 것도 제국의 황태자에게 걸맞는 대우 따윈 없었다. 자신의 어머니를 죽이게 된 저주는, 스물일곱까지 그 수명을 정해놓은 저주는, 그 이상으로 그의 모든 것을 앗아갔다.

하지만 그가 보는 하르페니언의 눈은 고요하기 그지없었다. 어떻게, 형님은, 어떻게, 그 취급을 받아들이고, 자신의 자리를 빼앗은 이복동생의 목숨을 구하고.

그래서 카르니언은 대신 분노했다. 감히 저주를 핑계로 황족의 권위에 도전한 놈들에게 본때를 보여주려고 했다. 아무도 움직이지 않는다면, 자신이 움직이면 되는 것이다. 그 안에는 「황자를 따르는 추종자」라는 이들도 일부 끼어 있었지만 그는 아랑곳하지 않았다. 뭐가 충신이고 측근인가. 황족을 농락하는 반역자 주제에.

하지만 그런 그를 말린 이가 있었다.

"그만두십시오."

"리노체스 백작."

이제는 그가 누군지 알고 있었다. 아주 오래전부터 하르페니언의 측근이었던, 코발트블루의 머리칼을 지닌 젊은 백작. 형님의 곁에 그리 오래 있었으면서도 아무런 조치를 취하지 않은 자. 그는 못마땅한 기세를 숨기려 하지 않는 카르니언에게 가볍게 고개를 숙였다.

"황태자 전하는 처벌을 원치 않으십니다. 그분은 제국에 혼란이 오길 바라지 않으시니까요."

"황족을 무시하는 자에게 내릴 온정은 없어!"

"진정하십시오, 황자 전하. 아니, 진정하셔야 합니다. 만약 전하께서 이러시는 것이 정말 황태자 전하를 위하는 것이라면 더욱."

"무슨 말이지?"

"모르십니까? 전하가 성인이 되기 전, 회궁에 계속 오셨을 때. 당시에는 황태자 전하께서 황자 전하를 홀리셨다는 이야기가 떠돌았습니다."

그 말에는 멈칫할 수밖에 없었다. 뭐라고?

"저는 황자 전하께서 어떤 의중이신지는 모릅니다. 만약 구설수에 오르게 하는 것이 목적이셨다면 훌륭하다 말씀드릴 수 있겠습니다만."

그의 어조는 매우 차분했지만, 내용은 감히 황족에게 할만한 말은 아니었다.

"하지만 하나만은 말씀드려야 할 것 같아 감히 알현을 청했습니다. 황태자 전하께서는, 제국을 그 누구보다도 사랑하십니다. 본인의 안위보다도 더. 그것만은 알아주십시오."

그 말을 남긴 채, 리노체스 백작은 물러갔다.

굳어있던 카르니언은 급히 서류를 뒤졌다. 원하던 건 금방 나왔다. 그가 회궁에 계속해서 찾아갔던 시기와 회궁을 방문하던 암살자들의 수. 당시 암살자들의 수는 다른 때보다도 훨씬 많았다.

등골이 오싹했다. 지금, 누가 누굴 위한다는 건가.

암살자를 보내는 이들은 대부분이 하르페니언을 나라의 우환으로 보는 이들이었다. 저주받은 황태자가 없어지면 모든 것이 잘 풀릴 거라며, 그를 제거하는 것이 애국이라고 생각하는 멍청한 작자들. 그 외로는 그가 죽였다고 알려진 귀족들의 친족들, 그리고…… 아까와는 전혀 다른 의미로 다가온, 「황자를 따르는 추종자」들.

카르니언은 그대로 그 자리에 미끄러지듯 주저앉았다.

그릇이 다르다.

아마 형님도 다 알고 계셨을 것이다. 뒤로는 자신을 죽이려 들면서 앞으로는 형님이라 부르며 찾아오는 이복동생을 어찌 생각하셨을까. 어떤 생각으로 자신을 봐오신 걸까. 카르니언이 몰랐다거나, 본인은 그럴 의도가 아니었다거나, 나이가 어렸다거나 하는 변명은 통하지 않는다. 수하들을 제대로 통제하지 못한 것은 분명한 그의 잘못이었다. 이용당하는 황족 따위는 가치가 없었다.

하르페니언이 카르니언을 죽이려면 아주 간단했다. 기회 또한 많았다. 그냥 슬쩍 당기기만 하면 됐다. 그런데도 그리하지 않았다. 그러기는커녕 원래 자신의 자리를 빼앗은 그를 목숨을 걸어 구하고, 그에게 해가 되었음에도 아무런 제재도 가하지 않았다.

어린 시절 보았던 노트가 떠올랐다. 그 안에 있던 어린 소년은 부강한 나라를 만드는 미래를 꿈꾸었고, 황제의 의무를 고민하고 있었다.

"하."

만약 하르페니언이 황태자의 권리를 주장했다면 지금과 많은 것이 달라졌을 것이다. 그래도 그는 황족이었고, 황태자였다. 하나뿐인 적통이었다. 원한다면 최소한 지금보다는 훨씬 편한 생활을 누릴 수 있을 정도의 권력은 쥘 수 있었을 터였다. 아니, 카르니언의 숨만 끊어놓았어도 훨씬 안락한 삶을 누릴 수 있었을 것이다.

물론 방계의 황족은 여전히 남아있으니 파벌이 갈리고 황권 또한 약화되었겠지만, 그래도, 형님 개인에게는.

그는 그대로 웅크린 채 한참을 큭큭거리며 웃었다. 그리고 오랜 의문에 마침표를 찍었다. 자신은 황제가 될 자격이 없었다. 재목이 아니었다. 최소한 형님이 살아계시는 한은, 그러했다.

그걸 인정하자 그 뒤의 처신은 쉬웠다. 그는 공식적인 일에 최대한 손을 놓아버렸다. 물론 황제가 맡긴 일이나 성인이 된 황족으로서의 의무, 영지의 관리 등 꼭 필요한 일은 어쩔 수 없었지만, 그마저도 거의 보좌인 아네드에게 미뤘다.

대신 밖으로 나돌기 시작했다.

가짜 신분패로 성을 빠져나가 저잣거리를 떠돌았다. 처음에는 전혀 다른 세상이나 마찬가지인 그곳에서 여러모로 실수를 연발했지만 점차 익숙해지며 많은 것을 배워나갔다. 그중 하나는 웃기게도 요리였다.

회궁의 출입도 끊지 않았다. 대신, 하르페니언이 없는 때에도 지속적으로 방문했고 황태자에 관련된 그 어떤 공식적인 입장도 취하지 않았다. 찾아가는 것이 가장 큰 관심이었던 어릴 때와는 입장이 달랐다. 그러자 바짝 촉각을 곤두세웠던 그의 측근들도 긴장을 풀었다. 오히려 국정에 참여하지 않고 공식적인 일을 처리하지 않는 것을 더 걱정하기 시작했다.

물론 회궁을 방문한다는 것 자체에도 거품을 무는 자가 없진 않았지만, 카르니언은 그런 반응을 보이는 자들부터 하나하나 자신의 옆에서 떼어놓기 시작했다.

어차피 카르니언은 그들을 정말로 측근이라 생각해본 적이 없었다. 그가 선택한 이들도 아니었을뿐더러, 모셔야 할 주인을 제 손아귀에 쥐려는 이들은 필요 없었다. 특히 암살자를 무리하게 보내 꼬리를 잡히고도 무어가 잘못인지조차 모른 채, 오로지 충정을 위해 행동했다 여기는 어리석기 그지없는 작자들은 버리는 패로도 써먹을 곳이 없었다.

그는 그렇게, 다시 기다렸다. 성인이 될 때까지 기다린 것처럼, 이 상황에 변화를 줄 어떠한 계기를.

그리고 마침내 저주가 통하지 않는 이가 나타났다.

“아니, 내일도 이 정도는 할 테니까. 형님이 뭐라고 말씀하시든, 데이트에 예고 없이 끼어드는 불한당이 되고 싶진 않아.”

붉은 치마의 여관은 그 말에 곤란한 듯한 표정을 지었지만 더 권하지는 않았다.

작은 몸에 커다란 눈을 가진 소녀는 그도 처음 볼 정도로 새까만 머리칼과 이국적인 상앗빛 피부를 가지고 있었다.

저주가 통하지 않는 존재는 누구보다도 형님을 좋아하는 여자였고, 계속해서 모든 것을 거부하던 형님이 처음으로 품에 안은 여자였다. 그리하여 반드시 형님의 곁에 있어야 할 여자.

그녀는 망설이듯 고개를 끄덕였다.

“으음, 그럼 대신 내일은 카일도 같이 식사하자고 말해놓을게.”

“응. 꼭 말해줘.”

그러면서 카르니언은 자리에서 일어났다. 그녀의 눈이 커다랗게 뜨였다.

“어, 가려고?”

“내일 또 오려면 오늘 처리할 일이 있어서.”

카르니언은 오븐 쪽을 가리켰다.

"오븐 울리는 순서대로 요리들 꺼내고, 고기 요리 쪽은 다 되면 아까 말한 대로 소스랑 버터 바르는 거 잊지 마. 반드시 뜨거울 때 해야 해!"

"응응. 그럼 내일 봐."

카르니언은 그녀와 간단히 인사를 하고 부엌을 나섰다. 아네드에게 떠넘겼던 일이 슬슬 한계에 다다르고 있었다.

그는 재촉하던 걸음을 멈춰 잠시 자리에 서서 벽을 손가락으로 몇 번 톡톡 건드렸다. 그리고 새삼스럽게 주변을 둘러보았다. 어느새 익숙해진 곳이었다.

얼마나 그러고 있었을까. 문이 열리는 소리가 들렸다. 붉은 치마의 여관이 그가 만든 음식을 트롤리에 실은 채 식당을 나서고 있었다. 내궁 쪽으로 발걸음을 재촉하는 그 뒷모습을 보며, 카르니언은 저도 모르게 그쪽으로 한 걸음 내디뎠다.

하지만 곧 그는 피식 웃으며 고개를 젓고는, 본궁으로 발걸음을 옮겼다.

외전 마침.

후기

케얀

Postscript

안녕하세요, 케얀입니다. 간만에 뵙습니다.

……크흡, 잊지 않고 기다려주셔서 감사합니다. ㅠㅠㅠㅠㅠㅠ 이번 권은 유난히 나오는 텀이 길었네요. 4권은 더 빨리 뵐 수 있도록 하겠습니다!

이번에도 정말 꽉꽉 눌러 담았습니다. 9챕터는 연재분과는 달리 거의 새로 쓴 부분인데요, 개인적으로는 힘도 들었지만 여러모로 즐거웠습니다. 수정 관련하여 도움을 주신 편집부 기자님, 정말 감사드립니다.

이번에도 후기를 쓰기 전에 삽화를 먼저 볼 수 있었습니다. 언제나 작품에 비해 과분한 그림 그려주시는 니시님ㅠㅠㅠㅠㅠ 러프를 본 순간 가슴이 뛰고…… 열심히 써야겠다는 생각이 들고……!

알과 수아의 이야기도 이제 중반부를 넘어섰습니다.

앞으로 약 두 권 정도를 완결로 잡고 있는데, 원래 3권 완결 예정이었다는 걸 생각하면…… 좀 늘어날 수 있을 것 같기는 합니다(…).

이번 편도 읽어주셔서 감사합니다.

느리지만 꾸준히 책이 나올 수 있는 건, 오로지 읽어주시는 독자님들 덕분입니다.

다음은 조금 더 빨리 뵙겠습니다.

감사합니다!

2014년 10월

케얄

후기

니시

Postscript

안녕하세요, 니시입니다.

거의 1년 만의 3권이네요!

기다렸습니다.

드디어 새로운 캐릭터가 등장했네요.

사심을 담아 디자인한 캐릭터라 오랫동안 기다렸어요.

어떤 역할을 보여줄지 기대하고 있습니다.

그러니까……. 작가님, 힘내서 4권 부탁해요!

;ㅁ;

2014년 10월

NISHI